조병화의 문학세계 II

김종회 외 지음

국학자료원

차 례

천지간을 관통하는 감성의 섬광

조병화 제30시집 『외로운 혼자들』

김종회(문학평론가)

1. 편운 조병화(趙炳華), 그 시와 삶의 길

조병화는 1921년 5월 2일 경기도 안성군 양성면 난실리에서 부친 조두원趙斗元과 모친 진 종陳 鍾 사이에서 5남 2녀 중 막내로 태어났다. 그는 미동공립보통학교渼洞公立普通學校를 거쳐 1943년 3월 경성사범학교京城師範學校 보통과 및 연습과를 졸업하였다. 같은 해 4월 일본 동경고등사범학교東京高等師範學校 이과에 입학하여 물리, 화학을 수학하였으며, 이후 1945년 물리화학과 3학년 재학 도중 귀국하였다.

1945년 9월부터 경성사범학교에서 물리를 가르치면서 교단생활을 시작하여 인천중학교(仁川中學校, 6년제) 교사, 서울중학교(6년제) 교사로 재직하였다. 1949년 제1시집 『버리고 싶은 유산(遺産)』을 출간하며 시인의 길로 들어섰다. 이 후 중앙대학교, 연세대학교 등에서 시론을 강의하였으며, 1959년 서울고등학교를 사직하고 경희대학교 조교수를 시작으로 부교수·교수를 지냈다. 1972년 경희대학교 문리대학장, 교육대

학원장을 역임하였고, 1981년 인하대학교 문과대학장, 1982년 대학원
장과 부총장으로 재직하였다.

　1986년 8월 31일 정년 퇴임을 하기 전까지 이와 같은 교육자로서의 공
적과 문학사에 남긴 업적을 인정받아 중화학술원中華學術院에서 명예철
학박사, 중앙대학교에서 명예문학박사, 캐나다 빅토리아대학교에서 명
예문학박사 학위를 받았다. 또한 아세아문학상(1957), 한국시인협회상
(1974), 서울시문화상(1981), 대한민국예술원상(1985), 3·1문화상(19
90), 대한민국문학대상(1992), 대한민국금관문화훈장(1996), 5·16민족
상(1997) 그리고 세계시인대회에서 여러 상과 감사패를 받았다. 그는 이
러한 상금과 원고료를 모아 후배 문인들의 창작활동을 돕기 위해 1991
년 편운문학상片雲文學賞을 제정하였다. 편운문학상은 매년 5월 시와 평
론 부분에 걸쳐, 한국시의 새 지평을 열었다고 평가되는 여러 시인, 평론
가 그리고 시문화단체를 대상으로 시상되고 있다.

　국내 문단에서도 한국시인협회 회장, 한국문인협회 이사장, 대한민국
예술원 회장을 역임하면서 동시에 세계시인대회 국제이사, 제4차 세계
시인대회(서울, 1979) 대회장을 역임하였다. 그는 세계시인대회에 한국
대표 또는 단장으로서 수차례에 걸쳐 참석을 하였으며, 이 대회에서 추
대된 계관시인桂冠詩人이기도 하다. 또한 국제 P.E.N. 이사로 1970년 국
제 P.E.N. 서울대회에서 재정위원장을 역임하기도 하였다. 시뿐만이 아
니라 그림에도 조예가 깊었으며 여러 차례 초대전을 갖기도 하였다. 이
는 유화전 8회, 시화전 5회, 시화-유화전 5회 등에 이른다.

　조병화는 지금까지 창작시집 53권, 선시집 28권, 시론집 5권, 화집 5
권, 수필집 37권, 번역서 2권, 시 이론서 3권 등을 포함하여 총 160여 권
의 저서를 출간하였다. 한국의 시인 가운데 아마도 가장 많은 기록일 터
이다. 그의 시집은 국내에서뿐만 아니라 일본, 중국, 독일, 프랑스, 영국,
스페인, 스웨덴, 이탈리아, 네덜란드 등 세계 여러 나라에서 총 25권이

번역 출판되었다. 2003년 3월 8일 작고하기 전까지 경희대학교 이사, 한 국문인협회 명예이사장, 인하대학교 명예교수를 역임하였으며, 고향인 경기도 안성시 양성면 난실리에 그의 작품과 유품을 전시한 조병화문학 관이 있다.

2. 조병화 시의 세계와 인간 근본의 탐색

조병화(1921~2003)는 1949년 첫 번째 시집 『버리그 싶은 유산』을 통 해 문단에 나왔고, 데뷔 이후 첫 시집에서부터 마지막 시집 『넘을 수 없 는 세월』까지 무려 53권의 창작시집을 발표하였다. 이는 2011년 현재까 지 국내 시인들 중 가장 많은 개인 창작 시집으로 기록되어 있다. 시집 뿐 아니라 시론집, 시 선집, 화집, 수필집, 번역서, 시 이론서 등 다양한 분야를 통해 자신의 문학세계를 넓혀 나간 것으로도 잘 알려져 있다.

그가 한국 시단에 남긴 자취를 살펴보면 시인 스스로 자신의 지성과 감성을 조화롭게 용해시키기 위해 노력했음을 알 수 있다. 그는 또한 '나 는 눈에 보이는 나의 현실에 충실히 살아오면서, 그것보다는 눈에 보이 지 않는 나의 영혼의 세계에 더 충실하게 살아왔다'는 표현처럼 자신의 독자적인 세계를 구축하고자 하였다. 훗날 '거부할 수 있는 자유가 곧 시 심'이란 말로 완성된 그의 시세계는 시를 통해 자신의 세계를 확장해나가 는 시적 여정 속에서 이루어진 자연스런 결과이기도 하다.

그에게 있어 시는 자신의 주위에 있는 범상한 것들을 보고 듣고 느끼 는 모든 반응에 걸쳐져 있다. 그는 스스로의 말처럼 살아 있는 시인으 로 살아 있는 시를 쓰고 있어야 한다'고 믿었으며, 평생 '말의 힘'을 찾기 위해 자신의 작품세계를 확장해 나갔다. 그의 시가 주목받는 특징 중 하 나는 인간의 가장 근원적인 문제에 대한 끊임없는 탐구를 시도했다는 사실이다. 첫 번째 시집부터 마지막 시집까지 수천편이 넘는 시편들 속에서도 그는 줄기차게 생의 본질과 근원을 놓치지 않으려는 모습을 보였다.

그는 이 과정에 있어 철학적 사유에만 의존하고자 하지 않았으며, 심각성 또는 근엄한 시적 분위기를 전면에 내세우지도 않았다. 반면 일상 속의 보편적인 정감을 통해 언어를 이끌어내는 감각을 지니고 있었다. 만남, 헤어짐, 고독, 사랑, 죽음의식, 어머니 등 그의 감정의 주류를 이끌어 내고 있는 모든 것들을 자연스럽게 자신의 시 속에 끌어안는 시적태도를 유지했다.

이 평범하게 보이는 '진리' 속에는 독자와의 공감을 이끌어낼 수 있었던 근본적 원천인 '진실성'이 편만해 있다. 그리고 이러한 사실이야말로 비교적 그의 시가 읽기 쉽다는 일반적인 견해에 대한 대답이자 시인이 기대하는 독자의 반응이 된다. 시인은 개인의 존재의식에 대한 '기록'이자 '개인의 역사'인 자신의 시세계를 통해 타인의 공감을 이끌어 낸다.

일찍부터 현대인의 허무와 고독을 민감한 감수성으로 직감하여 이를 세련된 감성적 언어와 지적 충일로 표현할 줄 알았던 시인은, 다음과 같이 '존재에 대해 말을 건네는 시'의 방식을 통해 자신의 시적 노력을 진행시킨다.

> 살아갈수록 당신이 나의 그리움이 되듯이
> 나도 그렇게 당신의 그리움이 되었으면
>
> 달이 가고 해가 가고 세월이 가고
> 당신이 내게 따뜻한 그리움이 되듯이
> 나도 당신의 아늑한 그리움이 되었으면
>
> 그리움이 그리움으로 엉거 꿈이 되어서
> 외로워도 외롭지 않은 긴 인생이 되듯이

인간사
나의 그리움 당신의 그리움이 서로 엉겨서
늙을 줄 모르는 달이 되고 해가 되고
쓸쓸해도 쓸쓸하지 않는 세월이 되었으면

아, 서로 그립다는 것은 이러한 것을.

　　　　　　　－「서로 그립다는 것은」 전문, 제47시집『먼 약속』

　그는 특정한 대상이 아닌 자신을 둘러싼 모든 존재들에 대해 말을 건네는 듯, 때로는 편지를 쓰듯이 시를 들려줌으로써 독자에게 자생적인 생동감을 발양한다. 그러나 이 생동감은 타자와의 긴밀성과 그것이 내포한 호소력으로 인해 누구에게나 쉽게 유발될 수 있지만, 동시에 시인 스스로를 외롭게 만들어 버리는 것이기도 하다. 모든 존재들에게 말을 건네기 위해서 시인은 현실을 고독하게 혼자 걸어야만 했다.

　이는 자신의 눈으로 바라본 세상을 나지막한 목소리로 들려줘야 하는 시인의 숙명을 자각하고 있기 때문일 것이다. 그는 고독, 외로움, 슬픔과 같은 자신의 감정에 형식을 부여하여 그것을 묶어두는 방식을 택하였고, 그로 인해 자연스럽게 편지와 같은 방식의 시 쓰기를 시도했다. 전달되지 않는 난해한 시가 팽배하며 이러한 특징이 '현대의 시'로 인식되기 쉬운 시단의 흐름 속에서, 어려운 시를 쓰기는 쉬워도 쉬운 시를 쓰기는 어려워지는 시대 속에서, 그는 외롭고 고독하게 자신의 시를 통해 독자를 만나고 있었다.

　그는 자신에게 있어서 '당신'이라는 말은 꿈을 말하는 것이다, 라고 언급한 적이 있다. 또한 '당신'은 그리움을 말하는 것이며, 다는 잡을 수 없는 미지의 세계라고 했다. 그 '당신'은 '당신'을 위해서 이루지 못한 사랑으로 흐르고 만다. 가장 많은 독자를 확보한 시인이자 '사랑받는 시'를 쓰고 있었지만, 정작 자신의 외로움은 그저 묶어 놓을 수밖에 없었다. 그러기에 스스로 '나의 사투리를 아는 사람은/다만 나의 고향 사람들뿐이옵니다', '아, 그와도 같이/나의 시를 아는 사람은, 오로지/나의 눈물의 고향을 아는 사람들뿐이옵니다'(「개구리의 명상 1」, 제40시집 『개구리의 명상』)라고 쓸 수밖에 없었다.

시인은 외롭다. 그의 시를 읽어주는 사람과 기다려주는 사람이 많지만 그는 여전히 고독하고 무언가를 기다린다. 위의 시를 통해 그가 사람들에게 쉽게 다가 갈 수 있기에 타자와의 공감을 어렵지 않게 이끌어내지만, 정작 자신의 마음을 알아주는 이들은 많지 않다. 타자의 마음을 읽고 달래줄 순 있어도 스스로의 감정을 달래기 위해선 자신을 억압할 수밖에 없다. 그의 시편에서 드러나는 그리움과 기다림, 고독 역시 이와 무관하지 않으며 그런 연유로 고독감은 그가 세계를 바라보는 원동력이자 시 창작의 원천이 된다.

고독한 시인은 아무 때나 훌훌히 작별할 수 있는 삶의 태도를 수용하고자 한다. 인생을 나그네로 보는듯한 이러한 관점은 시편에 숱하게 등장하는 "나그네", "길", "여행"의 이미지로 그려진다. '헤어지는 연습을 하며 사세/떠나는 연습을 하세'(「헤어지는 연습을 하며 사세」, 제13시집 『시간의 숙소를 더듬어서』)라고 읊조리는 시인은 삶에 대해 달관한 것으로 비춰지기도 한다. 마치 버리는 것이 소유하는 것이요, 비어 있는 것이 오히려 충만한 것이라는 도가적 역설처럼. 그러나 비어 있다는 것은 무엇인가를 채울 수 있다는 가능성에 한정된 충만이 아니다. 비어 있음 그 자체로서의 충만으로 인해, 시와 시인의 삶을 함께 부양하는 가득한 충만이 된다.

> 인생처럼 반짝이고 있는
> 물 건너 저 등불들,
> 등불은 먼 나그네의 그리움이런가

쉴 새 없이 달려 온 나의 길은
머지 않아 연락선이 와 있을
바다에 다다를 것이러니
아, 인생이 나그네

내가 찾는 것은 항상 먼 곳에
남아서
가도 가도 닿지 않는 곳에서
나를 부른다

아직도.

─「등불」 전문, 제43시집『서로 따로 따로』

조병화 시인이 어느 누구보다도 많은 독자층을 확보할 수 있는 이유가 바로 이와 같은 시에 있다. 그는 시를 통해서 정즈하게 살고자 하는 자신의 삶을 보여주며, 그 속에서 자신이 감당해야할 내적 고독과 그 무게를 잔잔하게 그리고 진솔하게 들려주려 한다. 시 전편에 흐르는 이러한 고독과 외로움, 그리고 사랑의 목소리는 인간에게 있어 가장 진실된 삶이란 과연 무엇인가에 대한 질문으로 이어진다. 그는 인간이란 무엇이며, 살아간다는 것이 무엇이며, 인간을 이루는 본결은 무엇으로 이루어지는가에 대해 끊임없이 질문하고 탐구하는 시인이다.

시인의 시세계에서는 드러나는 또 하나의 주된 의식은 바로 "죽음"이다. 시인은 "살기 위해서 시를 쓴다/사랑하기 위해서 시를 쓴다/죽기 위해서 시를 쓴다"(「창안에 창밖에」, 제23시집『어느 생애』)고 말할 만큼 '죽음'에 대해 끊임없는 탐색을 시도한다. 왜 이토록 즉음에 집착하는가. 시인에게 죽음은 부정적 의미가 아니다. 시를 쓰는 이유가 '죽기 위해서' 라고 한다면 그것은 죽음이 지닌 가장 긍정적인 가치를 찾고 있는 시적 과정의 한 단면으로 논의되어야 할 것이다.

그에게서 드러나는 불안과 공포, 황량함과 죽음의 이미지와 같은 비극적 인식은, 주체가 경험하는 소외와 자기분열의 위기의식에서 비롯된다. 따라서 이는 결국 자아의 정체성에 대해서 고민하고 삶의 불확실성과 불안에 흔들리지 않는 자기 동일성을 회복하고자 하는 의지로 이어진다.

시인에게 삶과 죽음은 하나의 실체이자 거부할 수 없는 실재이다. 그리고 이 실체에 활기를 불어넣어 본질을 이루어내는 것은 그가 가진 자신만의 상상력이다. 죽음은 일상에 지친 인간에게 고통과의 작별을 통한 평온을 부여할 수 있으며, 타자의 삶을 '하루'로 보는데 익숙한 시인에게는 영원한 안식이 된다. 고통을 치유하기 위해서 선택한 방법 역시 고통을 수반할 수밖에 없다. 그는 살고자 하는 의식이 죽음이라고 믿었다. 시인에게 있어 죽음은 곧 생존과 직결된다.

그는 한때 '허무의 시인'으로 불렸다. 그의 시는 감상과 비애와 도피와 회의와 허무의 시라는 평을 받기도 했었다. 그러나 그에게 있어서 생존의 허무는 관념의 문제일 뿐이다. 생존이라는 것은 항상 죽음과 같은 자리에서 공존하고 발현되는 것이다. 그는 불안과 위기로 가득 차 있는 이 세계 속에서도 생존하는 자만이 죽음을 인식할 수 있다고 믿었으며 죽을 수 있는 자만이 생존할 수 있다고 생각했다. 그러기에 그의 시에는 삶과 죽음이 분리되지 않는다.

> 살아가면서 언제나
> 그리운 사람이 있다는 것은
> 내일이 어려서 기쁘리
>
> 살아가면서 언제나
> 그리운 사람이 있다는 것은
> 오늘이 지루하지 않아서 기쁘리

살아가면서 언제나
그리운 사람이 있다는 것은
늙어가는 것을 늦춰서 기쁘리

이러다가 언젠가는 내가 먼저 떠나
이 세상에서는 만나지 못하더라도
그것으로 얼마나 행복하리

아, 그리운 사람이 있다는 것은
날이 가고 날이 오는 먼 세월이
그리움으로 곱게 나를 이끌어 가면서
다하지 못한 외로움이 훈훈한 바람이 되려니
얼마나 허전한 고마운 사랑이런가.

　　　　　　　　　　－「그리운 사람이 있다는 것은」 전문,
　　　　　　　　　　제45시집 『그리운 사람이 있다는 것은』

　　"사랑한다는 것은 사랑하는 사람에게 먼 훗날, 슬픔을 주는 것을" 시인은 안다. "사랑은 슬픔을 기르는 것을/사랑은 그 마지막 적막을 기를 것을"(「황홀한 모순」, 제36시집 『낙타의 울음소리』) 누구보다 먼저 느끼고 있다. 시인은 이 모든 것들을 감내하면서 사랑을 하기 위해 고독해지고 누군가를 기다리고 무언가를 향해 그리움을 전한다. 삶의 여행을 통해 이것들을 잠시 묶어두었다가도 문득 어머니를 떠올리며 죽음을 탐색하는 세계에 집착하기도 한다.

　　시인은 타자의 시론에 전혀 흔들리지 않고 오로지 자기만의 독특한 시세계를 구축하였다. 그는 남의 생각, 정서, 형식, 즉 다른 이의 삶을 말하는 것이 아니라, 자신의 그것을 확립하여 스스로의 시와 삶을 책임지며 살아왔다. 그의 시에는 일상생활 속에서 발견할 수 있는 모든 존재들이 스스로의 내적 비의를 현현하도록 만드는 힘이 있다. 시인 자신의 말처럼 "살아 있는 시인으로 살아 있는 시를 쓰고 있"을 뿐이지만, 그것만으로도 시인은 현상을 걷어내고 삶의 본질을 꿰뚫는다. 시인은 생활 세계와 현실에 대한 열린 태도를 통해 서정의 정신과 시적 언어의 자유로움을 삶과 밀착시킨다. 주변의 존재와 풍경에 보내는 따뜻한 시선은 독자로 하여금 생의 적멸과 마주하게 만든다.

그가 추구해 온 것은 궁극적으로 인간에 대한 탐구이자 고독한 한 인간으로서의 자각과 그 자각 속에서 얻는 자기 확인의 여정이다. 그의 시는 감성의 세계로 통칭될 수 있으며, 그것은 지성이나 오성의 세계에서 한 걸음 더 나아가고자 하는 시적 도발이다. 감성의 분할로 인해 세계와 자아가 합일되지 않는 세계를 거부하는 조병화의 시세계는, 타자와 공존하는 감성을 통해 세계의 실재를 현현해내는 우리 시의 새로운 영역에 속한다.

3. 고독과 허무의 우물에서 길어 올린 운명애

조병화의 30번째 시집 『외로운 혼자들』은, 그동안 그가 간단없이 추구해 온 고독과 허무의 사상을 바탕으로 한다. 그리고 거기서 삶과 죽음의 경계를 보다 근접하여 바라보는 죽음의식과 운명애를 매우 강하게 표출하고 있다. 인간의 운명에 대한 그의 사랑은 시를 '나의 영토'라고 부르는 천의무봉의 시심, 자신의 존재 근원으로 인식하고 있는 어머니에 대한 그리움, 이 모두를 추동하고 지탱하는 놀라운 성실성 등으로 그 외양을 현현한다. 한국 시단에서 전례를 보기 어렵고 후계를 점치기도 어려운 이 독특한 시적 성취는, 지성과 감성을 조화하는 빛나는 면모, 그리고 고독 또는 허무의 늪을 매설하는 웅숭깊은 저변을 함께 포괄한다.

나의 시는 내가 경작해가는 나의 영토
굴욕과 오기로 일구는 고독한 동토
눈물이 수로를 낸다

그리하여 머지 않아
그곳에 내가 묻히리니
눈물 아닌 거 없는 이 세상에서
한 포기 들꽃이나마
나의 잠을 가려주려나

오, 휴식이여
내가 잠들 나의 영토여.

-「나의 영토」 전문

조병화에게 있어 시는 그의 영토요 운명이다. 운명이란 용어가 등장
하고서 평온한 삶이 어디 있겠는가마는, 그의 영토는 굴욕과 오기를 투
여해야 일굴 수 있는 얼어붙은 땅이요 눈물로 수로를 열어야 하는 곤고
한 개간의 지역이다. 뿐만 아니다. 그는 마침내 자신이 그 시의 땅에 묻
힐 것임을, 그것이 순명順命임을 확고히 인식하고 있다. 어쩌면 한 포기
들꽃이 사치일지도 모르는 잠에 땅에 이르기까지, 그는 일생을 그렇게
핍진한 걸음으로 걸어야 하리라 예감한다. 그런데 그 길이 아니면 스스
로에게 값있는 의미로 남을 어떤 잔해도 없을, 그리하여 순명의 길만이
이윽고 휴식의 잠에 도달할, 그렇게 곤고한 길을 성심을 다해 걷기로 다
짐한 터이다. 이것이 그에게 주어진 시의 길이요 그 운명을 사랑하는 시
적 태도이다.

시가 그의 운명인 것은 이미 온 천하가 인지한 사실이거니와, 또 하나
그의 시와 삶을 규정하는 특별한 존재가 있다. 바로 그의 종교적 신앙과
도 같은 어머니이다. 그는 일찍부터 어머니 심부름으로 이 세상에 왔다

가 어머니 심부름을 모두 마치고 돌아갈 것이라고 자신을 세뇌했다. 헤르만 헤세가 『지성과 사랑』의 말미에서, 어머니가 있어야 사랑할 수 있고 어머니가 있어야 죽을 수 있다고 한 것은, 조병화의 어머니 지향성 또는 어머니 강박성에 비하면 강도가 훨씬 허약하다. 세상의 어머니라고 다 같은 어머니가 아니며, 아들이라고 다 같은 아들이 아닐진대, 도대체 그가 자신을 이토록 어머니의 근원에 강고하게 얽어매는 특이성의 배면에 무엇이 잠복해 있는 것일까.

> 1929년, 아홉 살, 이른 봄
> 나는 이곳 플랫포옴에서
> 처음으로 기차를 보았지
>
> 쏜살같이 들이닥치는 기차를 보자마자
> 나는 어머님의 흰 두루마기에 왈칵 붙어서
> 무섬무섬 꼼짝을 못했지
>
> 그로부터 서울살이
> 어언 60년, 이곳을 지나칠 때까지
> 그 생각, 하얀 어머님 생각
>
> 오늘 1968년 늦은 가을을
> 쏜살같이 스치는 새마을호 부산행 차창에
> 오산은 지나치게 큰 도시
>
> 작은 역사(驛 舍)만 옛날 그대로
> 긴 플랫포옴 그 자리에
> 먼 유적처럼 내가 혼자 남아 있다.
>
> 어머님은 떠나시고.
>
> ─「烏山驛을 스칠 때마다」전문

어머니가 떠나고 나면, 세상에 남은 아들은 대개 도리 없는 고아의식에 사로잡힌다. 아홉 살 어린 나이에 무섭게 들이닥치는 기차를 어머니의 흰 두루마기에 붙어서 피하던 소년은, 이제 고희古稀를 눈앞에 둔 노년이 되었다. 몸이 자라는 만큼 생각도 꼭 같이 자라는 것일까. 아닐 터이다. 자라는 생각이 있는가 하면 그 자리에 그대로 더물러 있는 생각이 있기에, 인생의 다양성과 다원주의가 숨 쉬지 않는가 소년 조병화와 노년 조병화는 어머니 생각, 그 하얀 생각으로 한 꿰미의 구슬처럼 한데 묶여 있다. 시인이요 교육자요 화가요 대학행정가로 괄목할만한 이름을 얻은 그에게 시가 운명의 한 축이었다면 그의 삶과 시를 한꺼번에 떠받치는 다른 한 축이 어머니였다. 그 세월이 60년에 가까운 성상星霜이고 보면, 그가 이 시집 처처에 이승과 저승의 대칭적 구도를 펼쳐 보이는 것은 그다지 이상할 바 없다.

이렇게 먼 이국 천지
낯설은 곳에 왔지만
편지 쓸 곳이 없다

이승에선 참으로 많이도 썼지
그럭저럭 지내오는 사이
정 깊이 사귄 사람도 있었지
애타게 간장을 태우던 사람도 있었지
아프게 저리게 이별한 사람도 있었지

하지만 이승을 떠난 이 자리
아직 사귀지 못한 사람들
하나같이 낯설은 풍경이다

찾아갈 사람도 없고
찾아올 사람도 없고

기별할 사람도 없는

저승 초입
이승이 보이지 않는 자리

아, 동행할 사람은 없는가

─「저승 초입」전문

　　시「烏山驛을 스칠 때마다」와 같은 해, 인도 뉴델리의 한 호텔 룸에서
쓴 시이다. 세계 어느 나라보다 종교성이 강한 나라, 인도의 한 복판에서
문득 저승과 이승의 경계에 선 자신을 발견하고 돌이켜 보니 동행할 사
람이 없는 형편이다. 그렇다면 그는 종교인은 아니다. 종교를 성립시키
는 요건 가운데 하나는 사후세계에 대한 설명이기 때문이다. 그 곁에 있
는 시편「저승 연습」을 보면, 아, 거기에 해답이 있다. 그는 저승 연습을
되뇌는 시의 말미에, "그저 어머님 곁으로만 가게 하소서."라고 적었다.
그의 종교는 곧 어머니였던 것이다. 이렇게 그의 감성과 이성, 시사랑과
운명애, 종교와 어머니는 하나의 형식적 얼개 아래에 조화롭게 악수하
고 있다. 하지만 이 형식적 내용적 연대가 그가 원래부터 끌어안고 있던
고독과 허무의 감정을 구제하지는 못한다. 그의 이성 및 감성이 전인적
계발과 고양의 단계를 거치는 것이 아니라, 예민하고 부드러운 언어의
촉수를 통해 조병화적 시의 세계를 감당하고 있을 뿐이기에 그러하다.

아끼던 것들을 나도 모르게
하나 하나 잃어간다

긴 세월을 같이 지내던
나도 모르게
하나 하나 나를 떠나간다

온 세상, 주변이
날로 텅 비어가는 생각

그렇게 그립던 사람도 가물가물
날로 흐려져 간다

오, 일월이어
나도 모르게
날로 그렇게 나도 비어간다.

–「입원일기–나도 모르게」 전문

　조병화는 1986년 이 무렵에, 모두 10편의 「입원일기」를 쓴다. 자기 자신도 모르게 잃어가고 비어가는 것이 자리보전하고 누운 병자이기 때문일까, 아니면 세월이 몰고 온 육신의 쇠락을 견디지 못하기 때문일까. 물론 그러할 것이다. 그러나 보다 근본적으로 그는 원래부터 고독과 허무에 젖어 있던 시인이었다. 그의 어린 순처럼 여린 감성과 마음결의 아픈 상흔들이 예고한 세상살이의 허탄虛誕함이 그의 시를 지배한 것은 이미 오래 전의 일인 까닭에서다. 어둠과 빛, 욕망과 사랑 속에서 살아온 지난날들이 그의 병상을 맴돌고 있다. 운명의 각박과 고독의 견고, 그의 시에 주요한 요체를 이루어 온 이 존재들은, 마지막이 가까워오는 그의 의식 깊숙한 자리에 찾아와, 그 특징적 성격으로 조병화의 시와 삶을 함께 묶었다.

남으로 비탈진
고개 아래 읍내 마을
해남은
유라시아 한반도 끝머리 남쪽
잔잔한 해풍지대

멀리 녹우당 산기슭이
바라다 보이는 아득한 하늘에
늦은 가을
열기 없는 햇빛을 비치고

빨간 한 점

먼 가지 끝에 감이 매달려 있다
조선조 오백 년처럼.

―「해남」 전문

　왜 뜬금없이 조선조 오백 년이란 말인가. 혹자는 말할 것이다. 조병화 시에서는 역사성 사회성이 휘발되어 있기 때문에 굳이 그 방면의 의미를 찾을 필요가 없는 것이라고. 그러나 이는 지나친 편견 또는 단견의 소치이다. 그와 같은 논리라면, 일제 강점기에 생산된 청록파의 눈물겹도록 아름다운 언어들은 모두 파쇄해 버려야 옳을 일이다. 기실 조병화는 「동란사」 1, 2나, 「전쟁시대」, 「레바논의 여인들」이나 「떨어져 있는 사람들, 그 사랑」 등의 시편을 통해, 조국의 안위를 걱정하고 지구의 평화와 유엔의 역할에 대한 우려를 시로 썼다. 소재의 차이, 범주의 차이는 있을지언정, 한 시대의 시인이 어찌 가슴 안의 일에만 머물러 있었겠는가.
　이제껏 살펴본 바와 같이 시인 조병화는 자신의 운명, 시와 어머니에 대한 사랑에서 출발하여 존재론적 고독과 허무의 깊이를 체현하고 보다 유장한 사유를 운용하여 우주 저 먼 곳까지 그 눈길을 던지고 있었다. 일생을 두고 시와 함께 명운을 걸어온 한 시인, 일상적이고 평이한 소재 가운데서 결코 간과할 수 없는 생활철학과 언어주술의 의미를 직조물의 씨줄·날줄처럼 교직한 시인이 그의 진면목이었다. 그러므로 이제 함부로 그의 시를 쉽다고, 너무 반복적이라고 말하지 말라. 하늘 아래 저 혼자 새로운 것이 어디 있는가. 우리 곁에 있는 것, 우리가 익숙하게 아는 것으로부터, 땅과 하늘 사이를 단번에 관통하는 시의 섬광을 이룬 시인이 조병화이다. 그가 그 운명론의 멍에, 고독과 허무의 우물에서 길어 올린 영롱한 시정신이 이 시집 『외로운 혼자들』의 갈피갈피에 서려 있다.

응시와 흔적

조병화 제31시집 『길은 나를 부르며』

박주택(시인)

시인의 서른한 번째 시집인 『길은 나를 부르며』는 외국 여행에서 보고 들은 풍경과 감회를 적은 시로 구성되어 있다. 연도와 날짜, 여행지와 숙소의 방 번호까지 상세히 적혀있고, 동행한 사람들까지 시에 적혀 있어 일종의 여행 보고서와 같이 느낌이 생생하게 전해 온다. I부는 이탈리아 플로렌스 기행, II부는 인도 마드리스 기행, III부는 로테르담 기행, IV부는 일본 노도지마 기행, V부는 국내에서 쓴 시 등의 체제로 구성되어 있는 이 시집은 시간과 공간이 제한되는 여행의 특성 상 짤막한 단상 위주로 되어 있다. "참으로 많은 곳을 <영원의 먼지>로 후회 없이 떠돌았다. 이제 지구엔 갈 곳이 없"다는 시인의 말처럼 이 시집은 세상 곳곳의 낯선 풍경으로 우리를 데려간다.

여행은 보는 것이기도 하지만 보이는 것이다. 이런 측면에서 시인이 세상의 곳곳을 보았다는 것은 자신의 내면 곳곳을 살폈다는 것으로 해석될 수 있다. 사물과 대상은 의식을 동반하여 바라브는 주체의 의식을 이끌어내고, 그 속에서 촉발되는 감정과 가치들은 단순하면서도 복합적으로 시 속에 투영된다. 응시가 투영하는 의식과, 사물과 대상이 뿜어내는 의식이 만나 새롭게 탄생하는 의식은 이런 이유로 발생적이다. 세계는 위치해 있음으로 존재를 드러내는 것이 아니라 현현하는 욕구를 품는다. 여행이 발견이 되고 발명이 되는 것도 이 같은 맥락이다. 보이지 않는 것을 새롭게 발견하는 것은 물체의 바라봄과 바라다 보이는 대상의 일치에서 이루어진다. 그것은 통일이 아니라 협력이다. 통일이 단순히 주체와 세계의 일치를 꿈꾸는 것이라면 협력은 보이는 것을 새롭게 하거나 보이지 않던 것에서 가치를 찾아낸다. 가령,

> 무수한 사람들, 무수한 갈매기들
> 무수한 비둘기들, 무수한 물건들
> 무수한 식당들, 무수한 찌꺼기들
> 무수한 굶주림들.
>
> 그저 무수하다는 말밖엔 나오지 않는
> 이 무수한 고독들.

-「그저 무수한 것들」 전문

에서처럼 화자는 무수한 것들로 통칭되는 세계와 대면해 있다. 사람, 갈매기, 비둘기, 식당들은 화자가 세계를 대체한 기호들이다. 이 기호들은 끊임없이 변주되고 변환되어 시의 곳곳에 위치한다. 단지 시간과 장소만 바뀌었지 무수한 것들은 화자와 세계간의 응시에 의해 지속된다. "그저 무수하다는 말밖엔 나오지 않는/이 무수한 고독들"은 그러므로 발견된 현재적 의미들이다. "향락을 누리던 자나 고통을 받던 자가/다 같이 쓰러져 간 폐허의 자리에/지금은 노란 꽃들이 작게 작게 피어 있

다"(「로마」) 시간의 지속 속에서 생의 무상을 느끼는 것도 발견의 현재적 의미들이다.

　육체적 충동에 의해 세계는 그 존재성과 함께 새롭게 태어난다. 이태리 플로렌스 노보리가 59번지 호텔 몬자네브로 309호에 묵으면서 "직선으로 뚫린 자기의 길로 돌아"가는(「조국 소식」) 생각에 빠지는 것도 바로 육체적 충동 속에서 이루어진 가치체이다. "세월은 가는 것, 세월은 오는 것"(「창마다 꽃들이」)이라고 말했을 때 그것은 화자의 오랜 사유에서, 혹은 경험의 총체에서 발현되는 충동이다. 이 충동에서 비롯되는 '무수한 것들'은 내부에서 내부로 흐르는 바닷가 모래처럼 반짝인다. 따라서 시인이 "보이는 것이 너무나 많다"(「빽빽한 생존」)라고 말할 때 그것은 존재를 이어가는 것들에 대한 숭배이기도 하고, 홀로 걷고 있는 여인처럼 우수와 고독일 수 있다. 보이는 것은 보이지 않는 것과는 다르다. 보이는 것이 의식과 육체적 충동을 멈추고 지속하는 시간 속에 자신의 양태를 맡기며 흐름 속에 정지되어 있다면 보이지 않는 것은 끊임없이 자신의 내부를 세계와 교호하며 투쟁한다. 따라서 이 체계들은 단순히 언어로 존재하는 것이 아니다.

　　　어제 밤의 일을 다 고해합니다
　　　그러나 하나는 고해할 수 없습니다

　　　아무리 신부님 앞이라 해도

　　　　　　　　　　　　　　－「몽마르트르 성당」 전문

　위에서처럼 그것은 침묵과 은폐에 의해 드러난다. '말하지 않음'은 '말함'의 거부에서 나온다. 그것은 '없음'과 '있음'도 마찬가지다. '없음'은 '있음'을 이야기할 때 부각된다. 시인의 사유에서 비롯되는 이 같은 시적 구성은 단순하지만 복잡한 사유 체계를 이끌어 낸다. 이때 언어는 언어로 존재하지 않는다. 그것은 감정과 사유로 읽게 만들어 시 속에서 경험적 가치를 발견하게 만든다. 인간의 본원적인 것들과 연계하며 그 폭을 확대하는 이 단순성의 미학은 이번 시집을 관통한다. 고독, 음울, 사랑, 죽음, 허무 등의 본질적인 것에 호흡을 맞대고, 지혜가 끊임없는 자기 확인에서 이루어지고 더불어 살고 있다는 윤리적 교양을 발견하는 것 역시 '말 없음'의 깊은 통찰에서 비롯한다. '바라봄'과 '바라다 보이는 것'이 서로 깊이 물들일 때 그리움과 신비는 끈적끈적하게 묻어나온다.

우리가 시인의 시를 읽는 것도 바로 이런 연유에서이다. 시인의 시에는 우리가 본래적으로 생득하고 있는 감정들과 사유들이 존재를 내뿜는다. 사방 천지가 그렇고 그렇게 보이는 세상사. 그 세상사를 멸멸한 바람으로 보이게 해주는 시. 시가 존재하고 시를 읽어야 하는 이유를 깨닫게 만들어 진무와 위안 속에 들게 하는 시. 작은 것에서 위대함을 읽어내는 이 육체적 충동에서 비롯된 시들은 신비롭고 평화롭다. 그것은 자신으로 살 때 가능하며, 순간을 포착하는 예지가 가득할 때 가능하다.

> 깊은 하늘의 우물처럼
> 산간에 가라앉은
> 호반의 마을
>
> 물가에도 노인
> 나무 아래도 노인
> 길가에도 노인
> 테라스에도 노인
> 노인들이 쌍쌍, 혹은 외톨로
> 앉아들 있다
>
> 늙어선 이곳에 모여
> 하늘로 떠나는 순번을 기다리는 건가

지상엔 이제 욕망이란 없다

　　　　　　　　　　　　　　　　　　　　－「이승의 종착역」 전문

　　시인은 가는 곳과 오는 곳이 분명한 생 속에서 욕망은 없다라고 말한다. 하찮고 보잘것 없고 비루함은 욕망의 찌꺼기다. 죽음 앞에서 모든 것은 허망하다는 깨우침을 깊고 그윽한 시선으로 말한다. 먼 어제의 추억에 미안해하고 들꽃에 감사하라하고, 멀리 산 위에 펄럭이는 성채의 깃발 그 색 바랜 욕망과 권세가 부질없으니 사랑하라고 말한다. 시간과 겹을 이루며 살아가게 될 때 생의 정지는 시간의 정지이다. 그러므로 가야 할 것이 분명한 '노인'은 정지체이자 종착지이다. 시간의 장소이자 죽음의 장소인 노인의 몸은 그러나 폐허의 장소가 아니다. 그것은 자신으로 귀환하고 환원해야 하는 투쟁의 장소다. 이 투쟁의 장소는 반복과 순환을 거듭한다. 이곳에는 아랍 여인, 공항, 알프스, 물새, 호수, 먼 건너편에 가물거리는 마을, 풀을 뜯는 양떼, 젖소, 오래 묵은 나무, 견고한 집들이 서로를 내다보며 서로에게 펄럭인다.

　　자신의 귀속지인 죽음을 정향하는 것. 먼 곳 이곳저곳을 바라보면서 자신을 정향하는 것. 그것은 경험의 정향이자 시간의 정향이다. 시인이 이 속에서 발견하는 것은 따뜻한 사랑과 인간애이다. 그러므로 그는 세계를 부정적으로 바라보거나 험난하게 꾸짖는 법이 없다. 모든 것을 가라앉혀 짧지만 깊게 말하는 것. 말보다 깊게 응시하는 것. 그곳에서 시인의 시는 태어난다. 그렇기 때문에 그가 "사람은 슬퍼하기 위하여 만들어졌고 죽음은 긴 고통의 마지막 승리이니 죽음이여, 얼마나 고마운 구원인가"(「에덴바라 · 2」)라고 말해도 아름답다. 이것은 결코 계몽이 아니다. 잠언이 아니다. 이 아름다움은 깨달음을 향해 지속적으로 육체적 충동을 계속할 때 온다. "산 너머 저쪽, 구름 멀리 행복이 있노라"고 말한 칼 붓세의 말은 담보로 얻는 전리물에 불과하다. 어둡고 컴컴한 부정을 이기고 생의 길 위에서 자신과 맞닥뜨릴 때 존재(존재성)는 온다. 시인이 여행에 동행한 시인들에게 시를 바친 것도 이 같은 연유이다. 무심히 지나치지 않는 것. 시간과 육체적 살을 부빈 존재들에게 따뜻한 애정을 보이는 것. 그것이 시인의 시이다. 끊임없이 세계와 존재에 대한 사랑에의 헌신. 보이지 않는 것들에게서 그의 사랑은 언제나 "이승을 구경 온 낯선 사람처럼/이 구석 기웃기웃/저 구석 기웃기웃"(「북방의 별」) 거린다.

> 나는 당신의 불을 견딜 수가
> 없었을 것이다
>
> 당신도 나의 불을 견딜 수가
> 없었을 것이다
>
> 당신은 밖으로 타는 불
> 나는 안으로 타는 불
>
> 하루도 같이 견딜 수가
> 없었을 것이다
>
> 한방에서.
>
> −「난 고흐 · 2」 전문

시인이, 예술가들이 살았던 곳이나 묘지를 찾아가는 것은 존재의 정면이다. 치열하게 삶과 자연을 살았던 행적을 좇아 응시하고자 하는 것은 '불'같은 정열로 가열한 자신의 내면이다. 그곳에는 "우주의 영감이/모여들던 흔적"과 "꽃으로 엉겨/잠들고 있는 흔적"이 "빛과 바람" 속에 있기 때문이다(「비둘기 집」). 그래스미어 마을 교회 공동묘지 가장자리에 묻혀 있는 워즈워드의 이끼낀 묘지판에서 "지금도 땅 속에서 무지개를 보고 있을까/뛰는 가슴으로"라고 되묻는 시인의 음성에는 죽어도 살아있는 흔적들을 만나기 위한 치열함이 내장되어 있다. 흔적은 궤적이며 유적이다. "생생한 그의 목소리"가 "꽃송이에, 구름에/ 바람에."(「라이델 마운트」) 젖어 있기 때문이다.

생의 지문이자 무늬인 흔적을 향한 응시는 그러나 '불'과 같은 치열함에서 발견된다. 숨어 있는 흔적은 어둠 속에서 발견되기를 기다린다. 그기다림 속에는 먼 그리움과 추억이 서 있다. 그것을 발견하는 것은 생생한 '불'이다. 불로 인해 흔적은 그 존재(존재성)가 현현된다. 우주의 영혼들과 교감하고자 했던 예술가의 흔적을 발견하고자 하는 것. 그것은 언덕을 헤매고 구름을 헤맨 꿈결의 방황 속에 얻어진다. 대지의 큰 젖이 자연을 기르듯 위대한 예술가의 젖은 영혼을 기른다. 시인이 고흐를 만나 "얼굴이 화끈 화끈거려 화끈거리며/한없이 타올랐"던 것도 바로 이런 까닭이다. 고흐가 자신을 태워 그 스스로 그림으로 존재하듯 시인 역시 그 스스로 태워 시로 존재한다. 고흐와 마주한 시인. 살았지만 죽었고, 죽었지만 살아 있는 영혼들. 흔적과 흔적이 만나는 시간. 그 치열한 순간. 시인은 서로의 '불'이 "견딜 수가 없었을 것"이라고 말한다. 견딜 수없는 것은 치열하게 살았다는 것의 다른 이름이다. 안으로 타는 '불'과 밖으로 타는 '불'은 서로 만난다. 타고 있고 태우고 있는 의식은 서로 만난다. 이 만남의 순간 속에 자신을 태우고 서로를 태우는 '불'은 그러므로 죽음을 현시한다. 죽음은 소멸이다. 밀폐된 방에서 서로를 향해 불을 피우는 것은 죽음의 입사식이다.

하지만 보라. 죽음을 위해, 죽음 그 자체로 몰입하는 것은 없다. 죽음은 생의 의미를 동반한다. 죽음을 완성하는 것은 생의 흔적이 수반되고, 그 수반된 흔적이 불처럼 가열되었을 때 가능하다. 따라서 이 죽음은 생의 충동이며, 육체와 응시의 충동이다. 시인이 고흐의 치열한 흔적에 감응하는 것도 바로 그 자신 내면과 밖으로 향한 '불'의 연성燃性 때문이다.

연성은 태우기도 하지만 밤을 낮처럼 밝히기도 한다. 밝힘으로써 세계와 사물은 존재가 드러난다. 아무 것도 없고 의미 없음에서 의미 있음을 발견하는 것은 밤과 대립하는 '불'에 의해서다. 알아들을 수 없는 말을 번역하듯이, 천공의 말씀을 독해하듯이, 시인은 무한한 비의를 해독한다. 해독하고 있는 시인을 보라. 세상의 이곳저곳을 떠돌며 먼 그리움을 아주 가까운 물결로, 먼 어제를 길게 둘러싸인 초원의 노래로 그는 세계의 언어를 해독한다.

개운치 않은 마음으로
문을 따고
아직은 엉성한 벽난로에
불을 붙인다, 순간
기쁨보다 슬픔이 앞서는 것
무슨 까닭일까

평생을 인간이 사는 곳에서
때로는 멀리, 때로는 가까이
떠서
스스로의 바람을 탄 한 조각 흰 구름

이제 그 마지막 길을
고향 개구리 우짖는 소리 들으며
바람을 버리려 하니
아직은 풀리지 않는 한 슬픔
가슴을 찌른다

오늘 우선 문을 따고 들어서
난로에 불을 지피니
이것이 나의 집이런가

이승을 떠나려는 길목에서.

―「청와헌(聽蛙軒)」 전문

모든 여행은 아무리 먼 여행이라도 자신에게 돌아온다. 자신에 돌아와 자신 속에 스러져가고, 생성되는 것에 의해 자신은 고양된다. 비애가 고양되는 것도, 비가 내린 샹젤리제 거리가, 눈부신 햇살 속에 개선문이, 영국, 프랑스, 인도, 일본, 벨기에가, 노란 유채꽃 들판과 새파란 목초의 들판이 고양되는 것도 자신 속에 돌아와 있을 때 일어난다. 그것은 쫓고 있을 때가 아니라 침묵 속에서다. 버릴 수도 껴안을 수도 없는 시간과 공간 속에서다. 집이 내면의 떠남이라면, 길은 또한 무수한 것들과의 만남이다. 길 속에서 만난 것은 집 속으로 귀환되어 다시 길 속으로 퍼진다. 그때, 시인의 의식 속에 떠오르는 갈매기 한 마리. 혹은 경기도 안성군 난실리 45번 국도.

시인은 이제 겨울이다. 난로에 불을 지펴야 하는 겨울의 시간. 엄동의 시간. 시인은 자신에게 응고되고 결빙되어 있는 흔적에서 자신이 진정으로 돌아가야 할 것을 묻는다. 대지이거나 천공이거나, 어머니이거나 불이거나, 들꽃으로 돌아가야 할 자신을 묻는다. 생의 의지 속에 맞닥뜨린 죽음의 정면은 그리하여 참혹하다. 기쁨보다 슬픔이 앞서고 평생을 '한조각 구름(片雲)'으로 사는 '바람'을 버리려 하니 "아직도 풀리지 않는 한 슬픔/가슴을 찌"른다. 이것이 "나의 집"이다. 수직과 수평의 접합에 있는 '나의 집'. '나의 집'은 시인이 오랜 헤맴 끝에 얻은 그 스스로의 육체다. 그 속에서 그는 천연의 고독과 우수에 말라간다. "이승 마지막 밤을 가는 내게/이렇게 고마운 행복이 또 있으랴"(「아직은 남은 밤에」)라고 그는 말한다. 그러나 그 밤은 시인이 불꽃처럼 태워 밝히는 밤이며 무수한 간고를 흔적으로 고양시킨 밤이다.

이처럼 『길은 나를 부르며』는 고단한 여행 속에 만난 소회들과 '여로 시旅路詩'로서의 정경이 가득하다. 잠언적 시구와 생생한 묘사, 자연과 존재에 대한 사랑, 예술과 생에 대한 찬미, 죽음과 계절의 순환에 따른 존숭 등이 서로를 향해 말을 건다. 고독을 감수하면서까지 몸을 낮추고 있는 허리. 내면 깊은 곳으로부터 울려 퍼지는 소리에 귀 기울이는 사색. 낮고 조용하게 고요를 들려주는 음성. 이 모든 것은, 시인의 따뜻한 시선에서 나온다. 그리하여 시간을 스스로의 존재로 만들어 예지로 빛나고 있으니, 생을 고요하게 만드는 여행이여, 얼마나 고마운 구원인가.

벌거벗은 삶의 비망록

조병화 제32시집 『혼자 가는 길』

이가림(시인)

    1988년 출간된 『혼자 가는 길』은 편운 조병화 시인이 서른두 번째로 머물다 간 가숙假宿이다. '시집'이란 말 대신에 '가숙'이라는 그 특유의 시 철학과 시인 의식을 반영하는 뜻을 지닌 용어를 사용하는 데서 우리는 그 만의 독자적인 개성미를 느끼게 된다. "이 세상, 이 현실, 잠시 지금 내가 살고 있는 눈에 보이는 이 세상을 항상 나는 어느 먼 원숙原宿을 찾아서의 하나의 가숙에 지나지 않는다고 생각"(제16시집 『가숙의 램프』, 민중서관, 1968, 후기)한다는 시인 자신의 진술이 말해 주듯이, 이 가숙이란 용어에 얼마나 심중한 의미를 부여하고 있는지 알 수 있다. 그의 열여섯 번째 시집의 제목이 '가숙의 램프'로 되어 있는 점으로 미루어 봐도, 쉽사리 간과해서는 안되는 계시적인 열쇠어(mot-clé)의 하나로 간주할 수 있다. 그만큼 '가숙'이란 어휘 속에는 조병화 시인의 시관詩觀, 인생관, 세계관이 함축적으로 담겨져 있다고 해도 지나친 말이 아닐 것이다.

매 순간을 살아가는 실존적 투기(投企, projet)의 층체적 산물이라 할 수 있는 시작품을, 남기고 싶은 하나의 유산으로 보지 않고, 버리고 떠나야 할 덧없는 것들로 본다는 점에서, 조병화 시인은 시와 인생에 대해 근원적으로 허무주의적 태도를 지니고 있었다고 할 수 있다.

그렇다고 해서 조병화 시인의 시관, 인생관, 세계관이 비관적 니힐리즘, 또는 나약한 패배주의에 젖어 있다는 말은 결코 아니다. 오히려 그의 '가숙의 시학', 언제나 도상途上에 있는 '여행의 시학' 즉 원숙(原宿−시인의 표현)을 향한 '존재의 노스탤지어'를 줄기차게 추구한다. 매 시편마다 하단에 표기되어 있는 제작 연월일을 통해서 알 수 있듯이, 1987년에서 1988년 사이, 대략 1년 동안에 100여 편이 넘는 작품을 썼다는 사실에서, 끊임없이 완성을 향해 나아가는 승화에의 의지, 생성에의 의지로 가득차 있었음을 확인할 수 있다.

시집 『혼자 가는 길』에는 총 107편의 시편이 수록되어 있는데, 대학 교수로서 해야 할 역할과 책무로부터 벗어난 홀가분함 속에서 쓰인 탓인지, 물 흐르듯 유연한 필치의 자연발생성이 느껴진다. 특히 제1부「혼자 가는 길」에 배치되어 있는 시편들은 편운조片雲調라 부를 수 있는 어조가 한층 원숙하고 심오한 경지에 이르렀음을 보여준다. 언뜻 보기엔 단순한 구도인 듯 하나, 오히려 그 단순한 구도가 오랜 인생의 경험의 깊이에서 길어 올린 깨달음을 간명하게 전해주는 효과를 얻고 있다고 할 수 있다. 무겁고 어두운 유채 그림이 아니라, 파스텔화나 수채화 그림이, 경우에 따라서는 말하고자 하는 바를 훨씬 더 인상 깊게 드러낼 수 있듯이, 조병화 시인의 시편들 역시 그런 담백하고 산뜻한 미학을 잘 보여준다. 이 시집의 맨 첫머리에 놓여 있는「해」라는 작품은 그 좋은 예가 될 것이다.

아침을 일찌기 떠난 사람만이

빨간 저 해를 본다

길을 일찌기 떠난 사람만이
빨간 저 해를 본다

아, 얼마나 많은 세월을
길에서 길을 살았던가

집이 없는 사람만이
바라다 볼 수 있는 저 빨간 해

아침을 일찌기 길을 나선 사람만이
저 해를 본다

혼자 길을 가며

―「해」 전문

    이렇듯 조병화 시인은 해를 대상으로 다루면서, 거의 명상시 또는 격언시 같은 형이상학적인 가르침, 철학적인 가르침의 메시지를 다정한 어조로 나직이 말한다. 그러기에 이 시를 읽는 독자는 딱딱한 관념의 나열로 이뤄진 형이상학 시 또는 격언시를 읽을 때와는 전혀 다른 시적 감동을 받게 된다. 그것은 개념적 추상적 메시지를 주입시키려는 어법과는 전혀 다른 친근한 시적 목소리로 노래하기 때문이다.

    "아침을 일찌기 떠난 사람", "길을 일찌기 떠난 사람", "집이 없는 사람", "혼자 길을 가"는 사람만이 빨간 해를 볼 수 있다는 진술은 평이한 말로 되어 있지만, 그 말들이 내포하고 있는 바의 의미는 심중한 것이다. 특히 "집이 없는 사람"만이 빨간 해를 바라다 볼 수 있다는 진술은 액면 그대로 해석할 경우, 논리적으로 선뜻 받아들이기 어려운 지극히 한정적인 표현일 수도 있다.

하지만 "집이 없는 사람"의 의미를 단순히 "집을 소유하지 못한 사람" 정도로 보지 않고, 한 곳에 얽매임이 없이 자유로이 떠도는 보헤미안, 즉 구름처럼 표표히 떠도는 자유인으로 본다면, 그 표현은 아주 쉽게 이해되는 시적 진술로 다가오게 될 것이다.

금오산 기슭에 서 있는 나무를 보면서 천년 후의 'ㄴ'의 행방을 생각해 보는 시 「나무」를 비롯해서, 펑 뚫린 허연 하늘에 날고 있는 솔개 두 마리를 보면서 동반의 의미를 생각해 보는 시 「이승의 길」, 산장의 램프 불빛을 보면서 천벌처럼 캄캄한 밤을 지키는 자의 순수고독을 떠올려 보는 시 「산장의 램프」, 설록차 한 잔을 마시면서 문득 아른거리는 산처녀의 따스한 체온과 살 냄새를 떠올리는 시 「설록차」 등, 나날의 생활과 여행체험에서 취재한 모든 범상한 순간들이, 조병화 시인의 펜 아래서는 금방 소중한 의미를 지니는 시적 순간들로 힘차게 현존화 된다.

시집 『혼자 가는 길』에는 '나무'를 노래한 여러 편의 시가 등장하는데, 이는 노년기에 들어선 조병화 시인이 자신이 지나온 세월을 반추하면서, 다시금 나무가 보여주는 줄기찬 생명력과 의연함을 겸허하게 닮고 싶어, 나무를 하나의 중심적 표상체로 삼았기 때문이 아닌가 생각된다.

> 내 뜻대로 자라고 싶었습니다
> 저 나무의 유년시절처럼
>
> 내 꿈대로 크고 싶었습니다
> 저 나무의 소년시절처럼
>
> 내 마음껏 살고 싶었습니다
> 저 나무의 청년시절처럼

내 마음껏 살고 싶었습니다
저 나무의 장년시절처럼

그리고 내 자신을 보고 싶었습니다
저 나무의 세월처럼

지금 해 솟는 안개 속에 의연히
자기 모습으로 나타나 있는 저 나무

저렇게 나도
내 생애에 의연히 서 있고 싶었습니다.

－「노목을 보며」 전문

뜻대로 자라고 싶었으나 그러지 못한 유년시절, 꿈대로 크고 싶었으
나 그러지 못한 소년시절, 마음껏 열정을 불태우고 싶었으나 그러지 못
한 청년시절, 마음껏 자유로이 살고 싶었으나 그러지 못한 장년시절을
뒤돌아보게 하는 노목을 바라보면서, 시인은 진정한 자아의 성취를 새
삼스레 갈망한다. 여기서 한 그루 노목은 말할 것도 없이 시인 자신이 그
렇게 되고 싶어 했던 객관 상관물, 즉 온갖 풍상을 견뎌낸 의연한 생애의
상징이다.

이렇듯 조병화 시인은 자연사물을 묘사하거나 노래할 때에도 항상 우
리네 인생살이의 덕목이랄까, 삶의 예지랄까 하는 것을 깨우쳐 준다. 그
렇지만 그는 그야말로 따스한 사람의 체온이 전해지는 솔직한 인간의
목소리로 넌지시 말할 뿐, 직접 시의 전면에 나서서 자신의 사상과 철학
을 가르치려 들지 않는다.

이 시집의 제4부 「편운재로 띄우는 편지」에 수록된 시편들은 한마디
로 '여행시'라 할 수 있다. 어떤 의미에서 우리는 조병화 시인을 '여행의
시인', '시간의 시인'이라 명명할 수 있는데, 그것은 어느 누구보다도 많

은 여행을 했고, 시간의식이 남달리 예민했던 시인이라는 실제적인 전기적 사실 때문에 그렇게 부를 수 있기도 하지만, 그의 시적 상상세계가 근원적으로 '여행'과 '시간'의 문제에 깊이 결부되어 있기 때문이다.

조병화 시인에게 있어서 '여행'은 세계 여러 나라의 낯선 도시를 돌아다니며 관광명소를 구경하고, 맛있는 음식을 찾아먹고 하는, 이른바 '관광'이 아니다. 이곳이 아닌 저곳을 향해 끊임없이 탈주하려는 일탈에의 욕망, 즉 '존재론적 갈증'(soif onthologique)의 구체적 표현이라 할 수 있다.

구름을 너무도 좋아했던 「이방인」의 시인 샤를 보들레르(Charles Bau-delaire, 1821~1867)가 여행과 시간의 시인이었던 것과 마찬가지로, 조병화 시인 역시 구름을 사랑했고 여행을 몹시 좋아했다는 점에서 일맥상통하는 바가 있다. 하지만 보들레르의 여행의지가 '이상', '절대', '피안', '영원', '무한' 같은 불가시不可視의 세계로의 도피를 갈망하는 수직적·이념적·형이상학적 성격을 강하게 띠고 있는 데 비해, 조병화 시인의 여행의지는 따스한 체온을 함께 나누며 사는 인간적 공존의 세계, 지상적인 삶의 한 복판에 발을 디디고 서 있는 수평적·구체적·비초월적 성격을 띤다 하겠다. 그런 의미에서 조병화 시인은 상징주의자가 아니라 휴머니즘적 리얼리스트라 불러 마땅하리라 생각된다.

1988년 6월 5일 시나이 사막을 통과하며 쓴 것으로 표기돼 있는 「베드윈」이라는 시만 보더라도, 그의 여행시가 이국적 풍물의 단순한 스케치 이상의 인간주의적 '연대의식'(solidarité)에 바탕을 두고 있음을 확인할 수 있다.

> 시나이 반도에 띄엄, 띄엄, 산재하여
> 사막에, 가물거리는 베드윈의 초막들
> 불타는 태양볕 속에서
> 하얀 깃발이 팔랑거린다

6일 전쟁에 벼락과부가 된 여인들의
남자가 필요하다는 초막들,

하얀 깃발을 꽂아놓고
까만 천을 두른 까만 여인들이
까만 양들과 산다

바람도 따끔따끔 굴러가는,
알라신도 까맣고 타가는,
햇볕의 천지,

아, 이런 곳에서도 사람이 산다니
까만 여인들이여, 하얀 깃발들이여

이곳에선 가난이라는 말도
너무나 사치한 말이다.

–「베드윈」 전문

　“6일 전쟁에 벼락과부가 된”, “남자가 필요”한 여인들이 사는 베드윈의 초막들을 보면서, 시인은 “이곳에선 가난이라는 말도/너무나 사치한 말이다”라고 절망어린 탄식을 흔다. 알라신도 포기해버린 듯한 극한의 궁핍 속에서 허덕이며 살아가는 까만 베드윈 여인들의 모습이 결코 ‘나’와 무관하지 않은 인류의 공동체적 일원임을 진정한 연민의 마음으로 안쓰럽게 보듬고 있는 것이다. 이러한 타자의 불행과 비참에 대한 인간적 감정이입 또는 동화同化의 감수성이야말로 조병화 시인을 섬세한 연대의식의 휴머니스트로 보게 하는 중요한 요소라 하겠다.

　그러나 조병화 시인의 시적 특성 가운데서 가장 두드러진 특성은 근원으로의 회귀의 꿈을 노래하는 자연찬가, 고향찬가, 특히 어머니 찬가에 있다 할 것이다. 제2부「편운재에서」와 제3부「길가는 연습」에 수록

돼 있는 시편들은 다름 아닌, 가스통 바슐라르가 말하는 '노발리스 콤플렉스' 또는 '요나 콤플렉스'의 시학을 감동적으로 보여주는 실례들이라 할 수 있다.

> 편운재片雲齋 앞들에, 뒷들에, 아버님,
> 어머님 묘소 앞에,
> 나무를 심는다
>
> (중략)
>
> 언제 이 나무들은
> 뿌리 내리고, 가지 치고, 꽃 피우고,
> 열매 열고, 잎 피어
> 지나는 사람에게 그늘 내릴까
>
> 제대로 가꾼 나무 하나 없는 생애
> 간 세월이 덧없는 구름이었던가
>
> 이제 이 나무, 나무 심음에
> 잘 자라서
> 먼 훗날, 내 흔적이나 되려나
>
> "구름을 살다간 사람 있었노라"고,
> 이곳에.

— 「나무를 심으며」 부분

위의 시는 제2부 「편운재에서」에 들어 있는 작품으로, 앞서 언급한 바 있는 「노목을 보며」와 마찬가지로 '나무'를 소재로 하고 있지만, 훨씬 본질적인 철학적 문제, 즉 존재와 시간의 문제를 다루고 있어 주목된다.

시인의 고향인 경기도 안성 난실리의 편운재를 한번쯤 방문한 적이 있는 사람이라면, "편운재(片雲齋) 앞들에, 뒷들에, 아버님, /어머님 묘소"가 있어, 삶의 장소와 죽음의 장소가 아무런 경계 없이 마주보고 있음을 보았을 것이다. 바로 그 어머님 묘소 앞에 어린 묘목을 심으면서, 시인은 우리네 인생이 영원과 무한의 시간 속에서 얼마나 덧없고 허무한 것인가를 골똘히 명상한다. 그러면서 "제대로 가꾼 나무 하나 없는 생애/간 세월이 덧없는 구름이었던가"라고 후회하며, 뒤늦게 심은 이 어린 나무가 먼 훗날 시인이 존재했었다는 흔적 또는 증거가 될 수 있을까를 생각한다. 그리고 "구름을 살다 간 사람 있었노라"고 누군가 기억해 주기를 바란다. 이러한 '기억'을 통한 영원화의 세계를 일찍이 노래한 시인으로 알퐁스 드 라마르틴(Alphose de Lamartine, 1790~1869)가 있지만, 조병화 시인 또한 '기억'의 지속에 의해 덧없고 유한한 삶을 뛰어넘으려는 '영원에의 욕망'을 그리고 있음을 볼 수 있다.

조병화 시인의 자연관 또는 생명관의 특징이 잘 드러나 있는 작품으로 제3부 「길가는 연습」에 수록돼 있는 「귀뚜라미」를 들 수 있다.

> 귀뚜라미가 동침을 한다
> 침대 구석에 무심히 쌓인 책틈에
> 나도 모르게 거처를 숨겨 놓고
> 매일 밤 그 자리, 그곳에서 가까이
> 가을, 가을, 가을, 가을, …,
> 귀뚜라미가 울어댄다
>
> 세월 가는 줄 모르게
> 인간사 근심에 바삐 매달린
> 소란한 한국의 1987년
> 어느새 예순일곱 고비를
> 귀뚜라미 기별대로
> 가을, 가을, 가을, 가을, …,

가을거리고 있는 나의 생존

한밤중을 한 시에 깨어도, 두 시에 깨어도
나를 재촉하는 소리
가까이 아주 가까이 귓가에서
가을, 가을, 가을, 가을, …,
이 가을을
귀뚜라미가 동침을 한다

―「귀뚜라미」 전문

　일개 미물에 지나지 않는 귀뚜라미와 "동침을 한다"고 하는 표현에서, 우리는 사람과 자연생명의 관계를 동등성의 관계로 파악하고 있는 조병화 시인의 자연관 내지 생명관의 일단을 엿볼 수 있다. "어느새 예순일곱 고비를/귀뚜라미 기별대로/가을, 가을, 가을, 가을, …,/가을거리고 있는 나의 생존" 같은 표현도 읽는 재미를 한껏 느끼게 한다. 귀뚜라미의 울음소리를 "가을, 가을, 가을, 가을, …"이라는 의성어로 묘사하면서, "가을거리고 있다"라는 특이한 동사를 만들어 '나'의 우수를 노래하고 있는 데서, 조병화 시인의 언어구사 솜씨가 얼마나 재치 있고 감각적인가 하는 것을 확인하게 된다.

　이렇듯 조병화 시인은 허구적인 가상의 왕국이 아니라 자신이 살아가는 나날의 구체적 생활현실, 낯선 나라에서의 여행체험, 인연으로 얽혀서 만났다가 헤어지는 숱한 인간관계 등에서 시의 소재와 모티브를 포착, 솔직한 비망록적 시쓰기를 실행한다. 그에게 있어서 시쓰기의 행위는 거짓 없는 비망록을 작성하는 행위와 마찬가지이기에, 매 시편마다 제작 연월일을 표기해 둠으로써 실존적 투기投企의 생생한 기록으로서의 의미를 지니게 한다. 하루 또 하루 살아가는 조건, 그때 그 순간의 상황에 긴밀히 결부된 '삶의 메아리로서의 시'를 쓰는 시인이기 때문에, 그의 시편들 하나 하나에는 순간적 사유의 총체가 실리게 되는 것이다. 서른두 번째 가숙인『혼자 가는 길』은 시로 쓴 비망록, 다시 말해서 1987년에서 1988년 사이의 벌거벗은 내면일기라 할 수 있다.

떠돎과 머묾, 그 사이

조병화 제33시집『지나가는 길에』

윤석산(문학평론가)

1.

　일찍이 당나라 시인 이백은 그의 작품「춘야연도리원서(春夜宴桃李園序)」에서 "이 우주는 만물이 잠시 머물었다가 떠나가는 여인숙이요, 세월이라는 것은 이 우주를 그저 스쳐 지나가는 과객(天地者 萬物之逆旅 光陰者 百代之過客)"이라고 노래하였다. 이어서 "그러니 이 우주 사이를 떠도는 우리 인생이라는 것도 결국은 꿈과 같은 것이니, 이러한 한 생애를 살면서 과연 즐거움이란 얼마나 될 것인가(浮生若夢 爲歡幾何)"라고 스스로에게 말하고 있다.

　이와 같이 자유분방한 기질을 지닌 이백과 같은 시인은 일찍이 이 우주를 잠시 만물이 머물다 떠나가는 여인숙, 혹은 스쳐 지나가는 정거장 정도로 생각을 했다. 그런가 하면 우리가 살아가면서 헤쳐 나가는 세월이라는 것은 실은 우리의 곁은 스쳐 지나가는 과객, 나그네일 뿐이라고 말하고 있다. 그러니 세월의 흐름에 너무 아쉬워하고 연연해 할 것도 없고, 무엇을 얻거나 잃은 것에 너무 아쉬워하거나 기뻐할 것도 없다는 것이다. 모든 것은 나의 것도 아니요, 어차피 우리 곁을 스쳐 지나갈 것이니 말이다. 이러한 우주와 만유, 그리고 시간에 대한 사유는 동양적 도가풍의 사유에서 그 근원을 찾을 수가 있다.

노자와 장자로 이야기되는 도가풍의 사유는 시간이나 공간의 어떤 구속도 또 배제됨도 없이 자유로움에서 비롯된다. 이와 같은 노장의 내적인 정신의 자유를 구가하며 유유자적하는 사상은 후세의 사람들에 의하여 높이 평가되고 있으며, 후인들의 정신적인 귀의처가 되기도 한다. 이러한 도가풍의 사상이 잘 나타나고 있는 것으로 사람들은 흔히『장자』의 '훨훨 날아 자유롭게 노닐다'라는 뜻의「소요유(逍遙遊)」를 들고 있다. 장자는 일찍이 만물일원론을 주창하였고, 죽음과 삶을 초월하여 절대 무한의 경지에서 소요하는 것을 삶의 목적으로 하였으며, 나아가 인생은 모두 천명을 받고, 또 천명에 의하여 살아간다는 숙명론을 취한 사상가라고 할 수 있다. 그러므로 얻어지는 것도 없는, 아무 거리낌 없는 자유의 절대경지, 곧 궁극적 자유를 그 근간으로 하는 사유를 내놓았다.

소요유는 흔히 정신적인 자유로 이야기된다. '소요유'의 '유遊'는 다만 세상의 밖을 떠도는 것이 아니라, 마음이 노니는 것, 즉 유심遊心이라고 말할 수 있다. 다시 말해 정신적인 자유로움, 자재로움을 의미한다.『장자』「응제왕(應帝王) 편」을 보면 "나는 바야흐로 조물자와 더불어 교제하려고 하며, 싫증나면 또 청허(淸虛)의 원기로 된 새를 타고 육극(우주)의 밖으로 나가 무하유지향(이상향)에서 노닐고 넓고도 넓은 들에 있겠다(予方將與造物者爲人 厭 則又乘夫莽 之鳥 以出六極之外 而遊無何有之鄕 以處壙垠之野)"라고 하였다.

이렇듯 장자와 같이 진실로 깨어있는 사람들은 어디에도 얽매이지 않는 자유로움을 추구한다. 일상의 삶, 일상의 일들이라는 매임에서 벗어나므로, 절대의 자유를 누리고, 그러므로 결국 자신의 조그만 마음 조각

하나마저도 남기지 않는 마음의 상태를 지닌다.

편운 선생은 '떠도는 조각구름'이라는 그 아호가 암시하고 있듯이, 인생 그 자체가 바로 어디에도 얽매이지 않고 '떠돎'이라는, 즉 '유遊'의 인식을 그 바탕으로 하고 있는 시인이라고 하겠다. 그래서 그런지 그의 시집들의 제목을 보면, 제13시집『시간의 숙소를 더듬어서』, 제16시집『가숙의 램프』, 제31시집『길은 나를 부르며』, 제32시집『혼자 가는 길』, 제33시집『지나가는 길에』, 제35시집『찾아가야 할 길』, 제37시집『타향에 핀 작은 들꽃』, 제38시집『다는 갈 수 없는 세월』, 제41시집『내일로 가는 밤길에서』, 제42시집『시간의 속도』, 제51시집『세월의 이삭』, 제53시집『넘을 수 없는 세월』등, '가숙假宿'이라든가, 도는 '길', '세월' 등 자유로운 떠돎과 머묾의 의미를 지닌 제목들이 그 대종을 이루고 있다.

이들 시집 제목과 시에서 말하고 있듯이, 이 세상에 태어나 사는 것은 다름 아닌 죽음으로 가는 여정에 잠시 빌려 머무는 곳, 곧 '가숙假宿'이라는 의식 속에서, 편운 선생은 늘 떠나는 삶, 그러므로 떠도는 삶을 노래하고 있다. 그러면 편운 선생은 왜 이렇듯 떠돌고 있는가. 다름 아닌, 꿈을 찾아 떠돌고 있다고 하겠다. 꿈을 찾아 떠돌고, 또 그 꿈을 위해 잠시 안주를 하고, 그러나 그 안주 속에서 다시 새로운 꿈을 찾아 떠나는, 떠돎과 머묾을 반복하는 시인이라고 할 수가 있다.

그런가 하면, 이 떠돎 속에서 수많은 사람, 수많은 일들과 만나고 헤어진다. 그러나 헤어진다고 해도 결국은 그 존재 역시 이 떠돎 속에 있는 것이요, 만난다고 해도 이 떠돎 안에 있는 것이다. 그러므로 헤어짐 그 자체가 만남이 되고, 만남 그 자체가 바로 헤어짐이 된다. 어찌 보면 만남도, 헤어짐도, 또 떠돎도, 머묾도 모두 같은 이 우주라는 커다란 삶 속에서 일어나는 것이기 때문에 궁극에 있어서는 같은 것이 아닐 수 없다.

이쯤 되게 되면 편운 선생의 시적 사유는 매우 도가풍의 사유에 그 근원을 두고 있다고 하겠다. 그러나 편운 선생의 시가 입고 있는 옷은 매우 현대 도시풍의 의상이다. 단적인 예로, 잠시 머물다가 떠날 가숙假宿에 걸려 있는 것이 촛불이나 호롱불이 아니라, '램프'이다. 이와 같은 점을 본다고 해도 편운 선생은 도가풍의 사유를 현대도시와 접목시키고 있는, 그러므로 현대라는 이 거대한 도시 속에서 떠돎과 머묾, 만남과 헤어짐, 모두를 한 삶의 우주적 여정임을 노래한 시인이라고 할 수가 있다.

2.

편운 선생의 33번째 시집인 『지나가는 길에』 역시 '떠돎과 머묾'이라는 여행 중에 쓴 시들이 대종을 이루고 있는 시집이다. 시인이 「서문」에서 밝힌 바와 같이 제1부 「옛 장터에서」가 바로 여행지에서 얻은 시편들이 된다. 편운 선생은 또한 「서문」을 통해 "여행지에서 오히려 시상이 더욱 왕성해진다."고 말하고 있다. 삶 자체가 여행이고, 인생이 바로 여행자라는 생각 속에서 실제 여행을 떠나게 되면, 더욱 그 삶의 본질을 보는 듯하여, 시상이 더욱 왕성해지는 것인지도 모른다.

시집 『지나가는 길에』의 1부가 되는 「옛 장터에서」에 실린 작품들은 작품의 연보를 보면, 1988년에서 1989년 사이에 여행을 하면서 쓴 시들이다. 여행지는 중국과 그리고 소련, 동구권들, 그리고 유럽, 일본 등지가 된다. 1980년대 후반이라는 당시의 시대적 상황으로 보아, 그간 막혀 있다가 비로소 공산권에 여행을 할 수 있을 때가 바로 이때이기도 하다. 그러니 1980년대 후반에 이곳 공산권에 여행을 했다는 것은 당시로서는 매우 이색적인 체험이 아닐 수 없다.

작품에 매겨진 창작 일자를 보면, 여행지에서 거의 매일 시를 쓴 것을 알 수가 있다. 여행지에서 만나는 새로운 풍경과 사람들을 대상으로 매일 매일 시를 썼던 것으로 생각된다. 그런가 하면, 이들 작품들은 대부분

5행을 넘지 않는 단시들이다.

몇 행이 되지 않는 짧은 시형을 지닌, 이들 1부에 실린 작품들은 그 형식이 대체로 'A / B'로 되어 있다. 즉 A의 전절과 B의 후절의 형태를 띠고 있다. A에 해당되는 전절은 1행 이상으로 1행, 또는 2행, 3행, 4행 정도로 되어 있다. 이에 비하여 B에 해당되는 후절은 1행, 또는 길어야 2행으로 되어 있다. 따라서 전절은 그 행이 많으므로 전대절前大節이라고 이름할 수가 있고, 후절은 다만 한 행 정도로 되어 있으니, 후소절後小節이라고 이름할 수 있을 것이다.

전대절에서는 여행지의 풍경을 그려내고 있다. 이러한 전대절에 비하여 후소절은 전대절의 풍경을 바탕으로 시인의 주관적인 내면을 그려내고 있다. 그러니 전대절이 서경의 모습을 띤다면, 후소절은 서정을 드러내 준다고 하겠다. 즉 여행지에서의 풍경과 내면적인 정서가 만나며 매우 즉흥적으로 짧은 시형의 시들을 쓴 것으로 생각이 된다. 나아가 이와 같은 즉흥성이 지닌 촌철살인寸鐵殺人의 시구들은 후소절을 이루며, 시를 읽는 재미를 더해주고 있다. 그러면서 이들 작품들 속에 숨어 있는 촌철살인의 구절에는 편운 선생의 삶의 한 모습, 매우 관조적이며 또 인간적인 풍모가 담겨져 있음을 볼 수가 있다.

단풍이 호수를 더욱 빛내 주고 있다.

인간도 그랬으면 얼마나 좋을까

―「도와다호(十和田湖)」 전문

가을날의 단풍과 그 단풍이 드리운 호수라는 매우 평이한 풍경을 시의 소재로 삼고 있다. 그런가 하면, 단풍이 붉게 물들어 있으므로 호수의 그 정취가 더욱 아름답게 빛나고 있음을 새삼 발견한 듯이 노래하고 있다. 이 단풍과 호수의 아름다운 조화를 시인은 인간의 삶으로 옮겨가고 있다. 마치 단풍이 호수를 더욱 아름답게 하고 있듯이, 그 누가 곁에 있으므로, 그 곁의 다른 사람이 더욱 빛나게 된다면, 이 세상은 얼마나 아름다울까 하고 생각을 하고 있다. 사람과 사람이 만나 서로 조화를 이루므로 이룩되는 아름다움, 이러함이 얼마나 사람살이에서 중요한 것인가를 이 시는 묵시적으로 이야기하고 있다. 자연의 모습을 바라보며, 인간사를 생각하는 편운 선생의 인간사에의 따뜻한 눈길을 느낄 수 있는 작품이라고 하겠다.

> 에펠탑 100주년
> 광장엔 까만 흑인들뿐이었다.
>
> 물건 사라고

-「에펠탑」 전문

우리가 잘 알고 있듯이 에펠탑은 프랑스 혁명 100주년을 기념하기 위하여 세워진 파리를 상징하는 탑이다. 이 탑이 세워진 해가 1889년이니, 탑이 세워진 100년 기념은 1989년이 된다. 100년이라는 새로운 세기를 맞는 해, 기념을 하기보다는, 기념을 하기 위하여 오는 사람들에게 물건을 팔기 위한 흑인 장사꾼들만이 버글거리는 풍경을 바라보며, 시인은 이 시대는 무엇을 기념하는 의식이나 격식보다는, 자신의 개인적인 이익을 추구하고 또 먹고 사는 것이 더 우선이 되는 시대임을 이렇듯 노래하고 있다.

혁명도, 혁명 100주년을 기념하기 위하여 세운 탑도, 또 그 탑이 세워진 100년을 기념하는 것도 실은 오늘이라는 현대는 그렇게 중요하지 않은지 모른다. 내가 살고, 내가 어떤 이익을 내느냐의 문제가 무엇보다도

우선하고 있는 것이 바로 오늘이라는 자본의 논리가 팽배된, 후기자본
주의의 사회적인 모습인지도 모른다. 모든 가치를 교환의 가치에 그 우
선을 두고 있는 이러한 현실을 에펠탑 100주년 광장어서 시인은 이렇듯
풍자적으로 노래하고 있다. 비록 3행뿐이 되지 않는 매우 짧은 시형이지
만, 이에는 바로 이러한 현대의 삶에 일갈一喝을 하는 촌철寸鐵의 모습이
담겨져 있다.

> 아직은 못 가는 나라.
> 비행장이나마 걷고 떠난다.
>
> 어째서 인간들은 이 자유의 지구에서
> 이렇게 불편한 구역들을 만들어 놓고 있을까
>
> 이데올로기가 무어게?

—「폴란드 바르샤바」 전문

바르샤바는 폴란드 중동부에 있는 도시이다. 특히 바르샤바는 유럽
평원을 가로지르는 동서통로와 발트 해와 남유럽을 연결하는 통로가 교
차하는, 폴란드의 교통과 통신의 중심지이다. 뿐만 아니라 동유럽으로
통하는 중요한 교통로의 요충지이기도 한다.

동구권 소련을 비롯하여 일부는 개방이 되었어도, 아직 폴란드는 개
방이 되지 않았던 때인 모양이다. 동유럽에서 서유럽, 또는 남유럽으로
가기 위하여 폴란드의 바르샤바에서 비행기를 갈아타는 모양이다. 다만
비행기를 갈아타기 위하여 비행장이나 걸어볼 뿐 입국이 허용되지 않는
나라 폴란드를 지나며, 시인은 '왜 이 지구상에는 자유롭게 드나들지 못
하는 땅이 있어야 하는가'라고 스스로에게 반문을 한다. 그 이유야 아주
간단하고 당연한 것이다. 서로 이념이 다르기 때문에 통행이 제한된 것

이다. 그러나 근원적으로 왜 사람들은 이런 이념을 만들고, 이 이념에 갇혀서 서로 내왕조차도 안 하고, 심지어는 서로 대립하고 질시하며 살아가야 하는가, 하는 문제에 이르게 되면, 인간에 의하여 인간을 구속하고 제어하는 삶이 얼마나 부자연스러우며 또 부질없는가를 새삼 느낄 수가 있다.

후소절의 "이데올로기가 무어게?" 하는 구절에서 이 시인이 어떠한 것에 삶의 가치를 두고 있으며, 나아가 어떠한 것이 진정한 삶의 모습이라고 생각하며 살고 있는가를 읽어낼 수가 있다.

옛날은 가고 수양버들만 한창이었다.

인간은 그렇게 사라지는 거

—「북경 이화원(頤和園)」 전문

이화원頤和園은 북경 인근에 자리하고 있는 중국 황족의 최대 정원이다. 특히 청나라를 반세기 동안 지배하며 실질적인 권력자로 군림했던, 중국 역사상 가장 강력한 여성 지배자였던 서태후의 여름 별장으로 유명한 곳이다. 이화원에서 한 끼 식사를 위하여 차려내는 상 위에는 매번 150여 가지의 음식이 올라왔었다고 하니, 그 호화로움이 어떠한가를 알 수가 있다. 그러나 이곳 이화원도 "옛날은 가고 수양버들만 한창"인 봄날을, 그저 쓸쓸히 맞고 있음을 바라본다. 그리고는 이내 쓸쓸히 사라져야 하는 삶의 무상함을 바라다본다. 아무리 화려하고 커다란 권력을 지닌 사람도 허여된 시간을 이 이승에서 살다가, 이내는 떠나가야 한다는 사실을 더욱 실감하고 있다.

이 호화로운 궁전에서 살던 사람들은

지금쯤 어디에 있을까

－「부다 언덕」 전문

부다 언덕은 헝가리 부다페스트에 있는 곳으로, 도나우 강을 따라 남북으로 1.5키로 이어져 있는, 화려한 왕궁이 자리하고 있는 언덕이다. 이와 같은 헝가리의 영광과 수난의 역사를 고스란히 짊어지고 있는 왕궁의 언덕, 부다 언덕에서 시인은 중국 북경에 자리한 이화원에서 느꼈던 감회를 다시금 회상한다. 삶의 무상함을, 이 호화로운 궁전에 살던 사람들은 지금 어디에 있을까 하고 탄식하듯이 노래하고 있다.

그러나 실상 이러한 '이화원'이나 '부다 언덕'에서 느끼는 삶에의 무상함은 궁극적으로 아무리 부유하고 화려해도 한 생애요, 그렇지 못해도 한 생애라는 화려함과 초라함이라는 이원적 대립을 뛰어넘는 모습의 또 다른 표현이기도 하다. 그러므로 이러한 사유 속에서 편운 선생이 지니고 있는, 화려함과 초라함, 삶과 죽음, 과거와 현재를 모두 초극하는 모습을 발견하게 된다.

사람들은 흔히 800년을 살았다는 팽조彭祖를 부러워하고, 태어나서 몇 달 살지 못하고 죽은 아이를 애처롭게 여긴다. 그러나 800년을 산 팽조나 태어나서 몇 달을 살지 못하고 죽은 아이나, 궁극적으로 그 차이는 무엇이가라고 묻는 도가적 사유를 이와 같은 이화원에서, 혹은 부다 언덕에서 만나고 있는 것이다. '이화원', 또는 '부다 언덕'은 서태후가 또는 헝가리의 임금과 귀족들이 이 우주를 떠돌다 잠시 ㅁ물던, 그리고는 이내 떠나간 곳만이 아니라, 편운 시인이 이 세상을 떠돌다 잠시 머물었던, 그리곤 이내 떠나야 할 그런 곳이기도 하다.

삶 그 자체가 이 우주의 한 귀퉁이를 떠도는 여행이라면, 그래서 이 우주의 곁을 지나는 세월을 그저 스쳐지나가는 과객으로 생각을 한다면, 우리의 삶 그 지체가 떠돎과 머묾, 머묾과 떠돎이라는 여행이 아닐 수 없다.

3.

시집의 2부를 이루는 「지적도 없는 마을」은 비록 여행시는 아니지만, 편운 시인의 앞에서 이야기한 모습이 여실히 나타나고 있다.

> 인생엔 무용한 풀꽃처럼
> 멀리 한 송이 흰 꽃이 피어 있다.

– 「인생엔」 전문

저만치 멀리 피어 있는 한 송이 흰 꽃, 이 꽃은 실상 사람살이에는 아무러한 의미도 또 효용성도 없는 다만 풀꽃일 뿐이다. 그러나 사람살이와는 관계가 없어도, 그 꽃은 꽃으로서 가치와 의미를 지닌다. 떵떵거리고 만물의 영장을 자처하며 살아가는 사람들이나, 멀리 이름 없이 피어 있는 한 송이 풀꽃이나, 궁극적으로는 다 같은 한 목숨이며, 다 같은 한 삶일 뿐이기 때문이다. 만물일원론을 주창한 장자의 목소리를 새삼 듣는 듯한, 그러한 시가 아닐 수 없다.

> 저 봉우리를 넘으면
>
> 이제 인간의 눈으로는
> 아무것도 보이지 않는
>
> 인간의 말로서는
> 아무것도 통하지 않는
>
> 그리고 인간의 기쁨도 슬픔도
> 아무것도 소용이 없는

망망 허허망망한 우주가 시작되려니

아, 이 혼자
자유로운 고독이여

이제 이 인가를 떠나면,
저 봉우리를 넘으면.

―「저 봉우리를 넘으면」 전문

　인간은 인간의 눈으로 보고, 인간의 머리로 생각을 하고, 인간의 마음으로 모든 것을 해석한다. 그러므로 흔히 새가 우는 것인지, 노래하는 것인지, 또는 무엇인지도 모르고, 인간 자신의 잣대로 새가 노래한다고 노래하기도 하고, 새가 우짖는다고도 말한다.
　그러나 이 인간이 지닌 한계를 넘어서면, ―그것이 죽음인지 무엇인지는 알 수 없어도―"인간의 눈으로는 / 아무것도 보이지 않는", "인간의 말로서는 / 아무것도 통하지 않는", "인간의 기쁨도 슬픔도 / 아무것도 소용이 없는", "망망 허허망망한 우주가 시작"된다고 시인은 노래하고 있다. 그리고 이내 이와 같은 경지를 '자유로운 고독'이라고 말하고 있다. 편운 선생의 떠돎은 어느 의미에서 이와 같은 자유로운 고독을 찾고, 이 자유로운 고독에 머물고 싶은 떠돎이 아닌가 생각이 된다. 떠돎을 통하여 만끽하는 절대의 자유, 절대의 자유인으로서 느끼는 그 절대의 고독을 희구했던 시인이었던 것이다.

거 누구요?
지나가는 바람이올시다.

깊은 밤, 이 산중에,
캄캄한 시간에, 창을 노크하는 소리

거 누구요?
먼 길 가다가
그저 스쳐가는 바람이올시다

잠이 깨면 엄습해오는
생존의 공포, 불안
가랑잎처럼 매달린 생명

거 누구요?
쫓겨 지나가는 바람이올시다

—「세월」 부분

때로는 우리의 창을 흔들고 떠나가는 한줌 바람과 같은 것이 세월이
라고 시인은 노래하고 있다. 먼 길 가다가 그저 스쳐지나가는 바람과 같
은 것이 바로 우리네 삶이라고 시인은 노래하고 있다. 어디에서 왔다가
어디로 가는지도 모르는, 그러나 늘 생존의 공포와 불안으로 가랑잎처
럼 매달려 사는 생명인 우리. 이러한 삶에의 인식이 편운 시인으로 하여
금 궁극적으로 현실적인 삶을 벗어나 떠돎과 머묾이라는 초극의 삶을
지향하게 했는지도 모른다.

그러므로 삶이란, 세월이란 어느 결에 무심코 창문을 흔들다 지나가
는 바람과도 같은 것. 그러니 우리의 삶이라는 것도 이러한 바람과 같이
어느 들녘, 또는 어느 빈터를 떠돌다 사라지는 것은 아닌지, 시인은 삶의
그 정처 없음을 이렇듯 노래하고 있다. 그 정처 없음 속에서 누리는 절대
의 고독, 절대의 자유를 시인은 이렇듯 희구하고 있는 것이다.

4.

 편운 선생의 33편째 시집인『지나가는 길에』도 역시 편운 선생이 전 생애를 통해 추구해온, 절대의 자유, 고독 속에서 누리는 자유, 그리고 꿈을 찾아 떠나는 떠돎과 머묾이라는 주제어가 담겨진 시집이라고 할 수가 있다.

 이와 같은 편운 선생의 사유는 멀리 동양의 노장 정신인 도가적 사유 와 맞닿아 있다고 하겠다. 그러므로 '위대함과 하찮음', '화려함과 초라 함', '어제와 오늘', '삶과 죽음' 등의 이분화된 세계를 거부하고, 만유일 원화의 삶을 그의 시 속에서 추구하고 있음을 볼 수가 있다. 떠돎과 머 묾, 그 사이에 오랜 도가풍의 사유에 바탕을 둔 편운 선생의 시적 사유가 자리하고 있다고 하겠다.

 이와 같은 면에서 비록 편운 선생의 많은 시작품들이 서구적, 또는 현 대 도시적 외양을 지니고 있다고 해도, 근원적인 면에서는 동양의 오랜 사유를 내면화시킨 작품들이라고 하겠다.

고독의 거인, 편운 선생

조병화 제34시집『후회없는 고독』

나태주(시인)

1. 편운 조병화 선생의 시와 인간

한국 시문학사에서 편운片雲 조병화(趙炳華, 1921~2003) 선생만큼 커다란 족적을 남긴 분은 그다지 많지 않을 것이다. 80년이 넘는 생애를 이 나라 시문학 발전과 교육과 문화일반에 끼친 공헌은 한 마디로 요약해서 말하기 어렵다. 우선 선생은 순연한 우리 민족어를 활용하여 수없이 많은 시를 생산해 냈으며 그 작품들은 한결같이 이 나라 독자들에게 영향을 주어왔음을 우리는 모르지 않는다. 그 작품들은 오늘날에 이르러서도 여전히 독자들 손에서 읽히고 있으며 많은 수의 작품들이 명편으로 평가되고 있다.

또한 선생은 일제침략기 청소년 시절을 보내면서 정통 사범교육(경성사범학교, 동경고등사범학교)을 이수한 이래 2세 교육에 투신, 고등학교와 대학에서 젊은 세대들을 가르치는 이 땅의 올곧은 스승으로 평생을 지내오셨다. 뿐더러 선생은 문화계에도 영향력을 발휘, 여러 문화단체의 책임 있는 자리(한국시인협회장, 한국문인협회 이사장, 대한민국예술원 회장)를 맡아 봉사했으며 숱하게 많은 외국 어형과 더불어 세계시인대회에 참여 · 주관을 해온 국제적 인물이기도 했다.

뿐더러 선생은 회화에도 재능을 보여 여러 차례의 전시회를 개최한 바 있으며 개인화집도 여러 권 발간하신 분이다. 또한 외국어로 시집이 번역되어 발간된 것은 부지기이며 거기다 더하여 생전에 당신의 문학적 상과를 정리하고 후학들에게 도움을 주기 위해서 제정 · 시상해온 편운문학상은 문학상의 모범으로 운영되고 있다.

그러나 여기서는 선생의 시적인 여정만을 잠시 훑어보기로 한다. 선생의 시적인 출발은 1949년 처녀시집 『버리고 싶은 유산』의 발간으로부터이다. 평소 가까이 지내오던 모더니즘 시인 김기림金起林과 모더니즘을 지향하지만 전원정서에 기울었던 장만영張萬榮 시인의 권고와 안내로 시집이 출간되면서 시작생활의 길에 들어섰다.

그로부터 생애를 접기까지 54년 동안 53권의 창작시집을 세상에 내놓았다. 따져보지 않는다 하더라도 1년에 한권씩 개인시집을 발간해 왔음을 대번에 알 수 있는 일이겠다. 여기다가 선시집, 합본시집, 해설시집까지 더한다면 도대체 몇 권이나 되는 시집 종류의 책을 내셨을까? 우선 시집의 권수나 시의 양으로 보아 선생을 따라갈 시인은 없다. 그것은 전무후무로 그렇다.

선생의 시는 그 양으로서만 자랑스런 것은 아니다. 독자들에게 미친 영향력이 얼마나 컸는지 모른다. 『사랑이 가기 전에』와 『남남』을 비롯하여 얼마나 많은 베스트셀러 시집을 남겼는지 모른다. 선생의 시의 강점은 우선 말하듯 편안하게 기술된 이의 어법에 있다. 누구나 까다롭지 않게 접근하도록 되어 있다. 그 뿐이 아니다. 선생의 시에는 진한 서정과 휴머니티가 깔려 있어서 읽는 사람으로 하여금 위로를 받도록 했다. 독자를 우선 안심시키고 심정적으로 쓰다듬어 줌으로 감동을 주었고 생명의 소중성, 생의 의욕을 저절로 느끼도록 해주었다. 이 얼마나 막강한 시의 힘인가!

선생은 시집을 펴낼 때마다 그 앞에 부제처럼 '第OO宿'이란 말을 달았다. 이것은 몇 번째 시집이란 말을 이렇게 표현한 것인데 선생은 시집을 하나의 '자고 가는 곳, 머물다 가는 곳'으로서의 여관쯤으로 가정했다는 짐작이 가능하다. 그렇다면 선생은 또한 인생 자체를 여행하는 과정으로 보셨다는 얘기가 된다. 그런 여행의 도정으로서의 여관집을 53번째나 거쳤다는 설명이 되겠다.

다함없는 장강長江의 흐름을 한눈에 보는 듯하다. 그렇지만 오늘날 선생의 시인으로서의 생애가 멈춘 것은 아니다. 우리가 아는 바와 같이 조병화문학관과 (사)조병화시인기념사업회를 중심으로 해마다 문학상이 시상되고 문학관 운영과 더불어 의미 있는 문학행사가 지속적으로 열리고 있으며 '조병화 순수고독 순수허무'란 이름으로 이메일 편지가 세상 속으로 지속적으로 발송되고 있기 때문이다. 시인의 숨결은 비록 지상을 떠났지만 시의 향기와 업적은 여전히 남아 성장하고 진화하고 발전을 거듭하고 있는 것이다.

이렇게 되면 시인은 세상을 뜬 것이 아니다. 여전히 살아서 시로서, 문학으로서, 문화적 향기로서 지상의 일에 간여干與하고 새로운 일을 도모하고 영향력을 창출하는 셈이 된다. 물론 이같은 일을 위해 후학과 후손들의 희생과 적극적인 노력이 밑거름이 되었음을 명약관화한 노릇. 생전의 선생의 업적도 훌륭하지만 돌아간 다음의 시인의 뒷모습이 이만큼 향기롭고 아름답기는 그 어떤 작고문인의 경우에서도 찾아보기 힘든 모범적 사례라 할만 하겠다.

2. 내가 만난 편운 선생

　내가 편운 선생을 직접 만난 것은 1971년 문단 등단 이후의 일이다. 그렇지만 시를 쓰는 사람들은 직접 대면하기에 앞서 선배시인들을 미리 만나도록 되어 있다. 책으로서의 만남이 그것이요 작품으로서의 만남이 그것이다.

　충남 서천, 시골 출신인 나는 1960년대 초, 공주에서 고등학교를 다니고 있었다. 초등학교 교사가 되는 학교, 공주사범학교였는데 이 학교를 다니면서 심한 열등의식과 염세주의에 시달리면서 학교 공부 대신 시인이 되는 공부를 혼자서 하고 있었다. 다행히 공주에는 서점이 많아서 문학서적을 구해서 읽기가 좋았다.

　닥치는 대로 시집이며 문학서적을 구해 읽으면서 시인이 되는 것을 인생 최대의 꿈으로 삼기에 이르렀다. 그 때 서점에 구입해서 읽은 책 가운데 편운 선생의 시집들이 있었다. 정음사 판으로 나온 『여숙(旅宿)』. 이 책에는 선생의 첫 시집 『버리고 싶은 유산』부터 『하루만의 위안』, 『패각의 침실』, 『인간고도』까지가 합본으로 수록되어 있었다. 선생의 초기 시들을 읽을 수 있는 귀한 기회를 주었다.

　그리고서 구입한 책들이 국제펜클럽대회에 참석하고 돌아서 쓴 여행시집인 『기다리며 사는 사람들』, 대만여행시집인 『석아화』, 그리고 연작시집 『낮은 목소리로』였다. 그러나 이러한 책들보다도 시인을 꿈꾸는 소년에게 지대한 영향을 준 책은 신홍출판사에서 자작시 해설 총서 2권으로 나온 편운 선생의 자작시 해설서 『밤이 가면 아침이 온다』였다.

　이 책에는 첫 시집(『버리고 싶은 유산』)에서부터 시작하여 일곱 번째 시집(『석아화』)까지의 시집 가운데서 아름다운 시, 시인에게 의미 있다고 여겨지는 시들만 골라서 해설이 붙여져 있었다. 문장이 평이하고 해설이 시원시원해서 시 쓰기의 초심자에게 신선한 감성의 충전을 제공했고 많은 안내자료를 주었다.

그 다음으로 좋았던 책은 1961년도에 신구문화사에서 출간한 『전후한국문제시집』(편집위원: 백철, 유치환, 조지훈, 이어령)이란 책이었다. 이 책에는 작고 시인이었던 박인환을 필두로 그 당시 최정예의 시인 33인의 작품이 총망라되어 수록되어 있었다. 오늘날 원로라 할 고은, 김광림, 김남조, 박희진, 성찬경, 황금찬 선생은 물론이거니와 구상, 김관식, 김수영, 김종삼, 민재식, 박성룡, 박봉우, 박재삼, 신동문, 이동주, 이형기, 전영경, 정한모, 조향 선생의 시들이 촘촘히 수록되어 있었다. 이 책에 편운 선생의 시작품이 수록되어 있었음은 물론이다.

이와 같이 몇 권의 책으로 만난 편운 선생은 대번에 내 시의 맑은 샘물이 되어 주었다. 그동안 나 자신 주위 사람들의 눈총을 받으면서 여러 권의 시집을 지속적으로 써온 것도 사실은 편운 선생한테 배워온 부지런함이요, 오늘날 연필그림을 그리고 그걸로 시화집을 내기도 하는 것 또한 편운 선생한테서 물려받은 문화적 유업이라 하겠다. 시 쓰는 사람들은 이렇게 직접 대면이나 학교의 교육을 통하지 않고서도 정신적으로 사제관계를 맺을 수 있는 법이다. 편운 선생과 나와의 인연과 관계가 그렇다.

1963년 공주사범학교를 졸업하고 1년 동안 교사 발령이 나지 않아서 집에서 무위도식하며 룸펜으로 놀고먹은 세월이었다. 그 시절 하도 따분해서 아버지한테 차비를 주시라 졸라서 서울의 사촌외숙 댁에 가 몇 달 묵으며 서울 거리를 떠돈 적이 있다. 그 때 <현대문학>에서 나온 '문단인 주소록'을 챙겨가지고 갔었는데 그 주소를 지침삼아 몇 분 시인들을 만나보려고 계획을 세웠다. 그 계획 안에 들어간 분이 서정주, 박목월, 한하운, 조병화, 고은 선생이었다.

문둥이 시인으로 유명했던 한하운 선생은 명동에서 무하문화사란 출판사를 차리고 있어서 몇 차례 가서 뵈온 적이 있고, 동덕동 한옥에서 사시던 서정주 선생 또한 무작정 찾아가 만나뵈온 일이 있다. 고은 선생은 선학원으로 전화를 드렸더니 한번 놀러오라고 말씀하시는데 청년의 목소리였고, 박목월 선생은 전화 통화로만 뵈었는데 서울서 떠돌지 말고 시집이나 좋은 걸로 몇 권 사가지고 시골로 내려가 문학공부나 착실히 하라고 충고를 주시었다.

편운 선생의 주소는 혜화동으로 되어 있었다. 찾아가기 전에 전화를 드렸는데 집에서 일하는 젊은 여자 분이 전화를 받았다. 선생을 부탁드렸더니 여행관계로 부재중이라고만 일러주었다. 섭섭하지만 어쩌는 수가 없었다.

앞에서도 밝힌 바와 같이 선생을 직접 뵈온 것은 문단에 등단하고 나서 한국시인협회 세미나 같은 데서였을 것이다. 선생 말년에 편운문학상을 제정하시어 시인과 평론가들에게 시상해오고 있음을 나도 모르지 않는 일이다. 문학상을 앞에 두고 그 영예를 안고 싶어 하지 않는 문인은 극히 드물다. 나 또한 그 상을 타고 싶었다. 그러나 기회는 쉽게 오지 않았다. 그렇게 12회까지 수상자가 나오고 선생이 돌아가시던 해에 13회 수상자가 나오고 그 다음해인 14회 째에 내가 수상자가 되었다. 평론 분야 본상 이숭원 교수와 신인상 분야 조예린 시인과 함께였다.

선생이 세상에 안 계신 그 다음해에 선생의 이름으로 주어지는 상을 타게 됨이 매우 의미 있다는 생각을 가졌다. 마치 하늘나라로 올라가신 아버지가 배고픈 지상의 한 아들을 위해 흰구름으로 된 빵을 내려주시는 게 아닌가 싶어서 이런 시를 한편 쓰기도 했다.

아버지, 하늘 아버지

지상의 배고픈 한 아들을 위해
하얀 빵 하나 들고 나와

그 옆에 샐러드도 한접시 들고 나와
애야, 나 여기 있다
이거나 먹으며 초곤초곤 더 놀다가 오너라

맑고도 깊고도 푸른 슬픔 같은
풀밭도 조금 보여주신다.

―나태주,「흰 구름」전문

3. 삶에 대한 새로운 발견

이제는 선생의 34번째 시집『후회없는 고독』에 대해서 이야기할 차례이다. 선생의 어법을 그대로 빌려 말한다면 서른네 번째 숙소가 되는 인생여정의 집인 셈이다. 이 시집이 나온 것은 1990년 선생의 연세 71세의 때의 일이다. 고희를 넘긴 바로 그 다음해. 선생의 시집 여행을 두고 볼 때는 분명 후반부에 속한 작품집이긴 하지만 유고시집이 53시집인 것으로 보아서는 아직도 그 뒤에 열아홉 권이나 되는 시집이 기다리고 있는, 아직도 가야할 길이 많이 남아있는 시인으로서의 중간결산과 같은 시집이다.

선생은 당신의 시집 서문이나 후기에 자신의 시나 인생에 대한 사고의 일단을 기록해두기를 좋아하시는 분인데 이번 시집에서도 그 머리말에 이 시집이 나오게 된 배경에 대해서 정확한 정보를 제공하고 있다.

이번 시집은 작년 병원에서 퇴원해서부터 혹시나 유고집이나 되지 않을까 하는 심정으로 이승과 저승을 오락가락하는 심정으로 써 모은 것이다. 때문에 이 세상을 하직하는 ㅁ-음의 연습이 많이 담겨져 있다.

아, 그러셨구나. 선생에게도 이런 삶의 중대고비가 있었구나. 나 자신 선생과 똑같이 죽음의 고비를 넘기면서 유고시집을 낸다는 심정으로 시를 써서 모으던 시절이 있었으므로 선생의 이같은 말씀을 액면 그대로 이해를 하는 바이다. 사람이 이런 상황에 처하면 매사에 다감해지고 나아가 애상에 빠질 수도 있겠다. 그런 점에서 편운 선생 또한 예외가 아님을 알게 된다.

　　　혜화동 마루턱에 수녀원이 있습니다
　　　아침 6시 부근
　　　내가 산책을 돌 무렵이면
　　　하나 둘 떼를 지어
　　　까만 새들처럼 수녀들이 언덕길로 나옵니다

　　　아침 종소리가 나면
　　　언덕길엔 나만 남고
　　　수녀들은 간 곳이 없습니다

　　　고요를 밟고 내려오는
　　　나는, 이제
　　　얼마나 더 이 언덕길을 걸을 수 있을까,
　　　부질없는 생각이 들곤 합니다

　　　어제도 그 종소리
　　　오늘도 그 종소리
　　　내일도 그 종소리겠지만

　　　믿는 자는 어디로 가며
　　　믿지 않는 나는 어디로 갈 것입니까.

　　　　　　　　　　　　　　　　　　　－「수녀원」 전문

"혜화동 마루턱"에 위치한 수녀원이라면 선생 댁이 있는 혜화동 부근에 있는 수녀원일 것이다. "언덕길"에서 나오는 "까만 새들" 같은 "수녀들"과 거기서 울려오는 "아침 종소리"라면 오랜 날들을 두고 보고 들은 풍경이요 종소리일 텐데 화자는 새삼스럽게 감회에 젖어 있다. 이전에 무의했던 것들이 다시금 의미의 옷을 입고 다가오는 하나의 재발견 현상이다. 우리들 세상과 인생은 누더기처럼 남루하다. 그러나 신은 때로 우리에게 고난의 과정을 주기도 하시어 그 누더기를 벗기고 새로운 옷을 입혀주기도 하신다. 고난이 주는 은택이요 선물인 것이다.

여기서 허심탄회가 아니 나올 수 없겠고 자기 점검이 없을 수 없다. 이에 화자는 스스로 질문을 던지게 된다. "어제도 그 종소리/오늘도 그 종소리/내일도 그 종소리겠지만//믿는 자는 어디로 가며/믿지 않는 나는 어디로 갈 것입니까." 그 답을 시원스럽게 아는 자는 많지 않다. 그러기에 우리네 삶은 그런 각성 뒤에도 또다시 허덕이게 되고 고달프다 말하고 그런대로 반짝이는 아름다움을 갖는 것이다.

> 길을 가다가 무심코 하늘을 쳐다보니
> 낮달이 구름 사이에 떠 있다
>
> 순간 나는 나를 보듯이
> 발을 멈다
>
> "무용지물!"
> 하는 소리와 더불어
> 어디선지 그렇게 바람이 지나간다.
>
> 가득히 비어있으면서
> 가득히 차있는 이 공간
>
> 나는 그 세상으로

흡수되어 가고 있었다.

-「낮달」 전문

낮달 - 낮에 뜬 달. 밤에 뜨는 달도 흐린 빛이요 그 존재가 선명치 않은데 낮에 뜬 달은 더욱 흐린 존재다. 잘 보이지 않을 것이요, 있으나 마나 한 것이 낮달이다. 여간 주의를 해서는 안 보이는 대상이다. 마음에 유의하지 않으면 안 되는 낮달에 대해 화자는 주의를 기울이고 있다. '무심코 쳐다본 하늘, 구름 사이에 떠 있는 낮달'을 보았는데 그 낮달이 '순간 나를 보듯이 해서 발을 멈춘다'고 상황을 제시하고 있다.

이 때 "어디선지 그렇게 바람이 지나"가듯 들리는 소리가 "무용지물!"이란 말이다. 왜 이런 소리가 들렸을까? 실은 시인의 마음속에서 문득 우러나온 말. 시란 것이 이렇게 우리 마음속에, 아니 영혼 속에 가라앉아 있는 또 다른 내(무의식의 나)가 현실의 나(의식의 나)에게 속삭이는 말을 받아쓰는 과정임을 우리는 모르지 않는다. 이런 경험을 통해 우리는 숨겨진 나와 드러난 내가 하나가 되고, 대상(너)과 시인(나)이 하나가 되는 신비를 맛보게 되는 것이다. 그것이 바로 다음과 같은 구절이다. "가득히 비어있으면서/가득히 차있는 이 공간//나는 그 세상으로/흡수되어 가고 있었다."

"참으로 많은 고독과 허무와 방황과 이탈로서 끝없이 시를 써왔다. 다작이라는 먼 마을 닭소리 같은 어리석은 자의 말까지 들으면서." 이것은 또한 선생의 시집 서문의 일부에 들어있는 술회이다. 선생같이 헌칠하고 초탈한 시인에게도 시인으로서의 아픔이나 상처 같은 것이 있었던가 보다. 이러쿵저러쿵 말이 많은 것이 세상 사람들이다. 더구나 남의 일에 그렇고 남이 잘 하는 꼴을 곤히 보아주지 않는다. 남이 시를 많이 쓰는 것까지 시빗거리가 되는 것이 세상인심이 아닌가.

실상 시를 많이 쓰는 것도 그 사람의 재주요 특수한 사정이다. 하나의 생리현상 같은 것이요 체질과 같은 것이다. 그걸 어쩌란 말인가? 말하자면 그 사람이 책임질 일이요, 그 사람만의 독특한 인생이란 얘기다. 더구나 편운 선생의 경우에서처럼 쉬우면서도 독자를 감동시키는 시를 쓰기는 매우 어려운 일이다. 여기에도 특별한 비법이 없으면 안 되는 일이다. 오히려 어려운 시를 쓰는 것보다 쉬운 시를 쓰는 일이 더욱 어려운 법이다.

그냥 아무렇게나 쉽게 써서 되는 일이 아니다. 인생에 대해서, 삶에 대해서 새로운 발견이나 신선한 감회를 담아야 한다. 이것은 어쩌면 깨달음의 과정과 그 결과의 기술과 같다. 그걸 쉬운 언어로 표현하는 것이다. 그러한 시들이 모여 편운 선생의 시가 되는 것이요, 그러길래 독자는 감동을 하는 것이요, 그런 시이기에 또 생명력이 긴 것이다.

또한 편운 선생 시에는 편운 선생만의 시작 방법이 있다. 그것은 어법이 활달하고 화통하다는 것이다. 요즘 말로 하면 '소통'이 잘된다는 것이다. 이 소통의 문제는 어제나 오늘이나 중요한 화두 가운데 하나다. 도대체 저 혼자만 좋아서 지껄이는 시를 어찌 가치 있다고 그러겠는가?

편운 선생의 시는 대부분 대화체 내지는 독백체로 되어 있다. 더러는 소묘법을 활용하기도 한다.

대화라는 것은 어디까지나 상대방을 염두에 둔 것이요, 또 이것은 타인배려 정신에 기인한 것이다. 결코 일방통행이 아니다. 이런 점에서 편운 선생의 시에는 후세 시인들이 추종하기 어려운 덕성이 숨어 있다. 그것은 모든 사람에 대한 평등의 정신이요 모든 사람(나아가 만물)을 안쓰럽게 여기는 측은지심이요, 더 나아가 자비심이요 홍익인간의 정신이다.

> 한국종 포플러 나무 꼭대기에
> 까치집이 하나 있다
>
> 빈 집인지, 날라오는 까치도 없고
> 날라가는 까치도 없다

겨울로 접어드는 저녁노을 바람
노란 잎새가 한두 개
바람에, 바람에, 팔랑거린다

허허 푸른 하늘을 어느새, 그 먼 거리를
다 걸어서
해는 서쪽으로 힘없이, 힘없이
붉게 넘어가고 있다

아, 적막한 이 풍경
나도 저런 건가
이젠 맥없는 인생
머지않아 너와도 작별이겠지

안녕, 안녕, 이렇게 낮게
소리 없이 너를 불러본다.

―「허질 무렵」 전문

　보시는 바와 같이 조용한 한편의 그림이 들어있는 서경시이다. 선경후정先景後情의 기법을 살린 전형적인 한시기법에 의한 시임을 아는 사람은 알 것이다. 노년의 적막과 미구에 닥쳐 올 이별의 예감을 통감하는 것으로 되어 있다. 그러나 그 바탕에 깔린 정조는 고독이다. 어떤 철학가는 고독을 일러 '죽음에 이르게 하는 병'이라고 까지 말했다 하지만 고독이야말로 인간을 인간답게 만들어주는 정신요인이요 그 청량제라 할 것이다. 고독은 또 자신을 돌아보게 해준다.
　경험적이긴 하지만 고독에는 대략 두 가지가 있는 것 같다. 하나는 상황적인 고독이다. 어떤 상황이 그를 고독하게 한다는 것이다. 혼자 있다든가, 따돌림 당했다든가, 현실적 요건들이 불리하다든가 하는 데서 생기는 고독이다. 대부분 사람들이 말하는 고독은 이런 부류의 고독인데,

이런 고독은 상황적이기 때문에 그 상황이 풀리면 고독도 자연스럽게 해결되도록 되어 있다.

또 하나는 생래적인 고독이다. 천성적으로 고독하다는 것이다. 이 고독은 상황적 고독하고는 차원을 달리한다. 그 고독의 근원이 생래적이기 때문에 해결될 기미가 전혀 없다. 해결방법도 없다. 다만 고독하니까 고독한 것이다. 하므로 고독만이 고독의 치유방법이다. 편운 선생의 고독이 바로 이런 고독이다. 이런 고독은 그냥 그대로 고독이 아니다. 이웃으로서의 고독이요 마음의 지인으로서의 고독이다. 나아가 인생의 동반자 먼 길을 가는 도반道件으로서의 고독인 셈이다.

결론적으로 편운 선생, 그분은 고독의 거인이었다. 또한 그분이 남긴 수없이 많은 명편의 시들은 고독이 낳은 정신의 보석과 같은 작품들이었다고 말할 수 있을 것이다.

고독의 형식과 존재의 호명

조병화 제35시집 『찾아가야 할 길』

이숭원(문학평론가)

　조병화 시인에게 시는 영혼의 위안이자 구원이다. 그것은 처음 시를 쓸 때로부터 마지막 시집을 낼 때까지 변함없이 유지된 그의 평생의 사상이었다. 그리고 영혼의 위안과 구원에 집중하는 그의 사유의 바탕에는 채울 수 없는 고독의 저장소가 있었다. 그 고독 또한 그의 평생의 시 창작을 추동한 창조의 동력이자 운명이었다. 그러면 영혼의 외로움에 대한 철저한 인식과 그 외로움에서 벗어나려는 구도의 방편으로서의 창작은 어디에서 기원한 것일까?

　이것은 시인의 성장 과정과 연관이 있을 것이다. 그는 1921년 5월 경기도 안성의 유복한 가정에서 태어났으나, 8살이 되는 해에 일찍 부친과 사별하였다. 일찍 아버지를 여의었지만 막내의 위치에서 모친의 자상한 보살핌에 의해 매우 순조로운 성장 과정을 밟았다. 우수한 인재를 좋은 학교에 보내야 한다는 모친의 배려로 서울로 이주하여 미동공립보통학

교, 경성사범학교 보통과와 연습과를 졸업하고 일본의 동경고등사범학
교에 진학하였으니 당시로서는 최고의 엘리트 과정을 밟은 것이다. 이
러한 교육의 전 과정을 물심양면으로 지원해 주신 분이 어머니이니 그
가 어머니에 대해 각별한 애정과 존경심을 품게 된 것은 당연한 일이다.
그에게 어머니는 생명의 근원이자 절대적 구원의 존재였다. 그래서 그
는 여러 편의 시에서 어머니는 그의 종교라고 분명히 단언하였다.

    어머니의 사랑에도 불구하고 아버지를 일찍 여읜 예민한 감성의 소년
은 마음 한쪽에 자기도 모르게 고독의 감성이 싹텄을 것이다. 그리고 그
것은 일본 유학 시절 더 깊어졌을 것이다. 그는 일제 때의 우수한 인재들
이 그러했던 것처럼 자연과학을 전공했는데, 그의 천성은 문학에 있었
다. 마음의 지향은 문학에 있는데 물리 수학을 공부한다는 사실도 그의
소외감을 더욱 키웠을 것이다.

    해방 후 물리와 수학을 가르쳤지만 그것은 직업에 불과한 것이었고
그의 고독한 영혼에 대한 깊은 경도는 그를 자발적인 시인으로 만들었
다. 그는 1949년 7월 첫 시집 『버리고 싶은 유산』을 출간하였다. 시가
그를 고독에서 영원으로 이끄는 구원의 표상이었기에 이것은 매우 자연
스러운 일이었다. 당시 해방 후 일제 때 대학 교육을 받은 이중어 구사
세대들이 연이어 시인으로 등장하였다. 1921년 3월생인 김종삼, 1921년
11월생인 김수영, 1922년 11월생인 김춘수가 그들이다. 이들이 모두 서
구적 모더니즘으로 출발한 데 비해 조병화는 고독의 서정을 쉽게 풀어
내는 작품으로 출발하였다. 초기 시의 대표작인 「소라」에는 "큰 바다 기
슭엔/온종일/소라/저만이 외롭답니다"라는 구절이 나온다. 저만이 외롭
다는 말이야말로 당시 그의 심정을 단적으로 드러내는 말일 것이다. 그
는 "나의 환경의 폐허 속에서 쓸쓸한 나머지, 그 쓸쓸한 시를 쓰기 시작
했던 겁니다"(조병화-순수고독 순수허무 제2호)라고 고백하였다. 다른
시인들이 서구적 모더니즘에 경도되어 있을 때 그는 자기 고백의 시학

으로 출발한 것이다. 그리고 고독의 한 편에는 그의 모친에게서 이어받은 모성적 사랑과 연민이 자리 잡고 있었다.

초기시의 특징인 영혼의 구원으로서의 시 인식, 고독의 존재론, 사랑과 연민의 정서는 35번째 시집인 『찾아가야 할 길』만이 아니라 말년의 작품에까지 그대로 나타난다. 50년이 넘는 세월에도 불구하고 그의 시의 기조는 바뀌지 않고 이어온 것이다. 고독한 자아가 낭만적 동경을 통해 현실의 망막함을 넘어서고자 할 때, 남루한 현실의 틈을 비집고 솟아나는 것이 바로 사랑의 감정이다. 이것은 구원의 대상인 그의 어머니에게 물려받은 것이기도 하다. 고독한 낭만주의자가 사랑과 연민으로 영원을 추구할 때 가장 아름다운 시의 경지에 도달하는데, 그 값진 성취가 바로 22번째 시집 『남남』(1975)에 집결되어 있다.

제35시집 『찾아가야 할 길』(1991.3)은 제34시집 『후회없는 고독』(1990.5)을 낸 지 일 년이 못 되어 나온 시집이다. 칠순을 맞은 시인은 자신의 노년을 인식하면서 어머님이 주신 생명을 받아 어머님의 인도로 살아오다가 이제 어머님이 계신 그곳을 찾아가야 할 때가 다가온다는 뜻에서 시집의 제목을 이렇게 정한 것이다. 이 시집에는 책 뒤에 「시에 대한 단상」이 붙어 있다. 이 아포리즘을 읽으면 조병화 시인이 일흔의 연치에도 시에 대해 절실하면서도 경건한 자세를 그대로 유지하고 있음을 알게 된다. 시집에 실린 「시의 초소 일을 하며」, 「시가 지나갈 듯한 곳에」, 「시는,」 등의 작품을 보면 시에 대해 전념하고 고민하고 묵상하는 시인의 모습을 눈앞에 보듯 그려볼 수 있다.

그는 「시의 초소 일을 하며」에서 자신이 항상 초라하고 조급한 모습으로 시가 몰래 지나가는 길목에 기다라고 있다가 시를 찾아내곤 한다고 했다. 자연의 변화와 인간사의 희로애락을 대상으로 하여 존재하는 것들의 밑바닥에 흐르고 있는 삶과 지혜, 외로움과 쓸쓸함을 찾아내서 그 속에 엉겨져 있는 시를 캐어낸다고 했다. 그러면서도 생에 미련을 갖지 않고 항상 이곳을 떠날 준비도 하고 있다고 고백한다. 생이 다하는 날까지 시를 창조하는 가난한 초소 지기의 노릇을 하겠다고 담담히 말한다. 「시는,」에서는 시가 자신보다 앞서가서 약속한 자리에서 시인을 기다리고 있다고 말한다. 자신을 기다리는 시를 찾으면 저만큼 또 시가 앞서가고 그 시를 쫓아가면 다시 다른 시가 자신을 부르는 시의 연쇄 속에 살고 있다고 고백하면서 시를 찾아가는 것이 아직도 어린아이처럼 가슴을 설레게 한다고 말한다. 시를 쓰는 것이 평생에 걸친 그의 천성이자 운명이라는 생각이 응집되어 있다. 시에 대한 전념의 자세는 다음 시에 확연히 드러난다.

> 시가 지나갈 듯한 곳에
> 투명한 이미지의 망을 쳐놓고
> 아침부터 시가 지나가는 걸 기다리고 있습니다
>
> 그런데 시는 좀체로 지나가질 않고
> 잡것들만 지나가고 있습니다
>
> 하기야 잡것들이 판을 치는 이 세상에서
> 어찌 그렇게 곱고, 순결하고, 다정하고,
> 영령한 영혼의 시를 만날 수 있으리
>
> 시가 지나가는 영혼은 생기가 있다
> 시가 걸려드는 하루는 생기가 있다
> 시가 쌓여가는 세월은 생기가 있다
>
> 시가 지나가지 않는 하루는
> 온 세상이 캄캄하고 지루하다
> 영혼이 죽어 있기 때문이다.
>
> ─「시가 지나갈 듯한 곳에」 전문(1991.1.1)

이 시는 새해 첫날 쓴 것이다. 새해를 맞으면서도 그의 최대의 관심사는 시 쓰는 것이다. 그의 하루는 시를 기다리는 것에서 시작해서 시를 쓰는 데에서 끝난다. 그에게 시는 영혼의 움직임을 기록하는 일기와 같은 것이다. 아침에 일어나면 시가 지나갈 만한 곳에 망을 쳐 놓고 시를 기다리고, 모처럼 시가 곱고 순결하고 다정한 모습으로 피어나면 하루의 일과가 온통 생기가 있고 영혼이 생기에 차며 그런 나날이 쌓여가는 인생도 생기가 있다고 말한다. 세상에는 잡스러운 것이 넘치기 때문에 순결한 영혼을 만나는 것이 쉬운 일이 아니다. 그러나 그는 끈기 있게 시를 기다리다가 맑은 시의 물줄기를 만나면 그것을 자신의 양분으로 삼는다. 그렇게 해야 영혼이 생기를 얻고 혼탁한 지상에서 생을 유지할 수 있기 때문이다. 인생이 무상하다고 하지만 시의 창조가 있기에 자신의 갈 길이 환하게 밝혀지는 것이다.

그의 나날의 삶은 시에 집중되어 있다. 시를 쓰기 위해서는 대상을 면밀히 관찰해야 하고 관찰한 내용을 기억 속에 잘 접어두어야 한다. 그래서 그는 시에 필요한 중요한 요소로 "정확한 관찰과 투철한 상상력, 정돈된 기억력"을 들었다. 특히 그는 삶의 의미와 인간의 존재론적 위상에 대해 끊임없이 성찰하고 질문을 던졌다. 자신이 노년의 위치에 있었기 때문에 노인의 삶에 대해 많은 작품을 썼다.

> 생식을 마친 노인들이
> 가벼운 몸으로
> 이 세상을 먼지처럼
> 떠다닌다
>
> 이 세상에 무엇
> 떨어뜨린 것은 없나 하고
>
> 두리번, 두리번,

주위 사방을 살피며

젊은 사람들의 물결 속에서
생식의 푸른 물결 속에서

1미터, 혹은 2미터쯤
떨어져서

이 세상하곤 아주 떨어져서.

―「노인들의 풍경」 전문(1990.4.6. Tokyo에서)

　이 시는 동경 여행 중에 쓴 것인데 노인들의 소외된 상태를 상징적으로 표현했다. 여기 나오는 '생식'이라는 말은 한자가 병기되지 않아서 정확한 뜻을 알기 어렵다. "생식의 푸른 물결 속에서"라는 구절로 볼 때 음식을 익히지 않고 날로 먹는다는 뜻의 생식生食은 아닌 것 같다. 살아서 숨 쉰다는 뜻의 생식生息이라면 이미 죽은 노인들이 유령처럼 세상을 떠다니는 모습을 상상한 것이 되는데, "이 세상하곤 아주 떨어져서"라는 구절을 보면 환각의 세계를 나타낸 것이라기보다는 생동하는 세계에서 이탈된 노인의 삶을 나타낸 것이라는 생각이 든다. 그러니까 이 말은 생성의 개념에 가까운 생식生殖일 것이다. 즉 새로운 생명을 만들어내는 일을 끝마친 노인들이 거리를 다니는데 그 모습이 마치 가벼운 몸으로 이 세상을 먼지처럼 떠도는 것처럼 느껴졌다는 것이다. 그들이 주위를 두리번거리는 모습은 이 세상에 무엇 떨어뜨린 것이 없나 하고 살피는 것 같다. 주위에는 젊은 사람들이 싱싱한 기운을 내뿜으며 지나가는데 노인들은 절대로 거기 동화될 수 없다. 그들로부터 1미터 또는 2미터쯤 떨어진 자리에서 조심스럽게 발을 옮기는 것이다. 그들은 마치 살아 있는 세상과는 아주 떨어져서 어떤 낯선 공간을 서성이는 것 같다. 그만큼 그들은 기력이 없고 정해진 위치가 없으며 허망해 보인다.

　시인은 이러한 소외감을 그의 작업실에서 느끼기도 한다. 「공일」에서 찾아갈 사람도 찾아올 사람도 없는 자신의 무료한 생활을 고백하면서 어디로 탈출할 수도 없는 이 가혹한 공간을 견디기 어렵다고 말한다. 「지금 나의 작업실은」에서는 젊은이들은 내일을 살고 일하는 사람들은 오늘을 사는 데 비해 늙은 자신은 어제를 산다고 말한다. 그만큼 자신의 노쇠함을 자인하면서 추억에 머물고 있음을 인정한 것이다. 그러나 미국의 그랜드 캐니언을 보면서 그 죽은 암석 사이에 피어나는 작은 꽃송이에서 생명의 기미를 느끼고 자신도 그러한 생명의 숨을 쉬고 있다고 하여 허무의 좌절에서 벗어나고 있다.

　　　　중학교 때 금강산 만물상을 본 이래
　　　　처음으로 보는 거대한, 실로 거대한
　　　　지구의 상처였습니다

　　　　얼마나 큰 피부의 상처인지
　　　　그 언저리는 갈라진, 층층으로 갈라진,
　　　　죽은 암석뿐
　　　　어마어마한 깊은 비밀이 함묵으로
　　　　천 년, 만 년 굳어져 있었습니다

　　　　그런데 작은 꽃송이들이
　　　　나의 숨처럼, 따갑게
　　　　그 언덕 한자리에 살아서
　　　　높은 곳을 지나는 바람에 흔들리고 있었습니다.

　　　　　　　　　－「작은 꽃－Grand Canyon」 전문(1990.8.6)

　시인은 그랜드 캐니언을 조물주의 신비로운 장관으로 보지 않고 거대한 지구의 상처로 보았다. 너무나 거대하고 광막하기에 그곳을 죽음의 공간으로 생각한 것이다. 마치 피부의 상처처럼 층층으로 갈라진 죽은 암석만 늘어서 있고 깊은 비밀이 깊숙이 감추어져 있을 음산한 불모의 공간으로 생각한 것이다. 그런데 그 벼랑과 죽은 암석 사이에 작은 꽃송이들이 살아서 바람에 흔들리는 것을 보았다. 그 바람은 높은 곳을 지나는 바람이라 했으니 천상의 신비로운 지점과 연결된 것 같고 그 꽃송이들의 모습이 마치 그곳에서 숨 쉬는 자신의 호흡과 같다고 했으니 나이가 많지만 그래도 그의 몸에 생명의 기운이 지속되고 있음을 자인한 것이다. 그랜드 캐니언 여행에서 오히려 고독을 잊고 생의 윤기를 발견하는 작은 전환을 보이기도 한다. 그런데 그러한 전환은 우연에서 온 것이 아니라 다음과 같은 인식에 바탕을 둔 것이다.

> 역사는 모든 이의 운명의 합류이며
> 운명은 한 개인의 어쩔 수 없는 흐름이다
>
> 나는 그 역사와 운명을 같이해오며
> 많은 상처를 살아왔다
>
> 역사는 아슬아슬한 이데올로기의 거센 물결이었으며
> 운명은 너무도 외로운 밤이었다
>
> 나의 시대적 양심은 사원의 촛불
> 촛불은 긴 밤을 아침으로 이어주었다
>
> 아, 생애 마지막으로 이어가는 이 아침
> 텅 빈 맑은 이 하늘이여.

–「나의 생애」 전문(1990.9.4)

한 개인의 운명이 어쩔 수 없는 흐름이라면 역사는 그 모든 운명이 합해진 것이라 할 수 있다. 개인의 운명과 집단의 역사는 그러한 포함과 공생의 관계에 있다. 시인이 살아온 칠십 평생은 간난고 고초로 얼룩진 한국사의 가장 험난한 시기였다. 그 역사의 흐름은 많은 상처를 남겼을 것이다. 시련과 상처를 디디고 지금까지 살게 해 준 것도 시의 힘 덕분이다. 시가 위안을 주고 용기를 주었기에 오늘까지 고독을 견디고 살아온 것이다. 이데올로기의 거센 물결 속에서 고독한 영혼은 양심의 촛불을 밝히고 시를 써 왔다. 운명의 세월은 그래도 시인을 어둠에서 아침으로 이끌었고 아침의 연이은 교차 속에 맑은 날이 연이어 이어지기를 기원할 뿐이다. 그것이 각자의 운명 속에서 개인의 역사를 헤쳐 가는 방법일 것이다.

역사를 뒤로 하고 개인의 운명에 집중할 때 자신의 실존에 부딪치게 된다. 그랜드 캐니언처럼 거대한 자연 앞에 혹은 더 나아가 거대한 우주 앞에 인간이란 무엇이며 인간의 운명은 어떠한 것인가? 칠십의 나이에 이른 시인은 그런 삶과 존재와 죽음의 문제에 대해 우주론적 명상을 펼쳤다. 그는 영혼과 육체를 나누는 이원론자의 입장에서 다음과 같은 독특한 생명관을 펼쳤다.

지금 나는, 나의 90%는 영혼이고
10%는 육체이다

그리고 머지 않아 99%가 영혼이 되고
1%가 육체로 되며

또 그 머지 않아 100%가 영혼으로
0%가 육체가 되려니

영혼의 100%는 그리움이며

그리움의 100%는 당신을 생각하는 그 사랑이다.

-「지금 나는」 전문(1990.7.8)

　이제 칠십이 되었으니 자신의 90%는 영혼이고 10%는 육체라고 했다. 이러한 가정이 절대치를 상정한 것은 아니지만 나이가 들수록 영혼은 늘어나고 육체는 줄어든다고 생각한 것이다. 이제 더 나이가 들면 99%가 영혼이 되고 1%의 육체만 남았다가 죽으면 100%의 영혼만 남게 된다. 그런데 이 시는 끝 부분에 비약이 있다. 100%의 영혼으로 하늘로 비상한다고 본 것이 아니라 영혼의 100%가 그리움이고 그리움의 100%는 사랑이라고 하여 결국 영혼의 순물질은 그리움과 사랑이라는 결론에 도달한다. 이것은 사람의 육체가 사라진 다음에도 영혼의 그리움과 사랑은 그대로 지속된다는 믿음을 암시한 것이다. 그러한 생명관은 다음 시에 이어진다.

그렇습니다

이제 머지 않아 0%로 될 나의 육체는
긴 긴 그 순수허무로 생명을 마칠 것이며

100%로 될 나의 영혼은
긴 긴 그 순수고독에 휜한 날개를 달고
우주 어디쯤에 계실 어머님을 찾아서
비상을 할 것이려니

그때 나는 처음으로 이 고통에서 벗어나
희열로, 희열로,

"아, 나는 나의 인생을 성실히 다 했노라"
하리

이 말은 당신에게만 남기는
나의 마지막 믿음이며, 그 비밀,
나의 진실이옵니다

내가 지금까지 그렇게 살아 온.

    —「마지막 비밀─To Kevin O'Rourke」 전문
             (1990.7.16. Dublin을 떠나며)

이 시에서도 죽음은 육체가 0%가 되고 영혼이 100%가 되는 상태라고 말한다. 그런데 이 시에는 어머니가 등장한다. 어머니는 우주 어딘가에 가장 순수한 상태로 존재하고 있고 그 어머니가 계신 곳으로 영혼만 남은 나는 희열 속에 비상을 할 것이라고 했다. 죽음은 어머니가 계신 곳을 가는 것이기에 고통에서 벗어나는 희열이라고 했다. 이것이 그의 마지막 비밀이자 마지막 진실이라는 것이다. 이렇게 말했으니 이것이 그의 생명론의 최종적 결론일 것이다. 그는 이제 어머니가 계신 곳으로 찾아가는 일만 남았다. 그래서 시집의 제목이 '찾아가야 할 길'인 것이다.

그는 마지막 비밀이자 마지막 진실인 생명론에 바탕을 두고 그의 과거, 현재, 미래를 포함하는 우주론을 구상했다. 「어제, 오늘, 내일」에서는 어제는 열병을 앓던 벌레였고, 오늘은 가벼운 날개를 단 존재, 내일은 누에고치 속의 번데기라고 했다. 내일은 죽을 존재이기에 번데기라고 했지만 그것은 표면적인 현상이고 그때 실제로 그의 영혼은 "만사에 무관"한 상태가 된다고 했다. 즉 어제나 오늘이나 내일이나 그의 육체 안에는 순수한 영혼이 있고 육체가 쇠진하여 영혼만 남으면 그 영혼은 가벼이 비상하여 자신이 갈 곳으로 날아간다고 본 것이다. 그러니 그의 영혼은 시간이 어떻게 변하든 상관없이 '순수고독'인 어머니를 찾아 비상하게 되어 있는 것이다. 그의 우주론이 종합적으로 정리된 조감도를 보여준 것이 다음의 시편이다.

달밤,
떼개구리들의 울음소리 같은
계곡의 물소리에
밤새, 잠을 이루지 못하고
귀를 열고 있노라니

먼 고향, 난실리
논두렁 개구리 소리

고향인지, 타향인지

이승인지, 저승인지

만년 전의 물소리
만년 후의 물소리

그 사이에서
작은 새집 같은 절벽 위의 객장에 묵으며
달그림자에 누워 있습니다

이 물은 강으로 갔다가, 바다로 갔다가,
다시 하늘로 올라갔다가,
다시 지상으로 내려와선
언젠가는 다시 이곳을 지나가겠지만

나는 그때
다시는 이곳에 있을 수 없으려니

아, 목숨이여, 포말이여,
만년 전에도 저 물소리
만년 후에도 저 물소리

물소리는 같으련만.

-「물소리」 전문(1990.4.8)

　시인은 우주적 상상력을 발휘하여 우주와의 대화를 시도한다. 달밤 개구리들이 우는 소리를 통해 먼 과거의 고향 난실리를 추억하고, 아득하기만 한 기억의 흔들림 속에 이승인지 저승인지 어딘가의 물소리를 환청으로 또 듣는다. 만년 전에도 물소리가 들렸을 것이고 만년 후에도 물소리가 났을 것이다. 자연은 시간을 관통하여 변함없이 움직이고 여러 가지 소리를 낸다. 우리가 지금 여기 존재한다는 것은 만년 전의 물소리와 만년 후의 물소리 그 사이에 놓여 있다는 의미이기도 하다. 그것을 시인은 "그 사이에서/작은 새집 같은 절벽 위의 객장에 묵으며/달그림자에 누워 있습니다"라고 표현했다. 물의 흐름은 계속 이어지겠지만 나라는 존재는 이곳에 오래 머물지 않는다. 그런 의미에서 목숨은 포말과 같은 것. 만년 전이나 만년 후나 물소리는 같지만 우리 인간 존재는 가면 다시 이 자리에 오지 못하는 것이다. 그러니 우주의 어느 한 곳에 있는 순수고독의 영혼을 찾아 길 떠날 준비를 해야 한다. 고독으로 응결된 나의 실존에 대해 시인은 다음과 같은 의미를 부여했다.

나의 선조는 흙이었습니다
그리고
나의 고향은 불이었습니다
그리고
나의 생명은 사랑을 품으시다 돌아가신
어머님의 아프시던 입김이었습니다.

-「나의 내력」 전문(1990.10.6)

나의 선조는 내 육체를 빚은 분들이기에 그들은 흙이다. 그리고 나를 키운 고향은 선조님들이 만들어준 내 육체를 일어서게 한 불이었다. 그리고 내게 생명에 해당하는 영혼을 불어넣은 분은 어머니다. 흙을 불로 굽고 거기 영혼을 불어넣어 조병화라는 인간이 탄생한 것이다. 그런데 세월이 가면 흙 기운과 불 기운이 줄어들어 육체는 점차 사라지고 영혼만이 남게 된다. 그 영혼은 100% 어머니의 사랑에서 온 것이다. 그러니 100% 영혼만 남은 나는 내게 그 영혼을 불어넣어 주신 어머니를 찾아갈 수밖에 없는 것이다. 이것은 매우 명쾌한 논리다. 그의 우주론은 이렇게 존재가 갈 자리를 정확히 호명하는 명쾌성을 지녔다.

그의 영혼이 정말로 어머니를 찾아 길을 떠난 것은 그로부터 13년 후였다. 13년 후 그가 세상을 떠나는 날까지 그의 호명은 변함없이 지속되었다. 그의 외로움은 점점 더 깊어졌지만 영혼이 100%로 차는 날이 다가온다는 점에서 기쁨을 더 많이 느꼈을 것이다. 50년을 관리해 온 고독의 형식 속에 존재의 호명을 담아 영혼의 갈 길을 노래하였으니 우주 어딘가에 순수고독이 깃들 자리가 분명히 있었을 것이다. 그곳에서 울려오는 만년 후의 물소리가 귀에 쟁쟁 들리는 듯하다.

조병화의 후기 시에 나타난 리듬과 세계인식

조병화 제36시집 『낙타의 울음소리』

1. 머리말

편운片雲 조병화(1921.5.2~2003.3.8) 시인은 1949년 시집 『버리고 싶은 유산(遺産)』을 펴내며 시단생활을 시작한 이후 평생 53년의 작시활동 기간에 무려 53권의 시집에 모두 3,427편의 창작시를 발표함으로써 우리나라에서 전례를 찾을 수 없는 다작의 시인이었다. 그러니까 그는 매년 1권씩 시집을 내고 시집 당 평균 64편 이상을 수록한 셈이다. 이렇듯 지칠 줄 몰랐던 그의 시작활동에 대해 더러 너무 낭만적이라는 부정적인 시각이 있는 것도 사실이지만, 관점에 따라서는 긍정적으로 볼 여지가 더 많다고 할 수 있다. 특히 그는 세상사의 모든 것을 시적 대상으로 삼아 누구나 편하고 쉽게 접근할 수 있는 대중(독자) 친화적인 시를 쓴 대표적인 시인으로 기록될 수 있다.[1] 물론 작품의 질적 여하를 따질 때 시적 긴

---

1) 이런 점을 장점으로 부각하면 다음과 같은 특성으로 요약된다. "그의 시는 쉽고 아름다운 언어로 인간의 숙명적인 허무와 고독이라는 철학적 명제의 성찰을 통하여 꿈과

조병화의 후기 시에 나타난 리듬과 세계인식 85

장도 측면에서 논란의 여지가 있을 수 있으나 미학성이란 근본적으로 개인적 취향과 주관성이 개입될 여지가 많아 객관적 척도가 마련되기 어려운 점을 감안하면,2) 작품 활동 기간에 남을 의식하기보다는 스스로 시를 즐기면서 시의 생활화를 꾀했을 뿐만 아니라 늘 많은 독자를 확보한 것으로도 그는 분명히 시사詩史상 일정한 의의를 지닐 수 있다.3)

그러나 그간 조병화 시에 대해 본격적인 논문으로 접근한 것은 거의 없고 다만 평설들을 통해 그의 시 세계의 특성이나 가치를 언급해 온 것이 대분이다.4) 그 까닭은 앞으로 심도 있는 연구가 진척되어야 조금씩 밝혀지겠지만, 생전에 시인협회 일로 가까이서 모신 나의 체험과 견문에 의하면 이른바 시적 형상화의 긴장도보다는 먼저 독자들이 쉽게 접근할 수 있도록 쓰려고 한 독자 친화적인 생활시 정신에 결부된 문제가 아닌가 한다. 오늘날 대중화시대에 이르러서는 많이 변했지만, 사실 우

사랑의 삶을 형상화한 점에서 특징을 찾을 수 있다. 김소월이 전원서정을 바탕으로 민족의 정한을 노래한 데 비하여 그는, 외로운 도시인의 실존적 모습, 허무와 고독으로서의 인간존재가 꿈과 사랑으로 자아의 완성에 이르는 생의 아름다움을 이해하기 쉬운 낭만의 언어로 그려냈다." '조병화문학관(http://www.poetcho.com/cho/index.html)' 안내 글에서.

2) N. 프라이는 "논증 가능한 가치판단이란 문예비평에서 당나귀의 코앞에 매달아 놓은 당근과 같은 것"이라고 비유하여 가치판단의 불합리성을 비판한 바 있다. N. 프라이, 임철규 역,『비평의 해부』, 한길사, 1932, 35쪽.

3) 마종기의 다음과 같은 견해는 조병화의 작시활동의 의미와 의의를 어느 정도 가늠하게 한다. "시를 이렇게 써야 한다든가, 시도(詩道)는 이래야 한다든가 하는 것은 선생님께서 어떻게 보면 거의 지엽적인 문제가 되어 있는 것 같습니다. 선생님께서는 아예 시작업 그 자체가 인생이고 시를 그 자체로 생활화시고 있는 것 같습니다. 그래서 여기서 제가 한 가지 단정할 수 있는 것은 그런 끈질김과 생활과의 일체감 속에서 자기의 시의 신념을 꺾지 않고 지켜 오신 선생님의 정신적 승리 같은 것입니다." 마종기,「고교시절의 추억과 편운 처녀시집」, 마종기 외,『조병화의 문학세계』, 일지사, 1986, 5쪽.

4) 평설류에 대해서는 일일이 언급할 필요가 없으므로 여기서 생략한다. 다만 조병화의 시세계를 조망할 수 있는 종합적 자료로서 편운조병화시인회갑기념문집간행위원회,『편운 조병화 시인』(정음사, 1981)와 마종기 외,『조병화의 문학세계』(일지사, 1986)가 있음을 밝힌다.

리의 경우 아직까지도 독자의 선호도보다는 평자나 연구자의 형식주의적 문학관이 작품을 평가하는 주요 척도로 작용한 경우가 적지 않았기 때문이다. 이런 다소 좁은 문학관으로 접근하면 시적 형상화의 기교나 형식의 문제보다는 생활과 시의 융합 차원에 심취한 결과로 창출된 조병화의 시에 대해서는 상대적으로 관심이 적을 수밖에 없다. 따라서 기존의 좁은 문학관을 유보하고 조병화의 창작심리와 시관 등을 종합적으로 고려하여 그의 시에 접근하면, 조병화 시의 가치와 의의도 매우 달라질 가능성이 높다고 하겠다.

위와 같은 관점을 갖는 본고는 단편적이기는 하지만, 조병화 시의 전체 줄기를 염두에 두고 그 원형질에 접근할 수 있는 한 디딤돌을 만드는 데 의의를 두고 작성된 것이다. 특히 현재 진행되고 있는 조병화의 후기(제30시집~제53시집) 시세계를 조명하는 연구 가운데 한 부분인 제36시집 『낙타의 울음소리』를 중심으로 조병화 시세계의 핵심을 추출한 것이므로 일정한 한계가 있는 것임을 밝힌다. 이 한계는, 한 시인의 시세계란 특정인에 의해 한꺼번에 완벽하게 궁구될 수 있는 것이 아니라, 궁극적으로 영원한 시간을 두고 많은 연구자들의 연구 결과물의 축적이라고 보는 관점에 의해 다소 극복될 수 있을 것이다. 예술로서의 시는 근본적으로 무한히 열려 있기 때문에 그렇다.

2. 조병화 시의 원형질

조병화 시의 특질을 단순화한다면, 그의 호號에 내재한 의미 그대로 '한 조각의 구름' 같은 존재인식에 대한 다양한 시적 형상화라는 말로 규정할 수 있다. 물론 편운이 시인으로서 평생 일구어낸 시집들에 실린 수많은 작품들의 특성을 간단한 구절로 정의한다는 것이 어불성설이요 부질없는 일일 수도 있으나, 그의 시를 평가한 기존의 글들을 참고하여 나름대로 검토한 결과에 따르면 위와 같은 말로 표현해도 그리 틀리지는 않을 것으로 본다. 그러니까 편운은 그의 시편에 내재한 주된 의미처럼 평생 스스로를 '한 조각의 구름'으로 자처하며 살았고, 그의 시는 바로 그런 삶과 영혼에 대한 자연스런 표현이라 해도 과언이 아니다.

편운은 늘 자신을 사소하고 가벼운 존재로 취급하며 겸허한 자세를 견지함으로써 어디에 집착하거나 구애되지 않고 자유롭게 살고자 노력한 시인으로 널리 알려져 있다. 그런 자유로운 존재인식에 대한 사유와 의지는 이미 그의 첫 시집인 『버리고 싶은 유산』에서 '버림'에 대한 인식을 통해 드러날 뿐만 아니라, 그 어떤 작품보다도 편운의 지향성을 가장 핍진하게 보여주는 것으로 보이는 다음 작품에서 그 점이 더욱 뚜렷이 드러난다.

> 네가 지니고 있는 걸
> 난 버린다
> 네가 걸치고 있는 걸
> 난 버린다
> 네가 번쩍이고 있는 걸
> 난 버린다
> 네가 품고 있는 걸
> 난 버린다
> 네가 내세우고 있는 걸
> 난 버린다
> 네가 우겨대고 있는 걸
> 난 버린다
> 네가 뻐티고 있는 걸
> 난 버린다
> 네가 애걸하고 있는 걸
> 난 버린다

네가 기를 쓰고 있는 걸
난 버린다
네가 같이 하고자 하고 있는 걸
난 버린다
네가 풍기고 있는 걸
난 버린다
네가 살고자 하고 있는 걸
난 버린다

— 「무언기행(無言紀行)」 전문, 제20시집 『먼지와 바람 사이』

이 작품에 대해 관점에 따라서는 리듬을 형성하는 두 골격 즉, "네가……있는 걸/난 버린다"는 구절의 단순 반복으로 인해 너므 기계적이고 단조로워 지루한 느낌을 주는 것으로 비판할 수도 있지만, 사실 깊이 음미하면 공감할 수 있는 표현 효과를 거두고 있음을 알게 된다. 우선 제목에서 암시하듯이 이 시는 너와 나의 대립적인 정신(지향의식)을 표현하였다. 즉 "너"는 "먼지"(욕망에 관련된 부정적인 것들)에 집착하는 반면에 "나"는 오히려 그것들을 버리고 "바람"(영혼, 자유, 순간 등의 긍정적인 것들) 같은 존재를 지향한다는 것이다. 그것을 12번에 걸쳐 변주와 반복을 거듭함으로써 시간적으로 1년(12달) 내내(확장하면 평생) 그런 삶을 구현해야 한다는 간절하고도 절실한 심정을 리듬으로 구조화해내고 있다.

이러한 편운의 정신적 지형도와 표현적 특성은 오랜 세월 동안 중등학교 교과서에 실려 더욱 유명해진 「의자」라는 작품에서도 선명하게 드러난다. 즉 형식 차원에서 전통적 리듬을 수용한 점과 내용 측면에서 자연의 섭리를 통찰한 결과로서의 순응과 겸허와 배려 의식이 근간을 이루는 점에서 그렇다.

지금 어드메쯤
아침을 몰고 오는 분이 계시옵니다.
그분을 위하여
묵은 이 의자를 비워 드리지요.

지금 어드메쯤
아침을 몰고 오는 어린 분이 계시옵니다.
그분을 위하여
묵은 의자를 비워 드리겠어요.

먼 옛날 어느 분이
내게 물려주듯이

지금 어드메쯤
아침을 몰고 오는 어린 분이 계시옵니다.
그분을 위하여
묵은 의자를 비워 드리겠습니다.

—「의자·Ⅶ」 전문, 제13시집 『시간의 숙소를 더듬어서』

이 작품은 전체 4연으로 이루어져 기승전결의 형식을 취하고 있으며, 또 3연을 제외한 1, 2, 4연은 약간의 변화를 보이면서도 동일한 통사 구조로 이루어져 전통적 구성 형식의 한 예인 이른바 'aaba형'의 변주가 되는 aa'ba" 형식을 보여준다. 그리하여 이 작품 역시 리듬과 의미가 서로 긴장관계를 이루어 표현효과를 극대화한다. 이를테면 거역할 수 없는 시간의 흐름(자연의 섭리)을 깊이 인식함으로써 순리에 따르려는 겸허한 자세를 갖고 세대교체의 필연성을 강조하려는 시인의 의도가 잘 형상화되었다.

위에 인용한 두 편은 편운의 리듬의식과 세계(존재) 인식이 유기적으로 잘 교직된 가편佳篇으로서, 이 두 요소는 편운 시 전체를 떠받치는 두 개의 골격이요 독자들에게 다가가는 수레바퀴의 두 축과 같은 것으로 볼 수 있다. 물론 그가 평생 일구어낸 50여 권의 시집에 든 작품 세계가 이렇게 단순하게 정리될 수야 없지만, 그럼에도 불구하고 이 두 요소가 그의 작품 세계를 형성하는 핵심으로 파악되는 것은 시인의 정신 깊은 곳에 그것이 원형原型－집단 무의식이든 개인적 무의식이든, 또는 그 둘의 합이든－으로 굳건히 자리를 잡고 있다고 보기 때문이라 하겠다. 이런 관점에서 보면 비록 생애나 시적 연륜에 따라 경험과 사유가 조금씩 변화를 보이거나 변주될 수는 있지만 그 바탕에는 늘 변하지 않는 핵과 같은 것이 암암리에 작용한 것으로 볼 수 있다.

나는 그것을 두 가지로 압축하여, 형식적 차원에서 노래로서의 시라는 점에 대한 시인의 절실한 인식과 표현 의지를 그 한 축이라 한다면, 제재/주제적 차원에서 자연의 섭리를 통찰하고 거기에 따르려는 순응의식을 다른 한 축으로 나타내고자 한다. 이 두 요소는 접근하는 과정에서 어쩔 수 없이 분리되기는 하지만 시에서는 서로 유기적으로 융합되어 있다. 즉 규칙적 리듬이 자연의 질서요 생명력을 구현하는 것이듯 자연의 섭리를 거스르지 않고 순응하려는 편운의 리듬의식과 세계(존재)인식은 편운 시의 전체에 근원적으로 작용하는 두 개의 원형질이라고 규정할 수 있다.

이와 같은 편운 시를 형성하는 두 개의 원형질 즉, 리듬과 자연의 섭리에 따르려는 순응의식은 본고의 대상인 제36시집『낙타의 울음소리』에서도 밑바탕을 이루는 동시에 고희를 갓 넘긴 노 시인의 연륜에 상응하는 변주를 보이기도 한다. 이를테면 리듬의식은 현저히 강화되는 한편, 자연의 섭리에 따르려는 순응 의식은 귀천의식으로 변주된다. 본고에서는 주로 이 두 가지 사안에 초점을 맞추어 편운의 후기 시세계의 일면을 살펴보려고 한다.

3. 『낙타의 울음소리』의 시적 특성

이 시집은 2부로 구성되어 Ⅰ부의 84편과 Ⅱ부의 19편 등 총 103편의 작품을 담고 있다. 그리고 편운이 서문에서 "Ⅰ부는 매일 하루하루를 살아오면서 느끼고, 생각하고, 생활해온 내 모습을 그려온 내 생애와 그 인생관이며, Ⅱ부는 여행에서 얻은 예술의 보물입니다"[5]라고 직접 밝혀놓았듯이 Ⅰ부와 Ⅱ부는 작품의 성격이 다르다. 즉 Ⅰ부는 고희를 넘긴 원로 시인으로서 존재와 세계에 대한 깊은 성찰을 보여주는 작품들이 주류를 이루는 반면에, Ⅱ부에는 각 지역의 중국 문물에 관한 제재가 많으면서도 지역에 따라 일제 강점기의 민족 수난과 통한을 표현한 작품들도 더러 있다.[6] 편운이 시집 제목을 Ⅱ부의 소제목에서 가져온 것을 보면 이들 작품에 대한 애착이 강했던 것으로 보인다.

그런데 『낙타의 울음소리』에 대해서는, 이 시집을 구성하는 작품의 대부분(81.6%)을 차지할 뿐만 아니라 존재에 관한 보편적 시상을 전개한 제1부를 통해서 그 특성을 탐구하는 것이 더 적절할 듯하여, 여기서는 주로 제1부의 시편들을 중심으로 편운 시의 특성을 살펴보려고 한다. 특히 편운 시를 형성하는 원형질로 파악되는 두 요소인 형식으로서의 '리듬'과 주요 표현 내용으로서의 '세계인식과 자아 성찰'이 『낙타의 울

---

5) Ⅱ부는 '한국문인협회 제2회 해외문학심포지엄'을 위해 중국에 갔을 때 창작한 것들이다. 당시 중국 여정은 「다시 상해에서」라는 작품에 "아, 참으로 많이 날아다녔다/일본 후쿠오카에서 상해로, 다시/상해에서 장춘, 연길, 두만강, 용정, 백두산,/심양, 북경, 서안, 난주, 돈황, 난주, 상해/소주, 다^ 상해로, 그리고 오늘 도오꾜로 떠난다"고 표현한 것으로 보아 상당히 먼 길이었다.

6) 예시: "먼 어제 일제를 피해/이곳으로 온 사람들이 일구어 놓고/그 자손들이 자리잡고 살아오는 이곳/긴 세월 뒤에 내가 와서/지금 그 달구지 소리를 듣는다"(「먼 어제의 소리—연길(延吉)에서」), "일제 식민지 시절 이곳으로 도망온/망명시절의 우리 조선족들은/이 거리에서 얼마나 비통했을까"(「왕부정가(王府井街)—북경(北京)에서」).

음소리』에서는 어떻게 구현되고 변주되는지 그 실상을 구체적으로 밝혀볼 것이다.

1) 리듬의 특성; 자연의 호흡과 간절함의 형식화

시에서 리듬은 이미지와 더불어 2대 요소로 규정될 정도로 매우 중요한 의미와 가치를 갖는다. 물론 현대 자유시로 이행되면서 리듬보다는 이미지에 대한 관심이 높아지면서 리듬이 현저히 내면화되어 객관적인 분석이 어려운 경우가 많지만, 그것이 뚜렷한 형태로 객관화되든 아니면 시의 내면으로 잠재되어 모호해지든 간에 어떤 형태로든 시에서 리듬은 중요한 가치로 인식됨은 분명한 사실이다. 특히 "율조(metre)는 바로 그것이 인공적인 용모를 띠므로 해서 최고도의 구조(frame)의 효과를 낳고 시경험을 일상생활의 우연이나 부당한 사태로부터 분리시킨다."[7]는 리처즈의 견해에 적극 귀를 기울이면, 시인의 의도에 의해 조직된 리듬은 시의 구조적 효과를 극대화할 뿐만 아니라 시와 일상성(또는 非詩)을 구분하는 조건이 되기도 한다.

이런 관점에서 볼 때, 초기부터 후기까지 편운 시에 일관되게 뚜렷이 드러나는 시적 리듬은 그의 시의 특성을 밝히는 데 결코 간과할 수 없는 중요한 요소이다.[8] 그가 시의 리듬을 얼마나 치열하기 인식했는가 하는

---

7) I. A. 리처즈, 김영수 역, 『문예비평의 원리』, 현암사, 1981, 197쪽.
8) 편운 시에서 리듬이 차지하는 위상이 매우 높은 것으로 파악되지만, 지금까지 이에 대해 관심을 갖고 면밀히 분석한 글은 거의 없다. 단편적으로는, 편운 시의 리듬에 대해 관심을 가진 분은 박의상과 김삼주가 있다. 박의상은 제6시집 『서울』에 대한 단평에서 "반복과 변화의 원리"를 "그의 특이한 시구성법"으로 지적했으며(「반복적 구조의 미학」, 편운 조병화 교수 정년퇴임기념 평론집 『조병화의 문학세계』, 일지사, 1986, 36~41쪽), 김삼주는 제21시집 『어머니』에 대한 평론의 한 장에서 "병치와 반복의 효과"에 대해 분석하였다(김삼주, 「어머니라는 종교」, 『조병화의 문학세계』, 160~163쪽).

점은 우선 시에서 빈번하게 발견되는 리듬의 양적 측면에서도 확인되지만, 그보다는 특히 질적 차원에서 변주된 형태가 매우 다양하게 드러난다는 점에서 더욱 분명히 확인할 수 있다. 이에 편운 시의 특성은 리듬을 간과하고는 제대로 해명했다고 할 수 없을 만큼 중요한 요소 가운데 하나임을 감안하여 본고에서 그 특성을 살펴보려고 한다.

다만, 편운 시를 개관하면 다양한 형태의 리듬이 빈번하게 드러나기 때문에 사실 일일이 다 지적하기 어려울 정도이다. 그래서 가장 단순한 리듬의 형태 즉,

> 고개를 넘어도 고개
> 고개를 넘어도 고개

―「이미지 단상」 부분

와 같은 경우는 가급적 논의의 대상에서 제외한다. 위와 같은 단순한 형태는 리듬의 양상을 분명하게 보여주기는 하지만, "대개의 운율은 단순하고 소박한 만족에서 성립되어 있음과 동시에 실망·연기·경이·배반 등에서 성립되어 있다고 할 수 있다. 너무 지나치게 단순한 운율, 너무 쉽게 간파되는 운율이 최면상태의 개입이 없는 한 곧장 생기가 없는 지루한 것이 되어 버리는 것은 이러한 때문이다."[9]라고 한 언급에서 보듯이 말 그대로 너무 단순하고 보편적인 것이기 때문에 구체적으로 분석할 필요가 없다. 그래서 여기서는 '단순하고 소박한 만족'을 넘어서는 '실망·연기·경이·배반 등'에 의해 이른바 시에 '생기'를 불어넣는 리듬들을 가려내어 유형화하고 그 의미를 살펴볼 것이다.

주지하듯이 리듬은 운韻과 율律로 구분된다. 운이 주로 시각성에 의해

---

9) I. A. 리처즈, 앞의 책, 185~186쪽.

형성되는 것이라면 율은 청각성에 의해 이루어진다. 편운 시의 리듬도 근본적으로는 이 두 가지 요소가 두루 적용되었지만, 그 빈도나 선명성 등으로 보면 아무래도 운보다는 율(격)적 체계가 상대적으로 크게 도드라진다. 그 중에도 특히 편운이 가장 즐겨 수용한 것이자, 그의 세계인식을 가장 잘 반영한 것으로 보이는 것은 시의 구성형식에 관한 것이다. 즉 그것은 동일하거나 비슷한 문장 구조를 지닌 것들을 반복, 병렬하거나 조금씩 다르게 변주하는 형식이라 할 수 있는데, 이들 중 대표적인 사례들을 추출하여 여섯 가지 정도로 유형화하면 다음과 같다.

<첫째, 동위어(同位語)의 변주에 의한 전개 유형(aa'a''… 型10))>

①
달빛을 안고
밤에 안겨서, 나는
신라, 고려, 조선, 그 달을 본다

－「달」 부분

봄, 여름, 가을, 겨울, 세월은 돌아도

－「내 마음은」 부분

②
황색, 홍색, 백색, 자색,
어지럽게 칠해 놓고

－「한식 이후」 부분

---

10) 이것은 반복 병렬된 형태를 기호화한 것이다. 김대행은 한국시를 이루는 구성형식을 aaba, aab, abb, aa 등 네 유형으로 분류했는데(김대행, 『한국시의 전통 연구』, 개문사, 1980, 86~92쪽 참조), 편운 시에는 이보다 더 다양한 유형들이 보인다. 즉 편운은 전통을 적극적으로 변주하려고 노력했다.

떠남을 거듭하며 살아온 생애,
실로 나의 인생은 오해, 와 포기, 와 도피, 와
이별, 과 고독.
그 순수고독을 살아오며, 그 순수허무를
같이 살아온 거다

–「단 하나의 소원」부분

③
무슨 지켜야 할 약속이라도 있으십니까
무슨 지켜야 할 절개라도 있으십니까
무슨 지켜야 할 정조라도 있으십니까

참으로 의젓하십니다
참으로 숭고하십니다
참으로 대단한 인내이십니다

–「돌부처」부분

꽃비는 소리없이 **슬슬** 내린다
살살 내린다
촉촉히 내린다

–「꽃비」부분

'동위어'란 의미는 다르지만 같은 위상이나 계열로 분류되는 시어를 뜻한다. 그러니까 의미로 보면 반복이 아니라 나열이지만 동일한 위상이나 계열성으로 보면 반복 형태가 되어 리듬을 형성한다. 먼저 ①의「달」에는 리듬이 두 가지 형태로 드러나는데, "안고"/"안겨서"에는 "안"의 두운에 "안다"라는 말의 반복 형태이지만 능동과 피동이라는 의미의 대립이 일어난다. 또 하나는 '신라, 고려, 조선'이라는 구절인데, 여기서는 우리나라의 옛 이름을 시간의 흐름에 따라 나열했으므로 동위어가 반복되었다. 「내 마음은」의 "봄, 여름, 가을, 겨울,"은 계절을 나타내는 동위어가 나열과 반복 형태를 지닌다.[11] 이와는 달리 ②에서는 시간성이 배제된 대신에 동위어를 다양하게 나열하여 복잡하고 혼란한 현상과 심정을 형상화한다.[12]

한편, ③에서는 "약속"/"절개"/"정조", "의젓"/"숭고","인내"(「돌부처」), "술술"/"살살"/"촉촉히"(「꽃비」), 등에서 보듯이 순차성順次性보다는 유사한 의미이면서도 조금씩 차이를 보임으로써 동위어가 전개된 형태를 보여준다. 여기서 동일한 문장 구조에 의한 반복이 주술성과 강조 등 일차적으로 리듬의 효과를 갖는 것이라면, 다른 의미의 동위어를 전개하는 것은 대상에 대한 다면적 접근을 통해 편협한 사고를 제어하고 복합성을 지닌 그 본질에 가까이 다가가려는 깊은 사유를 형식화한 것이라 할 수 있다.

<둘째, 반복과 변주와 병렬에 의한 구성 유형(aa/bb형)>

④
길은
사람이 있는 곳으로
사람이 있는 곳으로

사람은

---

[11] 「청춘 하이웨이」의 "청평을 지나고, 가평을 지나고,/강촌을 지나고,"에서는 거리에 따른 동위적 의미를 지닌 지명이 나열되어 있다.

[12] 이런 유형은 상당히 많다. 예컨대, 「미지의 영혼으로—교향악 예찬」에서 "보다 순결하고, 순수하고, 숭고하고, 오묘한/영감으로 이어지는 나의 영혼,/들리는 것이 도취이요, 희열이요, 존재이요,/새로운 신비", 「봄이여, 사월이여」에서 "이걸 생명이라고 할까,/자유라고 할까,/해방이라고 할까," 「이미지 단상」에서 "나는 한평생을 살아옴에/잘못도 많았고,/실수도 많았고, 고집도 많았고,/하지 않아도 할 일도 했지만," 등에 거의 같은 구조가 드러난다.

그리움이 있는 곳으로
그리움이 있는 곳으로

-「그림에 붙인 단상」 부분

    ④에서 뒤의 연은 의미론적으로는 변주되었으나 앞 연과 동일한 통사 구조를 지니므로 병렬과 반복을 동시에 보여준다. 길 → 사람 → 그리움으로 이어지는 계기성과 연속성이 리듬을 통해서 형상화되었다. 거꾸로 말하면 사람이 길을 내고 길은 만남을 위한 통로이므로 그 바탕에는 그리움이 깔려 있다. 이처럼 시에서 리듬은 매끄럽게 읽히는 것뿐만 아니라 마음을 형태화하는 것인 동시에 간절한 마음을 강조하는 기능을 갖기도 한다.

<셋째, 의미의 대립/대응과 동일한 통사 구조의 병렬 유형(a/-a형)>

⑤
나를 기쁘게 한 사람이나
나를 슬프게 한 사람이나

내가 기쁘게 한 사람이나
내가 슬프게 한 사람이나

-「만남과 이별」 부분

⑥
한 집에 살면서
생전을 입을 닫고 사는 사나이와
생전을 귀를 닫고 사는 여인이 있었다

-「어느 부부」 부분

⑦

낮이면 꾀꼬리 만산에 울고
밤이면 개구리 목놓아 울고

—「공적한 집─편운재 일기(片雲齋 日記)」부분

위에 예시한 것들은 동위적이면서 서로 대립하는 관계를 갖는 말로 이루어진 것들이다. ⑤는 a/non a//a'/non a'의 형태로서 이중 반복의 형태를 띤다. 즉 1차로 '기쁘게'와 '슬프게'가 대립하고 다시 피동과 능동이 대립한다. ⑥에서는 "입"/"귀", "사나이"/"여인"의 대응을, ⑦에서는 "낮"/ "밤", "꾀꼬리"(산)/"개구리"(들)의 대립과 대응을 보이면서 각각 동일한 통사 구조의 반복을 보여준다. 위에서 보듯 대립(대응)의 구조 유형은 역지사지, 또는 다면적 세계를 표현하기 위한 수단이 된다.

<넷째, 교차 나열의 유형(abab형)>

⑧
무슨 사연이 저렇게 구성지게 길까,
평생을 후회, 고백이라도 하는 것처럼
밤을 새워서 치고, 지우고, 치고, 지우고,
서툴게 타자를 친다

—「밤에 내리는 봄비」부분

위의 시에 밑줄 친 부분은 "치고─지우고"를 두 번 반복하여 두 낱말이 교차관계를 이룬다. 밤비 내리는 소리를 타자기 치는 소리에 비유하면서 사람이 어떤 의미를 만들고 후회하여 지우는 행위를 반복하는 것처럼 표현하고 있다. 그러니까 여기서 교차 반복의 리듬 형태는 부질없는 행위를 끝없이 반복하는 인간의 무상한 삶을 효과적으로 드러내기 위한 시적 장치가 된다.

<다섯째, 연 구성의 형태상 반복과 전개적 병렬의 유형
[aaa'(aaaa', aa'a''a''')형]>

⑨
이젠 너무나 늙어서
뮤즈마저 비켜가누나

이젠 너무나 늙어서
구름마저 비켜가누나

아, 이젠 너무나 늙어서
빛도 소리도 멀리 비켜가누나.

−「풍화작용」전문

이 시에서 리듬은 전체적으로 aaa'형으로 분석되는데, 첫 행과 둘째 행 및 각 연 단위로 구분해서 보아도 모두 동일한 형태로 유합된다. 우선 각 연의 첫 행을 중심으로 분석하면 같거나(1−2연) 약간 변주된 형태(3연)가 반복되어 aaa'의 형태를 띤다. 둘째 행들은 "뮤즈", "구름", "빛과 소리"라는 의미만 다른 동위적 낱말로 전개하여 다양한 탐색의 의미를 주면서도 통사 구조로 보면 3연에서만 다소 변화되어 aaa'의 형태를 띤다. 따라서 이들을 통합한 연 단위로 보아도 역시 aaa'의 형태를 갖는다. 이와 같은 반복적 리듬을 통해 '너무 늙음'과 외로움에 대한 한과 탄식이 절실하게 구조화되고 있다.13)

한편, 각 연의 마지막 행을 후렴구처럼 처리한 경우도 많이 드러난다.

---

13) 「빈 날, 빈 세월」에서는 각 연의 마지막 행을 각각 "빈 말만 보낸다"//"빈 말만 보낸다"// "이렇게 빈 말만 보낸다"는 형태로 마치 후렴구처럼 처리하여 aaa'의 형태를 이룬다.

예컨대, 「빈 날, 빈 세월」의 경우를 보면 각 연의 마지막 행을 각각 "빈 말만 보낸다//빈 말만 보낸다//*이렇게* 빈 말만 보낸다"(이탤릭체: 인용자)로 처리하여 aaa'의 형태를 이루게 하였다. 그리고 4연 형식의 작품인 「지금 내 마음은」에서는 앞 세 연의 끝행은 같고 마지막 연에서만 "늘어진"이라는 수식어를 하나 덧붙여 aaaa'의 형태를 갖게 하였다.[14] 또한 「영원 국도 1081에서」[15]와 「외로운 영혼의 섬」[16] 등의 경우에는 각 연의 마지막 행이 기본 의미는 유사하면서도 각각 조금씩 변주된 aa'a"a'''의 형태를 보여준다.

<여섯째, 낱말 및 구조의 반복과 변화의 유형[aab, aaba(aaba')형]>

⑩
온종일 바닷물은 혼자서 밀리고 쓸리고
<u>철석, 철석, 술술술</u>

　　　　　　　　　　　　　　　　　　　　　－「지금 나는 다시 소라로」부분

⑪
겨울 내내 움츠렸던 몸을
<u>밖으로,/ 밖으로,/ 인생/ 밖으로</u>
<u>한없이,/ 한없이/ 끌어내어</u>

　　　　　　　　　　　　　　　　　　　　　－「봄이여, 사월이여」부분

---

14) 한여름 하얀 대낮의 모래밭이옵니다//한여름 하얀 대낮의 모래밭이옵니다//한여름 하얀 대낮의 모래밭이옵니다//한여름 *늘어진* 하얀 대낮의 모래밭이옵니다'(이탤릭체 : 인용자)

15) 나는 永遠이라는 것을 생각하고 있었습니다//그 永遠을 생각하고 있었습니다//그 고독한 永遠을 생각하고 있었습니다//그 순간의 永遠을 생각하고 있었습니다

16) 쓸쓸할 땐 슬며시 그곳으로 숨어 버립니다//고독할 땐 슬며시 그곳으로 숨어 버립니다//만사가 싫어질 땐 슬며시 그곳으로 숨어 버립니다//쓸쓸하고 쓸쓸할 땐 슬며시 그곳으로 숨어 버립니다

⑫
눈물을 주는 시는
세상에서 가장 잔인한 죄인 줄 알면서도
나는 어쩔 수 없이
<u>눈물을 주는 시를 많이 써왔습니다</u>

혼자서 이 세상 외롭게 살아가는 것이
가장 편안한 인생이라는 걸 알면서도
나는 외로움을 참을 수가 없어서
그저 어쩔 수 없이, 무상히
<u>눈물을 주는 시를 많이 써왔습니다</u>

그것이 죄라면 죄이겠지만
살아가는 것이 하두 외로워서
그저 무상히 그립고, 그립던 겄을 어찌하리

눈물을 주는 시는
세상에서 가장 잔혹한 죄인 줄 알면서도
그저 나는 나를 잊기 위해서
<u>눈물을 주는 시를 많이 써왔습니다.</u>

－「눈물」 전문

aab나 aaba 유형은 민요에서 흔히 사용된 예이다. 가령, '아리랑 아리랑 아라리요'나 '형님 형님 사촌 형님' 같은 구절에서 보듯이 이 예는 두 번 반복한 후 변화를 주는 것이 리듬 형성의 바탕이 된다. 위의 예에서 ⑩과 ⑪은 낱말의 반복과 변화를 통해 리듬을 형성한 경우이고, ⑫는 각 연의 마지막 행을 aaba의 유형으로 구성한 예이다. 이 유형들이 많이 보이는데 그 중에 다음과 같이 약간씩 변주되기도 한다. 즉 「너의 사랑은」은 5연 중에 앞의 4개 연의 마지막에 "절대적인 존재이듯이"라는 구절을 후렴구처럼 배치한 후 마지막 5연에서는 변화를 주어 aab의 확장형인 aaaab의 유형이 되었고, 「나는—어머님께」는 aaba의 변주형인 aa'ba'의 유형이 되었다. 그리고 「어느 천성」의 경우에는 이것을 다시 변주한 aa'ba'a"의 유형인데 수식어를 통해 변화와 대칭구조가 되도록 하였다.

이상에서 편운의 후기 시에 형성된 대표적인 리듬 형식들을 여섯 가지로 유형화하여 그 특성을 살펴보았다. 편운 시에 드러나는 리듬은 주로 구성 형식상 반복 병렬과 전개의 구조 유형이 주종을 이루는 것으로 파악되었다. 이것들은 민요에서 흔히 볼 수 있는 전통적인 리듬의 일부 형식을 토대로 하는데, 편운은 그것을 수용하면서도 한편으로는 변주를 꾀하여 전통과 개성을 조화하려고 노력하였다. 이에 따르면 편운은 시와 리듬의 관계를 매우 중요하게 인식하고 시를 빚는 과정에서 내용에 걸맞은 리듬을 조직하기 위해 치열하게 노력했음을 알 수 있다.

이러한 노력으로 조직된 편운 시의 리듬이 갖는 주요 의미를 간추리면 다음과 같다. 첫째, 반복에 의한 병렬 형식은 시에 음악성을 배가하는 동시에 시인의 절실한 마음을 표현하고 강조하는 의기를 갖는다. 둘째, 성격상 동일 계열의 시어[동위어]를 나열 전개하는 것은 다양하고 복합적인 세상사와 정서를 형식화함으로써 세계에 대한 편견이나 편협함에서 벗어나 존재와 삶의 진실에 더 가까이 다가가는 성찰의 효과를 극대화하는 의미를 갖는다. 셋째, 균형과 절제를 통한 정서적 안정감을 도모한다. 넷째, 규칙성과 안정성에 기초한 자연의 리듬과 순리에 따르려는 시인의 정서가 잘 호응하여 의미 이전에 이미 구조적으로 시인의 지향 의지가 구현되는 효과를 갖는다.

2) 세계인식의 특성; 자연의 섭리에 대한 통찰과 귀천의식

주지하듯이 완성도가 높은 작품일수록 형식과 내용은 따로 놀지 않고 서로 팽팽한 긴장 관계를 이룬다. 그리하여 형식이 내용을 규제하거나 내용이 형식을 규제하기도 하고, 또는 형식에 의해 내용이 강조되거나 내용에 의해 형식이 빛을 발하기도 한다. 이런 점에서 편운 시에 드러나는 도저한 리듬은 시인의 세계인식을 효과적으로 담아내는 구실을 충실히 한다고 볼 수 있다. 구체적으로 말해서 그가 평생 자기 삶의 근본 태도로 지향하며 시적 형상화의 가장 중요한 관심사로 다루었던 '자연의 섭리'에 대한 깊은 통찰은 그에 호응하는 시적 리듬을 입음으로써 한껏 절실한 빛깔과 의미를 획득한다. 이를테면 두 요소는 서로 상보적인 관계로 조화되어 시인이 추구하는 예술로서의 시의 경지를 드높이는 구실을 한다.

그렇다면 편운 시의 리듬에 호응하는 세계인식의 가장 큰 특성은 무엇일까? 그것은 다음 시에 잘 드러나는 바와 같이 무엇보다도 자연의 섭리를 통찰한 결과로서 겸허한 마음으로 순리에 따르려는 자세를 갖는 것이라 할 수 있다.

> 이제 작은 열매일지라도 작게 이대로 맺고
> 떠나려 합니다
>
> 이제 아직은 설익은 열매일지라도
> 작게, 작게, 이대로 열매를 맺고
> 힘에 겨워서 떠나려 합니다
>
> 이만해도 나에겐 고마운 세월이었습니다
> 이만치 열매를 맺게 해주신 것만 해도
> 나에겐 한없이, 한없이 고마운 은혜였습니다

많은 바람과 구름이 있었습니다
많은 눈과 비가 있었습니다
많은 밤과 낮, 해와 달이 있었습니다
변화무상, 견디기 어렵던 빛이 있었습니다

그것들에게 시달리다 영글은 작은 열매로
작은 열매일지라도 감사히 여기며
이제 이 자리를 물러나려고 합니다.

                                        -「이제 작은 열매 일지라도」 전문

 이 시의 핵심을 '스스로 물러나려는 자세'라고 한다면, 그 이면에는 노
년기에 접어든 시인으로서 천명에 대한 깊은 성찰이 깔려 있다. 시적 화
자는 시간을 거역할 수 없는 존재의 근본 한계를 인정하고 자연의 섭리
에 순응하려 한다. 이러한 인식이 비록 작고 설익은 것이더라도 그것대
로 "나에겐 한없이, 한없이 고마운 은혜였습니다"라고 지극히 겸허한 마
음을 갖도록 했던 것이다. 물론 이 경지에 이르는 것이 결코 쉬운 일은
아니다. 4연에서 "바람 · 구름 · 눈 · 비 · 밤" 등의 상경적 이미지에 드러
나듯이 그 과정에서는 긍정적인 요인들의 도움도 있었겠지만 시인은 부
정적인 요인들에 의한 시련이 더 많았던 것으로 규정한다.
 그런데 이 시에서 주목되는 것은 시적 화자의 상반된 심리이다. 즉
"힘에 겨워서 떠나려 합니다"와 비록 "작은 열매일지라도 감사히 여기
며/이제 이 자리를 물러나려고 합니다"에 드러나는 갈등 의식이다. 앞의
태도가 온갖 시련을 겪으며 살아가야 하는 힘겨운 존재인식으로 인한
부정적 자기동일성의 선택[17]을 보여주는 것이라면, 뒤의 태도는 그래서
오히려 더욱 감사히 여기는 겸허함과 긍정적 자세를 표상하므로 이 둘
은 사뭇 대조적인 관계에 놓인다. 이 같은 시인의 상반된 태도를 종합적

17) E. H. Erikson, 조대경 역, *Identity*, 『세계사상전집』 42, 삼성출판사, 1981, 326~329쪽.

으로 파악하면, 결국 "변화무상, 견디기 어렵던 빛", "그것들에게 시달리다 영글은 작은 열매"이기에 더욱 감사히 여기며 소중한 것으로 받아들이려는 겸허한 태도에 이르기까지는 심리적으로 많은 고뇌와 갈등을 겪었음을 뜻한다. 이는 다음 시에서 더욱 확연히 드러난다.

> 머지않아 그날이 오려니
> 먼저 한 마디 하는 말이
> 세상만사 그저 가는 바람이려니,
> 그렇게 생각해 다오
> 내가 그랬듯이
>
> 실로 머지않아 너와 내가 그렇게
> 작별을 할 것이려니
> 너도 나도 그저 한세상 바람에 불려가는
> 뜬구름이려니, 그렇게 생각을 혜 다오
> 내가 그랬듯이
>
> 순간만이라도 얼마나 고마웠던가
> 그 많은 아름답고, 슬펐던 말들을 어찌 잊으리
> 그 많은 뜨겁고도, 쓸쓸하던 가슴들을 어찌 잊으리
> 아, 그 많은 행복하면서 외로웠던 날들을 어찌 잊으리
>
> ―「나도 그랬듯이」 부분

이 시에서도 시인의 두 가지 인식이 뚜렷이 드러난다. 하나는, 시적 화자인 "나"는 이미 "세상만사 그저 가는 바람이려니, 그렇게 생각"하며 "머지않아" 다가올 "작별"의 시간을 담담하게 받아들일 자세가 되어 있다는 것이고, 다른 하나는 그 경험을 바탕으로 하여 "내가 그랬듯이" "너"도 "그저 한세상 바람에 불려가는 뜬구름이려니, 그렇게 생각"하며 순순히 작별을 받아들일 것을 권유하는 것이다. 이런 지혜를 터득한 것

은 마지막 3연에 드러나는 바, "아름답고, 슬펐던 말들", "뜨겁고도, 쓸쓸하던 가슴들", "행복하면서, 외로웠던 날들"로 표현된 과거사에 대한 대립적인 인식이 시련으로서 작용했기 때문이다. 다시 말하면 인간이란 한 조각의 뜬구름에 지나지 않으므로 자유로운 영혼으로 돌아가야 한다는 판단은 인생의 쓴맛 단맛을 절실하게 겪은 경험자로서 삶의 양면성을 함께 성찰한 결과이다.

한편, 삶의 양면성 즉, 행복과 슬픔을 함께 겪어야 ㅎ는 것이 바로 존재의 근본 속성이라는 깊은 성찰은 일면 편운의 뼈아픈 존재인식을 보여주는 것이기도 하지만, 실상은 세상사로 인해 울고 웃는 모순된 존재로부터 일탈하는 통로를 발견하는 동인으로 작용하기도 한다. 다음에서 그것이 뚜렷이 드러난다.

> 아무런 욕심도 없는 사람은 가볍다
> 따라서
> 이승과 저승 사이에 걸려 있는
> 강물의 다리도 가볍게 건너리
>
> —「이승의 짐을 틀어내며」 부분

> 소유하려는 마음일랑 버리세요
> 소유는 늘 불안한 번뇌이니까요
>
> —「조롱의 새」 부분

> 요즘 나의 일과는 잊는 일이다
> 나무가 하늘에 있듯이
> 자연으로 있는 일이다
>
> (중략)

바람도 구름도 자유로이 지나가는
하늘이 되는 거다

우주 만물이 자유로이 날 수 있는
텅텅 빈 하늘이 되는 거다.

―「요즘 나의 일과는」 부분

위의 여러 구절에서 누누이 강조하고 있듯이, 편운은 '소유하려는 마음'을 갖는 것은 '불안한 번뇌'를 낳는 원인이 되는 반면에 그것을 버리거나 잊는 것은 '하늘'에 드는 지름길이라고 생각한다. 그래서 그는 바람이나 구름처럼 가볍고 자유로운 존재로 거듭나기 위해 소유욕을 초월하여 '자연으로 있는 일'을 일과로 삼는다고 한다. 이러한 그의 인식과 태도는 반복 병렬로 형성된 리듬에 의해 더욱 절실한 가치로 부각된다.18)

여기서 다시 한 가지 고려할 것은 사람들이 추구하는 일이 중요하고 높은 가치를 지닐수록 그만큼 실현되기도 어렵다는 사실이다. 즉 시인이 '소유하려는 마음일랑 버리세요'라고 남에게 권유하는가 하면, 또 '요즘 나의 일과는 잊는 일이다'라고 강조하는 대목에서 잘 드러나듯이, 사람이 소유욕을 깨끗이 떨쳐 버리고 그야말로 완전한 무위자연의 경지에 들기란 내남없이 거의 불가능하다는 것이다. 달리 말하면 욕심을 모두 떨쳐 버리는 것보다는 '소유하려는 마음'을 갖는 것이 오히려 사람의 보편적인 속성이라고 표현하는 편이 더 적절할 수도 있다. 시인이 잊는 일

---

18) 1991년 5월 2일에 쓴 작품인 "가진 거 하나 없이 이 세상에 나와서/ 돈 들이지 않고 공부도 하고/ 많은 굵은 상도 탔습니다//지금 인생을/마무리지으려는, 나는/그 많은 은혜를 다 합쳐 보답도 하고/다시 가진 거 없이 빈 손으로 돌아가기 위하여/이 상을 마련했습니다// '시는 영혼의 화석'이라는/황금의 메달을 달아서."(「시는 영혼의 화석―제1회 片雲文學賞 施賞을 마치고」 전문)에 따르면, 이 무렵에 제정된 '편운문학상'도 결국 편운이 이승에서 받은 은혜에 보답하는 차원이자 가진 것들을 모두 버리고 '빈 손'으로 돌아가기 위한 노력의 일환임을 알 수 있다.

을 '일과日課'로 삼는 이유는 바로 그런 인간의 한계를 의식한 결과이자 어떻게든 그 한계를 극복하려는 치열한 노력의 일환이기도 하다.

편운이 그토록 어려운 길을 스스로 선택한 것은 물론 그 끝에 '하늘'이 닿아 있다고 믿기 때문이다. 즉 세속적인 욕망을 버리고 존재의 무게를 가볍게 함으로써 인간은 '불안한 번뇌'의 바다에서 벗어날 수 있다는 것이다. 여기서 '하늘'은 '우주 만물이 자유로이 날 수 있는/ 텅텅 빈 하늘'로서 모든 것을 받아들이고 그것들이 자유를 누릴 수 있게 하는 절대 공간이며, 또 존재가 이승의 무거운 짐을 벗고 편안히 거주할 수 있는 이상향이 되기도 한다. 그러니까 이 시집에 등장하는 '하늘'은 기본적으로 중의성을 띠는데, 시집 전체의 맥락에 따르면 다음 구절에서 확인되듯 '저승'의 의미가 더 강한 것으로 파악된다.

> 어머님, 저도 이젠 그곳으로
> 갈 때가 되었습니다.
>
> —「어느 소원—어머님 산소에서」 부분

위와 같은 귀천의식이 『낙타의 울음소리』의 가장 두드러진 화제임을 감안하면, 이 시기에 편운은 삶의 종말이 가까이 다가오고 있음을 깊이 인식하고 있었다. 오늘날 과학문명과 의술醫術의 발달로 장수하는 사람들이 많이 늘어나 '인생칠십고래희人生七十古來稀'라는 옛말의 의미가 현저히 희석되었지만, 여전히 고희를 넘긴 존재로서 종말의식을 떨쳐 버리기가 어려울 것이라는 점을 고려하면 이 시기에 편운이 '자연으로 있는 일'을 갈망하는 것 즉, 그의 귀천의식은 자연의 섭리를 깊이 통찰하고 거기에 순응하려는 태도를 보여주는 것이라 하겠다.

사실, 편운 시에서 죽음의식은 이미 60년대(중년기)의 시에서부터 드러난다. 가령, 그것은 "어머니께서 물려주신 그 노자만큼/쓸쓸히/죽음으로 직행을 하고 있는 거다"(「밤의 이야기 17」, 제9시집 『밤의 이야기』에서)라는 구절에서 볼 수 있다. 그러니까 죽음의식의 뿌리가 깊다고 하겠는데, 다만 질적으로는 다소 차이가 있다. 즉 젊은 시절에 가졌던 죽음의식이 태어날 때 이미 죽음이 결정된, 유한한 생명체라는 존재론적 성찰에 기대고 있으면서도 현상적으로는 비극적 현실인식[19]에서 촉발된 것이기에 그 이면에 삶의 애착심이 전제된 역설적 의미를 띤다면, 이 시기에는 모든 것을 초탈하고 오직 자연의 섭리에 순응하려는 인식으로 집약된다. 그리하여 곧 다가올 것으로 예상하는 천명에 순순히 머리를 조아림으로써 편운은 이제 더없이 고요한 마음의 상태로 접어들고 있었던 것이다.

4. 맺음말

편운 조병화 시인은 '한 조각의 구름'이라는 그의 호처럼 자신을 아주 사소하고 가벼운 존재로 인식하며 겸허한 자세로 어디에 집착하거나 구애되지 않고 자유롭게 살고자 노력한 시인이다. 그런 자유로운 존재에 대한 지향의지는 이미 그의 첫 시집인 『버리고 싶은 유산』에서 '버림'에 대한 인식으로 그 징후가 드러날 뿐만 아니라, 그 후 대부분의 시집들에서도 항상 시정신의 핵심으로 작용하여 하나의 원형질의 의미를 띤다. 비록 해당 시기에 상응하는 삶과 인식에 따라 다양하게 변주되며 더러는 빛깔이 다소 달라지기는 해도 그 밑바탕에는 항상 욕심으로부터 자유로운 영혼으로 살고자 하는 겸허한 자세가 자리를 잡고 있다.

---

19) 이는 그 다음 연 "캄캄한 것을 살아온 거다./마음도 사랑도 모두/가난한 풀밭 머리에서 가난한 풀만 뜯다/가난에 쫓겨다니며/아까운 정들을/캄캄히 살아온 거다."라는 표현에서 드러난다.

이러한 겸허한 자세는 『낙타의 울음소리』에 이르러 '귀천의식'으로 수렴되면서 더욱 뚜렷한 빛깔로 형상화된다. 오세영은 편운의 1960년 대 시를 총평하는 자리에서 "인생은 나그네라는 의식, 따라서 언제인가 올 그 작별의 때를 대비하여 삶에 미련과 집착을 두지 않고 그것을 있는 그대로 받아들이고, 있는 그대로 살아가려는 태도는… 시인으로 하여금 삶에 대한 달관의 경지에 이르게 한다. 그것은 버리는 것이 소유하는 것 이요, 비어 있는 것이 오히려 충만한 것이라는 도가적 역설의 경지에 가 까운 것"20)이라고 지적하였는데, 『낙타의 울음소리』에 드러나는 귀천 의식은 그 역설을 넘어서는 자연의 경지 즉, 무욕과 두심으로 절대 자유 의 경지에 들고자 한 것이라 할 수 있다. 즉 자연의 섭리를 거스를 수 없 는 인간 존재의 본질을 깊이 성찰한 결과로서 이승에 대한 욕망과 집착 을 초탈하여 저승으로 갈 시간 앞에 순순히 따르려고 하였던 것이다. 그 리고 그런 간절한 마음을 형식화한 것이 바로 다양하게 변주된 시적 리 듬이라고 할 수 있다.

이러한 형식과 내용의 유기적인 조직이 편운 시의 특성이자 큰 장점 이라면, 이것은 많은 독자들에게 호감을 주는 요소이기도 하다. 편운이 누구도 감히 범접할 수 없을 만큼 평생 그토록 많은 시를 쓰고 또 수많은 독자를 확보할 수 있었던 것은 무엇보다도 그의 삶에 핍진하는 시적 경 지에 기인하는 것이기도 하겠지만, 한편으로는 통시적으로 많은 사람들 에게 통용되는 민요의 장점이 공감성에 있듯이21) 편운 시가 오랜 세월 에 걸쳐 많은 독자들에게 널리 사랑을 받는 요인도 결국 그의 시에 공감 할 만한 요소가 많기 때문이라 할 수 있다. 따라서 편운은 일찍이 수많은 독자들에게 소통하는 시가 결국 높은 가치를 가진다는 점을 남 먼저 깨 닫고 그런 시를 쓰기 위해 평생 노력한 분으로서, 20세기 중엽 무렵부터

---

20) 오세영, 「고독과 실존」(조병화의 시세계—60년대의 시), 『조병화의 문학세계』, 260~ 261쪽.
21) 김대행, 앞의 책, 112쪽.

이미 21세기의 대중화시대의 첨단을 걸어간 이른바 '견자見者'로서의 시인이라는 위상에 걸맞은 시적 삶을 살았던 셈이다.

<참고문헌>

1. 기본 자료

조병화, 제1시집 『버리고 싶은 유산』, 산호장, 1949.

조병화, 제9시집 『밤의 이야기』, 정음사, 1961.

조병화, 제13시집 『시간의 숙소를 더듬어서』, 양지사, 1964.

조병화, 제20시집 『먼지와 바람 사이』, 동화출판공사, 1972.

조병화, 제36시집 『낙타의 울음소리』, 동문선, 1992.

조병화, 『세월은 자란다』, 문학수첩, 1995.

편운조병화시인회갑기념문집간행위원회, 『편운 조병화 시인』, 1981.

조병화문학관(http://www.poetcho.com/cho/index.html)

2. 논저

김대행, 『한국시의 전통 연구』, 개문사, 1980.

마종기 외, 『조병화의 문학세계』, 일지사, 1986.

박의상, 「반복적 구조의 미학」, 『조병화의 문학세계』, 일지사, 1986.

김삼주, 「어머니라는 종교」, 『조병화의 문학세계』, 일지사, 1986.

서우석, 『시와 리듬』, 문학과지성사, 1981.

오세영, 「고독과 실존(조병화의 시세계—60년대의 시)」, 『조병화의 문학세계』, 일지사, 1986.

정한모, 『한국현대시의 정수』, 서울대학교 출판부, 1979.

I. A. 리처즈, 김영수 역, 『문예비평의 원리』, 현암사, 1981.

E. H. Erikson, 조대경 역, *Identity*, 『세계사상전집』 42, 삼성출판사, 1981.

존재와 마주하는 존재자

조병화 제37시집 『타향에 핀 작은 들꽃』

홍용희(문학평론가)

조병화는 우리 시사에서 현존재의 본질을 추구하고 향유하고 노래한 대표적인 시인이다. 그는 1949년 『버리고 싶은 유산』을 발간한 이래 2003년 타계하기까지 53권의 창작시집을 간행하며 누구보다 성실하고 꾸준한 시작 활동을 통해 지속적으로 인생의 참된 의미와 가치를 존재의 본질에 비추어 깊은 정서적 울림으로 환기시켜왔다.

조병화의 이러한 시적 삶은 하이데거의 '본래적 실존'에 대한 추구와 상응하는 것으로 보인다. 하이데거에게 '본래적 실존'이란 '있는 그대로'의 고유한 자신의 존재를 가리킨다. 그는 본래적 실존이 개시되는 '환한 터'로서 '무(Nichts)'의 개념을 제시한다. 존재자는 존재 부재의 궁극에 이르러서 존재의 본질과 마주할 수 있게 된다는 것이다. 이를테면, 죽음의 경우 삶의 전반을 이해할 수 있는 계기가 된다는 것이다. 죽음이란 지금까지 집착해 온 현실적 가치들의 의미를 일거에 말소시키는 '무'의 지점이다. '무'의 지점은 일상을 규정하고 있는 모든 관계와 의미를 무화시키고 어두운 심연을 드러내어 우리를 공허하게 만든다. 그러나 그 심연은 존재가 오롯이 말을 걸어오는 환한 세상이다. 돈, 명예, 가족, 국가, 권력 등 피상의 모든 가치가 휘발 되어버린 '무화'의 순간, 비로소 존재자는 '있는 그대로'의 자신의 존재와 마주할 수 있다는 것이다.[1] 존재에 대한 대면이 무에 대한 사색에 의해서 가능하다는 인식이다.

반면에 '본래적 실존'과 대별되는 '비본래적 실존'은 본래의 자기를 잃고 눈 앞의 사물에 몰입된 일상적 인간의 모습이다. 이것은 하이데거의 화법에 따르면, 과거를 망각하고 미래를 유예하면서 그때그때 현재에 분산하여 살아가는 인간의 모습이다. 조병화의 시적 삶은 바로 이와 같이 일상성에 함몰된 '비본래적 실존'을 부정하고 '본래적 실존'을 철저히 견지하는 면모를 일관되게 보여주었다.

그는 일상적 현상 속에 내재하는 존재의 본질을 구현하기 위해 죽음, 사랑, 고독, 허무 등 인간 삶의 슥명적 근원에 천착한다. 이를 통해 현실적 삶의 욕망, 집착, 권세 등의 무상함을 성찰적으로 자각하며 본래적 실존의 초상과 명징하게 마주하는 면모를 드러내고 있는 것이다. 이것은 그가 초기 시집 『하루만의 慰安』(1950)의 후기에서 "유산을 버린 병화는 인생의 제로로 돌아와서 시간과 같은 중량을 느꼈다"는 고백과 상통한다. 그의 시적 삶은 항상 "인생의 제로" 지점에서 조망하는 존재자의 존재성을 탐색해 왔던 것이다. 다시 말해, 그는 '지금, 여기'의 삶의 과정 속에서, 이미 "나 돌아간 흔적"(「나 돌아간 흔적」, 『사랑이 가기 전에』)을 아득히 반추하며 그 의미를 성찰하는 '영도'의 글쓰기를 실현하고 있었던 것이다. 물론, 이와 같이 일상성의 회로에 함몰된 '비본래적 실존'을 부정하고 '본래적 실존'의 초상을 추구하는 것은 시적 삶의 일반적인

---

1) 마르틴 하이데거, 전양범 역, 『존재와 시간』, 동서문화동관주식회사, 2008, 70~80쪽 참조.

특징이기도 하다. 그러나 조병화의 시적 삶이 희소한 특이점을 지니는 것은 전쟁과 분단으로 이어진 이념 과잉과 '새 것' 콤플렉스 속에서 반복된 유행 사조들로부터 누구보다 초연한 자리에서 자신의 시적 삶을 일관되게 견지해왔다는 것이다. 그는 스스로 전언하듯이 어떤 단체나 사조 속에 편입되거나 복무하지 않고 자신만의 고유한 시적 인생론을 형식론과 내용가치로 실현해왔던 것이다.

> 혹자는 전통과 순수를, 혹자는 서정을, 혹자는 지성을, 혹자는 언어를, 혹자는 형태를, 혹자는 기교를, 혹자는 참여를, 혹자는 에스프리를, 다다니, 쉬르니, 이마쥬니, 상징이니 …실로 많은 욕설과 옹호와 혼탁이 범람하여 흐르고 있다. 그러나 나는 나대로의 개울을, 생과 사 외로운 생존을 부침시키며 외따로이 흘러내려 왔다…. 2)

인용문에서 드러나듯, 그는 일관되게 시사적 유행, 세태, 형식, 기교 등으로부터 일정한 거리를 두고 자신만의 시적 삶을 추구했다. 그의 고유한 자신만의 시적 삶이란 "생과 사 외로운 생존", 즉 존재론적 근원 심상에 관한 탐색으로 집중된다. 이점은 또한 그의 시적 형식론에서도 그대로 반영되어 현란한 수사, 이미지, 기교의 분식을 멀리하고 순백하고 단아하고 평이한 어사와 어법으로 정서적 공감을 획득하는 양상을 보인다. 그의 시 세계가 폭넓은 독자들에게 쉽고 친숙하게 다가설 수 있었던 주된 배경도 여기에 있다.

조병화의 37시집『타향에 핀 작은 들꽃』(1992)은 시적 내용과 형식론에 걸쳐 '본래적 실존'을 추구하는 인생론을 58편의 연작을 통해 집중적으로 펼쳐 보이고 있다. 그렇다면, 먼저 시인이 자신의 인생론을 전언하는 객관적 상관물로 "타향에 핀 작은 들꽃"을 선택하게 된 경위는 무엇일까?

---

2) 조병화, 『來日 어느 자리에서』, 「후기」, 춘조사, 1965.

①
사랑스러운 작은 들꽃아,
너는 천성이 너무나 곱고 부드럽고
연해서, 작은 일에도 상하겠구나

$-$「7」부분

②
사랑스러운 작은 들꽃아,
넓은 이 대지에서 들꽃들이 자유이듯이
너는 이 우주에서 한없이 자유로구나

$-$「10」부분

③
너는 너무나 곱고 순진해서
험악한 인간의 혼탁한 세상을 모르려니

$-$「11」부분

④
엄동설한을
캄캄한 땅 속에서 견디어 내어
봄이 오면 눈부시게
노랗게 대지에 피어 오르니

$-$「14」부분

시인이 "사랑하는 작은 들꽃아,/이러면 안 되는 줄 알면서도/바쁜 길 너에 끌려/지나가는 길 멈추"(「20」)는 까닭은 무엇인가? 그것은 "천성이 너무나 곱고/부드럽고 연"하기 때문이고, "자유"로운 존재성을 지니고 있고, "순진"함과 인내를 본성으로 하기 때문이다. 그래서 "타향에 핀 작은 들꽃"은 "작은 일에도 상"하기 쉽고, 어디에도 종속되지 않으며, "인간의 혼탁한 세상"과 거리가 멀고, "봄이 오면 눈부시게" 피어오르는 생명력을 보여준다. 이렇게 보면, "타향에 핀 작은 들꽃"은 시인이 일관되게 추구해온 순수, 자유, 꿈 등을 본질로 하는 "본래적 실존"의 초상에 다름 아니다. 특히 "타향에 핀 작은 들꽃"에서 "타향"이란 "언제나 인생의 타향에서/어머님이 주신 생명을 다하고 있을 뿐/인간의 거리에서 언제나 혼자"(「12」)인 자신의 실존과 근원 동일성을 지닌다. 따라서 시인이 "타향에 핀 작은 들꽃"을 향한 대화는 궁극적으로 자신과 자신의 '본래적 실존'과의 내적 대화라고 할 수 있다. 다시 말해, 시집 『타향에 핀 작은 들꽃』은 '존재와 마주하는 존재자'의 비망록에 해당하는 것이다. 58편의 연작으로 이루어진 존재와 마주하는 존재자의 비망록의 핵심적인 주제의식은 "죽음/ 사랑/ 꿈/ 고독/ 보람" 등이다. 이들 시적 소재들은 서로 다르면서 동시에 내적 연속성을 이룬다.

다음 시편은 그의 시집 『타향에 핀 작은 들꽃』이 씌어지는 시적 시점이 드러나 있다.

> 하기야 인간의 나이 칠십이 어디냐
> 높은 고개 길이지
> 발아래로 구름이 지나가는구나
>
> 이곳에서 내려다보니
> 지나온 어제들이 까마득하구나
> 가물가물 가물거리며
> 훤하니 눈에 떠오르는 노란 들꽃
> 너의 은혜로구나
>
> ─「23」 부분

시적 화자는 "칠십" 나이의 "고개 길"에서 "지나온 어제들"을 굽어보고 있다. "칠십" "고개"의 높이에서 바라보는 "지나온 어제들"의 풍경은 "까마득"하고 희미하게 "가물거"릴 따름이다. "칠십""고개"의 원근법에는 이미 구체적이고 섬세한 일상의 굴곡이 무화되어 있다. "즐거웠던 세월도 말이 없고/고마웠던 세월도 말이 없고/소란했던 세월도 이젠 말이"(「38」)없다. 인간사의 집착, 욕망, 소유, 질투 등의 굴레로부터 이미 초탈해 있는 경지이다. "칠십" "고개"가 이처럼 존재 초월의 지점에 비견될 수 있는 주된 까닭은 무엇인가? 그것은"죽음"과 근접해 있기 때문이다.

> 사랑스러운 작은 들꽃아,
> 이제 멀지 않아 영 아주 뜨지 못할
> 눈을 감고 너를 보지 못하게 돼려니
> 그렇게 되더라도 슬퍼하지 말아다오
>
> 어차피 죽어서는 네가 피어 있는 흙 속으로
> 이 몸은 깊이 묻혀서
> 노란 너를 덮고 따뜻이 누워 있으려니
> 사랑스러운 작은 들꽃아, 노랗게 피어 있을
> 너의 대지 아래서 나는 행복하리
>
> 세월이 지나가도 모르고
> 사계절이 바뀌어 지나가도 모르고
> 눈, 비, 바람, 구름이 지나가도 모르고
> 인간사, 희로애락, 슬픈 것이 지나가도
> 즐거운 것이 지나가도 모르려니

−「6」 부분

시적 화자는 죽음이 자신의 삶의 "멀지 않"은 곳에 다가와 있음을 감지하고 있다. 죽음은 무엇인가? 그것은 절대 무이다. "세월이 지나가도 모르고/사계절이 바뀌어 지나가도 모르고/눈, 비, 바람, 구름이 지나가도 모르고/인간사, 희로애락, 슬픈 것이 지나가도/즐거운 것이 지나가도 모"르는 무화의 세계이다. 죽음은 익숙했던 주변의 도든 것을 쓸어버리고, 어두운 심연을 드러내어 우리를 공허하게 만든다.

  하이데거에 따르면 이러한 어두운 심연은 존재가 오롯이 말 걸어오는 환한 세상이다. 일상의 모든 가치가 의미를 잃어버리는 '무화'의 순간, 비로소 우리는 '있는 그대로'의 자신과 마주할 수 있다고 본다. 그래서 하이데거는 죽음이란 근본적인 결단을 촉구한다고 설명한다. 죽음에 대한 두려움 속에 회피함으로써 위선적인 삶을 이어갈지, 아니면 기만적인 가치로부터 스스로를 해방하고 조용히 말 걸어오는 존재를 인수할지는 죽음에 근접한 인간 주체의 태도에 달려있다는 것이다.[3] 조병화에게 죽음에 대한 태도는 후자이다. 그는 "죽음"으로 표상도는 존재초월의 무의 시점에서 존재성의 본질을 명료하게 조망하고 있는 것이다.

>   사랑스러운 작은 들꽃아,
>   너는 인간들이 울며불며 갖는
>   고민스러운 소유를 갖지 말아라
>   번민스러운 애착을 갖지 말아라
>   고통스러운 고민을 갖지 말아라
>
>   하늘이 늘 너와 같이하고 있지 않니
>   대지가 늘 너와 같이하고 있지 않니
>   구름이 늘 너와 같이하고 있지 않니
>
>   −「16」부분

---

3) 마르틴 하이데거, 이기상 역, 『존재와 시간』, 까치, 1998, 326~329쪽 참조.

시적 화자의 미적 가치 기준은 이미 "하늘/대지/구름"으로 표상되는 자연의 이법에 있다. 그래서 그의 "사랑스러운 작은 들꽃"에게 전언하는 것은 "소유/애착/고민"으로 얼룩진 인간사의 범주를 넘어선 대자연의 관점이다. 이렇게 보면, 대자연의 영원성과 순리에 입각해서 현존재의 본질을 조망하고 노래하는 것이 이 시집 전반의 내용이며 성격이라는 점을 알 수 있다. 이것은 또한 존재 초월의 무에 대한 사색을 통해 더욱 명징하게 존재와 대면할 수 있다는 하이데거의 정언에 직접 상응하는 방법론이기도 하다. 그의 이러한 초월적 존재자의 시각에서 조망되는 존재의 진경에는 먼저 "사랑"의 명제가 입체적으로 떠오른다.

> 내가 지금 짊어지고 있는 이 이승의 짐 중에서
> 가장 무거운 짐이 사랑이로구나
> 가장 소중한 짐이 사랑이로구나
> 내려놓을 수 없는 것이 사랑이로구나
>
> (중략)
>
> 사랑스러운 작은 들꽃아,
> 그런데 사랑은 이 세상에서
> 가장 가난한 사람들이 나누는 짐이란다
> 가장 외로운 사람들이 나누는 짐이란다
> 가장 쓸쓸한 사람들이 나누는 짐이란다
> 서로 소리 나지 않게 주며 받으며
> 서로 멀리 이어 가는 가벼우면서도
> 가장 무거운 짐이란다

—「34」부분

시적 화자에게 "사랑"은 "이승의 짐 중에서", 지금까지도 "내려 놓을 수 없는 것"이다. 그것은 가장 가난하고 외롭고 쓸쓸한 사람들이 "나누는 짐"이기 때문이다. 그러나 사랑은 가장 가벼우면서도 동시에 가장 무거운 짐이 되기도 한다. 사랑은 자기 의지와 무관하게 영원하지 않기 때문이다. 그래서 "변해 가는 것을 알며 사랑했고/변해가는 것을 사랑하지 않으려 하며 사랑했고/온 세상 변하지 않는 것이 없다는 것을 알면서도/그 변하는 것을 사랑"(「43」)해야 하는 것이 사랑의 숙명이다.

사랑은 이와 같은 역설적인 양가성을 지니지만, 그러나 꿈은 이와 다르다. 그래서 시적화자는 "이 세상에서 가장 귀중한 것은/사랑보다는 꿈"이라고 단언한다.

> 사랑은 간혹 변하는 수가 있지만
> 꿈은 변하지 않는 거란다
> 꿈은 자기가 버리지 않으면
> 항상 자기 안에 있는 보물이란다
> 자기 영혼 안에 있는 보석이란다
>
> (중략)
>
> 사랑은 간혹 어두운 눈물을 주는 거지만
> 꿈은 외로울수록 빛나는
> 영혼의 등불이란다

-「35」 부분

시적 화자에게 꿈은 자신의 고유한 인생을 개척해 내가는 가장 소중한 "보물"이고 "보석"이다. "사랑"의 경우는 타인과의 상호 의존적인 관계성을 전제로 하지만 "꿈"의 경우는 자신의 의지, 신념, 실천을 통해 가꾸고 지키고 성취할 수 있는 대상이다. 그래서 "사랑은" 외적 요인으로 인해 "간혹 변하는 수가 있지만", "꿈"은 "자기가 버리지 않으면""변하지 않는" "항상 자기 안에" 지켜갈 수 있는 삶의 좌표이다. 물론, 이것은

"손으로 만져 볼 수 없는 것"이지만 "보이지 않는 영혼 속에서/그 영혼을 움직이"는 "힘"으로 작용한다. 인간은 오직 이러한 "꿈"으로 인해 더욱 차원 높게 고양된 자신을 형성해나갈 수 있다. 그러나 "꿈"의 실현과정은 자신만의 내적 의지, 신념, 노력을 바탕으로 한다는 점에서 외로움을 수반한다. 자기만의 외로움을 스스로 지키고 견디고 초극하지 않으면 "꿈"의 실현은 불가능하다. 그래서 시적 화자에게 "꿈은 외로울수록 빛나"는 것이다. 다시 말해, 외롭지 않고서는 "꿈"의 실현은 불가능하다.

> 인간의 그 삶의 가치라는 것은 그 인간의 꿈에 있는 게 아닌가. 그 원대한 꿈을 사는 데 있는 게 아닌가. 그 꿈을 살려고 노력하는 그 실천 속에 있는 게 아닌가. (…) 그러나 꿈은 고독한 것이다. 순수한 고독, 바로 그 아름다운 고독인 것이다. 꿈이 크면 클수록 그 고독도 큰 것이며, 그 꿈이 원대하고 가치가 있을수록 그 고독도 그만큼 원대하며 가치가 있는 것이다. 실로 인간은 그 순수한 고독, 영원한 꿈을 살아가는 것이다.[4]

위의 인용문에서 "고독"과 "꿈"은 등가이다. "꿈"이 "고독"을 낳고 "고독"이 꿈을 실현한다. 이렇게 보면, 조병화에게 외로움과 "고독"은 감상적 정감이 아니라 삶의 의미와 가치를 창조하는 동력이며 결연한 실천 의지와 연관된다. 그에게 "고독"과 외로움은 지켜야 할 삶의 가치이며 덕목인 것이다. 그가 스스로 고백하듯, "시대가 변하고, 세상이 변하고, 사람이 변해갔어도, 그 외부 물결에 휘말려 들지 않고, 유행에 빠지지 않고, 유혹에 매혹되지 않고, 오로지 나의 철학, 나의 생리, 나의 고집, 그 나의 일관된 순결한 고독을 지켜서 개미와 같이"[5]살아왔던 까닭도 이러한 배경 속에서 이해된다.

한편, 이러한 외로움과 "고독"은 바로 "인내"의 과정과 연관 된다.

---

4) 조병화, 「삶 · 사랑 · 죽음이 잉태하는 고독한 보람」, 『마침내 사랑이 그러하듯이』, 백상, 1988, 35쪽.
5) 조병화, 위의 글 48쪽.

우리네 인생이란
한마디로 말해서 긴 인내란다
끝없이 끝없이 계속되는 인내란다
그 기다림이란다

(중략)

사랑스러운 작은 들꽃아,
인간이 마지막으로 찾아내려는 그 기쁨이
무언지는, 나는 모르나
그것이 꿈이 다하는 곳이 아닌가,
생각이 된단다

이렇게 꿈은
긴 인내의 길이란다
그 기다림의 길이란다

-「24」 부분

　고독은 인내의 산물이다. "꿈"을 추구하는 것이 "고독"한 것은 "인내"를 요구하기 때문이다. "고독"을 참고 견디는 "인내'의 과정이 없이는 "꿈"에 근접할 수 없다. "실로 이 세상은 참고 견디어 낸 자들만이 살아남"(「53」)을 수 있다. 이것은 마치 "부처님도 참고, 견디어 내시어/영원 불변의 생명의 빛을 찾아내신"(「53」) 것과 상응한다. 그리고 이와 같이 "꿈"을 성취해 나가는 것이 곧 "어머님이 주신 생명을 다하"(「53」)는 "보람"된 인생이다.

사람은 항상 자기다울 때 보람을 느낀단다
사람은 항상 자기 자신에게 충실히
살아갈 때 보람을 느낀단다

사람은 항상 자기 꿈이 이루어져 나갈 때
　　보람을 느낀단다

－「55」 일부

　“꿈”과 “고독”과 “인내”의 여정이 “보람”으로 귀결되고 있다. “항상 자기”답다는 것은 자신의 “꿈”을 추구하는 삶을 가리키고, “자기 자신에게 충실히/살아”간다는 것은 자신의 “고독”을 인내한다는 것을 가리킨다. 그리하여 마침내 “꿈”이 이루어질 때 “보람”을 느끼게 된다는 것이다.

　여기에 이르면, 조병화가 58편의 연작시를 통해 “타향에 핀 작은 들꽃”과 나눈 대화는 “죽음/사랑/꿈/고독/인내/보람”이 핵심적인 주제 의식을 이룬다는 점을 거듭 확인할 수 있다. 그리고 이들 주제의식은 서로 긴밀한 내적 연속성을 지닌다. 그것은 앞에서 살펴본 바대로, ‘본래적 실존’은 “죽음”의 시점에서 더욱 명징하게 인식되는 바, “꿈”의 추구는 “고독”과 “인내”를 요구하고, “고독”과 “인내”는 “보람”된 인생을 형성한다는 것이다. 다만, “사랑”은 인생에서 “가장 소중”하지만 동시에 “가장 무거운 짐”이라는 역설적 명제라고 지적한다.

　그는 “해는 하늘 끝으로 기울어 가며/멀리 가물가물 어머님이 계신 세계로 열려있는/성문이 보이기 시작”(「58」)하는, “죽음”이 근접한 고희의 나이에 이르러, ‘본래적 실존’의 인생론을 성찰적으로 반사시키고 있었던 것이다. 이와 같은 ‘본래적 실존’의 인생론은 그가 일관되게 추구해왔던 시적 삶이기도 하다. 그는 스스로 걸어온 삶의 길을 “인간사, 희로애락, 슬픈 것이 지나가도/즐거운 것이 지나가도 모르”(「6」)는 무의 지점에서 존재의 본질을 더욱 명징하게 구체적으로 갈파하고 있는 것이다. 그는 이처럼 자신의 ‘본래적 실존’을 거듭 확인하면서 또한 이를 실현하는 길을 부지런히 걸어갔다.

그러나 나는 날이 개이나 비가 오나
부지런히 내가 갈 길을 가야만 한단다
어디까지 가야하나,
그것은 나도 모른단다

사랑하는 작은 들꽃아,
나는 어머님이 계신 곳까지 가야 한단다
어디서 기다리고 계시는지는 모르나
그곳까지는 줄곧 가야만 한단다

―「32」 일부

　실로 조병화는 "사랑하는 작은 들꽃"과의 대화에서처럼 "날이 개이나 비가 오나/부지런히 내가 갈 길을" 걸어갔다. 『타향에 핀 작은 들꽃』이후에도 16권에 이르는 시집을 연이어 간행하였다. 그리고 마침내 2003년 "어머님이 계신 곳"에 당도했다. 그에게 죽음은 단순한 사별이 아니라 우리들에게 존재의 근원과 가치를 선명하게 일깨워주는 강렬한 시적 삶이기도 했다. 그의 죽음의 소식은 독자들의 가슴에 누구보다 성실하고 순정하게 가꾸어온 그의 '본래적 실존'의 초상을 깊고도 아프게 되새겨보는 계기이기도 했기 때문이다.

세계의 끝, 나그네의 꿈

조병화 제38시집 『다는 갈 수 없는 세월』

김명인(시인)

1.

조병화(1921~2003)는 1949년 첫 시집 『버리고 싶은 유산』을 출간한 이래 모두 53권의 창작시집과 40여 권의 수필집, 다수의 시론서와 번역서, 화집을 상자하였다. 반세기에 걸친 오랜 시작활동의 소산인 그의 시편들은 일상사의 정감들을 쉽고 아름다운 언어로 형상화하고 있다는 점이 그 특징이다. 작품의 모티프들은 대개 사랑과 이별, 떠남과 머무름, 고독과 허무 등 삶의 숙명적인 편린들이다.

조병화 시세계에 대한 지금까지의 평가는 인간의 유한성과 영원 등을 나직하고 친근한 독백의 어조로 드러내보였다는 것이다. 사색과 여행, 자연과 고향, 어머니와 이웃, 삶과 죽음 등 인간의 존재성을 자각하는 이 모티프들은 그의 시세계를 관통하여 뼈대를 이루며, 그 결과 그의 시에는 현대인의 실존적 모습이, 꿈과 사랑으로 자아의 완성에 이르고자 하는 삶의 도정 등이 낭만적인 분위기로 형상화되어 있다는 것이다.

좀 더 부연해본다면 조병화의 시세계는 대체로 헤어진 것, 만날 수 없는 것, 잊어버려야 하는 것 등과 같이 비극적인 사랑의 인식이 중심을 이루며,[1] 그것은 모든 인간과 세계에 대한 구체적이며 따뜻한 경배와 헌신으로 나타난다는 것이다.[2] 한편, 조병화의 시는 여행형식과 편지형식을 그 골격으로 하고 있으며, 이는 외로움을 견디는 한 가지 존재방식에서 비롯된다고 한다.[3] 한편, 그 시의 대체적인 구조는 '너'와 '나'의 대화, 보이는 세계와 보이지 않는 세계, 육신과 영혼이 동시적으로 공존하는 세계, 떠남과 만남의 구조 등을 보인다는 것이다.[4] 이로 미루어 조병화의 시세계에는 너와 나의 관계를 복원시키고 성찰하려는 노력이 읽혀진다고 한다.

이 소론은 조병화의 제38시집『다는 갈 수 없는 세월』을 함께 읽어보려는 목적으로 마련된다. 이 시집은 시인의 나이 72세이던 1992년에 상자되는데, 이 해에는『낙타의 울음소리』,『타향에 핀 작은 들꽃』등 두 권의 시집이 더 출간되어서, 시인의 왕성했던 시작활동을 짐작하게 한다. 일흔을 넘긴 고령임을 감안한다면 시의 생산력이 매우 높았던 시기였다 하겠다.

수많은 시집에도 불구하고 조병화 시세계의 전모는 큰 주제를 둘러싸고 순환하는 모습으로 읽혀진다.『다는 갈 수 없는 세월』에 수록된 시편들 또한 조병화 시의 대체적인 특징을 반복하고 있어서 앞에서 언급된 기존의 논의들을 수긍하게 한다. 그러므로 이 소론은 이미 드러난 조병화 시의 특징들을 반복해서 확인하는 수준일 수밖에 없겠다.

---

1) 김재홍,「사랑의 哲人」,『조병화 시집, 사랑하면 할수록』, 후기, 시와시학사, 1995.
2) 마종기 외,『趙炳華의 文學世界』: 김주연,「신비의 형이상학」, 일지사, 1986.
3) 김윤식,『근대시와 인식』, 시와시학사, 1992, 195~212쪽.
4) 박이도,「떠남과 머뭄의 美學, 있는 거와 없는 거와」,『조병화전집 · 6』, 학원사, 1986.

2.

조병화는 시집의 머리글이나 산문, 인터뷰, 대담 등으로 시에 관한 자신의 생각들을 피력해 놓고 있다. 그 내용들은 대개 반복어법에 가까워서 그의 문학적 지향이나 태도의 일관성을 살피게 한다. 논의 대상 시집인 『다는 갈 수 없는 세월』의 머리말에도 그의 주장이 요약되어 있다.

> "나는 이렇게 나의 숙명처럼 줄곧 시를 살아오고 있습니다. 시를 쓰고 있는 것이 아니라 시를 인생처럼 살아오고 있는 겁니다. 따라서 나의 시는 나입니다. 테마도 나이고 소재도 나이고, 통틀어서 나의 시는 나의 인생이요, 나의 시론(詩論)이요, 나의 철학이요, 나의 존재(存在)의 증언(證言)입니다. 먼 훗날 어느 누군가가 나의 시에 대하여 무어라, 무어라, 이야기 한다 해도 나하곤 먼 이야기가 될 겁니다. 나의 시는 곧 나이고 독자(讀者)입니다. 나는 독자와 직접 이야길 하고 있는 겁니다. 아무런 설명 없이. 나는 시의 마을에 살다 가는 시(詩)의 주민(住民)입니다. 문패 하나 남기고 가는 시의 주민이옵니다. 서른여덟 번째 숙소(宿所)를 옮겨 살아 오고 있지만 한 번도 이 시의 마을에서 벗어난 일은 없습니다. 한 마을의 한 주민이옵니다."[5]

위의 언급에서는 시와 삶을 동일시하려는 시인의 태도가 살펴진다. "나의 시는 곧 나"이며, "나는 이렇게 숙명"으로 "시를 인생처럼 살고" 있는 것이다. "시를 쓰고 있는 것이 아니라" "살아가는 일이 곧 시"라는 고백은 시를 향한 신앙심에 가까운 마음가짐이다. "존재의 증언이 시"라는 언급 또한 소박하게는 삶과 시를 동일시하는 태도라 할 것이다. 시는 어떻게 살고 어떻게 죽을 것인가 하는 실존의 문제까지 포괄한다. 생의 총체성으로 시를 받아들이는 이러한 세계관에서는 시의 미학적 성취란

---

5) 조병화, 「시인의 말」, 『다는 갈 수 없는 세월』, 혜화당, 1992.

논외가 될 것이다. 시를 향한 강고한 믿음은 그가 남긴 산문이나 대담 등 여러 곳에서 피력된다.

> "저는 사실 문학으로 시를 시작했다기보다, 인생관이랄까 하나의 삶의 기초로 시문학을 했습니다. (중략) 지금도 저는 시를 쓴다기보다는 철학한 다, 내 삶을 풀어낸다는 기분으로 작품을 씁니다. 이처럼 저 시 창작은 인 간 존재의 해명과 실존적 삶에 관한 일관된 탐구 작업이었어요. 그래서 저 는 제 많은 시집이 결국 한 권의 '조병화시집'이라고 생각하곤 합니다."6)

우리 현대시사상 유래가 없을 정도로 놀라운 시적 다산성 또한 "시를 산다"는 그의 믿음에서 비롯되는 것이다. 일상의 자각과 발견이 그날 치 의 시가 되어 기록처럼 남겨진다. 그의 대부분의 시들에는 작품을 쓴 날 짜나 장소가 병기되어 있다. 그리하여 일기를 적듯 쉽게 풀어 쓴 독백체 의 시편들은 독자들에게도 친근하게 다가선다. 사실 대중적인 독자들은 시의 전문가가 아니기 때문에 작품으로서의 미학적 성취보다는 한 인간 의 내면적 진실에 쉽게 공감할 것이다. 독자들의 눈에 시인이란 드높은 위치에 자리하고 있는 특별한 존재가 아니라, 자신들과 고뇌와 아픔을 함께 나누고 위로받을 수 있는 마음의 친구로 비치게 된다. 조병화의 시 가 대중적인 까닭이다.

"시를 산다"는 의식과 관련하여 그의 문학적 태도를 짐작하게 하는 특이한 어사의 하나로 '숙宿'이라는 표현을 들 수 있다. 잠자리나 거처를 의미하는 '가숙'이나 '원숙' 등의 어휘와 함께 활용하고 있는 이 '숙'은 그 의 시적 지향이나 문학적 세계관과 닿아있는 것으로 판단된다.

집은 나의 육체가 잠시 머물던 가숙이었고

---

6) 임헌영, 「시와 시인을 찾아서·18-신임 예술원회장 片雲 趙炳華」, 『시와시학』 통권 제22호, 1996.6, 16쪽.

시는 나의 영혼이 상주하던 가려진 원숙이었다

칠십 평생을 그렇게 집보다 시를 살아 온 나는
지금 바람에 떠서 낙엽 속에 있다

머지않아 다가올 겨울의 길목에서.

— 「어느 노인의 회고록」 전문(1991.11.15)

위의 인용 시에는 한 평생 시를 쓰며 노년에 다다른 시인의 감상과 회
한이 스며있다. 그런데 이채로운 것은 '집/시', '육체/영혼'을 양립시키는
'가숙/ 원숙'이라는 어휘의 대립적 표현이다. 여기서 '가숙假宿'을 '임시거
처' '잠시 머무는 곳' '원숙原宿'을 '늘 머무는 곳' '영원한 고향'이라 새겨
볼 수 있다. 시의 문맥으로 살펴보면 '가숙'의 세계 곧 '현실의 집'은 육신
의 거처이고, '시'는 '원숙', 곧 '영원' 또는 영혼의 거처라는 뜻으로 읽혀
진다. 시를 향한 굳은 결기를 느끼게 하는 이 대목은 시인의 표현 그대로
"시를 산다"는 의미를 새삼스럽게 해준다. 그는 '시집'의 '집'을 '숙'과 겹
쳐서 활용하기도 한다. '숙(시집) 과 '숙' 사이에 시들이 있다.

"1971년 말, 나의 제19宿 『별의 시장』을 떠나서 다음 숙소인『먼지와
바람 사이』로 향하고 있었습니다. 그리하여 제20宿 『먼지와 바람 사이』
에 도달한 것은 1992.10.22(동화출판사 간행)이었습니다."7)

그러나 시인은 시를 일상화한 자신의 시세계가 제대로 평가받지 못하
고 있다는 느낌을 자주 가진 듯하다. 아래의 언급은 그와 관련된 갈등을
엿보게 한다.

---

7) 임헌영, 앞의 글, 37쪽.

"제 시가 쉽게 쓴 시라고 흔히들 그랬는데 그 말이 마우 고통스러웠
　　지요. 시가 시인의 발언이라면 독자에게 쉽게 전달되어야 하고 또 감동
　　을 주어야 한다고 저는 믿었지요. 그리고 '쉽게 읽히는' 속에 깊은 뜻을
　　넣어야 한다고 말입니다.8)

　　그의 시편들은 시인의 의도대로 일반 독자사이에 친근하게 전파되었
다. 그리고 보편적인 정서로 고독한 인생사를 피력해 보인 그의 시편들
은 공감의 진폭만큼 커다란 반향을 불러일으키기도 했다. 사실 '쉽게 읽
히는 시편' 속에 감추어진 깊은 울림이야말로 시의 영원한 이상이기도
할 것이다. 그러나 이는 오랜 인고와 절차탁마를 요구한다. 그날치의 고
백은 나날의 인상을 펼쳐보일지언정 수월한 미학적 성취에 도달해가는
숙성의 시간을 사상捨象시켜버릴 염려가 있다 하겠다. 전문적인 시 독자
들에게는 조병화의 즉흥적인 시세계가 문제였고, 시인에게는 그들의 그
런 평가가 서운했던 것이다.

　　3.

　　조병화의 시들 중 많은 작품들이 기행시로 씌어졌다는 사실은 여러
논자들에 의해 지적된 바 있다. 『다는 갈 수 없는 세월』에서도 다수의
기행시가 확인된다. 수록 시편들의 표제어로 선택된 시어 중에는 유난
히 '길' '세월' 등 여행과 관련된 어휘들이 많이 등장한다. 시어로서도 '간
이역' '눈바람' '주막' '버스' '마을' '작별' '인터체인지' 등 여행을 환기하
는 숱한 어휘들과 만나게 된다. 나아가 이 시집의 2부는 '이스탄불' '크레
타'에서 열린 세계 시인대회에 참가하며 쓴 기행시들을 따로 묶어놓았

<hr>

8) 임헌영, 위의 글, 17쪽.

다. 아래의 인용문에는 여행과 관련된 시인의 태도가 살펴진다. 그는 일상조차도 늘 여행을 떠난다는 마음으로 살았던 것이다.

> "저에게 머무르고 싶은 장소는 없습니다. 저에게는 인생 자체가 통과하는 장소로 다가옵니다. 그렇기 때문에 제 기행시의 테마가 길, 만남, 이별로 이어지는 것이지요. 또 하나의 테마는 인내입니다. 장소든 삶이든 모두 견디다가 지나가는 것이다 하고 생각하고 있습니다."[9]

여행은 일상의 거주지를 떠나 다른 시공 속으로 진입함을 의미한다. 그것은 낯선 풍경 위에 일상을 펼쳐놓은 것이며, 그 도정에서 새로운 경험을 쌓는 일이다. 따라서 여행자의 경로는 그의 의식에도 영향을 주게 된다. 여행자는 일상적 시간에서 벗어나 낯선 광경들과 마주치며, 때로는 관습적, 사회적 압박으로부터 벗어나 자아를 성찰하는 기회를 갖기도 한다. 그리하여 여행자는 여행의 도정에서 진정한 자아를 발견할 가능성과 만나기도 한다. 수많은 반추의 과정을 거친다는 점에서 시인에게는 여행 자체가 이미 시적인 정취에 빠져드는 순간인 것이다.

기행시는 '여행 중에 보고 느낀 것을 적는 시'를 뜻한다. 그러므로 기행시의 전개 속에는 여행자의 관심이나 태도, 견문의 내용, 감상 등이 포섭된다. 곧 기행지의 자연과 인정, 풍속 등에서 시적 주체가 얻게 되는 견문, 체험, 정서 등을 형상화한 것이 기행시인 것이다. 따라서 기행지의 인상만을 드러낸다면 그것은 낯선 풍물과 마주친 여행자의 감상을 토로하는 수준에 그치고 말 것이다. '어디로 가서' '무엇을 보다'는 형식의 기행구조로 마주친 풍물의 인상을 드러내고 있다는 점에서 조병화의 시 또한 유형화되지만, 삶의 인식이나 존재의 반성적인 성찰이 중심이 되고 있다는 점에서 그의 시는 기행시 이상의 의미를 읽어내게 한다.

---

9) 임헌영, 위의 글, 21쪽.

이제 머지않아 긴 겨울이 오려니
나는 이렇게 아무런 준비도 없는
초라한 나그네옵니다

갈 곳도 마련되지 않고
의지할 곳도 막연한
가련한 목숨,
그저 바람에 불려 떠돌아갈 뿐이옵니다

―「낙엽」부분

걸어서 다는 갈 수 없는 곳에
바다가 있었습니다

날개로 다는 날 수 없는 곳에
하늘이 있었습니다

꿈으로 다는 갈 수 없는 곳에
세월이 있었습니다

아, 나의 세월로 다는 갈 수 없는 곳에
내일이 있었습니다.

―「내일」전문(1992.8.6. 김천 객사에서)

시집의 표제인 "다는 갈 수 없는 곳"을 문맥으로 포함하고 있는 이 시는 "1992.8.6. 김천 객사에서"라는 부제를 달고 있어서 작품을 쓴 날짜와 장소까지 살필 수 있다. 노년의 회한이 짙게 나타나 있는 시라 할 수 있겠다. "머지않아 긴 겨울이" 오는데, "나는 이렇게 아구런 준비도 없는/초라한 나그네"의 여정 위에 있다.

시집 속의 다른 작품을 참조하면 이 지상은 시인에게 "가장 많은 하늘 아래 빈 그 자리/아름다움이며 슬픔이며 사람이 사는 곳"(「낮은 목소리로 · 2」)이다. 또한 "잠시 머물다 그저 떠나오는 자리, 작별이 자주 있는 곳"(「낮은 목소리로 · 59」)로 인식된다. 따라서 세상은 거쳐 가는 여행지에 불과하다. 지금 쯤 어딘가를 걷고 있을 '너'뿐 아니라, 우리 모두가 어디론가 가고 있는 여행자인 것이다.

  조병화는 이 시집에서도 자연의 시간은 영원한 것으로 인식하여 경험적 시간을 자연적 시간의 질서 속으로 끌어들인다. 자연의 시간은 무궁무진하다. 그리고 대상을 오롯이 파악할 수 없기에 영원하다. 유한자로서의 인간존재는 시간을 타고 너리는 승객일 뿐이다. 따라서 유한할 수밖에 없는 인생살이는 무상하다. 그러나 유한한 인간은 영원에 대한 동경으로 현재적 삶을 충실하게 만들 수 있으며, 인생사에 대한 긍정과 연민, 곧 사랑을 갖게 된다. 아래의 인용 시는 앞에서 살핀 「내일」과 흡사한 정서와 호흡을 보여준다.

> 나의 기도로는 다는 갈 수 없는 곳에
> 신이 있습니다
>
> 나의 힘으로는 다는 갈 수 없는 곳에
> 하늘이 있습니다
>
> 나의 사랑으로는 다는 갈 수 없는 곳에
> 당신이 있습니다
>
> 아, 나의 세월로는 다는 갈 수 없는 곳에
> 나의 사랑이 있습니다.
>
> —「고요한 사랑 · 9」 전문(1992.8.17)

  죽어도 도달하지 못하는 자리에 '신'이 있고 '하늘'이 있다. 그리고 '당신'과 '사랑'이 있다. 인간의 유한 세계에서 그것들은 미지의 영역으로 설정된다. 그러므로 그 안을 다 알 수 없다. 다만 노년의 시인에게는 고독한 존재를 넘어서는 그 세계에 대한 무상감이 사무쳐올 뿐이다. 이 시집에서의 시편들에는 인간조건으로서의 고독과 허무에 대한 탐색이 편향적으로 나타나 있다. 이는 조병화 시세계의 지속적인 주제이기도 할 것이다. 그런데 조병화 시에서의 허무는 놓여날 수 없는 존재론적인 외로움이기에 숙명과도 같지만, 때로는 '살아내는 힘'이 되기도 한다.

> "인간은 유한한 생명, 잠시 이 세상을 통과하는 순수 허무의 존재요, 혼자서 자기를 살아야 하는 순수 고독의 존재지요. 바로 그 존재의 숙명을 긍정할 때, 저는 고독이야말로 가장 큰 삶의 재산이 된다고 생각합니다. 저는 상실감 내지 감상 취향이 아닌, 살아내는 힘으로서의 순수한 고독과 순수한 허무를 늘 생각합니다. 누구나 그렇게 사는 것이겠지요."[10]

'유한한 생명'을 지닌 채 "잠시 이 세상을 통과하는" 실존이기에 인간은 다가오는 미지에 피할 수 없는 죽음과 마주치게 된다. 그의 시편에는 단독자로서의 실존이 삶의 조건이 되고 존재론적 외토움과의 마주침이 끊임없이 토로되는데, 그러한 시적 지평에서 죽음의 문제가 부상되는 것이다. 따라서 조병화 시의 중요한 주제의 하나는 죽음이라 할 수 있다.

모든 현존재는 한계상황으로서의 죽음을 피할 길이 없다. 곧 시인의 표현대로 말한다면 "시간과의 승부에 있어서는/시간을 이겨내는 사람을 본 일이 없"(「심판」)는 것이다. 단독자로 태어나 미지의 세계로 사라질 수밖에 없는 고독한 숙명에게는 죽음에 대한 두려움이 자각되기 마련이다. 시인에게도 이 일회적인 생은 벗어날 수 없는 운명적인 고독과 죽음을 인식하게 한다. 그런 의미에서 그의 세계관에는 허무주의자의 면모가 살펴진다. 실존을 넘어서서 죽음조차 여행의 한 경로로 이해고

---

10) 임헌영, 앞의 글, 24쪽.

있는 시인의 태도는 아래 인용 시에도 나타나 있다.

> 이제부턴 나를 찾거든
> 없다고만 해라
>
> '어딜 갔느냐'고 묻거든
> '그저 멀리 갔다'고만 해라
>
> '언제 돌아오느냐'고 묻거든
> '그저 모른다'고만 해라
>
> '그저 멀리 갔다'고만 해라.

―「먼 여행」 전문(1991.11.4)

　인간은 세월 속에 살다가는 존재, 짧은 생애를 견디고서 미지의 시간 속으로 떠나야 한다. 죽어서 도달하는 곳, 시인에게는 그곳은 미지의 영역이다. 삶의 내력을 오롯이 할 수 없듯이 사후의 지향 또한 알 수 없는 것이다. 사후를 무無의 세계로 남겨두고 있다는 점에서 그는 무신론자라 할 수 있다. 그의 시편에는 종교에 기대어 고독이나 죽음의 문제를 초월하려는 시도가 살펴지지 않는다. 오히려 삶이 죽음을 품고 죽음이 삶을 키운다는 무신론에 가까운 생의 인식이 시편의 도처에서 산견되는 것이다.

　그런데 시인은 삶을 여행자의 한 도정으로 받아들이듯 죽음 또한 여행의 연장이듯 생각한다. 죽음이라는 부재不在까지 여행 속에 포괄하는 태도는 가히 실존적이라 할 수 있다. 그에게도 "무언가 늙어 가는 지혜라는 것을 항상 생각하지만, 실로 늙어 죽는다는 것은, 어렵고 어려운 인간의 작업"11)인 것이다. 어떻게 사는 것이 죽음 앞에서 인간으로 하여금 삶의 의미를 참답게 하는가 되묻는 것은 가치의식이 전제되기 때문이다.

4.

　조병화의 시에서 보편적 공감을 불러일으키는 또 다른 테마의 하나로
'어머니'를 들 수 있다. 그는 『어머니』라는 표제의 시집을 펴낼 만큼 여
기에 몰입하지만, 『나는 갈 수 없는 세월』에서도 '어머니'는 여러 모습
으로 호명된다.

　　　나의 좁은 가슴 안엔
　　　넓은 절이 하나 있습니다

　　　절은 항상 비어 있으나
　　　가끔 어머님이 들르시곤 합니다

　　　어머님이 들르셨다 가시면
　　　절은 한결 하얗게 비어갑니다

　　　텅 빈 우주
　　　하얀 마당의 고요한 혼자

　　　나는 이곳에서
　　　어머님이 가신 곳을 찾곤 합니다.

　　　　　　　　　　　　－「나의 좁은 가슴 안엔」 전문(1992.8.15)

　"어머님은 내게 생명을 주어" 세상 속으로 내보내신 이다. 나는 "어머
님의 숙제를 하러" 이 세상에 온 사람, 지금 어머님은 수많은 이별들이
실재하는 이곳에 계시지 않는다. 어머님은 "내게 생을 부여하신" 이, 그

---

11) 조병화, 『수필집 편운제에서의 편지─외로우며 사랑하며』, 가야미디어, 1998, 88~
　　89쪽.

러므로 나에게 "명령할 수 있는" 유일한 존재다. 피곤한 "내게 휴가를 주시는" 것 또한 어머님의 몫이다. 세상일로 들끓는 '나'를 이끌어 이곳에 정돈시키시는 어머님, 그런 어머님을 사모하는 "나의 좁은 가슴 안에"는 어머님이 잠깐씩 들렀다 가는 '절'이 하나 있다. 시인이 어머니를 신앙하며 살아왔다는 것은 아래의 인용문을 통해서도 살펴진다.

> "어머님의 생활철학은 <살은 죽으면 썩는다.> 하는 근면, 절약, 그 철학이었습니다. 나는 소년시절부터 성장하면서 이 어머님의 생활철학대로 시간을 아껴가면서 매사 부지런하게 살아왔습니다. 그리하여 어머님이 돌아가신 뒤, 어머님의 묘막(墓幕)으로 어머님 묘소 옆에 세워드린 집 흰 벽에 오석에 이 말씀 <살은 죽으면 썩는다>를 새겨서 붙여드렸던 겁니다. 집은 편운제(片雲齊)라고 이름 짓고, 벌써 30년이 넘어가고 있습니다. 참으로 편운(片雲), 그 조각구름처럼 떠가는 세월입니다."[12]

어머님을 향한 이 지극한 사모의 마음을 단순히 효심이라고만 볼 수는 없다. 그것은 모성애를 바탕으로 한 신뢰와 숭배의 마음가짐이며, 순수로 확장된 그리움과 사랑의 '종교'다. 이 뜬구름 세상에서 어머니는 존재의 고향일 뿐 아니라, 존재를 이끌어주는 인도자인 것이다. 따라서 어머니를 사랑하고 그리워한다는 것은 자신을 바로 세우는 일, 궁극적으로 돌아갈 본향을 사모하는 일이다. 시인은 죽어서 돌아갈 곳 또한 어머니의 품으로 설정한다.

> "인간에게는 두 개의 고향이 있습니다. 즉, 몸의 고향과 영혼의 고향이지요. 나의 자연의 지역적인 고향은 경기도 안성군 양성면 난실리이지만 영혼의 정신적인 고향은 아직 묘연합니다. 그런데 이 두 가지 고향의 모체로서 저는 '어머니'를 상정하고 있습니다. 물론 영혼의 고향은 어머니로 삼고 있고, 저의 종교는 '어머니'입니다."[13]

---

12) 조병화, 「시로 쓰는 자서전 14」, 『시와시학』 통권 제14호, 1994년 6월호, 39~40쪽.

'종교'가 어머니며, "영혼의 고향은 어머니로 삼고" 있다는 시인의 진술을 수구초심의 서정적 표현이라고만 볼 수는 없다. 생명의 근원인 어머니는 태어난 모태이지만 돌아가 다시 묻힐 영원한 정처定處다. 그는 어머니의 심부름으로 이 세상에 나왔다가 그 심부름을 마치고 다시 어머니에게로 돌아왔다는 글을 묘비명으로 새겨 생을 장식하려는 시인인 것이다. '기쁨'과 '눈물', '안방'과 '고향', '사랑'과 '종교', '조국'과 '우주'를 모두 포괄하는 '어머니'야말로 조병화의 시에서 삶과 죽음을 총체적으로 확장시키는 개념이다. 따라서 '어머니'는 조병화의 시에서 존재의 고향인 동시에 당위이며 그 표상이라 말할 수 있다. '어머니'를 추구하는 과정은 조병화의 시에서 '고독과 허무' '소망과 꿈'의 기점 사이를 오고 가는 진자 운동의 한 중심처럼 파악된다.

　시인은 이 세상의 소요가 끝나는 날 돌아가 어머니에게 살아낸 삶의 감상을 말씀드린다. 그렇다면 어머님에게 아뢸 감상의 내용은 무엇일까. 결론과 관련하여 그것을 살핀다면 아래 인용 시가 그 대답이 될 수 있다.

　　　　달님아, 이 세상에서 가장 소중한 것은
　　　　꿈이란다

　　　　꿈은 사랑보다도 소중한 보석이란다

　　　　꿈을 가진 사람은 흔들리지 않는단다
　　　　꿈을 가진 사람은 외로워지지 않는단다
　　　　꿈을 가진 사람은 설사 인생에 슬픔이 있다 해도
　　　　기쁨을 주는 꿈으로 쉬지 않고
　　　　슬픔과 외로움을 이기며 살아간단다.

　　　　　　　　　　　　　　　　　　－「시인의 말」 전문(1992.1.31)

---

13) 임헌영, 앞의 글, 21쪽.

'—달님에게'라는 부재를 달고 있는 위의 인용 시는 시인이 마침내 깨달은 전인적 각성의 최종적인 결론에 해당된다. "이 세상에서 가장 소중한 것은/꿈"이라는 이 자각이야말로 존재의 외로움과 슬픔을 견디게 하는 장치로써 시인의 '보석'에 비견된다. 꿈은 허무하고 슬픈 인생살이를 견디며 받아들이게 한다. 그리하여 "꿈은 사랑보다도 소중"하다. 그 꿈으로 존재는 흔들리는 생의 굴곡 위에 바로 선다. 조병화 시의 감동은 '보석'과 같은 '꿈'을 독자들에게 선사한 것이라면 이 글의 너무 소략한 결론일까.

이상과 고독의 실존적, 사회적 맥락

조병화 제39시집『잠 잃은 밤에』

이형권(문학평론가)

1. 53권의 39번째, 그리고 50년대

편운片雲 조병화 시인(1921~2003)은 시집 53권, 시선집 28권, 시론집 5권, 화집 5권, 수필집 37권, 번역서 2권, 시 이론서 3권 등 160여 권의 저서를 발간했다. 창작시집만 53권에 이른다는 것은 그의 창작욕구가 얼마나 강렬했던 것인가를 증명해 준다. 1949년에 첫 시집『버리고 싶은 유산』이후 2005년『넘을 수 없는 세월』에 이르기까지 미년 한 권씩의 시집을 상재한 셈인데, 이는 한국현대시사에서 유례를 찾아보기 어려울 정도로 활발한 창작 활동을 실천한 사례이다. 물론 그의 시세계는 다작으로 인하여 일부 작품들에서 밀도와 완성도가 떨어지는 결과를 가져오기도 하지만, 정통 문학의 기치를 내걸고 이처럼 많은 시집을 발간했다는 것은 일단의 문학적 사건이라고 할 수 있다. 50여 년에 걸쳐 이루어진 조병화 시의 시적 의미는 우선 1950년대 시사의 맥락에서 찾을 수 있다. 그는 처녀시집『버리고 싶은 유산』이후『하루만의 위안』(1950),『패각의 침실』(1952),『인간고도』(1954),『사랑이 가기 전에』(1955),『서울』(1956),『석아화(石阿花)』(1958),『기다리며 사는 사람들』(1959) 등의 시집을 발간했다.

1950년대 시단에서 가장 많은 시집을 발간한 조병화 시인은 양적인 측면뿐만 아니라 시적 특이성의 측면에서도 주목할 만하다. 1950년대는 전쟁의 비극과 전후의 폐허 속에서 인간 서정의 최후의 보루로서 중요한 역할을 했다. 전쟁 시, 순수 서정 시, 모더니즘 시 등이 주류를 이루고 있던 당시 시단에서, 조병화 시는 도시적 감수성에 기반을 둔 모더니즘적 특성을 보여주었지만, 다른 한편으로는 인간의 순수한 서정을 중시했다는 점에서 '순수 모더니즘시'라고 지칭할 수 있다. 예컨대 그의 시는 1951년 결성된 '후반기' 동인과 유사하면서도 다른 특성을 보여준다. 둘 사이에 시적 특성으로서의 모더니즘 감각과 도시적 감수성을 추구한 점은 유사하지만, 조병화 시는 문명적 삶에 대한 본질적인 이해와 고독의 시 정신을 추구한 점에서 다른 면모를 보여주었다. 특히 그는 시라는 장르가 태생적으로 지니는 고급적 성격이나 모더니즘 시의 주지적 성격으로 인해 소수의 지식인들 사이에서만 소통되는 한계를 극복하는 데 성공했다. 그는 예술성과 대중성을 동시에 추구하여 일반 대중을 시의 독자로 끌어들임으로써 한국시의 외연을 확장시키는 데 앞장섰다. 그의 시가 대중적 소통에 성공한 것은 허무, 고독, 사랑, 꿈과 같은 삶의 보편적 속성에 대한 진지한 성찰과 일상의 언어를 사용하면서 반복적 리듬감과 단순한 시의 구조를 지향했기 때문이다.

이 자리에서 감상해보려는『잠 잃은 밤에』는 조병화 시인의 39번째 시집이다. 1993년 73살의 나이에 출간한 이 시집의 시편들은 조병화 시의 일반적 특성에서 크게 벗어나 있지는 않은 것으로 읽힌다. 그의 시는 기본적으로 인간의 삶과 불가분의 관계인 고독과 허무를 주제의식으로 삼는다. 시인 스스로도 "나는 이러한 삶(＝절대고독)과 죽음(＝절대허무)을 동시에 살아가는 그 슬픔을 살아온 것이다.”(『꿈은 너와 나에게』, 해냄, 50쪽)라고 밝힌 적이 있다. 그의 시에서 고독은 꿈(이상)을 향한 열망을 가지고 사는 인간의 숙명이고, 허무는 유한한 존재로서의 인간이 수용할 수밖에 없는 허무한 운명이다. 이 시집에서 특히 두드러진 것은 노년의 고독과 죽음에 대한 인식이 빈도 높게 드러난다는 점, 지구의 위기에 대한 생태적 인식이 두르러진다는 점 등이다.

2. 이상의 추구와 유한자 의식

조병화 시인은 이상주의자이다. 그의 시에 드러나는 화두급 언어인 '꿈'은 이상세계를 향한 열망의 다른 이름이다. 그의 이상주의는 현실 세계의 유한성을 극복하기 위한 것이지만, 이상은 말 그대로 이상이므로 실제의 현실 세계에서 실현되는 것이 불가능하다는 점을 긍정한다. 따라서 그의 시에서 이상주의는 본질적으로 현실 세계를 더 나은 세계로 고양하는 동기 부여의 기능을 담당한다.

> 사랑으로도 갈 수 없는 하늘
> 그리움으로도 갈 수 없는 하늘
> 외로움으로도 갈 수 없는 하늘
> 꿈으로도 갈 수 없는 하늘
>
> 새로운 먼 그 하늘을 찾아서
> 훨, 훨, 가라고 했습니다.
>
> 뒤를 돌아다보지 말라고 했습니다
> 한 번 떠난 자리
> 잊으라고 했습니다

사람이 흘리는 눈물을
이제 영 잊으라고 했습니다.

―「혼백방출」부분

　이 시에서 "새로운 먼 그 하늘"은 영원한 이상 세계를 의미한다. 그런데 그 세계는 지상의 현실에서는 다가갈 수 없는 불가시의 대상이다. 그곳은 "사랑"이나 "그리움", "외로움", "꿈"과 같은 인간의 정신으로도 갈 수 없는 세계이다. 그러나 그렇다고 하여 "사랑"을 포기하고 "그리움"을 버리고 "외로움"을 부정하고 "꿈"을 저버릴 수는 없다. 절대적인 이상향은 인간이 도달할 수 있는 곳이 아니라, 인간의 욕망을 자극하여 그것을 삶의 에너지로 삼도록 하는 데 의미가 있기 때문이다. 이러한 차원에서 부단히 이상을 추구해 왔던 노시인이 이제는 "혼백방출"을 통해 그 세계를 지향하고자 한다. 이때 "혼백'은 넋으로서 이성적, 합리적 정신(sprit)의 차원을 넘어선 불사불멸하는 궁극의 정신성인 영혼(soul)을 의미한다. 현실에서 육신을 통해서는 갈 수 없는 이 "하늘"의 세계에 "혼백"을 통해 도달하고자 하는 것이다. "하늘"의 세계는 "그곳으로는 이제 걸어선 갈 수가 없습니다/다만 생각만으로만 갈 수가 있습니다"(「어디선지 뚝, 뚝,」)라고 할 때의 "그곳"과 다르지 않다.

　이상 세계를 향한 동경의식은 절대적인 사랑에 대한 관심으로도 나타난다. 조병화의 시에서 사랑은 인간 삶의 필수 조건 가운데 하나로서 인간을 고독하게 하는 원인이다. 사랑은 비록 "집 없는 과객"(「사랑이라는 것」)처럼 영원히 정착할 수 없는 미지의 것이지만, 살아 있는 한 끝없이 추구해야 하는 궁극의 대상이다.

맑고 깊은 우주
빛과 생명이 가득히 고여 있는
사랑의 초원

아, 나는 이곳에서
활활 피어오르는 당신의 아지랑이
나를 다 태워서도 다는 태울 수 없는
당신은 깊은 사랑의 초원이옵니다

오, 허약한 이 생명의 아지랑이

당신은 먼 옛날에 이미 예정된
나의 푸른 초원
나의 사랑으로는 다는 채울 수 없습니다.

―「예약된 인연」 부분

　"당신"은 인간적으로 완전한 사랑이거나 종교적으로 절대적인 사랑의 대상이다. "사랑의 초원"이 "빛과 생명이 가득"한 "맑고 깊은 우주"라는 진술이 그러한 사실을 뒷받침한다. 그런데 "당신"의 세계인 그곳에 이르는 것은 불가능하다. 그 세계를 지향하는 "나"는 "허약"하기 그지없는 "생명의 아지랑이"에 불과한 존재이기 때문이다. "나"는 현실의 존재이기 때문에 "당신"을 향한 "사랑"은 "나를 다 태워서도 다는 태울 수 없는" 한계를 지니는 것이다. 그러나 라캉이 '성 관계는 없다'고 말했듯이 "사랑"은 완전한 실현이 불가능할지라도 그것을 포기할 수 없다. 그런 "사랑"에 대한 끝없는 욕망이야말로 인간이 살아가야 할 궁극적 이유이자 에너지이기 때문이다. 완전한 "사랑"의 불가능성에 대한 인식은 "달님, 나는 당신을 늘/끔찍한 나의 빛, 하늘의 사랑이라고/생각을 하고 있습니다."(「나의 사랑, 둘」)라는 시구에도 드러난다. 이처럼 조병화 시인이 추구한 "사랑"이 현실 너머 "하늘의 사랑"이라는 점은 시인이 고독에 이르는 하나의 이유이다. "하늘의 사랑"과 같은 "영원은 항상 고독하고/짧은 나의 목숨"(「지도를 보며」)을 각성케 해 주는 것이다.

인간에게 삶의 유한성을 가장 직접적으로 자각시켜 주는 것은 늙음과 죽음이라는 생의 조건이다. 인간은 누구나 늙지 않을 수 없으며 종국에는 죽음을 맞이할 수밖에 없는 존재이다. "시간이 없는 인생을 살고 싶"(「시간의 피고」)지만, "73세의 자리, 시간이 흐르고 있는 자리"(「지도를 보며」)에서 살아가고 있는 것이 현실이다. 그러나 시인은 노년의 비애와 죽음마저도 시적으로 승화시킬 줄 아는 존재이다.

봄을 먼저 하늘로 치솟는
너의 힘이 순수하다

이론(理論)이 아니라
생명(生命)이로구나

아, 이 순수(純粹)
나는 그것 살아왔건만
이렇게도 외롭구나

실로 아름다운 것은 슬픈 거

사라져 가며 사라져들 가며
나는 늙는다

-「목련화」 전문

"나"는 봄날에 피어나는 "목련화"의 맑은 자태를 바라보며 자신의 지나온 삶을 성찰하고 있다. 지적인 현학으로서의 "이론"보다는 진솔한 삶으로서의 "생명"을 추구하면서 살아왔건만 결과적으로는 외로움만 남았다는 것이다. 이렇게 남은 고독은 관념적이고 현실적인 허위를 모두 벗어던진 "순수" 고독의 경지라고 할 수 있다. 그런데 "순수" 고독은 "아름다운 것"이자 "슬픈" 것이라고 한다. 그것이 아름다울 수 있는 것은 삶의 이해 관계에서 오는 것이 아니라 인간이 지닌 근본적인 속성에서 오기 때문이며, 그것이 슬플 수밖에 없는 것은 타인들과의 사이에서 얻을 수 있는 현실적인 기쁨을 포기하는 데서 오기 때문이다. 더구나 나이가 들수록 주변의 모든 것들이 "사라져 가"는 상황을 맞이하게 되면서 "나는 늙는다"라는 노년의 자각을 더욱 분명하게 한다. 나이가 들수록 어린아이처럼 변한다는 말도 있거니와, 이런 말이 가능한 것은 노년의 고독이 "순수"할 수 있는 것은 노년에 이르면서 현실적인 것들에 대한 집착이나 삶에 대한 세속적 욕망에서 자유로워질 수 있기 때문이다. 따라서 이 시에서 노년의 "나"가 "순수" 고독을 추구하는 것은 자연스럽다.

3. 죽음과 고독의 긍정적 가치

노년이 더 고독한 것은 죽음에 대한 인식이 구체화되기 때문이다. 무릇 인간이 느낄 수 있는 고독의 극단은 죽음의 순간에 온다고 하는 것처럼 아무리 가까운 사람일지라도 죽음을 같이 할 수는 없는 것이기 때문이다. 노년의 시인은 "머지않아 나도 이승을 떠나"(「아픔을 견디기 위하여」)야 한다는 사실을 인식하면서 "고독도 죽음에 이르는 병이라는데/ 몸에 해롭다는 혼자만 남았다"(「파이프」)는 사실이 더 절실하게 느껴지는 것이다. 그러나 조병화의 시에서 죽음은 극단적인 고독과 관계되지만 그것은 부정적인 대상이 아니라 긍정적 대상으로 인식된다.

> 길은 온 세계를 하나로 이어주는 그리움,
> 하는 생각이 들면서, 나의 머리는 생기가 돈다
> 아, 미지의 세계, 그것을 찾아서 이곳까지 온 길,

어디쯤에서 나는 이 이승의 길과 작별을 할까,

이 이승과 작별하는 그곳에서
어머님이 계신 곳으로 다시 길은 이어질까,
그곳에 어머님이 보내신 종이 마중을 나와 있을까,
하다가 아롱아롱 잠에 든다

아롱아롱 잠에 들면서, 흰히 전개되는 뿌연 세계
그곳에서 나는 미아가 된다.

아, 어머님!

—「이승의 도상에서」 부분

　"길"은 인생길을 의미한다. "나"는 지나온 인생길이 "온 세계를 하나로 이어주는 그리움"과 같았다고 생각한다. 고희를 넘긴 시인은 인생이란 평생 "미지의 세계"를 찾아온 과정이라는 점을 생각하니 "생기가 돈다"고 한다. 인생이 "미지의 세계"에 대한 탐색의 길이었다는 인식은 그만큼 새로운 것을 찾아 열성적으로 살아온 자신의 삶에 대해 긍정적인 평가를 내리는 것이다. 실제로 다양한 방면에서 왕성한 활동을 해온 노시인의 생애는 "생기"가 넘치는 시간의 연속이었다. 하지만, 이제 담담하게 죽음을 수용하려는 마음의 자세를 견지한다. "어디쯤에서 나는 이 이승의 길과 작별을 할까" 담담하게 생각해 보는 것인데, 죽음에 대한 이런 태도에는 삶에 대한 집착을 찾아볼 수 없다. 오히려 죽음의 세계에 먼저 가 계신 "어머님"의 "마중"을 생각하면서 "미아가 된다"고 한다. 이때의 "미아"는 이승의 길을 잃음으로써 저승의 길을 찾아가는 존재를 표상한다. 죽음의 세계를 평소 종교처럼 절대적으로 사랑했던 "어머님"이 계신 곳으로 상정함으로써 자신의 죽음에 대한 긍정적인 인식에 도달한 것이다.

죽음에 대한 인식은 이 시집에서 빈도 높게 나타난다. 예컨대 "작별은 목숨의 숙명인 것을/다 기운 이 생명을 어찌하리"(「작별연습」)에서처럼 자신의 죽음은 자신만의 것이 아니라 모든 존재의 숙명이라는 인식에 이른다. 또한 "시간은 유구한 것/유구한 시간을 돌다가/이래저래 하다가 지구도 멸망해 사려니/생존하는 것이 어디 있으리,//오 무량한 우주여."(「아픔을 견디기 위하여」)와 "어느새, 이곳/고요한 우주 종점 부근"(「종점 부근」) 등의 시구에서는 죽음이 우주적 질서의 한 흐름에 속하는 자연스러운 것임을 자각한다. 죽음을 우주적으로 인식하는 것은 그것에 대한 부정적 인식을 극복하는 데 많은 도움을 준다. 그래서 죽음은 "이젠 잠이 들어 영 깨지 않아야/고통도 잊고, 굴욕도 잊고/불안도 잊고/고마운 고요한 잠을 향수할 수가 있"(「숨은 소망」)는 소망스러운 것이 된다. 죽음의 긍정은 키에르케고르가 고독을 '죽음에 이르는 병'이라고 지칭했을 때 "죽음"은 육신의 죽음이 아닌 영혼의 죽음을 의미한다는 사실과 관계된다. 육신의 죽음은 소멸이지만, 영혼의 죽음은 승화의 의미를 지닌다. 따라서 죽음을 정신의 차원에서 수용하는 고독한 개인은 자유와 실존의 표상이다.

조병화 시에서 고독은 긍정적 가치를 지닌다. 고독은 한편으로 저 혼자 충실할 수 있는 상태이자 타인에 대한 배려심의 일종이라는 점에서 삶의 소중한 일부이다. 고독은 인간의 유한성에서 비롯되는 비극적인 속성 가운데 하나이지만, 동시에 인간의 유한성을 극복하려는 동기를 부여하고 인간의 본성을 성찰하게 하는 원동력으로 기능한다. 고독은 외롭고 쓸쓸한 감정을 유발하지만 인간으로 하여금 진정한 삶의 의미를 깨닫게 해 주는 것이다. 조병화 시인이 자신의 삶을 돌아보면서 "많은 길을 걸어왔지만,/변하지 않은 것은 하나도 없었지"만, "순수한 고독"만이 "흔들리지 않는 불변의 영혼"(「변하지 않는 것을 찾아서」)이라고 단정하는 것은 고독의 긍정적 가치를 드러낸 것이다.

밤 두시,
가장 높은 어둠의 고개를, 잠을 잃고
혼자 캄캄히 넘어가고 있습니다

외로움이 이렇게 고요하고, 평화스럽고,
사랑스럽고, 아름다울 수가 없습니다

그것은 맑은 생명의
생생한 혈액과 같습니다

나는 이 혈액을 스스로 수혈하면서
이렇게 모질게 생명을 이어가그 있습니다

아, 사랑보다도 구원스러운 이 편안함,
적적한 편안으로
그 외로운 혼자들 이어가고 있습니다

오, 삶이여, 순수한 모순이여

―「가장 깊은 밤 속으로」 부분

　　"나"는 "밤 두시"에 "잠을 잃고" 고독에 대해 생각하고 있다. 삶의 "외로움"은 "고요"한 사색의 시간을 가져다 주고 "평화"로운 마음이 이르게 하는 것이므로 "사랑스럽고, 아름다울 수"밖에 없다는 것이다. 사실 살아가면서 "고요"하고 "평화"로운 시간을 갖는다는 것은 쉽지 않다. 인생은 타인과의 경쟁 속에서 살아가야 하는 것이기에 삶의 시간들은 대부분 번잡스럽고 불안하다. 고독의 시간은 그러한 삶에서 빠져나와 조용히 자아를 성찰하는 계기가 된다. 그래서 "나"는 불면의 깊은 밤에 고독에 대해 "맑은 생명의/생생한 혈액과 같"다고 생각해 보는 것이다. 고독은 마치 사람의 몸을 돌면서 신진대사를 주도하는 "혈액"처럼 "생명"의 가장 근간이 된다고 보는 셈이다. 이렇게 하여 고독은 '적적'하지만 "편안"한 것으로서 "순수한 모순"의 일종이라는 의미로 수렴된다. 그래서 고독은 마치 삶과 죽음, 기쁨과 슬픔의 속성을 동시에 간직한 인생과 다르지 않다고 보는 것이다. 고독에 대한 긍정적 인식은 "자유는 고독한 초원, 외로운 생존/아, 자유를 산다는 것은 황홀한 고독"(「자술(自述)」)에서도 드러난다. "고독"은 주변적인 그 무엇에도 속卜되지 않으니 "자유"와 다르지 않은 것이다.

노년과 죽음의 고독마저도 긍정적으로 인식한 시인은 자신의 삶과 시가 고독의 산물임을 성찰적으로 인식하기에 이른다. 사실 고독은 조병화 시인에게 평생을 놓지 않은 삶의 화두였다. 그는 평생을 고독을 사유하고 실천하면서 시인으로서의 삶을 영위해 왔다. 한국시사에서 그처럼 고독을 반복적으로 깊이 있게 시적 대상으로 끌어들인 사례를 찾는다는 것은 불가능하다. 고독은 조병화 시인으로 인하여 한국시의 열쇠어가 되었다고 해도 과언이 아니다. 사실 한 시인이 시를 쓴다는 것은 실상 혼자만의 시간 속에서 세상과 자기 자신과 언어를 깊이 있게 성찰하는 일과 다르지 않다.

　　너는 이 이승에서 무엇을 살려 했는고?
　　네, 변화 무상(無常)한 이 이승에서
　　변하지 않는 것을 찾아서
　　그것을 살려 했습니다

　　그것이 무엇이던고?
　　네, 고독이었습니다
　　살아 있는 자들의 끊임없는 고독이었습니다
　　시대가 변해도, 사회가 변해도, 역사가 변해도,
　　사람이 변해도, 세월이 변해도,
　　변하지 않는 것은 오로지

살아 있는 자들의 외로움이었습니다

그래서, 어떻게 살았던고?
네, 시를 살았습니다
오로지 변하지 않는 나의 쓸쓸한 시를 살아왔습니다
나의 시로, 나의 내부에 무한공간 깔려 있는
순수고독(純粹孤獨)의 광맥을 캐면서 오로지
그 혼자의 흔들리지 않는 시의 길을 살아왔습니다

지금은?
네, 캐도캐도 다는 못 캘 이 어두운 갱도에
맥없이 캄캄히 이렇게 누워 있습니다

아, 어머님.

－「자문자답」 전문

　　노 시인이 지나온 자신의 삶에 대해 스스로 묻고 대답하는 시이다. 우
선적으로 던지는 질문은 "이승에서 무엇을 살려 했는"가 하는 것인데,
이에 대한 대답은 "변하지 않는 것"으로서의 "살아있는 자들의 외로움"
이다. 죽은 자들의 외로움이 아니라 "살아있는 자들의 외로움"이라는 표
현에서, "나"는 고독을 삶의 필수불가결한 조건이라고 인식하고 있음을
알 수 있다. 다음의 질문은 "어떻게 살았"는가 하는 것인데, 이에 대한
대답은 "변하지 않는 나의 쓸쓸한 시"이다. "나"에게 "시"는 삶의 구체적
인 방법인 셈이다. 결과적으로 "나"의 "고독"이 삶의 목적이나 내용이라
면 "시"는 그 방법이나 형식인 것이다. "시로, 나의 내부에 무한공간 깔
려있는/순수 고독의 광맥을 캐면서" 살아왔다는 것이다. 여기서 우리는
조병화 시인이 추구해온 삶과 시가 결국은 고독으로 일관되어 왔음을
알 수 있다. 그의 시와 삶은 실존적 고독으로 인해 깊어지고 사회적 고독

으로 인해 넓어졌다고 하겠다. 이러한 조병화 시와 삶은 기계적 일상에 파묻혀 시간에 쫓기고 일에 구속되어 살아가는 현대인에게 많은 시사점을 던져준다. 타인이나 타자에 속박되지 않으면서 '홀로 있음'을 넘어서 '홀로서기'를 하기 위해서는 현대사회의 잡스런 것들이 제거된 "맑은 고독"(「투명한 고독」)에 이르지 않으면 안 되기 때문이다.

4. 타인과의 공감과 생태의식

조병화의 시는 실존적 차원에서의 고독만을 추구했던 것은 아니다. 그의 시에는 타인과 공감하고 자연과 공존하려는 인식이 드러나기도 한다. 타인의 고통을 생각할 때 그는 휴머니스트가 되고 자연의 오염을 생각할 때 그는 생태주의자가 된다. 이러한 면모는 조병화 시 전체와 견주어 볼 때에 특이한 양태라고 할 수 있을 테지만, 그가 고독을 매개로 추구해 온 실존주의가 사실은 사회의식과 무관하지 않다는 점에서 보면 이질적인 것은 아니다. 사르트르가 말했듯이 실존의 조건은 기본적으로 휴머니즘과 사회적 책임의식이기 때문이다.

> 가끔, 사치스럽게도, 죽을 결심을 하고 있을 때
> 문득, 머리에 떠오르는 외로운 가난한 사람들의 모습,
> 나보다 더 외로운 처지에서 살아가고 있는 사람들의 생각,
> 간절하여, 이래서는 죄스럽지, 생각 돌리며
> 다시 힘을 얻곤 합니다
>
> 아, 신이여 불쌍한 사람들이 너무 많습니다
> 이것이 당신의 뜻이라면 너무나 잔인하옵니다
>
> 지금 늙은 내 나이, 나를 지탱해 주고 있는 힘은

나보다도 더 지극히 외로운 가난한 사람들이
견디며 살아가고 있는
그 외로운 가난한 생존의 모습들이옵니다.

　　　　　　　　　－「지금 나를 지탱해 주고 있는 것은」 부분

　개인적으로 "죽음을 결심하고 있을 때"는 고독이 실존의 차원에 머무
는 것이지만, "외로운 가난한 사람들의 모습"을 생각하면서 사회적 차원
으로 나아간다. 이 순간 시인은 자신의 고독이 "사치스럽"다는 생각을
하면서 "나보다 더 외로운 처지"의 "사람들"을 떠올리는 것이다. 실존적
고독과 사회적 고독은 물론 강약이나 우열의 문제는 아닐 터, 중요한 것
은 타인들의 고독에 대한 인식을 통해 원심적 상상력을 성취하고 있다
는 점이다. 이러한 상상은 가령 "밤중에 걸려오는 전화들은/ 외롭다/ 외
로운 사람들의 목소리들이다/ 쓸쓸한 사람들의 사연들이다/ 내가 대답할
수 없는 사정들이다/ 내가 대답을 해도/ 나도 모르는 인생들이다"(「밤중
에 걸려오는 전화는」)라는 시구에도 드러난다. '나'가 아닌 "사람들"의
고독을 인식함으로써 조병화 시의 고독은 단독자로서의 실존적 차원을
넘어 사회적 차원을 획득하게 되는 것이다.
　이 시집에는 생태의식과 관련된 시편들도 등장한다. 조병화 시인은
환경오염으로 인한 지구 생태계의 위기에 대해 심각한 우려의 마음을
드러낸다. 그는 젊은 시절부터 세상의 속악성과 경박성, 물질주의 등에
대해 비판적인 시를 썼는데, 그가 보여주는 생태시들은 그러한 비판의
식의 연장선상에 놓이는 것으로 읽힌다.

지구에서, 여기저기 생명들이
서서히 그 종말로 접어들고 있습니다

몇 세기 전엔

신들이 죽어갔다고 하지만
이젠 인류들이 죽어가고 있습니다

아 폐허가 되어 가는 이 지구
다음엔 이 황폐한 지구를 누가 차지할까,
부질없는 생각을 하면서
잠 속으로 기어 들어가고 있었습니다

태양은 뜨고, 달은 돌고, 별은 솟고,
세월은 가겠지만.

-「죽어가는 생명」 부분

　생태적 인식이 가장 뚜렷하게 나타난 시이다. 환경의 오염과 "지구" 생태계의 위기로 인해 "생명들"이 "종말"을 향해 갈 수밖에 없는 상황에 대한 비판적 인식이 드러난다. 시인은 "몇 세기 전"에 니체가 말했던 "신들이 죽어갔다"는 명제를 떠올리며 이 비극이 서구의 비인간적인 형이상학적 전통을 비판했던 사실과 연장선상에 있다고 본다. 그리하여 진정한 신도 인간다운 인간도 존재하지 않는 "황폐한 지구"의 미래에 대해 비관적인 전망을 내놓고 있는 것이다. 이런 인식은 "은 지구가 사람으로 인해 생겨난 오물로/심한 병을 앓고 있습니다//이러다간 머지 않아 인류는/병들게 한 지구에선 멸망을 하겠지"(「죽어가는 지구」)라는 시구와 다르지 않다. 또한 "인류는 돈으로 멸망해 가고/동식물들은 돈을 만드는 사람의 공해로 멸망해 가고/지구는 생명이 서식할 수 없는/오물의 폐허로/서서히 멸망해 가고 있습니다"(「멸망하고 있습니다」)에서는 자연의 파괴는 인간의 파멸로 이어진다는 사실을 지적한다. 그래서 결국은 "자연도 죽어가고/나도 마비되어 간다//오, 가물거리는 이 생존의 종말이여"(「산수유」)라는 시구에서 자연과 인간의 상관적 관계에 대한 인식에 이른다. 이 시들은 1990년대 우리 시단에 유행했던 생태시의 맥락을 보여준다는 점에서 시사적인 의의를 찾을 수 있다. 시대적 흐름에 둔감할 수도 있는 노시인이 시단의 선도적 사안에 민감하게 반응하는 이런 모습은 매우 고무적인 일이 아닐 수 없다.

5. 심오한 인생철학의 대중적 소통

조병화 시인은 이상주의자의 면모와 실존주의자의 면모를 모두 갖추고 있다. 한 시인으로서 일평생 꿈과 이상을 추구했다는 점에서는 이상주의자요, 인간의 운명인 고독과 허무에 대한 성찰을 시적 과제로 삼았다는 점에서는 실존주의자이다. 또한 소시민적 일상에 대한 비판적 인식을 빈도 높게 드러낸다는 점에서 모더니스트의 면모를 간직한다. 그에게 시는 꿈의 형식이면서 실존의 방식이자 문명 비판의 매개이다. 이번 시집에서 주된 흐름을 형성하는 이상 세계를 향한 동경과 유한자로서의 한계에 대한 성찰의 시편들, 70대 초반의 나이와 관련된 노년의 비애와 죽음에 대한 인식을 드러내는 시편들, 인간의 고독이 지닌 순수성과 절대성을 긍정하고 그것의 실존적, 사회적 가치를 옹호하는 시편들이 그 구체적 실례에 해당한다. 이들 시편들은 거시적으로 고독이라는 삶의 조건과 직간접적으로 관련된다. 조병화의 시에서 고독은 인간에게 주어진 인생과 현실의 여건들이 이상적, 실존적으로 만족스럽지 못한 상태를 반영하는 핵심적 시어로 기능한다.

조병화의 시편들에 담긴 내용은 인생철학과 관련된 심오한 것들이 많지만, 그것들에 대한 시적 표현이 쉽고 평이한 언어를 통해 이루어지고 있다는 사실은 주목할 만하다. 내국망명자들의 은둔 지대가 확장 일로에 있는 요즈음의 시단에서, 조병화의 시편들은 시적 소통의 방법과 독자의 외연을 넓히는 문제에 관한 어떤 해결의 실마리를 우리에게 제공한다. 시의 독자가 애오라지 시 전문가로서의 시인(지망생)이나 평론가로 한정되어 버린 오늘의 자폐적 시단 상황을 타개해 나가려 할 때 조병화 시는 하나의 참조 사항으로 존중되어야 할 것이다. 근대 사회에서 모든 예술이 지향하는 변화 방향은 대중화라는 말도 있거니와, 시인들은 시를 완전한 대중적인 예술 장르로 폄하시켜서는 안 되겠지만 적어도 대중과의 소통을 지향하는 노력을 기울이여야 할 것이다. 물론 조병화 시인을 모방하고 답습하는 일은 무의미하다. 그가 이룩한 예술성과 대중성의 조화라는 시적 업적을 더욱 정교하게, 수준 늪게 고양하는 일이 요구된다는 말이다.

개구리 울음을 통한 자기성찰

조병화 제40시집『개구리의 명상』

이성부(시인)

1. 화려함 뒤에 가려진 고독

1960년 봄 제가 조병화 선생을 처음 뵈었던 곳이 경희대 문리대 교수실이었습니다. 그때만 해도 교수연구실이라는 곳이 각각 별도로 마련되어 있지 않았기 때문에, 문리대 교수실은 여러 교수들이 함께 쓰는 방이었습니다. 그 교수실 소파에 앉아 계시던 선생을 찾아가 인사를 드렸지요. 그때 선생은 사진에서 볼 수 있었던 파이프를 물고 있었는데, 고교시절 몇 차례 편지를 드린 적이 있었기에, 선생은 나를 알아보시고 반갑게 맞아 주셨습니다. 그때 선생은 40대의 중년이었습니다만, 마치 아버지 세대, 또는 그 이상의 권위와 무게감으로 저에게 다가왔습니다. 낯익은 베레모에 파이프를 문 선생의 모습은 분명 멋쟁이에다가, 당시의 문단을 주름잡았던 인기 시인의 카리스마를 지니고 있었던 것으로 기억됩니다.

학창시절 럭비선수를 했을만큼 타고난 건강을 지닌데다가, 인기 시인·대학의 교수·멋쟁이 중년, 해외여행이 참으로 어려웠던 시절『석아화(石阿花)』라는 해외여행 시집을 냈던 시인, 거기이다 의사인 아내를 둔 다복한 가정의 남편……. 이런 수식이 그대로 잘 어울리는 중후하고도 기품 넘치는 선생이셨습니다. 선생이야말로 정말 사람답게, 시인답게 사시는 분이라고 생각하였습니다. 고교시절에 제가 즐겨 읽었던 시집,『인간고도』와『사랑이 가기 전에』에서 발견했던 외로움이나 슬픔, 이별, 고통 등 인간적인 고뇌 따위를 조금도 찾아 볼 수 없는 그런 아름다운 사람이었습니다. 가장 행복해 보이는 선생의 도습이나 삶이지만, 시에서는 이별과 외로움, 그리고 괴로움을 토로하고 있는 것입니다. 이 같은 의문은 선생과 가까이 지내는 동안 머지않아 플리게 되었습니다만, 가장 화려한 삶의 시인이, 그 내면에 뿌리 깊은 고독과 고뇌를 지니고 있었다는 것은 일반 독자들에게는 쉽게 납득할 수 없는 일이기도 할 것입니다.

선생의 외로움이나 그리움, 괴로움 등은 선생의 많은 시편들에서 일관되게 흐르는 감정입니다. 이 감정은 본능적이고 본질적인 것입니다. 선생이 어떠한 환경·조건에 처해있다 하더라도, 이 감정은 선생의 체질이 되어 선생의 삶 속에서 근간을 이루는 감정이었습니다. 흔히들 외로움을 '탄다'라는 말들을 합니다만, 선생은 온갖 희로애락의 일상사 속에서도 유달리 외로움을 '타는' 사람이었습니다. 저는 이같은 선생의 본질을 발견함으로써, 그 화려한 시인으로서의 사회활동 속에 가려진 선생의 참 모습을 이해 할 수 있었습니다. 나의 이런 생각은 1970년대에 펴낸 선생의 시선집『때로 때때로』(삼중당 문고)에 실린 나의 해설에 설명되어 있습니다.

선생은 1949년 시집『버리고 싶은 유산』을 상재함으로써 등단한 이래, 2003년 타계할 때까지 무려 53권의 신작 시집을 출간한 다작의 시인으로 널리 알려져 있습니다. 해마다 거의 한 권씩의 시집을 발간한 셈입니다. 이렇게 많은 시를 생산할 수 있다는 것은 선생의 삶 자체가 그대로 '시'였음을 웅변하는 것입니다. 선생께서 어떤 글에서 쓰셨듯이 '시를 산다'는 표현도 그렇게 해서 생겼을 것입니다. 선생의 제40시집『개구리의 명상』머리말에서 선생께서 하신 다음과 같은 말씀도 시와 삶을 동의어로 보는 선생의 생각이 그대로 담겨 있다고 하겠습니다.

> 참으로 나는 오래도 살고 있으면서 쉴새 없이 시를 벗삼아 써왔습니다. 이것 밖엔 나의 길은 없었고, 위안도 없었기 때문이었으며, 살아있는 아무런 이유도 느끼지 못했었기 때문이었습니다. 실로 시를 사는 길은 나에게 있어서 유일무이한 길이었으며 그 보람이었습니다.

2. 시를 사는 길, 자연의 순리대로 사는 길

선생의 제40시집『개구리의 명상』은 선생의 고향인 경기도 안성 난실리에서의 노년 생활을 통해 얻은 시편들입니다. 연작시 형식으로 일련번호가 붙어있는 이 시집에는 도두 64편의 <개구리의 명상>이 실려 있습니다. 서울 혜화동에 살면서도, 틈만 나면 고향집으로 달려와 생활했던 선생은 그 고향집 사랑방의 이름도 <청와헌>이라고 지었습니다. 주위에 논밭이 많았으므로, 해마다 6월이면 개구리가 귀따갑도록 울었기 때문에 그런 이름을 붙였을 것입니다. 하찮은 미물에 불과한 개구리가 명상을 한다? 사람이 아닌 개구리가 명상을 한다는 것은 개구리의 의인화擬人化라고 규정해 버리면 그만이지만, 여기서의 개구리는 어딘가 신비롭고 두껍고 깊은 화자 자신의 자아화自我化라고 말하는 게 옳을 것 같습니다. 즉 이 시집에서의 개구리는 곧 선생 자신인 것입니다. 선생이 살며 생각하고 느끼는 일상의 일들이 개구리의 울음을 통해 구체화되었다고 할 수 있습니다.

앞에서도 말씀 드렸듯이 선생의 시는 곧 삶이었으며, 그 삶의 희로애락이 모두 언어로 빚어 시가 되었습니다. 시가 곧 '살아가는 힘이었으며, 보이지 않는 꿈이었으며, 변하지 않는 사랑'이라고 머리말에서 밝힌 것처럼, 시는 곧 선생에게 있어 삶의 동력이자 이상理想이었습니다. 시를 사랑하는 것은 삶을 사랑하는 일이었으며, 시에서 노상 '고독'을 토로했던 것도, 삶 자체가 고독한 것이라는 것을 체질화하였기 때문이었습니다. 고독은 단순히 '외롭다'라는 느낌만이 아닙니다. 고독은 마음 속 깊이 간직한 맑은 보석처럼, 맑게 닦아 온, 맑게 살아온 선생의 삶이기도 하였습니다.

> 나의 사투리를 아는 사람은
> 다만 나의 고향 사람들뿐이옵니다.
>
> 아, 그와도 같이
> 나의 시를 아는 사람은, 오로지
> 나의 눈물의 고향을 아는 사람들뿐이옵니다.

-「개구리의 명상 · 1」 전문

사투리는 시골에 사는 사람들의 방언方言입니다. 그 지방에서 오래 살아온 사람들의 지역적 특성과 정서에서 생겨나고 또 사용되어 온, 그 지방 사람들의 몸에 익은 언어라고 할 수 있습니다. 따라서 그 지역의 특성이나 역사, 정서를 잘 모르는 타지역 사람들은 그 사투리를 잘 알아듣지 못합니다. 이해할 수도 없습니다. 개구리의 사투리는 그 개구리와 더불어 함께 살아온 고향 사람들에게만 소통됩니다. 선생께서 특별히 방언으로 시를 썼다는 것이 아니라, 선생의 생애를 통한 '고독과 슬픔', '꿈', '눈물의 고향'을 아는 사람들만이 선생의 시를 이해하고 또 평가할 수 있다는 뜻으로도 해석됩니다.

선생의 많은 시편들을 가리켜, 문단 한 쪽에서는 '경음악 같다'거나, '너무 쉽게 쓴다'거나 하는 비아냥이 있었던 것으로 기억합니다. 이런 비판에 대해 선생은 개의치 않았습니다. 시가 곧 감정표현의 정련된 언어라면, 물흐르듯 자연스럽게 토로하는 선생의 언어 또한 하나의 개성으로 우뚝 서 있음을 스스로 믿고 있었기 때문입니다. 그래서 선생은 사회현실의 심각한 문제나, 세계와 역사 따위의 문제에는 애써 등을 돌려 왔다고 할 수 있습니다. 그런 것들을 시가 품어야 할 내용이라고 보지 않았습니다. 오직 나(自我)와 이웃, 나와 자연, 나와 나를 현존케하는 그 근원의 감정표현에 충실해야 한다고 생각했습니다. 그래서 선생의 시는 이런 정서를 가진 동류항—고향 사람들과, 그 '눈물'을 이해하는 사람들에게 하나의 사투리처럼 공감을 줄 것이라고 믿었습니다.

그렇습니다. 사람들은 비슷한 사람들끼리 모여 살고 싶어 하고, 비슷한 생각을 가진 사람들이 서로에게 공감과 소통을 제공합니다. 도시의 페이소스에 젖거나, 도시에서의 고독을 체질화시킨 시인이, 잠시동안 시골에 내려와 개구리의 울음소리를 들으면서, 그 울음소리의 '사투리'가 곧 자신의 시의 세계이며, 그 시는 곧 고향 사람들—즉 자신과 비슷한 처지의 정서·감정을 지니고 있는 사람만이 이해하고 사랑하는 것이라는 사실을 깨닫게 됩니다.

개구리들은 유월 밤에 세상모르고 울기만 합니다. 그 울음소리에 취해 시인도 '소리 나지 않는 오열'로 울고 있습니다. 시인도 개구리들도 이 세상의 거대한 폭력 앞에서는 '약한 자들'에 불과합니다. 자연의 힘이나 인간의 지능화—조직화—된 힘 앞에서도 마찬가지입니다. 맑고 순수하게 살아온 사람들에게 세상은 너무나 복잡하고 비자연적인(또는 비인간적인) 속성을 지닙니다. 이런 '티없는 목숨들'이 설 자리가 세상에서는 점차 사라져 갑니다. 그래서 시인과 개구리가 함께 울고 있는 것인지도 모릅니다.

그러나 개구리가 그렇게 밤새도록 울고 있다 하더라도, 시인은 그 티 없는 목숨들에게 어떤 위로도 보탤 수가 없습니다. 그저 막막한 마음 뿐입니다. 「개구리의 명상·3」에서는 매 연마다 "난들 어떻게 하라고"를 되풀이하면서, 이 세상의 폭력에 속수무책인 시인의 무력함, 안타까움 등이 짙게 묻어납니다. 그 울음소리는 "순진한" 울음소리이며 "하늘의 목소리" 또는 "부처님이 주신 목소리"를 다하여 울어대고 있을 뿐입니다. 그 목소리를 듣고 있는 화자 역시 "텅 비어가면서" 울고 있습니다. 「개구리의 명상·6」에서부터 시인은 대상인 개구리의 울음을 듣는 것이 아니라, 사람인 "나"의 울음과 성찰로 전개되어 나아갑니다. 서울 혜화동의 아스팔트 거리에서부터 안성 고향에 묻혀 있는 어머니의 묘소, 편운재 주변의 풍광을 오가며, 일상의 삶과 생의 의미를 돌아보며 깨닫게 되는 생각과 느낌을 담담하게 노래하였습니다. 특히 이 시집에서도 선생은 도처에서 "어머님"을 떠올리거나 부름으로써, 어머니에 대한 그리움과 지극한 사랑을 강조하고 있습니다.

　　어머니는 모든 인간이 그러하듯이 "나"를 있게 하는 근원이자, 나의 평생 동안 나를 보호하는 안식처이기도 합니다. "어머니의 심부름으로 이 세상에 나왔다가, 어머니 심부름 마치고 돌아"간다는 것이 선생의 일관된 생각이었습니다. 어머니는 생전에 "그렇게 가난하게 고생하시며 일그러져 가는 작은 집에 사"셨습니다. 그러나 돌아가신 뒤에는 온 세계, 이 산 저 산 "절이 있는 산마다" 계시는 "큰집"에서 살고 있는 존재이기도 합니다. 그 어머니는 선생에게 있어 절대자이자, 어머니 생전에도 사후에도 선생을 포근히 감싸 주었던 품속과도 같았습니다.

　　　　어머님이 내 마음 좁은 안방으로 들어오시면
　　　　돌연, 내 마음 좁은 안방은
　　　　훤하게 넓어진다.

훤하게 넓어지면서, 나는
그 훤하게 넓어진 방 안에서
칠십이 넘은 철없는 아이가 된다.

아, 어머님은 나의 평화, 나의 자유,
눈물 많은 나의 행복,
훤히 넓어지는 충만한 공간,

언제나 그곳에 아늑히 계시면
나는 순수무구한 아이가 된다.

회갑을 넘어도, 고희를 넘어도, 세월을 넘어도
외로운 이 좁은 내 마음,

어머님이 내 마음 좁은 안방으로 들어오시면
돌연, 내 이 좁은 마음의 안방은
환하게, 한없이 한없이 넓어진다.

－「개구리의 명상 · 10」 전문

　어머니를 떠올릴 때마다 어머니는 좁은 내 마음의 안방을 "훤하게
넓"히는 분입니다. 칠십을 넘어 늙어가는 아들도 어머니가 넓혀 주었던
방에서는 "철없는 아이"가 되었습니다. 어머니의 그 넓은 마음과 큰 사
랑, 세상의 곳곳에서 나타나는 그 은혜가 "좁은 내 마음"과 "눈물 많은
나의 행복"을 도닥거리며 닦아 주었기 때문입니다. 눈물과 고독과 세상
사에 찌든 도시의 편협한 아들이지만, 어머니를 떠올릴 때마다 한없이
넓어지는, 순수무구한 철없는 아이가 된다는 노년의 마음이 그대로 구
현된 작품이라고 할 수 있습니다. 나이가 들어갈수록, 늙어 갈수록 더욱
선명해지는 어머니의 사랑을 읽을 수 있겠습니다. 그 어머니는 이제 종
교와도 같은, 여느 종교의 교리나 주장과는 다른, 하나의 실재實在로 선

생에게 가득할 뿐입니다. 포근한 대지大地, 구원의 여인상인 어머니가, 노년의 선생에게 더욱 절실하게 다가오는 까닭입니다

　시집『개구리의 명상』에는 또한 고독과 죽음의 이미지가 자주 발견됩니다. 고독하다고 할 때, 사람들은 흔히 외로움을 생각하는데, 사물과 대상으로부터 단절되거나 소외되었을 때 느끼는 감정과, 반대로 그것들과 깊이 관계됨으로써 느끼는 감정을 아울러 포함합니다. 선생의 경우는 후자가 더 어울리는 것 같은데, 가령「개구리의 명상 · 17」에서 보이는 "그 사람은 가고, 그 사람도 가고/이제 머지않아 나도 갈 나이/혼자 남아 있다는 건, 고통스러운 벌이옵니다"와 같은 데서, 그 사람의 부재不在가 가져다 주는 "혼자 남아 있"음의 외로움을 말하는 것입니다. 선생 스스로도 이제 머지 않아 가야 할 나이가 되었으므로, 혼자 남아 있다는 것은 분명 형벌과도 같았을 것입니다.

　그러나 선생에게 있어 '고독'은 이렇게 노년의 혼자 남은 외로움만을 뜻하지는 않습니다. 고독은 선생의 젊은 시절부터의 작품에서부터 끊임없이 제기되어온 주제인데, 외로움은 곧 선생의 체질이자 본질이 아닌가 생각됩니다. 사랑을 하면서도, 이별을 하면서도 선생은 외로웠습니다. 다른 나라를 여행하거나, 혜화동 로터리를 거닐면서도, 선생은 외롭다고 말합니다. 우리가 사람과 사람 사이에서, 그 사람에게 더욱 깊숙이 다가가면서도 외로움을 느끼는 경우와 비슷합니다. 사람과 사람 사이에서, 사람과 자연 사이에서, 또는 사람과 사물, 사람과 사건, 사람과 시간 사이에서 느끼는 외로움도 그러합니다. 심지어는 어떤 희열이나 행복 속에서도 외로움을 느낄 수 있는 것이 사람이기도 합니다. 따라서 '인간은 본질적으로 고독한 존재'라는 서양 철학자의 한마디는 두고두고 우리 인간들이 추구해야 할 명제일 것도 같습니다.

　　참으로 많은 길을 왔다

만나며 떠나며 만나며
무수히 스쳐 지나가는 풍경들
분주한 풍경들 속에서 나는 외톨이다

사람 만나면 즐겁고
세상은 사람이 사는 곳인데
내 마음은 까닭없이 외톨이구나

−「개구리의 명상 · 28」 부분

    노년에 이르러 스스로 돌아보는 생은 많은 길을 걸어온 것과 같습니다. 많은 사람들을 만나고 헤어지며 많은 시간과 공간을 거쳐 여기까지 왔습니다. 그러나 그 속에서 시인은 언제나 "외톨이"였습니다. 사람을 만나서 즐겁고 아름다운 세상에서 시인의 마음은 "까닭없이 외톨이"가 됩니다. "군중 속의 고독"이라고 말하는 이도 있었습니다만, 선생의 화려해 보이는 만남 속에서는 언제나 이 고독이 따라 다녔다고 할 수 있겠습니다.

아직 시가 지나가지 않은
하얀 원고용지를 보고 있노라니, 문득
아무도 걷지 않은 해안선
하얀 모래사장이 머리에 펼쳐집니다

이제 내가 걸어가면
나의 발자국이 남아가려니
나의 발자국은 너무 엷어서, 어이없이
바닷물이 밀려오는 대로 지워지려니

−「개구리의 명상 · 38」 부분

하얀 원고용지에 발자국을 남기며

나의 어린 시가 하얀 모래사장을 걸어가고 있습니다

바닷물이 밀려들 때마다 나의 시의 어린 발자국은
바닷물에 지워져가며, 지워져 가다 남은
반쯤 남은 발자국엔 작은 게가, 밀리다
자리를 잡고 놀고 있습니다

—「개구리의 명상 · 39」 부분

아무도 걷지 않은 하얀 모래사장을 보면
공연히 걷고 싶어집니다

그와도 같이
하얀 원고용지를 보고 있노라면
글씨를 쓰고 싶어집니다

그렇게 글씨를 쓰고 있노라면
어디선지 시의 목소리가 들려옵니다

—「개구리의 명상 · 43」 부분

　바닷가 백사장은 아직 사람의 발자국이 찍혀지지 않은 순결 그대로의 정경입니다. 시인은 그 백사장을 거닐고 싶어집니다. 마치 자고 일어나 보면 흰 눈이 내려 쌓여, 아무도 지나간 흔적이 없을 때, 그 눈 위를 걸어가고 싶은 마음과 같습니다. 그 순결하고 미답된 곳에, 시인은 무언가 창조의 흔적을 남기고 싶습니다. 모든 살아있는 것들이 이세 본능을 갖고 있듯이, 시인도 "나"의 발자국을 남기고 싶어 합니다. 시인은 원고용지를 마주 대하면서 "아직 시가 지나가지 않은/하얀 원고용지"를 바닷가 백사장으로 비유합니다. 그 백사장에 찍힌 시인의 발자국은 조만간 바닷물에 의해 지워지기 마련입니다.

발자국은 존재하는 것이지만 머지않아 망각의 대상이 됩니다. 존재이자 곧 망각인 것입니다. 하얀 원고지 위에 창조된 시인의 언어도 그렇게 망각되어질지 모릅니다. 인간의 삶이나 생각이라는 것도 이렇게 허무한 것이어서, 물결에 씻겨지는 바닷가 발자국처럼 시간이 지남에 따라 망각되어지기 일쑤입니다. 그런데 그 발자국은 그냥 다 깡그리 사라지는 것이 아닙니다. 바닷물에 지워지더라도, "반 쯤 남은 발자국엔 게가 자리를 잡고 놀기도"하고, "푸른 하늘이 가득 고이기도" 하고, 잠깐 "머문 시간이 목욕을" 하기도 합니다. 그 발자국은 곧 "나의 시의 어린 발자국"이기에, 자연의 거대한 힘 앞에서 어리기만 한 인간의 무력함을 또한 인정할 수밖에 없는 것입니다. 자연의 거대한 힘은 곧 인간의 폭력적이고 무자비한 힘으로도 읽히며, "시의 어린 발자국"은 곧 이 힘에 저항하는 무력한 시인의 존재감의 표현일지도 모릅니다.

　　"어린 발자국"은 좀 더 구체적으로 "슬프고도 어두운 나의 발자국"이 됩니다. 원고지에 글을 쓰면서 들려오는 시의 목소리를 따라 가노라면 그 "슬프고도 어두운" 발자국이 계속 이어집니다. 시의 목소리와 슬프고도 어두운 발자국은 그러므로 비유이자 동의어이기도 합니다. 여기서 선생은 자신의 시를 항상 "얇은", "어린", "슬프고도 어두운" 따위의 형용어로 규정하고 있다는 점입니다. 선생의 많은 시편들은 언제나 얇고 어렸습니다. 비단결처럼 가볍고 따스했습니다. 어린아이의 살결처럼 부드러웠습니다. 그러면서도 사람의 마음을 함께 울리는 "슬프고도 어두운" 사연들이 많았습니다. 현대 사회의 폭력적인 억압 속에서, 여리고 순수한 시인의 마음을 잔잔하게, 물흐르듯 자연스럽게 발산하였습니다.

3. 여리고 순수한 시정신

시집 『개구리의 명상』은 선생이 노년에 이르러 안성 난실리에서의 삶과 생각을 기록한 것입니다. 개구리 울음소리를 통해 "나"를 성찰하고, 나의 과거·현재·미래를 사유하며 얻은 시편들입니다. 나의 현존은 오래, 많이 살아왔으면서도 텅 비어있는, 허망한, 고독한 것에 지나지 않았습니다. "하늘 아래 것에 지나지 않았습니다", "하늘 아래 약한 인간일" 뿐이었습니다. 지상의 모든 살아있는 것들도 하늘 아래 약하기는 사람과 마찬가지입니다. 이같은 숙명은 결국 생로병사라는 과정을 거치는 것이지만, 살아있는 동안 모든 생명있는 것들은 "슬퍼서 아름다운" 것일지도 모릅니다.

살아있는 동안 몸에 밴 고독, 그리움, 슬픔, 방랑, 일탈의 욕망 등은 노년에 이르러서도 결코 사라지지 않았습니다. 시인은 늙어 가면서도 "어딘가로 가고" 있습니다. "날은 기울고, 내 길의 행방은 캄캄"할 뿐입니다. 죽음이 오고 암흑 속에 놓여진다 하더라도, 시인은 살아있는 동안 공손히, 그리고 주어진 대로 나아갈 수밖에 없습니다.

> 떠나는 것을 미리 서둘러서 생각하지도 말고
> 차례차례 다가오는 대로
> 살아야 하는 겁니다
>
> 두려워하지도 말고
> 근심스러워하지도 말고
> 조바심을 치지도 말고
> 무서워하지도 말고
> 어머님이 이 세상에서 하신 대로
> 사는 날까지 그저 공손히

차례차례 보내며
차례차례 맞으며
그저 사는 날까지 살아야 하는 겁니다.

-「개구리의 명상 · 56」 부분

　자연에의 순응과 순리를 쫓아 살아가는 시인의 겸손한 태도와 마음가짐이 담담하게 술회되어 있습니다.

　선생은 세속적인 의미의 행복으로 보자면 분명 행복한 삶을 살았던 것으로 보입니다. 문인으로서의 최고 영예라고 하는 한국문인협회 이사장, 예술원 회장, 대학 교수, 많은 독자를 두었던 인기 시인, 서정미 넘치는 유화로 적지 않은 애호가들의 관심을 끌었던 그림 그리기, 많은 굵직한 문학상을 받았으며 술과 파이프를 즐겼던 멋쟁이……. 이런 수식은 분명 화려해 보이지만, 정작 선생 자신의 삶은 외로운 것이었다고 생각했던 것 같습니다. 삶의 밑바탕에는 항상 고독과 그리움이 따라 다녔습니다. 어디론가 숨어버리고 싶은 잠적 본능과 쉽게 한 곳에 안주하지 못하는 '유랑', '방랑'과도 같은 떠돌이의 충동이 있었습니다. 이렇게 한구석에 자리잡은 감정을 소중하게 여기며, 선생은 평생 동안 물흐르듯한 시로 형상화시켰습니다. 그래서 선생의 시는 누가 읽어도 자연스럽게 소통되는 아름다운 언어, 아름다운 정서로 두고두고 사람들 마음 속에 기억될 것입니다.

영원한 한 자유인이 남긴 시와 사랑과 가을

조병화 제41시집 『내일로 가는 밤길에서』

우재영(시인)

제게 맡겨진 조병화 선생의 시집은 제41시집 『내일로 가는 밤길에서』 (문학수첩, 1994)입니다. 이 시집에는 1994년 1월 1일 새벽에 쓴 시 「1994년 새벽」에서 시작하여 10월 5일에 쓴 「언제 이 세상을 떠나더라도」까지의 77편의 시가 실려 있습니다. 이 시집의 표지 디자인은 제가 했으며 생전에 편운선생께서 아주 흡족해 하셔서 몇몇 친구들을 모아 술까지 사 주셨습니다. 그곳이 바로 대학로에 있는 석정石井 이라는 한 일식집이었는데 선생이 생전에 자주 앉으시던 자리에 제가 쓴 선생에 대한 추모 시 한 편이 걸려 있습니다.

도미회를 잘 한다는
대학로 2층 초밥집 석정(石井)

김재홍, 김종철, 유재영

늦게 도착한 유자효와 이숭원
후래자 3배를 나누는 동안

베레모를 벗어 놓고
선생이 잠시 자리를 비우셨다

그 날 지구에서
「패각」1) 하나 달랑 들고
외로운 시인이 왔다고
밤새 웅성대는 별이 있었다

-유재영, 「시인」 부분

그렇습니다. 생전의 조병화 선생은 언제나 베레모에 파이프를 즐기셨고 버버리코트를 즐겨 입으셨지요. 우리가 언뜻 보기에는 아주 멋있고 근엄한 신사 같지만 선생은 늘 생존의 의미와 외로움과 삶의 존재에 대한 근원적 탐구에 골몰하셨습니다. 우리 젊은 시인들이 술을 마시며 즐겁게 시간을 보내는 동안에도 선생은 말없이 창밖만을 물끄러미 바라보시곤 했습니다. 시집『내일로 가는 밤길에서』도 이러한 선생의 많은 생각들이 어떻게 문학의 바탕이 되었는지 곳곳에서 쉽게 찾아 볼 수 있습니다.

.....“구름이 머물 수 없듯이”, “구름엔 집이 없듯이” 이렇게 여러 가지로 시집 이름을 생각하다가 “내일로 가는 밤길에서”라고 했습니다. 실로 “나에겐 나의 현실은 긴 밤”이라는 평소의 나의 사상 같은 것을 반영시킨 것입니다.
실로 많은 숙소를 만들고 부수고, 만들고 부수고, 한 곳 머물 숙소 없이 길을 떠나 왔습니다. 길은 시(詩)요, 시(詩)는 나의 존재(存在)요, 시집(詩

---

1) 조병화의 제2시집『패각貝殻의 침실』.

集)은 나의 존재(存在)의 숙소(宿所)였던 것입니다.

참으로 초라한 숙소들을 지나왔습니다. 그러나 숙명을 걸어야 했던 그 숙명의 이승 길에서 참으로 따뜻했던, 고마운 숙소들이 있었습니다.

마지막 숙소가 어디쯤 될는지, 아직도 남은 이 내일로의 길, 아득하기만 합니다.

이제 남은 노자는 '생각하는 눈물'의 철학뿐, 일체가 공(空)이옵니다.

이 시집의 머리말에서 볼 수 있듯이 선생은 시는 "길"이요 시집은 "존재의 숙소"라고 했습니다. 삶의 존재를 시의 존재를 무無, 즉 공空으로 끌어올리는 인간적 상상력으로서의 힘은 과연 무엇일까요. 여기서 주목할 것은 시를 포함한 이승에서의 생은 "'생각하는 눈물'의 철학뿐, 일체가 공(空)"이라는 점입니다. 그래서 이 시집은 41시집이 아니라 표지에 명시한대로 한다면 <제41숙(宿)>입니다. 시집이 아니라 구태어 <숙(宿)>이라고 한 것에는 머물다 간다는 의미가 있습니다. 마흔 한 번 째 당신의 생각이 시라는 숙소에 머문다는 뜻이 되겠지요. 그것은 선생에게 있어서 시는 앞서 기록된 대로 "시는 나의 존재"요. "시집은 나의 숙소"라는 의미가 될 것입니다.

그런 의미에서 볼 때 선생의 시에 나타나는 모든 비유와 상징은 바로 삶의 존재 방식에 대한 형식 논리에 불과 할 뿐입니다. 그 밑바닥에는 근원적으로 잠시 머물다가는 이승에 대한 인식이며 이는 생명, 사랑, 자유의 또 다른 표현이라고 하겠습니다.

언제 이 세상 떠나더라도
이 말 한마디
"세상 어지럽게 많은 말들을 뿌렸습니다"
다 잊어 주십시오

언제 이 세상 떠나더라도
이 말 한마디

"당신을 사랑했습니다"
다 잊어 주십시오
언제 이 세상 떠나더라도
이 말 한마디
"당신의 사랑의 은혜 무량했습니다"
보답 못한 거 다 잊어 주십시오

아, 언제 세상을 떠나더라도
이 말 한마디.

 —「언제 이 세상 떠나더라도」 전문

　이 시집 첫 페이지에 있는 이 시에서 보듯이 다른 구차한 시적 모티브가 없습니다.

"당신의 사랑의 은혜 무량했습니다"
보답 못한 거 다 잊어 주십시오

아, 언제 이 세상 떠나더라도
이 말 한마디.

 —「언제 이 세상 떠나더라도」 부분

　그렇다면 선생이 즐겨 사용한 "사랑"이란 그렇게 단순한 애정 표현의 따위일까요. 그렇지 않습니다. 선생의 사랑은 곧 우주적 사랑입니다. 우주의 모든 사물들과의 교감하고 화해하며 끊임없는 존재에 대한 탐구자로서의 자유였던 것입니다.

언제 이 세상 떠나더라도
이 말 한마디

"세상 어지럽게 많은 말들을 뿌렸습니다"
다 잊어 주십시오.

　　　　　　　　　　　－「언제 이 세상 떠나더라도」 부분

　이 구절이 의미하는 것은 무엇일까요. 그것은 세속적 사랑이기 보다는 불교에서 말하는 화엄의 경지를 이르는 것이지요. 그래서 선생은 인간적 갈망에 이르는 허무보다는 사유의 세계에 접근하는 공空이라는 의미에 더 많은 인식의 세계를 확장해 나갔습니다.
　앞서 제가 쓴 시에 선생이 마지막 도착한 곳이 어느 별이라고 했습니다. 선생이 도착하자 별들이 웅성댄다고 했습니다. 지구라는 낡고 오래된 별에서 달랑 빈 조가비 하나 들고 나타난 그를 놀라워한 까닭은 그가 바로 우주적 자유인이었기 때문입니다. 오늘 밤 여기를 숙소로 하고 내일이면 또 어느 별로 떠나갈지 모르는 저 특별한 방랑자 그것이 바로 조병화 선생이 지닌 본질적 문학 세계가 아닌가 생각합니다.

　　　　돌아가는 하늘 위에서
　　　　내가 술을 마시는 것은
　　　　하늘 위로의 비상을 망각하려함이요
　　　　지상으로의 추락을 또한 망각하려 함이로다

　　　　아, 한없이 취해서 돌아가는 이 황혼

　　　　하늘 위에서의 이 하늘,
　　　　하늘이 너무나 멀다.

　　　　　　　　　　　　－「돌아가는 길」 전문

　　　수억 년 걸려서

겨우 지금 도착한 먼 별의 차가운,
그 차가운 별빛 아래서

지금, 수 광년 걸려서
당신에게 도착할 이 편지를 쓰고 있습니다.

                                    ―「마지막 편지」 전문

아, 조국의 하늘이
나의 하늘이로구나.

                                    ―「하늘」 전문

　「돌아가는 길」에서 보았듯이 선생의 사유는 종로나 을지로, 고향 난
실리가 아니라 '하늘 위의 하늘'입니다. 술을 마시는 것은 우주를 대상으
로 자유인이 누릴 수 있는 유일한 위안입니다. "아, 한 없이 취해서 돌아
가는 이 황혼"이란 바로 앞으로 펼쳐질 세계에 대한 미래 의식입니다.
그것을 우리는 '영원'이라고도 합니다.

지금, 수 광년 걸려서
당신에게 도착할 이 편지를 쓰고 있습니다.

                                    ―「마지막 편지」 부분

　그렇습니다. 선생의 시는 편지입니다. 읽는 사람이 따로 정해진 그런
수취인 중심이 아니라 우주 어느 곳에 닿아 누구에게든 읽히는 바람과
같은 것입니다. "수 광년에 걸"쳐 도착한 한 통의 "편지"를 우리는 선생
을 통하여 비로소 읽을 수 있습니다. 일찍이 우리 시에 이러한 우주적 상
상력을 바탕으로 한 시들이 있었던가요. 수많은 난해 시와 곡절 많은 사

랑 시는 존재했지만 우주를 하나의 생명체로 보고 거대한 담론을 이끌어낸 선생의 시는 김재홍 교수가 일찍이 말한 대로 온성된 사랑이 아니라 미완의 사랑 즉 인간이 궁극적으로 도달하고자 하는 자유와 불멸의 세계가 아닌가 생각합니다. 선생의 시「하늘」이 의미하는 것은 무엇일까요.

> …태초에 하나를 얻은 것들이 있다. 하늘은 그 하나를 얻어 맑고 땅은 그 하나를 얻어 편안하다. 신은 그 하나를 얻어 영검하고 곡신은 그 하나를 얻어 그득하다…. 왕이 곧지 못해 고귀하지 못하면 망할까 두렵다. 그러므로 귀한 것은 천한 것을 근본으로 삼고 높은 것은 낮은 것을 바탕으로 삼는다. …그러므로 지극한 자랑거리는 자랑하려는 따위가 없다. 이는 갈고 닦은 옥이나 잘 다듬어진 옥을 바라지 않기 때문이다

이는 노자의 말씀입니다. "아, 조국의 하늘이/나의 하늘이로구나" 이 간단한 물음과 답은 득일得一입니다. 열 개를 버리고 하나를 얻는 이치를 말하는 것이지요. 넓은 의미로 해석하자면 큰 하늘도 하나, 작은 나도 하나에 불과하다는 뜻이기 때문입니다. 天得一以淸(하늘은 그 하나를 얻어 맑고) 地得一以寧(땅은 그 하나를 얻어 편안하다). 즉 이는 하나된 우주의 생명관을 의미합니다. 선생의 이러한 우주관은 일찍이『조병화·시로 쓰는 자서전－세월은 자란다』(문학수첩, 1995)의 머리말에 있습니다.

> 내가 기성 종교를 믿지 않고, 내가 나의 경험으로 나의 종교를 추구해 왔듯이.
> 주어진 종교가 아니라 찾아가는 종교처럼, 주어진 종교가 아니라 발견해가는 종교처럼.
> 그렇게 항상 나를 미지의 세계로 이끌어 준 것은 죽음이며, 그리움이며, 사랑이며, 꿈이었습니다. 무엇보다도 죽음과 허무, 그 고독이었습니다. 그 고독은 나에게 있어서 적막한 회열이었습니다.

이처럼 선생은 기존의 어떤 시론이나 종교에 이끌리지 않고 독자적 정신세계를 바탕으로 자유롭게 삶과 죽음, 정신과 물질, 사랑과 꿈, 공과 허의 일체성에서 초극적 세계에 도달할 수 있었습니다. 그러므로 선생의 시는 한 민족의 시라기 보다는 더 넓은 의미에서 세계를 가늠하는 시민시인이라고 할 수 있겠습니다. 그런 까닭에 선생의 시는 언제나 경계를 뛰어넘고 시대를 초월하며 때로는 외투깃을 세우고 먼 길을 떠나는 보헤미안의 모습으로 때로는 지상의 모든 햇빛과 바람과 강물을 배경으로 따뜻함을 보여주는 부성父性의 시학으로 우리들에게 조용히 다가오고 있는 것입니다.

> 역사는 무거운 무덤
> 나도 서서히 그 무덤 속으로
> 말려 들어가는가
>
> 아, 청산가리보다도 고독했던
> 나의 고독,
> 그것이 내 따뜻한 숙명이었는지?

-「나의 숙명」 전문

선생이 말한 여기서 "청산가리보다도 고독했던/나의 고독"은 무엇입니까. 고독을 청산가리라는 맹독성 물질로 표현함으로써 고독을 극대화시킴과 동시에 덴마크 출신 실존주의 철학자인 키에르케고르의 저서처럼 '죽음에 이르는 병'임을 암시하고 있습니다. 그것은 키르케고르가 말한 "불안은 자유의 가능성이다"에서 더 확인할 수 있습니다. 그러므로 우리시단에서 흔한 고독이 수사라면 선생의 시에서 고독은 수사가 아닌 실존 문제였던 것이다.

가을이 깊어갑니다. 가을은 시인의 계절이라고도 합니다. 선생의 시집에 가을 시 몇 편이 눈에 들어왔습니다. 선생의 가을도 역시 존재론적 비애미悲哀美에 맞닿아 있습니다. 이러한 시적 논리는 바로 선생의 시를 이해하는 데 중요한 개념으로 자리합니다.

죄없이 지독한 고문을 당하고
때가 되어
풀려 나오는 서민의 세상처럼
하늘은 맑고 높고 시원도 하다.

－「초가을」 전문

가을비는 철학(哲學)이옵니다.

밤 2시

그 철학을 듣고 있습니다.
지구의 심장으로 침전하면서.

－「가을비」 전문

산천초목, 그
벗들이 돌아오고들 있습니다

땅이 풀려 뿔뿔이 각자 떠나서
봄, 여름, 가득히 천지를 돌다가, 지금
알몸으로, 하나하나 돌아오고들 있습니다

뜨거운 전투에서 살아남아
돌아오는 병사들처럼, 말없이
그들이 무겁게 쩔둑 쩔둑 돌아오고들 있습니다

아, 어머님
저에게도 가을이 옵니다.

―「가을 편지」 전문

김춘수는 일본의 대표적 시인 니시와키 준사부로를 가리켜 이렇게 말했습니다.

> 니시와키는 일본에 초현실주의 시와 시론을 선보인 이른바 레디컬 모더니즘의 전파자라고 할 수 있다. 중세 영어, 라틴어, 또 기타 외래어 등을 여과 없이 시에 도입하여 시어들 사이에 비의성을 의도적으로 구축한 시작 방법은 당시 일본 문단에 비추어 볼 때 혁신적이었다.
> 그러면서 니시와키의 시는 혼란하고도 슬픈, 풍요롭고도 쓸쓸한 패러독스의 세계를 보여준다. 그는 가장 현대적이면서도 가장 고대적인 면모를 보여준 시인이다. 말하자면 그는 어느 시대에든 두루 통하는 그런 시인으로서 동서고금의 서정시가 간직한 서정을 그대로 간직하고 있다.

여기서 선생의 시와 니시와키 준사부로 시의 같은 점과 다른 점을 말하자면 선생은 니시와키 준사부로와 같은 초현실주의 시인은 아니지만 현란하고도 슬픈, 풍요롭고도 쓸쓸한 패러독스의 세계에서 동서고금의 시대에 두루 통하는 그런 서정시를 쓰셨다는 사실입니다.

> 봄날 아침에도
> 내 시칠리아의 파이프는 가을의 소리가 난다
> 몇 천 년의 기억을 더듬어

이 시는 니시와키 준사부로의 대표작이라 할 수 있는 시 「카프리의 목인(牧人)」입니다. 또 다른 작품 「천기(天氣)」를 봅시다.

(엎질러진 보석)과 같은 아침
몇 사람이 문간에서 누구와 속삭인다
그건 하느님의 생신 날

예로 든 두 작품과 선생의 「초가을」과 「가을비」는 형용사는 물론 시적 구도에서 닮아 있습니다. 이것은 앞서 김춘수 선생이 말한 서정시의 공통된 정서라고 할 수 있겠습니다. 「가을 편지」에 이르러서는 풍요롭고도 쓸쓸한 한 시인의 정서가 마무리 될 즈음 "아, 어머님/저에게도 가을이 옵니다"라고 생명 사상의 근원인 어머니의 등장으로 조용하지만 큰 울림으로 우리에게 다가옵니다. 그래서 저는 조병호 선생을 일러 한국의 준사부로라고 말할 때 특별히 이의를 달지 않습니다.

태풍이 할퀴고 지나간 뒤를
뒤쫓아 달리는 눅눅한 비바람,
그 길목에

섬은 요지부동으로
앉아 있었습니다

한 마리의 벌레를 위하여.

– 「섬」 전문

이 시는 선생의 작품 중에서도 제가 제일 좋아하는 시입니다. 수국은 경남 통영 앞바다에 있는 작은 섬입니다. <시와 시학>에서는 해마다 그 곳에서 여름 시인학교를 열었지요. 앞에는 사량도가 보이고 물빛은 도마뱀 등처럼 푸르고 빛나는 곳. 선생은 이 섬 하나가 '벌레 한 마리를 위하여" 존재한다고 했습니다. 거친 비바람에도 기우뚱 할 만큼 작은 섬 수국. "태풍이 할퀴고 지나간 뒤를/뒤쫓아 달리는 눅눅한 비바람"을 견

디며 "요지부동으로 앉아" 있는 까닭을 "한 마리의 벌레를 위하여"라고
했습니다. 여기서 우리는 선생의 생명 사랑을 읽을 수 있습니다. 선생께
서 마음으로 읽어 둔 작디작은 벌레 소리가 이 섬 어디선가 올해도 가을
을 알리고 있겠지요.

한지처럼 다사로운 조붓한 혜화동 길. 지금도 선생의 발자국 소리가
들릴 것만 같은 오늘 저는 이렇게 어느 별자리로 잠시 여행을 떠나신 선
생의 시를 여러분과 함께 읽으며 지상에서의 행복한 시간을 나누고 있
습니다.

그렇습니다. 선생의 음성처럼 들려오는 시 한 편을 소개하며 저도 "내
일로 가는 밤길에서" 잠시 헤어졌던 선생을 다시 한 번 만나야 할 것 같
습니다. 아직도 파이프에 남아 있는 보랏빛 담배연기를 떠올리며.

우리 한동안 같은 하늘에
같이 매달려 있다가
때가 되어 이렇게 헤어져 감에
"다시 만나세", 한들
어찌 다시 만나리

가을이 되어, 너는 그곳으로
나는 이곳으로 따로 따로 떨어져 감에
"이제 이별일세", 한들
어찌 이 인사가 마지막이 아니리

아, 세찬 이 세월의 바람에,
떨어져 나감에

"다시 만나세"한들
어찌 어디서 다시 만나리.

－「가랑잎」 전문

삶과 시간을 성찰하는 시인의 존재론

조병화 제42시집 『시간의 속도』

유성호(문학평론가)

1. 편운 시학의 지형

편운片雲 조병화(趙炳華, 1921~2003) 시인은, 경기도 안성에서 출생하여 서울 미동공립보통학교를 거쳐 경성사범학교, 일븐 동경고등사범학교에서 수학하였다. 경희대학교 교수와 인하대학교 부총장을 지냈으며, 한국시인협회 회장과 한국문인협회 이사장, 대한민국예술원 회장 등을 역임하였다. 첫 시집 『버리고 싶은 유산』(1949) 이래 50권이 넘는 시집을 통해, 높은 대중적 인지도와 함께 서정의 밀도와 균질성을 견고하게 유지한 작품 세계를 줄곧 보여줌으로써, 해방 후 시문학사에서 보편성과 이채로움을 동시에 견지한 대표적인 시인으로 평가받아왔다.

조병화 시학의 지형은 대체로 다섯 시기로 나눌 수 있다. 제1기는 첫 시집이 간행된 1949년부터 제8시집 『기다리며 사는 사람들』이 간행된 1959년까지의 시기이다. 이때 시인은 서간 형식의 시편을 많이 쓰면서 줄곧 존재론적 소외와 고독, 그리고 그것에 대한 자기 위안의 세계를 노래하였다. 제2기는 제9시집『밤의 이야기』(1961)부터 제17시집『내고 향 먼 곳에』(1969)에 이르는 시기로서, 이때는 청춘의 고뇌와 방황이 인 생론적 성찰과 철학으로 수렴되고 있는 일종의 내면화 시기라고 할 수 있다. 제3기는 제18시집『오산 인터체인지』(1971)로부터『머나먼 약속』 (1984)까지의 시기로서, 이때 시인은 삶과 죽음, 존재와 부재에 대한 새 로운 철학적 인식을 가지기 시작한다. 이 시기에 오면서 비로소 그때까 지의 내면 탐구나 방황을 정리하면서 뚜렷한 인생론적 관점을 형성하게 된다. 제4기는 제27시집『나귀의 눈물』(1985)로부터『내일로 가는 밤길 에서』(1994)에 이르는 시기로서, 시인은 비로소 떠남을 예비하고 죽음 을 길들이며 자유에의 길, 영원에의 길에 대한 갈망을 직접화하게 된다. 마지막 시기는 제42시집인『시간의 속도』(1995) 이후 작고하기까지의 작업으로서, 그리움과 기다림의 종착역인 '고요한 귀향'을 꿈꾸며 삶과 시간을 차분히 성찰하고 관조하는 세계를 펼쳐낸 말년의 시기를 포괄 한다.

이러한 내밀하고도 견고한 시적 전개를 보인 편운 시편의 조감도鳥瞰 圖는, 그가 지속적으로 제시했던 시적 화두인 사랑, 이별, 긍정, 위안, 어 머니, 고향, 보헤미안, 고독, 허무 등의 기표로 아름답게 그려져 있다. 그 가운데 편운 시편의 주된 줄기는, 인생의 의미에 대한 성찰과 그에 대한 위안으로 모아진다고 할 수 있다. 삶에 대하여 그리고 그것의 궁극적 의 미에 대하여 끊임없는 철학적 질문을 한 시인은, 평이한 상징과 비유가 깃들인 담담한 어조를 통해 일상적 삶에서 경험하는 고독과 무상 그리 고 머물 수 없는 삶의 근원적 유랑 의식을 노래하였다. 그러면서도 그는 대상에 탐닉하는 감상 과잉의 시세계를 일관되게 경계하면서, 비교적 차분한 관찰자로서의 목소리를 통해 존재론적 고독과 자기 구원의 과정 을 지속적이고 균질적으로 들려주었다.

또한 편운 시편들은 회화會話와 구어口語에 가장 근접한 소통 지향의 서정시편들이라는 특색을 지니고 있다. 1950년대가 소통 불능의 모더니즘 시편을 주류로 하고 있었다는 점에서, 이러한 편운 시편의 속성은 더욱 강조되어 마땅할 것이다. 이러한 남다른 친화력과 소통 가능성은, 그의 시가 대중적 친근감을 지니며 활력 있는 일상 언어로 구성될 것을 암시해준다. 그런가 하면 그가 선택하는 시적 대상은 '역사적 상상력'에서 나오는 것이 아니라, 대부분 보편적 인간이 겪는 삶의 일상성과 내면에서 발원하는 것이 많다. 왜냐하면 그의 시는 현실 반영이나 형식 미학적 심미성에서 구현되는 것이 아니라, 그 스스로 말했듯이 '자기 위안' 혹은 '자기 구원'에서 완성되는 것이기 때문이다. 그래서 그의 시는 한결같이 생에 대한 깊은 외경과 휴머니즘에 자기 근거를 둔 '존재론적 고독'으로 나타나며, 그 고독을 견디며 '자기 구원'의 차원으로 나아가는 구조를 일관되게 취하고 있는 것이다. 이 글에서는 편운 시학의 마지막 시기를 여는 제42시집 『시간의 속도』(융성출판사, 1995)를 대상으로 하여, 이러한 편운 시학의 속성을 읽어보려고 한다.

2. 시간 혹은 세월에 대한 섬세한 탐침

시집 『시간의 속도』는 그의 제41시집 『내일로 가는 밤길에서』(문학수첩, 1994) 이후 쓴 72편의 작품을 묶은 결실이다. 시인은 서문에서 "나의 인생의 속도도,/나의 시간의 속도도 빨라지고,/나의 시의 속도도 빨라졌습니다.//한도 없이 시를 걸어오고 한도 없이 시를 걸어가고 있습니다. 그것이 나에게 주어진 인생처럼, 숙명처럼, 숙제처럼, 어머님의 약속처럼,"(「제42숙 『시간의 속도』를 엮으면서」)이라고 말하고 있는데, 여기서 우리는 말년에 시인이 가졌던 시간에 대한 인식과 시인으로서의 존재론을 선명하게 목도하게 된다. 그것은 더욱 빨라진 시간의 속도 속에서 숙명처럼 혹은 약속처럼 이행하고 있는 자신의 오랜 시업詩業에 대한 묵묵한 긍정을 선연하게 함축한다. 그 세월의 속도를 노래한 다음 시편을 보자.

> 아무리 금력이 강하다 한들,
> 아무리 권력이 강하다 한들,
> 아무리 신의 힘이 강하다 한들,
> 아무리 천하장사의 힘이 강하다 한들,
> 어찌, 이 낙화(落花)를 막을 수 있으리
>
> 아, 그와도 같이
> 어찌 이 세월의 속도를
> 당기고, 멈추고, 늦추고, 할 수가 있으리.

－「세월의 속도」 전문

시인은 더없이 강력한 금력이나 권력이나 인력이나 신성한 힘마저도 세월의 속도를 늦추거나 멈출 수 없음을 말한다. 마치 '낙화落花'와도 같은 자연의 순리가 바로 시간의 흐름이기 때문이다. 이때 시인이 느끼는 "세월의 속도"는 그 어떤 힘으로도 당기고 멈추고 늦출 수 없는 불가항력의 힘으로 전화한다. 이러한 시인의 인식은 "일분 일초 에누리 없는/시간의 속도, 그 절대평등"(「평등」)이라는 자각으로 이어지기도 하고, 시간의 평등이야말로 "공명정대한/정확한 평등"(「평등」)이고 그것은 죽음으로 자연스럽게 이어진다는 생각으로 나아간다. 이 명료하고도 단아한 시상 속에 시간의 흐름에 대한 노시인의 아름다운 감각과 사유가 녹아 있다.

사실 우리의 근대사는 우리로 하여금 엄청난 시간의 속도로 인한 몸 안팎의 폐허를 경험케 하였다. 물신주의로 상징되는 이러한 흐름 때문에 우리는 바쁘고 빠르고 새로운 것을 찾아다니면서 정작 중요한 기억들을 잃어버린 것이다. 켜켜이 쌓인 시간의 깊이를 헤아리지 못하고 시간의 속도만을 문제 삼았기 때문이다. 하지만 조병화 시인은 자신의 감각 속에서 더욱 빨라져만 가는 시간의 속도를 불가피한 순리로 받아들이면서, 그 안에서 시간의 깊이를 재차 사유한다. 다음 시편을 읽어보자.

> 세월은 떠나가면서
> 기쁨보다는 슬픔을 더 많이 남기고 갑니다
>
> 봄 여름이 지나가면서
> 가을을 남기고 가듯이
>
> 가을이 지나가면서
> 겨울을 남기고 가듯이
>
> 만남이 지나가면서
> 이별을 남기고 가듯이
>
> 사랑이 지나가면서
> 그리움을 남기고 가듯이
>
> 아, 세월 지나가면서
> 내 가슴에
> 지워지지 않는 빈자리를 남기고 갑니다.

–「세월은」 전문

시간의 등가적 개념인 '세월'에 대해서도 시인은 긍정적인 인생론적 태도를 줄곧 견지한다. 기쁨보다는 슬픔을 더 많이 남기면서 떠나가는 세월은, 봄 여름 가을 겨울이 서로를 남기고 떠나가는 자연의 순리를 반영한 것이 아닐 수 없다. 그렇게 만남도 이별을 남기고 사라지고, 사랑도 지나가면서 그리움을 남긴다. 그렇다면 세월이 지나가면서 시인의 가슴에 남긴 것은 무엇일까. 그것은 '빈자리'로 비유되는 삶의 허무 같은 것이다. 하지만 이러한 허무가 도저한 비극성을 수반하지는 않는다. 결국이 시편의 목소리는 자기 위안이라는 평생 편운 시편의 과제가 투명한 비애를 동반하면서 펼쳐진 인생론적 달관 같은 것으로 모아진다. 그래서 시인은 "사랑을 한다는 것은/만남과 이별, 그리움과 외로움,/그 쓸쓸한 고통을 산다는 것,/어찌 나뿐만이겠습니까//아, 산다는 것은."(「산다는 것은」)이라면서 그러한 사랑과 만남과 이별과 그리움과 고독과 고통의 반복 과정이 인간 삶의 편재적 원리임을 아스라하게 노래하는 것이다. 이처럼 조병화 시인은 "그저 안다는 것이 부질없는 인간의 고독,/인간은 혼자라는 진리뿐이옵니다//아, 살아도 살아도 다는 살 수 없는/이 인간의 고독"(「철학이라는 것」)이라고 노래함으로써, 인간 삶의 원천적 고독을 통해 시간 혹은 세월의 속도를 고백하게 된다. 다음 시편은 이러한 시간의 속도 가운데 만난 반짝이는 순간적 삽화라고 할 수 있을 것이다.

처음으로 일본 연수 여행에서
돌아온 14세, 외손녀가 외할아버지에게
일본제 파이로트 만년필을 선사했습니다

외할아버지는 그 만년필로 이 시를 쓰면서
외할아버지의 시를 알 무렵이면
너도 사랑을 알겠지,
하는 생각이 들었습니다,
이러한 아련한 생각이 들면서

아름다운 사랑을 하겠지,
봄꽃처럼, 꿈으로 어린
청순한 사랑,

기쁨으로 가득찬 그 사랑을 하겠지,
외할아버지의 꿈대로, 소망대로,
맑고, 밝고, 행복한 내일로 이어지는
지혜로운 사랑을 너는 하겠지.

아, 아름다운 너는
하늘이 주시는 준수한 사람에게서
끊임없이 하늘의 사랑을 받으리

행복한,
그리고 반드시.

－「외손녀의 만년필－양력 1월 30일 서연이 생일에」 전문

시인은 어느 겨울날 열네 살 외손녀가 일본 연수 여행에서 돌아와 선물로 건넨 만년필로 시를 쓰고 있다. 외할아버지로서 "일본제 파이로트 만년필"로 쓰는, 외손녀를 향한 사랑의 노래가 아닐 수 없다. 그렇게 씌어지는 외할아버지의 시를 알아갈 무렵이면 외손녀도 사랑을 알 것이고 그녀가 해갈 사랑은 어김없이 아름답고 투명한 것이 될 거라고 시인은 상상한다. 그녀가 이루어갈 아름다운 사랑을 아련하게 떠올리면서 그 사랑이 봄꽃처럼 꿈으로 어린 청순한 사랑이길, 그리고 기쁨으로 가득찬 것이길 소망해본다. 시인이 보기에 그녀의 사랑은 맑고, 밝고, 행복하고 지혜로운 것일 터이다. 그럼으로써 그녀는 하늘이 주시는 준수한 사람에게서 끊임없이 하늘의 사랑을 받을 것이다. 시인은 결국 외손녀의 만년필을 통해 그녀가 해갈 사랑을 노래하고 있지만, 그 이면에서는 결국 자신이 꿈꾸고 희원해온 사랑을 노래한 것이다. 그러니 결국 외손녀 생일에 부른 노래는 곧 스스로의 실존적 고백록이 되는 것이다.

우리가 잘 알듯이, 서정시의 가장 본래적인 권역은, 시인 스스로의 절실하고도 남다른 자기 확인의 욕망에 있을 것이다. 그것이 나르시시즘

차원의 자기 몰입이든 고통스런 반성을 동반하는 자기 성찰이든, 서정시의 초점은 시인의 투명하고도 절실한 자기 검색과 확인에 있다. 그만큼 서정시의 근원적 자기 회귀성에 대한 믿음은 아직도 그 자리를 양도하지 않는다. 조병화 시학의 수원水源은 이러한 서정시의 자기 회귀성에 대한 믿음으로 출렁거린다. 그 믿음이 바로 시인으로 하여금 시간 혹은 세월에 대한 섬세한 탐침 과정을 허락하여, 사물에 대한 발견과 그것을 자신의 삶의 국면과 등가적 원리로 결합시키는 힘을 구현하게끔 한 것이다. 편운 시편의 핵심적 형상화 원리가 바로 여기에 있지 않을까 생각해본다.

3. 근원적 질서를 향한 견고한 귀환 의지

이 시집에서 조병화 시인은 '시인'으로서 가지게 되는 깊은 자의식自意識을 곳곳에서 고백하고 있다. 곧 시인은 '시'가 궁극적 자아 탐구와 심미적 욕망의 불가피한 형식임을 사유하고 표현한다. 그럼으로써 시인은 언어적 자의식으로 충만한 사람이며, 삶의 근원적 질서를 찾아 헤매고 궁극에는 존재하는 모든 사물 속에서 그것을 발견하고 경험하려는 존재임을 고백한다. 시인에게 시는 이러한 존재론적 발견을 가능케 하는 편재적 원리이면서, 동시에 스스로를 완성하는 둘도 없는 원천적 기율이 되는 것이다. 이처럼 편운 시편들은 시에 대한 이러한 생각과 경험을 다양하게 변주하면서, 사물 곳곳에서 시를 발견하는 양상으로 나아가게 된다.

> 한국어, 그 언어의 바다에서
> 나의 시는 망망해로 위의 작은 등대

그 등대가 얼마큼의 영역으로 비치고 있는지는
알 수 없어도

심한 풍랑에 시달리고 있는 영혼들에게
구원의 빛이 되었으면.

한국어, 그 좁은 언어의 바다에서
나의 시는 절대고도(絶對孤島) 위에 솟아있는 외로운 등대
그 빛이 어디만큼 바다를 비칠는지는
알 수 없어도

어지러운 세파에 시달리면서
외롭게, 길을 찾는 어진 영혼들에게
기쁨의 빛이 되었으면.

따사로운.

— 「나의 시」 전문

　조병화 시인에게 시는 한국어의 망망대해를 비추는 작은 등대로 은유
되고 있다. 시인은 비록 그 등대가 얼마나 멀리 빛을 뿌릴 수 있는지는
알지 못해도, 그것이 풍랑에 시달리고 있는 영혼들에게 일종의 "구원의
빛"이 되기를 갈구하고 있다. 이때 우리는 자기 위안의 테마에서 인간
구원의 그것으로 횡단하려는 시인의 강렬한 의지를 읽을 수 있을 것이
다. 그런가 하면 한국어의 바다는 좁은 언어의 해역이기도 하여 시인은
자신의 시가 "절대고도(絶對孤島) 위에 솟아있는 외로운 등대"라고 은유
한다. 그 등대도 어지러운 세파에 시달리는 외롭고도 어진 영혼들에게
길을 찾아주는 "기쁨의 빛"이 되기를 기원하면서 말이다. 그 "따사로운"
시인의 갈구와 기원이 시편 가득 출렁이고 있지 않은가. 이처럼 조병화
시인은 "아득한 시간 저 쪽에서/내가 쫓아 나오고"(「어린이날」) 있는 어

린 시절에 대한 가녀린 회억回憶으로부터 "나는 길에서 세월하는/우주 나그네/고독이 그 생명"(「가득한 실재 속에서」)이라는 고단하고도 아름다운 인생길에 대한 아스라한 회상까지 치러내면서 자신의 시야말로 자신의 존재를 구성하고 실천하는 종요로운 형식임을 노래하는 것이다.

> 시인으로 늙는다는 것은
> 너무나 많은 눈물이었으며
> 너무나 많은 외로움이었습니다
>
> 까마득한 이별, 우리를 지나가는
> 바람처럼.
>
> ─「시인(詩人)으로 늙는다는 것은」 전문

시인은 자신이 살아온 시간들을 되새기면서, 그 시간에 대해 자신만의 고유한 의미를 부여한다. 그 시간이 남긴 무늬야말로 시인의 직접적인 생의 형식이고, 시가 내장하고 있는 가장 중요한 내질內質이기 때문이다. 모든 서정시는 일종의 시간 예술이 아닐 수 없는데, 편운 시편들은 이러한 의미에서의 전형적인 시간 예술로서의 속성을 보여준다. 가령 그것은 시인으로서 늙어가는 것에 대해 존재론적 사유를 진행하게 한다. 많은 눈물과 외로움으로 점철된 시간, 혹은 그 까마득한 이별의 순간에 시인은 "우리를 지나가는/바람처럼" 찾아왔던 고독과 고통의 시간을 몸 속 깊이 담고 있다. 이러한 존재론적 사유는 "그런 대로 어머님 심부름 찾아다니며/먼 그 약속을 혼자 살아온 길"(「달이 또랑을 넘자」)이라든가 "나는 지금 내 세월 끝머리를/어머님 하늘 아래서 머물고 있습니다//다 잊고"(「먼 곳」)라는 노래들 속에 곡진하게 번져 있다. 이러한 목소리를 통해 시인은 자신이 시인으로 늙어 '어머니'로 상징되는 근원적 질서로 귀환하려는 의지를 적극 표명하는 것이다. 여기서 우리는 어머니

시편의 결정판이라고 할 수 있는 「꿈의 귀향—묘비명」(『먼 약속』, 1998)을 참고로 살필 수 있을 것이다. 이 시편은 자신의 생을 마감하는 묘비명 형식으로 씌어진, 시인의 마지막 음성이기도 하다.

> 어머님 심부름으로 이 세상 나왔다가
> 이제 어머님 심부름 다 마치고
> 어머님께 돌아왔습니다.

여기 담긴 것은 삶의 궁극이 결국은 '어머니'라는 근원적 질서로의 귀환이요, 생의 마지막에 불러보는 궁극의 대상이 '어머니'임을 알려주는 가장 구체적인 표지標識이다. 이때 '심부름'이라는 말은 타율적 행위를 이름하는 것인데, '어머니'는 그만큼 이 시인에게 거의 절대적인 삶의 발원지가 되고 있다. 따라서 시인에게 '어머니'는 단순한 계찬의 대상이나 육신의 고향이 아니다. 그에게 어머니는 "나의 고향, 나의 종교"인 것이다. 그러니 그 귀향은 "꿈의 귀향"이 될 수밖에 없을 것이다. 마치 '꿈'처럼 감미롭고, 하지만 '꿈'이기 때문에 이루어질 수 없는, 그런 귀향인 것이다. 시인은 이 시편을 두고 "평생 상처진 꿈을 살아왔기에 마지막 시를 이렇게 썼다."고 말한 바 있는데, 그 상처의 치유는 이처럼 단아하고 겸허한 그리고 고요한 귀향으로 이루어진 것이다.

결국 편운 조병화 시인은 '인생'이라는 주제를 일관되게 탐구하면서도 늘 평이한 비유와 소박한 어조로 노래하였다. 그리고 존재론적 고독과 사랑으로 '자기 구원'으로서의 시를 줄곧 써왔다. 가령 "헤아릴 수 없는 그리움/남은 나의 세월이 황혼이로다."(「태평양 상공에서」)라든지 "눈에 보이는 황무지의 자연 속에서/눈에 보이지 않는 생명의 우주로/잠시도 머물지 않고/그 긴 여행을 이어가고 있을 뿐이옵니다"(「겨울」) 같은 낭만적 보헤미안의 목소리 역시 조병화만의 독자적 음역音域일 것이다. 그러한 속성들을 견고하게 유지하면서 "바람 부는 오후/햇살 맑은 혜화동 로터리/해묵은 플라타너스 가로수를 돌며/아, 올해도 살았구나, 혼자/중얼거리며 지나갈 때"(「생명 1」) 같은 아스라한 고백까지 담아낸 『시간의 속도』는 그만의 낭만적 충동과 인생론적 탐구 의지를 잘 담아 보여준 결실이다. 그 안에서 그는 삶과 시간을 성찰하는 섬세한 시인의 존재론을 아름답게 보여준 것이다. 나아가 그는 투명하고 심미적인 시어로 많은 이들과 소통의 공감을 형성해온 친화력의 시인이요, 삶의 심오한 주제를 낭만적 충동과 동경에 실어 노래한 천성의 시인이기도 하였다. 그리고 최종적으로는, 삶의 궁극을 '어머니'라는 귀의처에 둔 서정 시인의 생애를 산, 우리 시대의 미학적 장인이 아닐 수 없을 것이다.

절대적 구원자인 어머니에게 이르기 위한 도정으로서의 시

조병화 제43시집『서로 따로 따로』

이재무(시인)

조병화 시인의 시는 많은 평자들에 의하여 그동안 "인간의 숙명적인 허무와 고독이라는 철학적 명제의 성찰을 통하여 꿈과 사랑의 삶을 형상화한 점"과 "외로운 도시인의 실존적 모습, 허무와 고독으로서의 인간 존재가 꿈과 사랑으로 자아의 완성에 이르는 생의 아름다움을 이해하기 쉬운 낭만의 언어로 그려왔다"는 평가를 받아왔다.

그의 43번째 시집인『서로 따로 따로』역시 이러한 세간의 평가에서 크게 벗어나 있지 않다. 다만 여기에 절대적 구원자이자 우주적 존재로서의 어머니에 이르기 위한 지난한 시의 도정이 치열하게 전개되고 있다는 점을 부가할 수 있다.

그의 시는 쉽다. 시를 읽는 순간 그 즉시 시의 전언과 느낌이 곧바로 읽는 이의 몸에 흡수되는 경이를 체험할 수 있다. 바로 그의 이러한 시의 특장 때문에 그의 시가 많은 독자들의 사랑을 받아온 것으로 추정된다. 평이하고도 간결한 시적 표현을 가지고도 깊이 있는 인간의 존재론적 성찰을 우려내는, 그의 울림이 큰 시편들은 자동화된 의식과 기계적 관성으로 나날의 일상을 무의미하게 살아가는 일반 독자들에게 삶의 자각과 세계 이해에 대한 한 계기를 마련해 준다는 점에서 특별히 주목을 끈다.

시인에는 두 부류가 있다. 의도된 기획 속에서 시편들을 제작 생산하는 경우가 그 하나이고 나날의 구체적 일상 체험을 질료로 순간적 감성에 의존해 시편들을 낳는 경우가 또 다른 하나이다. 조병화 시인의 경우는 후자에 속한다고 볼 수 있다. 그는 타고난 생래적 기질의 시인이다. 그는 애써 시를 꾸미지 않고 억지로 시를 만들지 않는다. 그의 시는 머리에서 가슴으로 시차를 두고 차갑게 천천히 내려오는 것이 아니라 가슴 속에서 직방으로 불쑥, 바깥을 향해 튀어나온다. 그래서인지 그의 시편들은 때로는 불에 달군 쇠처럼 뜨겁고 때로는 갓 낳은 알처럼 따뜻한 온기가 느껴지기도 한다. 휴머니스트로서의 시가 그의 시라고 말할 수 있다.

그의 시는 그의 전기적 생애와 아주 밀접한 관련을 맺고 있는 것으로 보인다. 요철이 심한 그의 성장사가 시의 밑그림과 배경을 이룬다는 점에서 더욱 그렇다. 그만큼 그의 시는 구체적 생 체험과 관련이 깊다. 삶이 시를 낳고 시가 삶을 낳는 형국이다.

그의 시는 의자처럼 편안하다. 그가 쓴 시라는 의자에 앉아 있으면 누구라도 영혼의 불안을 잠재울 수 있고 조용히 사색을 즐길 수도 있다. 그의 시편들은 누구나 공감할 수 있는 일반적이고도 보편적인 일상 소재와 내용 즉 가장 평균적인 인간의 문제의식을 즐겨 다룬다. 이 점이 보편적 감동과 울림을 주는 주요인이리라. 고독, 그리움, 죽음, 세월, 어머니 등속이 그가 즐겨 다루는 제재이며 내용이다. 그런데 그가 즐겨 다루는 이러한 시의 제재와 주제의식은 궁극적으로는 생의 출구이자 입구인

'어머니'에게 가 닿는다. 그의 시편 속에 빈번하게 등장하는 '어머니'는 우주이면서 절대적 구원자이다. 그 '어머니'에게 이르는 도정을 따라가 보자.

제43시집 『서로 따로 따로』를 읽다 보면 '인생', '이별', '어머니', '윤회' 등속의 시어들을 자주 만날 수 있다. 또한 시어로 등장하지는 않지만 시의 배경과 이면에는 '시간'에 대한 사유가 적지 않게 들어있음을 알 수 있다. 시인이 비록 의식하고 쓰지는 않았겠지만 유독 친족 계열의 시어들과 시간에 대한 사유가 거듭 반복하여 쓰여 졌다는 것은 내면 안에 잠복해 있는 이것들에 의해 시인의 나날의 일상이 알게 모르게 지배당해 왔음을 반증한다. 먼저 인생을 언급한 시를 살펴보자.

> 서로가 필요해서
> 한동안 길을 같이 엉겨서 동반하다가
> 필요없이 되면 서로 헤어져서
> 따로 자기의 길을 가는 외톨,
> 이것이 인생이런가
>
> 봄, 여름을 한동안, 열이 올라
> 나비와 벌들이 부지런히
> 꽃을 그리워 찾아다니다가
> 열매를 맺으면, 식어서
> 자취 없이 사라지듯이.

―「서로가 필요해서」 전문

시집 제목을 떠올리게 하는 시편이다. 시인의 인생에 대한 고독한 성찰이 비교적 선명하게 드러나 있다. 서구 실존주의가 똥명한 인간 존재에 대한 규정이나 명제를 굳이 빌리지 않더라도 인간은 누구나 예외 없이 자발적 의지로 태어난 사람은 없다. 누구나 부조리한 상황 속에 내던

져진 피투적 존재일 뿐이다. 그렇게 내 의사와 상관없이 태어나 가족 구성원이 되고 자라서는 학교에 가고 졸업 후 직장을 얻고 배우자를 만나 가정을 이룬다. 그렇게 태어나 자라면서 우연의 계기에 의해 사람들을 만나 정을 나누고 의기투합을 하고 스크럼을 짜고 그러다가도 분열하고 갈등하고 이별하고 외로움을 겪기도 한다. 따지고 보면 현존재의 정체성이란 태어나 살아오면서 만난, 우주 안에 편재하는 온갖 사물들과의 관계가 만든 것이다. 그러다가 결국 인생의 종착에 이르면 "서로 헤어져/따로 자기의 길을 가는 외톨이"임을 소름 끼치도록 실감하는 것이다. 다음의 시는 어떤가.

> 고독한 사람에게 하늘이
> 너무나 넓습니다
>
> 길가는 나그네에게 일월이
> 너무나 멉니다
>
> 아, 그와도 같이
> 집이 없는 사람에겐
> 인생이 너무나 많습니다
>
> 감당할 수 없이.

－「감당할 수 없이」 전문

고독한 사람은 자주 하늘을 바라볼 것이다. 지상에서 위안해 줄 아무것도 찾지 못한 이들은 하늘에서 대신 위무 거리들을 찾으려 할 것이고 그러다 보면 자연 생각도 많아질 것이다. 길가는 나그네에게 시간처럼 귀한 것이 어디 있겠는가. 우리는 모두 길가는 나그네이다. 길은 인생을 표상한다. 그러나 누구도 길을 걷는 동안 시간의 주인이 되어 살아가는 이가 얼마나 되겠는가. 가도 가도 우리가 가 닿고 싶은 일월(시간)은 늘 멀리 있다. 집이 없는 사람은 안식이 없는 사람이다. 평화가 없는 사람이다. 마음 안에 불안이 어슬렁대는 사람이다. 가만히 서 있어도 영혼이 깃발처럼 펄럭이는 사람이다. 이런 사람에게는 "인생이 너무나 많다"라고 시인은 말한다. 인생은 참으로 알 수가 없다. 인생은 물질이 아니다. 물질이 아니므로 첨단 과학으로도 인간의 비밀을 밝힐 수 없다. 아무리 의술이 발달해도 인간의 고독을 근본적으로 치유할 수는 없다. 안식과 휴식이 없는 사람은 생각이 더 많아질 것이고 지고 가야 할, 생의 짐 또한 훨씬 더 버거울 것이다. 시인은 휴머니즘 관점에서 인생을 바라보고 있다.

인용한 두 편의 시를 통해서도 알 수 있듯이 그의 인생관은 허무주의 토양 위에 뿌리를 내리고 있다. 그러나 이러한 그의 허무주의는 여타의 음습한 절망이나 비관과는 촌수가 멀다. 그의 고독과 허무주의는 인생의 현실 너머 "긴 영원"(죽음)을 바라보고 있기 때문이다. 나아가 그 죽음을 편안하게 인정하고 수긍하는 긍정의 세계관을 보여주고 있기 때문이다.

> 인생이라는 짧은 영원에서
> 너는 잡을 수 없는 그리움,
> 긴 영원이었습니다
>
> (중략)
>
> 이 황막한 그리움의 광야에서
> 작은 짐을 하나 지고 그저 갈 길을 가는
> 긴 여로(旅路), 그 곳에서
> 지금 나는 저녁이옵니다

저녁은 그저 고적한 천지
들리는 것이 바람,
보이는 것이 어둠,
이제 고향에 다다를 듯이
긴 밤으로 이어지고 있습니다

긴 영원으로.

―「고요한 인생」 부분

　이 시편을 지을 당시에 시인은 자신의 나이를 인생의 저녁으로 인식하고 있다. 저녁이 다하면 밤 즉 죽음이 올 것이다. 우리는 이 시편을 통해 밤 직전의 저녁을 대하는 시인의 조용한 내면을 읽을 수 있다. 그는 지금까지 "긴 여로(旅路)"를 걸어와 밤의 입구인 저녁에 들어서고 있다. 그에게 저녁은 "고적한 천지"이다. 그렇지만 이러한 저녁에 그는 전혀 동요하거나 불안해하지 않는다. 그러기는커녕 오히려 '고향'에 다가가는 느낌으로 밤을 맞고 있는 것이다. 그렇다는 것은 그가 죽음을 부정적으로 인식하지 않고 자연의 질서로 이해하며 긍정하여 거기에 순응하고 있다는 것을 뜻한다.

　이렇듯 그의 허무적 인생론은 얼핏 세계에 대한 부정과 절망으로 오해할 소지가 있으나 그 이면을 들여다보면 오히려 그 반대로 자신의 세계를 자연과 우주의 순환하는 질서 안으로 수용하는 대 긍정의 세계관이 내재하고 있음을 알 수 있다. 이것은 인생을 예정된 조화와 운명으로 수납하는 인식, 시간은 직선으로 달려가지 않고 순환 반복된다는 동양적 시간관에서 비롯되는 것으로 각별히 눈여겨 볼 필요가 있다.

먼 길,
먼 먼 길을 먹지도 못하고

마시지도 못하고, 그저
예정된 곳에, 예정된 시간까지 날아가기 위하여
한 번도 날개를 멈추지 않고
하늘 높은 푸른 곳을 나는
철새들을 편안하게 보내기 위하여

(중략)

힘겹게, 힘겹게 , 같은 속도를 유지하면서
질서 있게 대열 지어
예정된 곳, 예정된 시간을 향하여
줄기차게 날아가고 있습니다

―「먼 길 가는 철새를 위하여」 부분

이 시에서 철새는 객관적 상관물로서 시인의 인생을 표상한다고 할
수 있다.

조병화 시인의 시편 속 화자들은 거의 대개가 시인 자신과 일치한다.
즉 그는 개성적인 시 쓰기에 능한 시인이다. 그는 일인칭 주인공 시점으
로 자신의 내면을 토로하는 시를 즐겨 쓴다. 그런 만큼 시적 주체와 시
적 대상 사이의 미적 거리가 결핍되어 있다. '인생' 못지않게 많이 나오
는 화두가 '이별'인데 이때 이별의 주인공은 다름 아닌 시인 자신이라고
할 수 있다. 그런데 모든 일상의 이별이 그러하듯이 시 속에서 이루어지
는 이별 또한 애틋하기 그지없다. 그러나 시편 속 화자는 이별에 대해
호들갑스럽게 반응하지 않는다. 순리처럼 담담하게 그것을 받아들인
다. 이별 또한 피할 수 없는 자연의 이법이라 생각하기 때문이다. 여기
서 우리는 그의 자연에 순응하는 삶의 태도를 엿볼 수 있다. 살아있는
모든 것들은 살면서 누구나 이별을 체험한다. 사람이라고 다를 수 있겠

는가. 아니 사람이라서 더욱 더 오감으로 전율하며 별리를 체험하는 것 아니겠는가.

> 공항은 이별이 빈번히 오고 가는 곳
> 떠나는 사람, 남는 사람,
> 마음이 바쁘다
>
> 이제 떠나면 언제 다시 만나리
> 이제 떠나면 언제 다시 이 곳에 오리
> 그저 듣는 것, 보이는 것이 이별이다
>
> 아, 인생이라는 낯설은 곳,
> 얼마나 많은 이별이었던가,

-「공항」 전문

산다는 것은 이별과 만남의 연속이다. 그러나 이별이 마냥 부정의 의미만을 내포하는 것은 아니다. 이별이 있어야 더 큰 만남과 성숙이 이루어지는 경우도 있기 때문이다. 과일나무는 가지의 꽃과 이별해야 열매를 만날 수 있고 학생들은 학교와 헤어져야 상급학교, 나아가 사회를 만날 수 있다. 냇가와 헤어진 물은 강물로 열리고 강과 헤어진 물은 바다에 이를 수 있는 것이다. 시인의 이별에 대한 생각도 이와 크게 다르지 않다. 그러하기에 슬픈 이별을 아프고 절절하게 노래하면서도 그 노래가 마냥 칙칙하거나 어둡지만은 않다. 소년의 열정으로 돌아가 이루어지기 힘든 사랑을 노래하고 있지만 그 격한 감정을 감정으로 거역하려 들지 않는다. 요컨대 어쩔 수 없이 맞닥뜨린 정황을 숙명으로 인식하려는 태도를 보여주고 있는 것이다.

> 지금 내가 사랑한다, 한들

또 하나의 이별을
당신에게 주게 되는 것을

지금 이렇게 늦은 세월에
내가 당신을 사랑한다, 한들
머지않아 내게 생명이 끝이 와서
어진 당신에게
또 하나의 쓰라린 이별이 되는 것을

아, 이렇게 늦게 서로 만나서
숨어서 뜨거워지는 이 그리움,
어쩔 수 없이
내가 지금 당신을 사랑한다, 한들
나의 세월의 끝에서
서로 헤어져야 하는 것을,

속절없이.

-「숙명」 전문

    사랑의 감정은 늙지 않는다. 또한 감기처럼 사랑에는 면역성이 없고 재채기처럼 숨길 수도 없다. 거듭해서 찾아올 수 있는 감정이 사랑의 감정이고 언제고 드러나기 마련인 것이 사랑인 것이다. 그목에도 꽃이 핀다. 고목에 피는 꽃도 젊은 나무가 피우는 꽃과 하등 다를 바 없다. 벌 나비는 수령과 상관없이 나무들이 피우는 꽃들을 차별하지 않는다. 지금 시적 주체는 인생의 황혼기에 찾아온 사랑의 열정 앞에서 주저하고 머뭇거리고 있다. 아무리 뜨겁게 사랑의 화염에 휩싸인들 뭐하랴. 시간이 얼마 남지 않았는데…… 시적 주체는 대상에게 이별의 고통을 주느니 차라리 사랑의 감정과 이별하겠다는 결의를 보이고 있다. 이 또한 인생론 관점에서 기술한 모두의 시편들과 마찬가지로 진한 휴머니즘이 들어 있어 읽은 이로 하여금 더욱 애절한 감정에 들게 한다.

그렇게 마음을 다스리고 절저한 끝에 시인은 마침내 "살아있는 공기처럼", "고요한 적막"의 경지에 이르게 된다. 사납게 몰아치던 비바람이 몰려간 뒤의 고요한 하늘처럼 마음의 평정을 찾게 된 것이다.

> 그리움으로 엉기던 구름이 가시더니
> 쟁쟁, 열린 하늘
> 하늘이 마냥 비어 갑니다.
>
> 무덥고, 번개, 천둥, 비, 바람,
> 눈보라치던 세월
> 그리움으로 엉기어 앞이 보ᄋ 지 않던
> 나의 세월도 가고
> 고요한 이 적막
>
> 그리움이 가시더니
> 쟁쟁 맑은 푸른 하늘
> 속이 바닥이 나도록 비어 갑니다.
>
> 살아 있는 것이 공기처럼.

－「살아 있는 것이 공기처럼」전문

모든 애욕과 집착에서 벗어난(이별) 시적 주체가 긴 어둠의 여정 끝에 맞은 영혼의 해방감을 엿볼 수 있는 시편이다. 인생 도정의 긴 터널을 빠져나와서야 환하게 만날 수 있는 투명한 생의 한 경지를 보여주고 있다. 이 또한 이별의 선물이 아니겠는가.

마지막으로 살펴볼 내용은 '어머니'를 소재로 한 시편들이다.

시인에게 어머니는 "생명의 근원이자 절대적 구원의 존재"(이숭원) 그 자체라 할 수 있다. 시인은 여러 시편들에서 수없이 어머니를 노래해 왔다. 그에게 어머니는 우주이고 종교이다. 이것은 그의 성장 배경과 무관치 않다. 일찍 아버지를 여의고 홀어머니 밑에서 그것도 5남 2녀의 막내로 자라다 보니 자연 어머니에게 의존하는 삶을 살았고 이것이 그의 시에 있어 자양분이자 모태 역할을 했기 때문이다. 그는 철저하게 자신의 생체험을 중심으로 한 시편들을 써왔기 때문이다.

그렇다면 그에게 어머니는 어떠한 존재인가.

그에게 어머니는 혈육 이상의 의미를 지닌 존재였다. 어머니는 스승이고 신이자 우주였다. 그는 늘 어머니를 의식하고 살았다. "어머니가 지시하는 대로/인생이라는 긴 그 여정을" 걸어왔고 "어머님이 인도하시는 대로/넓고, 밝고, 편안한 인생의 여정을/고맙게, 고답게, 살아왔습니다"(「어머님에게도 비밀이」) 그런 만큼 그는 "이 세상에서/어머님이 주신 목숨만큼 돌아다니다가/어머님이 부르시면 이곳에서 사라지겠다"(「만고의 침묵으로」)라고 말한다. 이때의 어머니는 조물주이자 절대자이다. 생사를 관장하는 이가 바로 어머니이기 때문이다.

> 사람은 누구나
> 어머님에게서 나와서 어머님에게로
> 돌아가는 거
>
> 돌아가면서 부처님도 생전에 겪으신
> 산다는 거, 만나는 거, 헤어진다는 거,
> 슬프다는 거, 쓸쓸하다는 거,
> 외롭다는 거, 느낀다는 거, 깨닫는다는 거,
> 즐겁다는 거, 늙는다는 거, 병든다는 거,
> 죽는다는 거, 다 겪어서
> 어머님이라는 거대한 침묵 속으로

돌아가는 겁니다.

-「사람은 누구나」 부분

　사람은 누구나 어머니에게서 나서 어머니에게 돌아가는 것이라고 시적 주체는 말한다. 이때의 어머니는 자연이자 우주이고 절대자이다. 우리는 모두 자연에서 나서 자연으로 돌아가는 존재이다.

　시인은 서양 근대의 이원론적 세계관이 아니라 동양의 일원론적 세계관으로 세계와 대상을 인식하고 이해한다. 시간관 또한 근대의 직선적 시간관이 아니라 동양의 순환적 시간관을 가지고 우주 안에 편재하는 사물들의 관계를 인식한다. 그의 시집에 불교적 윤회설과 문명 비판적 시각의 시편들이 많은 것도 이와 관련이 깊다. 더불어 그가 어머니를 자연 혹은 우주로 인식하고 있는 것도 이러한 세계관과 시간관을 지니고 있기에 가능한 것이다.

> 생명은 돌고 돌다가
> 벌레가 되었다가
> 새가 되었다가
> 소, 돼지, 개, 고양이, 양, 닭이 되었다가
> 코끼리가 되었다가
> 고래가 되었다가
> 가련한 곳이 되었다가
> 다시 미세한 벌레가 되었다가
> 아름다운 꽃이 되었다가
> 나무가 되었다가
>
> (중략)
>
> 아, 생명은 돌고 돌아

네가 되었다가
내가 되었다가

―「생명은 돌고 돌아」 부분

세월은 우주로 가는
희비애락을 가득히 실은
완행열차
그 틈바퀴에 끼어 내가 실려가고 있습니다.

어머니를 찾아서.

―「우주여행」 전문

전자의 시는 불교의 윤회설을 다룬 시이고 후자의 시는 인생이란 결국 우주(어머니)에서 나서 우주로 돌아간다는 순환적 시간관을 내포하고 있다.

이렇듯 그에게 우주 즉 어머니란 생명의 근원이며 절대적 구원자이다. 그가 인생을 말하고 고독을 말하고 이별을 말하고 기다림을 말하고 이 밖의 무수한 감정의 세목들을 드러내고 있는 것도 결국엔 그 종착에 이르러서는 어머니로 돌아가기 위한 여로旅路일 뿐이다.

어머니에게서 나온 존재인 시인은 살아가면서 실존적 고독과 방황을 겪다가 어머니의 나라에 안착해 비로소 안식과 평안을 구한다.

따라서 시인이 살아생전 그토록 애지중지 여겼던 시도 따지고 보면 결국엔 신자인 시인에게 있어서 신이신 어머니에게로 돌아가기 위한 구도의 한 방편에 지나지 않을는지 모른다.

휴머니즘을 향한 영원한 사랑의 손길

조병화 제44시집 『아내의 방』

박윤우(문학평론가)

1. '서정'에 대한 새로운 인식

'서정시' 혹은 시에서 '서정'이란 과연 무엇인가를 놓고 최근 논자들 사이에 새삼 이야기꽃을 피운다. 그것이 현대사회에서 시가 점점 독자와 멀어져간 데 대한 반성에서 나온 것이라면 왠지 어색하다. 이 도도한 디지털문화 시대에 시집은 여전히 '대중시'라는 이름으로라도 새롭게 단장하고 '대중'들과 낮은 곳에서 호흡을 같이 하고 있으니 말이다.

그런 의미에서 김소월이나 김영랑, 정지용 등 우리 근대시 100년사를 빛낸 빼어난 '서정시인'들은 어쩌면 모두 소월의 시구에서처럼 '가슴속에 미처 하지 못한 말을 묻어두고' 사랑의 대상을 찾아 그리움의 정서를 켜켜이 쌓아온 것인지도 모른다. 하지만 그들의 '금자탑'은 바로 소월의 시구가 말하듯이, '그들만의 서정'에 머문 것이라고 본다면 어떨까. 모름지기 서정시의 영원한 주제로서 '사랑'이란 항시 타인을 향해 있는 것이며, 그것은 보다 정확하게 말하면 타인과의 소통을 이루고자 하는 적극적인 대화적 상상력의 소산이라고 본다면 말이다.

조병화 시인은 1949년 첫 시집『버리고 싶은 유산』을 펴낸 이래『넘을 수 없는 세월』을 마지막으로 펴낼 때까지 시인으로 산 50여 년 동안 무려 53권의 시집을 남겼으며, 이 전 생애의 결산이 전집으로 묶여 출간될 예정이다. 그렇게 그는 현대시 100년 사상 가장 많은 작품과 시집을 발표하신 분이다. 이러한 경이로운 사실을 그저 시에 대한 그의 개인적인 열정으로만 설명할 수 있을까? 그보다 시인은 자신의 말 한 마디 한 마디를 빠짐없이 모두 그 누구에겐가 전하고 싶었던 것이 아닐까. 그것은 근원적으로 그의 내면이 지닌 '고독'의 소산일 수도 있다. 또는 사람에 대한 '사랑'의 발로일지도 모른다. 그러나 분명한 것은 그 어떤 쪽이 되었든 시인의 대표적인 작품 몇 편 으로도 우리는 평생을 시쓰기에 전념한, 그리하여 이루어낸 그만의 아름답고 경건한 '서정 시학'을 엿볼 수 있을 것이다.

2. 조병화 시와 대화적 상상력

　　　잊어버려야만 한다
　　　진정 잊어버려야만 한다
　　　오고 가는 먼 길가에서
　　　인사 없이 헤어진 지금은 누구인가
　　　그 사람으로 잊어버려야만 한다

　　　　　　　　　　　　　　　　　　　－「하루만의 위안」 부분

이 시는 세월처럼 흘러가는 인생에서 얻을 수 있는 위안의 문제를 사색의 모태로 삼고 있다. 위의 인용에서 보듯이 시인은 과거적인 것으로부터 사색의 실마리를 풀고 있다. 이처럼 누구에게나 친근한 회상과 기억이라는 서정시만이 가진 특징적 발상법에 입각한 시인의 시적 상상력은 어디서 유래한 것일까? 시인은 자신의 시작 노트에서 다음과 같이 이야기한다.

> 나는 먼저 쓸쓸하여서 시를 읽었다. 나는 먼저 고독하여서 시를 읽었다. 그리고 그 쓸쓸한 나를 지키고 그 고독한 나를 응시하기 위하여 시를 읽었다. 나는 이러한 어둠 속에 둥둥 떠 있는 나를 위안시키기 위하여 그 위안이 되는 말을 찾아서 시의 세계를 방향도 없이 방황했던 것이다. 그 시가 유명한 시인의 시이거나 유명하지 않은 시인의 책이거나 읽어서 내 마음을 가라앉혀 주고, 살아가는 데 힘이 되어주는 말—시이면 충분했던 것이다. 이렇게 나는 무엇보다도 '위안'으로부터 시를 찾게 되었다.
>
> —「끝없는 '말'을 찾아서」에서

조병화 시인이 시를 쓰게 된 원동력은 '자기위안'이었던 셈이다. 그런데 그럼에도 불구하고 시인의 말은 독자들에게 고스란히 투영된다. 우리가 시를 읽는 이유도 기실은 바로 이런 데 있지 않은가. 시 「하루만의 위안」은 그러므로 우리들에게 전하는 시인의 담담한 인생 이야기이며, 대화하고 싶은 속내의 드러냄이 된다.

3. 제44시집 『아내의 방』과 가족의 의미

1996년 한 해를 마감하는 겨울 한복판 44번째 시집을 상재하는 시인은 그 어느 해보다도 무척 힘든 심적 상황에 놓여 있었던 것으로 보인다. 시집의 표제로 삼은 「아내의 방」과 「혼자 누워 있는 침실」, 「겨울, 1996」과 「어머님, 간밤에」 등의 작품에서 시인은 아내의 중환과 입원을 계기

로 가족의 소중함과 그들의 빈자리를 느끼고, 사랑과 고독, 혹은 그리움
과 슬픔 사이의 그 역설적 의미를 새삼 깨닫고 있음을 피력하고 있다.

　　　지금, 아내의 방은 텅 비어 있습니다
　　　병원으로 떠난 지 벌써 며칠
　　　집으로 돌아올 기별은 멀고
　　　매일 밤 들여다 보는 아내의 방은
　　　어둠만 자욱히 깔리고
　　　텅 비어 고요하기만 합니다

　　　암은, 저 세상으로 떠나는
　　　순번이라는데
　　　아내도 그 순번을 지나고
　　　제 집, 제 방을 떠나서
　　　남의 집, 남의 방,
　　　멀리 낯설은 곳에 누워 있습니다

　　　사람은 누구나 이렇게 되어서, 이렇게
　　　차례차례 순서를 밟으며 헤어지며
　　　아주 이 세상에서 멀리 헤어져 간다고 하지만
　　　서로 같이 살던 세월이 아쉽습니다

　　　사랑하며, 다투며, 참으며,
　　　견디며, 정으로 살아온 세월
　　　아, 세월은 이러한 것을

　　　매일 밤 들여다보는 아내의 방은,
　　　지금 싸늘하게 어둠만 깔려
　　　그저 텅 비어 있습니다.

　　　　　　　　　　　　　　　－「아내의 방」 전문

이 시에서 '어둠'과 '비어 있음', 그리고 '고요'의 정물적 이미지는 '낯설음'과 '싸늘함'의 심리적 이미지로 변환되면서, 우리로 하여금 시인의 아픈 속내를 들여다보도록 해준 시인은 '암'이라는 그 꺼내기 힘든 말을, 정말 힘겹게, 그러면서도 과감히 현실적인 언어로 시의 표면에 드러내 주고 있기 때문이다.

한편, 시인의 '들여다보기'의 행위는 아이러니컬하게도「어머님, 간밤에」에서 돌아가신 어머니의 생전 자식 보살핌의 행위에 대한 회억回憶과 겹쳐지면서 가족의 의미에 대한 성찰의 공간을 만들어내고 있다. 특히 조병화 시인 특유의 존칭 어법과 어울리면서 이루어지는 이러한 시적 주체의 자성적 공간이야말로 작자의 개인적 인식을 독자의 보편적 공감으로 확산시킬 수 있는 열린 공간이 되는 바, 이 열린 공간의 창출은 조병화 시인이 만년의 시에서 이루어낸 고유하고도 튼튼한 시세계의 본질이라 할 수 있다. 그만큼 우리는 그의 고독과 쓸쓸함과 슬픔이 결코 이기적 자존의 소산이 아님을 선명하게 읽어낼 수 있는 것이다.

4. '운명'에 대한 숙명적 인식과 성찰

제44시집『아내의 방』에는 유독 '운명' 혹은 '숙명', '생명'이란 표현이 많이 눈에 띈다. 그것은 물론 인간의 생로병사라는 삶의 근원적 문제에 대한 인식의 표출이라는 점에서 보면 삶의 문제에 대한 존재론적이며 철학적인 접근으로 여길 수도 있다. 그러나 이 시집에서 조병화 시인이 언급하는 '운명'의 문제는 고독과 그리움이 교차된 보다 일상적이고 현실적인 문제로 나타나 있다는 점에서 주목을 요한다.

　　　고독하십니까,

운명이옵니다

몹시 그립고 쓸쓸하고, 외롭습니까,
운명이옵니다

어이없는 배신을 느끼십니까,
운명이옵니다

고립무원, 온 천하에 홀로
알아주는 사람도 없이 계시옵니까
그것도 당신의 운명이옵니다

아, 운명은 어쩔 수 없는
전생의 약속인 것을

그곳에 그렇게
민들레가 노랗게 피어 있는 것도

이곳에 이렇게
가랑잎이 소리없이 내리는 것도.

-「운명-외로운 벗에게」 전문

여기서 보듯 시인은 인생에 대한 일정한 달관 혹은 숙명적 이해의 속내를 피력하는 데서 머물지 않고, 오히려 보다 적극적으로 타인들에게 권유한다. 그럼에도 불구하고 그것은 숙명론이라는 외피를 쓴 허무주의의 표백이 아니다. 다만 고독한 존재자로서 시인 개인이 타인들과 공유, 즉 대화와 소통의 삶을 구현하려는 의지의 소산일 따름이다.

시인의 표현에 따르면 인생은 "끊임없는 동경"이며 "고독"이고, "긴 기다림"이자 "인내"(「운명-외로운 벗에게」)이다. 이 시의 부제에 나타난 것처럼 시인이 그토록 갈구한 '벗'의 존재야말로 조병화 시인의 시가 지닌 한없는 전파력과 소통력을 가능케 하는 원동력이 된다. 그만큼 시인에게 '외로운 존재로서의 운명'이란 또한 역설적이게도 "내 안에 숨어서 태어난 그날의 불씨"(「나의 생일에 돌아와서」, 1996.5.2)와 전적으로 동일한 것이다.

5. 그리움과 사랑, 휴머니즘의 언어

먼 옛날 어느 분이
내게 물려주듯이

지금 어드메쯤
아침을 몰고 오는 어린 분이 계십니다
그분을 위하여
묵은 의자를 비워드리겠습니다.

　　　　　　　－「의자」부분, 제13시집 『시간의 숙소를 더듬어서』

급한 계곡의 물이
자취를 남길 사이 없이 흘러내리듯이

긴 인생을
인생의 자리다운 인생에
한 번 머물러 보지 못하고 세월이 끼어
급히 흘러내렸습니다

참혹한 전쟁 시대에
가혹한 이데올로기 시대에
거센 난해한 시 시대에

영웅적인 민주참여 시대에

피하며, 흔들리지 않는 나의 길
흔들리지 않으며
아, 충만한 이 공허.

―「종착역의 빈 의자에서」 전문

　우리가 알다시피 「의자」는 세대가 변해가고 세월이 흘러가듯 인생도 바뀌어가는 것이라는 섭리를 담아내어, 흔히 시인의 대표작처럼 애송되고 있는 작품이다. 때론 세대 간의 화해와 인정의 주제를 논하면서, 혹은 인생유전의 삶에 대한 너그러운 포용의 마음을 이야기하면서 그의 시가 지닌 가치와 미덕을 음미하곤 한다.

　하지만 이 작품은 삶의 섭리에 대한 건고한 통찰력만큼이나 튼튼하게 육화된 소통에 대한 시인의 신념이 짙게 담겨 있다는 점에 그 수용적 가치가 빛나는 작품이기도 하다. 이 색다른 인생론적 '의자'는 세월의 강물을 넘어 「종착역의 빈 의자」에서 이제 어느덧 '종착역의 빈 의자'가 되어 "긴 인생"의 물결 속에 남겨져 있다. 남겨짐은 비록 공허로우나 또한 충만하기도 한 이 역설의 순간, 죽음은 곧 생명과 동일하게 되며, 그것도 "죽은 자들도 구경을 나오는"(「오월」) 이 화사한 '5월'에 부르는 신록예찬과 어울릴 때 새삼 시인의 헛헛한 읊조림은 세상의 고든 귀기울이는 자들에게 향하는 인생예찬과 다를 바 없이 울려 퍼진다.

　오세영 시인은 조병화 시인의 시세계를 평한 글에서 그의 시가 보여주는 핵심적 메시지를 "대화가 없으면 시인은 이 지상에 살아 있을 의미를 잃어버리게 되는 것이다."라는 한마디로 갈파한 바 있다. 존재의 고독이 '대화의 목마름'을 잉태했다는 것이다.

요컨대 조병화 시인의 평생 과업은 아마도 자신의 시쓰기의 출발점이 된 '고독'과 '허무', '슬픔'을 넘어서기 위한, 고독하되 고독하지 않은 '자기위안'이었음은 분명하다. 이 '자기위안'을 타인을 향한 관계의 확인과 소통의 언어로 재창조할 수 있었던 것이야말로 조병화 시가 지닌 힘이자 덕이다.

난 감히 시인이 지금 다시 우리에게 평생의 시작에서 꼭 한 편 추천하고 싶은 시를 보여준다면 이 시의 구절을 읊조릴 것만 같다.

어차피 한 동안 머물다 말 하늘과 별 아래
당신과 나의 회화에 의미를 잃어버리면
나는 자리를 거두고 돌아가야 할 나.

—「생명은 하나의 소리」 부분

조병화의 난실리와 운명 순응의 고향의식

조병화 제45시집『그리운 사람이 있다는 것은』

1. 머리말

대부분의 시인에게 있어서 시창작의 정신은 고향에서 발원한다 해도 과언이 아니다. 하이데거가 말했듯이 시인은 '귀향'의 느래로서 동시대인을 일깨워 시인적인 삶의 터전, 즉 고향으로 불러들여야 한다고 말한 바 있다.[1] 그만큼 고향은 시인의 상상력의 수원水源이다. 시정신의 발원지인 고향은 상상력의 발전소로 작동된다. 이 공간에서 자신의 세계관을 비롯해서 시적 사유와 존재의식이 융합되기도 한다. 이 융합의 폭발적인 영감의 에너지가 시인의 창작 의식이 되는 셈이다. 조병화는 첫 시집『버리고 싶은 遺産』(산호장, 1949)에서부터 제53시집『넘을 수 없는 세월』(동문선, 2005)에 이르기까지 '존재와 고독', '영원과 일상'이라는 화두를 시적 일생으로 삼은 시인이다. 초기 시와 중기 시를 거쳐 오는 동

---

* 이 글은『한국문예창작』26호에 수록된 내용을 수정 · 보완하였음.
1) 김병우,「하이데거의 존재사유의 경험」,『존재와 상황』, 한길사, 1981, 214쪽.

안 그의 시들은 대부분 이 '존재와 고독'의 의식의 터널을 거쳐 나왔다. 이 '존재와 고독'의 시적 의식들은 대부분 '여행의 형식'과 '편지의 형식'으로 표현되었다.2)

여행과 편지의 형식을 담고 있는 '존재와 고독'의 시들은 후기 시3)로 이동하면서 고향으로 귀환된다. '외로움과 고독'의 표출에서, 존재의 '영원성과 영혼'의 화두를 통한, 근원에 대한 응시로 발현된 것이다. 이 고향으로의 귀환을 꿈꾸는 의식은 '운명과 죽음'에 맞서려는 태도로 나타난다.

이 연구에서는 조병화 시에 나타난, 귀환을 주요 모티브로 하는 '고향의식'에 주목하고자 한다. 한국 근대시에 나타나는 고향의식의 시사적 지형에서 볼 때 그의 '운명과 죽음 응시'로서의 고향의식은 나름대로 독특한 성격을 지니기 때문이다. 그동안 우리 근대시들에서의 고향의식은 전원 지향이나 현실 초월의 공간의식이 지배적이었다. 이는 현실의 질곡을 부정하고 이상적 삶을 구현하려는 자아의식의 선택이었다.4) 민족 주체성이 상실되거나 파행적 근대화를 겪는 동안 주체성을 회복하기 위한 방법론으로 토속적 정신을 통한 고향 회복 의식이 매우 긴요했기 때문이었다.

한국 근대시에 나타난 이러한 지형에서 조병화의 고향의식은 주목할 필요가 있다. 특히 여기서는 그의 후기 시의 시집 『그리운 사람이 있다는 것은』을 중심으로 일상적 삶의 '가숙'의 세계에서 존재의 근원과 운

---

2) 김윤식은 이에 대해, "조병화는 그의 제5시집(1955)에서 제22시집 『남남』(1975)에 이르기까지 이 두 개의 형식과 은밀한 투쟁을 하면서 외로움의 힘을 회복시키고 있다"고 하면서 "이 시 싸움을 엿보는 일이 즐겁다"고 했다(마종기 외, 『趙炳華의 文學世界』: 김윤식, 「외로움을 얽매는 두 개의 형식」, 일지사, 1986, 252쪽).

3) 본고에서 논의할 '후기 시'의 시기구분은 편의상 그의 고향 난실리 편운재 시절에 발간한 제40시집 『개구리의 명상』(동문선, 1994) 이후부터 작고하기까지의 운명론적 감응과 고향의식으로 집중되는 시기로 삼고자 한다.

4) 이건청, 『한국 전원시 연구』, 문학세계사, 1986, 18쪽.

명 순응의 장소인 '원숙'으로의 귀향과, 무욕의 자연의식으로 귀착되는 고향의식을 탐색하고자 한다. 여기서 주된 논의의 대상이 되는 시들은 그의 실제 고향인 난실리에서 창작된 시편들로서, 운명의 순응을 주조로 하거나 생활 소재들을 '무욕'의 시선으로 바라본 자연 조응의 작품들이다.

2. '假宿'에서 '原宿'으로의 고향의식

우리 근대시에서 고향은 실향의 아픔을 달래고 회향을 꿈꾸는 그리움의 공간이었다. 이 고향에는 전원 지향을 통하여 현실을 초탈하고자 하는 의식이 점철되어 있었다. 고향을 통한 현실 초월과 상실 극복의식은 조병화에게는 정신적인 위안과 운명을 조응하려는 존재의 귀환의식으로 수렴된다. 이는 삶의 물리적 장소성을 넘어 정신적 차원으로의 확산을 꿈꾸는 일이다.

이 '난실리 시편'들은 그의 방대한 시적 역정 가운데서 정신적 지평의 한 전환점을 이룬다. 그의 고향의식은 난실리의 고향시편들에서 자연적 리듬에 인생의 리듬을 조율하기에 이른 것이다. 다분히 전기 시들이 존재의 철학적 관념에 편승되었다면, 이 후기의 시들에 이르러서는 존재의 근원적 장소로서의 고향의식으로 집중된 것이다. '생과 사의 충실한 완수'를 위해 삶을 시적으로 완성하는 정신지향을 보여온 조병화의 전기 시들에 대한 논의들은 그의 정년기념을 맞아 출간된 『조병화의 문학세계』5)에서 깊이 있게 조명된 바 있다.

고향으로 귀환하는 첫 지점은, 그의 실제 고향인 난실리로부터 사십

---

5) 마종기 외, 『조병화의 문학세계』, 일지사, 1986.

리 떨어진 오산 인터체인지이다. 이 '오산 인터체인지'는 그의 고향의식의 시적 전환이 이루어지는 곳이다. 그는 이 오산인터체인지에서 일상의 '가숙'의 삶에서 존재의 근원을 향해 가는 '원숙'의 공간으로 귀환한다(여기서 '가숙'은 이 세상에서의 고독과 방랑의 현실적 삶의 자리이며, '원숙'은 현실적 삶에서 벗어나 영원 무변의 운명론적 순응의 거소라고 조병화는 술회한 바 있다).[6] 이 고향으로의 귀환의 지점을 그는 '삶과 죽음의 갈림길'로 인식했다.

자, 그럼
하는 손을 짙은 안개가 잡는다.
넌 남으로 천 리
난 동으로 사십 리
산을 넘는
저수지 마을
삭지 않는 시간, 삭은 산천을 돈다.
(중략)
허허 들판
작별을 한면
말도 무용해진다.

－「오산 인터체인지」 부분, 제18시집 『오산 인터체인지』

이 오산 인터체인지에서 '동으로' 가는 '사십 리' 길은 실제 고향인 난실리로 가는 길이다. 여기서 '사십 리'는 조병화의 후기 시들을 관통하는 운명의 순응을 예비하는 시적 거리이다. 여기에는 일상적 삶과 작별을 하고 존재의 근원의 장소인 '원숙'의 공간으로 귀환하려는 의식이 가득 차 있다. 이는 하이데거 식으로 말하자면, '귀향'하는 자로서의 사명을

---

6) 趙炳華, 「시로 쓰는 자서전」 15, 『시와 시학』 통권 15호, 1994.9, 36쪽.

지닌 '시인'의 모습을 연상하게 한다. 인간의 본 처소인 고향으로 되돌아가서 사유의 본질적인 회상을 통하여 '삭지 않는 시간, 삭은 산천'을 돌아서 산 너머의 저수지 마을이 그가 말하는 '원숙'의 장소인 것이다.

이 고향으로 가는 사십 리는 곧, '지리적인 거리'이면서, 그에게 있어서는 존재의 근원적 숙소이자 영원으로 가는 길로 인식되고 있다. 죽음의 문턱으로 들어선 자신의 모습을 발견하고 삶과 작별을 노래하는 길이라는 것이다.[7] 그는 이 사십 리 길을 "나는 이제 얼마 남지 않은 노인의 신세, 동으로 사십 리 가면 내 고향, 내가 죽어서 묻힐 곳, 이제 나의 인생 사십 리밖에 남지 않았구나, 하는 생각을 이렇게 표현"한 것이라 술회한 바 있다.[8]

그의 고향에 대한 '영혼의 정신적 고향'으로의 귀환의식과, 자신에게 남은 '사십 리 목숨'에 대한 운명론적 순응의식은 다음의 회고에서 잘 드러난다.

> 인간은 누구나 두 개의 고향을 갖고 있는 거다. 하나는 자연의 지역적인 고향이며, 다른 하나는 영혼의 정신적인 고향이다. 나의 자연의 지역적인 고향은 경기도 안성군 양성면 난실리이다. (……)그러느 나의 영원한 정신적인 고향은 아직도 묘연하다. 시와 그림의 길이 나의 고향에로 가는 길이라는 건 알고 있지만, 얼마만큼 더 가야 하는지 나머지 40리 목숨, 영원무변이다.[9]

그는 육체의 방랑으로부터 정신의 귀환으로, 그리고 스스로에의 귀의로, 자신의 인생을 충실히 완수하기 위하여 존재론적 순응의식을 시화하려 했다. 이를 위해 "詩는 나에게 있어서 그 생명이며, 그 모험이며, 그 방랑이며, 그 질서이며, 그 歸依이며, 그 종교이며, 그 길, 닿지 않는 그

---

7) 마종기 외, 앞의 책: 정호승, 「인생을 노래하는 시인」, 131쪽.
8) 조병화, 「삶, 시간, 고향」, 『내게 슬픔과 기쁨이 삶이듯이』, 미래사, 1999, 205쪽.
9) 조병화, 「시와 여행」, 『구름이 흘린 것들』, 현대문학사, 1985, 96쪽.

향수 그것"10)이라고 그는 말하기도 했다.

따라서 조병화에게 있어 고향 난실리는 영원한 '原宿'의 처소였다. 전기 시들이 존재의 운명론적 인식의 시선으로 시화했다면, 사십 리를 들어온 이곳 난실리의 시편들은 자연과 영원의 시선에서 존재의 영원무변한 일상들을 내면화한 것이다. 이 외적 인식에서 내적 인식으로의 전환은 자연의 리듬과 남은 인생의 리듬을 조응하는 의식으로 나타났다. 이러한 그의 고향의식은 "주제적 차원에서 자연의 섭리를 통찰하고 거기에 따르려는 순응의식"11)으로 귀착되었다.

존재의 영원무변의 사십 리 남은 인생으로 표현된 그의 운명의식은, 아내의 죽음을 앞둔 생명 앞에서 혼자 남아 살아갈 여생을 염두했을 때 비롯되었다고 그는 고백한다.12)

이 운명에 대한 순응의식은 아내의 죽음을 통해 인식되었다가 다음의 '어머니 시편'들에서는 존재의 근원적 처소인 '어머니'라는 '원숙'의 고향으로 변환된다.

> 지금은 제 귀 깊은 곳, 안뜰에
> 흰한 방, 그곳에 맑게 계시는
> 당신
> 하시는 말씀
> 그 목소리
>
> 얘, 마음 풀고 푹 쉬어라

---

10) 조병화, 『假宿의 램프』, 후기.
11) 이상호, 「조병화의 후기 시에 나타난 리듬과 세계인식」, 『한국언어문화』 제45집, 한국언어문화학회, 2011.8, 303쪽.
12) 조병화, 「머리말」, 『그리운 것들이 있다는 것은』, 동문선, 1977. 이하 이 시집의 작품들 인용은 '시집'으로 약칭함. "기울어 가는 아내의 생명 앞에서 나의 운명을 생각하게 되고, 그 운명의 핵核인 나의 업業을 생각하게 되고, 혼자서 살아갈 날의 나의 여생余生을 생각한 것들"이라 하였다.

잠깐이다
세상 만 가지
그게 인간사! 그거니 여겨 살라
눈 감을 때 까지
마음 편히 할 곳 어디 있으리
그렇게 여겨 그렁저렁
널 지켜 널 살라
너 오라! 할 때까지
서서히
서서히.

　　　　　　－「지금은 제 귀 깊은 곳에」 부분, 제21시집 『어머니』

　이 시는 어머니를 향한 존재의 근원 지향의 의식이 잘 드러난 작품이
다. 여기서 화자는 자신의 귀 깊은 곳, 즉 흰한 방에 "묻게 계시는 당신"
의 말씀을 듣고 있다. 그 목소리는 "잠깐이다/세상 만가지/그게 인간사!"
라고 이승의 타향, 즉 가숙에서의 삶의 이치를 들려준다. "너 오라! 할 때
까지" 너를 지켜 살라고 이승의 삶의 이치를 각성시킨다.

　이 시에 나타나는 '어머니'는 그에게 있어 '어머니라는 대지'이며 본향
이었다. "어머님은 사랑이요, 힘이요, 그 종교이요, 그 고향"인 것이다.
그는 이 세상을 바람처럼, 구름처럼 지나가는 가숙假宿으로 인식하였으
며, 어머니는 가슴속에 늘 계시는, 그가 찾아가고 있는 삶의 지표로서의
원숙原宿이었다. 이 이승이 그의 타향他鄕이라면 지금 그가 찾아가고 있
는 이 어머니는 그의 본향本鄕이다.[13] 따라서 그에게 있어서는 어머니로
부터 태어난 이승이 타향의 세계였으며, 이제 그의 가슴속에 계시는 어
머니가 묻혀 있는 난실리가 그의 존재의 본향이라고 의식한 것이다.

　다음의 시들에서 고향을 떠나서 '어머님의 심부름'을 잘 지키지 못하

---

13) 趙炳華, 「시로 쓰는 자서전」, 앞의 글, 같은 곳.

고 자신의 본향인 어머니, 곧 존재의 대지인 고향으로 귀향하는 고백적
모습을 볼 수 있다.

> 그 많은 세월을 객지에서
> 나는 무엇을 그렇게 바삐 찾아 헤맸던가
> 암, 그렇지 어머님의 심부름으로
> 고향을 떠나 객지에서
> 그 많은 심부름을 다는 못하고
> 시간이 되어
> 지금 고향으로 돌아가는 길
>
> 잠시면 고향,
> 어머님께 드릴 말씀이
>
> 어머님 죄송하옵니다
> 어머님의 약속, 그 심부름, 다는 못 지켰습니다.

—「고향으로 가는 인터체인지를 돌며」 부분

> 어머님 심부름으로 이 세상 나왔다가
> 이제 어머님 심부름 다 마치고
> 어머님께 돌아왔습니다

—「꿈의 귀향」 전문, 제47시집 『먼 약속』

위의 「고향으로 가는 인터체인지를 돌며」에서는 어머님과의 약속,
즉 그 심부름을 못 지키고 이승의 시간이 다 되어 고향으로 가는 인터체
인지를 돌며 '어머님 죄송합니다'라고 속죄하는 모습이 선연히 나타난
다. 이승의 타향에서의 삶에서 바삐 살면서 존재의 본향도 잊고 생활 속
에 헤맸던 자신을 되돌아보며 '어머님의 심부름', 즉 인생의 순명을 다하

지 못하고 이승의 시간이 다 되어 귀향하는 모습이 그것이다.

그리고 「귀향」은 존재의 본향으로의 귀환의식이 담긴 그의 대표적인 작품이다. 여기서 어머니로부터 태어난 이승의 삶에서 어머님의 심부름을 받고 이 세상에 나왔다가 그 순명의 존재론적 일생을 다 마치고 '어머님 돌아왔습니다'라고 그는 운명론적 고백을 하고 있다. 그에게 있어 어머니는 존재의 본향으로서의 절대적 장소의 화신으로 상징되었다. 이러한 존재의 절대적 본향으로서의 어머니에 대한 그의 대지적 모성인식은 "나의 생애 전부이요, 이것을 산 것이요, 이것을 써 온 것이요, 이것이 나의 시들이옵니다. 다른 것은 없습니다"[14]라고 말한 데서 극명하게 확인할 수 있다.

이러한 어머니의 대지적 인식은 잘 알려진 「해마다 봄이 되면」에서도 "오, 해마다 봄이 되면/어린 시절 어머님 말씀/항상 톤처럼 새로워라/나뭇가지에서, 물 위에서, 둑에서/솟는 대지의 눈/지금 내가 어린 벗에게 다시 하는 말이/항상 봄처럼 새로워라"라는 시행에서도 확인할 수 있다. "봄처럼 새로워라"라고 한 어머니의 말씀이 자아의 본향이며, 해마다 봄이 오면 어린 벗에게 전한다는 '어머니의 말씀'에서 만물이 생성하게 하는 대지적 인식을 담고 있기 때문이다. 이는 어머니의 말씀에서 대지의 눈이 솟는다는 본향의식이 바로 그의 모성의 대지적 인식에서 비롯되었음을 보여준다.

따라서 「귀향」에서 나타난 존재의 본향으로서의 모성적 고향의식은 "나는 자연의 고향인 안성 땅 어머님 묘소 옆에 나의 시체를 버리고 지금 어머님이 가게시고 있는 하늘"[15] 즉, 정신적 고향인 영혼의 고향으로 귀결된다.

이러한 대지적 모성으로서의 고향의식은, 존재의 고요 속에서 절대적

---

14) 조병화, 『먼 약속』, 마을, 1998, 머리말.
15) 조병화, 「삶, 시간, 고향」, 207쪽.

자아와 조응하는 모습으로 나타나기도 했다.

> 그리고 느껴지지 않았던 그것이
> 느껴지기 시작을 했습니다
>
> 언제부터인가 나는
> 그것을 응감凝感하면서
>
> 고요히 고요히 지극히 고요히
> 그것이 내게 와서
> 손을 내미는 그 순간을 기다리게 되었습니다
>
> 먼 먼 그 옛날
> 석가모니도 그렇게 했듯이
> 마지막 숨보다 고요히.

─「어느 절대, 그것」 부분

이 작품은 자신의 남은 인생을 고요하게 조응하는 존재론적 인식이 시적 발상이다. 「어느 절대, 그것」에서 절대적 존재의 각성을 보여준다. 깨어 있어야 존재의 절대적 경지를 얻을 수 있는 것이다. 보이지 않던 것이 보이기 시작하고, 들리지 않던 것이 들리기 시작하고, 느껴지지 않았던 것이 느껴지기 시작하는 절대적 응감의 '그것'은 고요히 자신에게 손을 내미는 그 순간을 기다리고 있는 깨달음의 순간이다. 이러한 각성의 순간은 먼 옛날 석가모니가 그랬던 것처럼 '마지막 숨'보다 고요히 다가오는 절대적 존재로 인식되고 있다.

여기서 그의 절대적 존재인식은, '인간은 신에게 관련지어진 존재'[16]라는 이해를 바탕으로 한다. 삶의 실존적 인식이란, 존재의 한계를 분명

---

16) 김병우, 앞의 책, 177쪽.

하게 깨달은 자가 내면의 심연에서 관련된 초월자와의 절대적 조응으로 부터 비롯된다. 즉 이는 초월자의 현실적 경험을 각성하는 일이다. 물론 존재 사유의 경험이 되는 신 없는 현실세계도 엄연히 그 나름의 충족과 완결성을 지닌다고 하겠다. 조병화는 이같은 '어느 절대'의 경지, 즉 원초적 빛 속에서 존재하는 것을 진실로 인식하는 일이 정신의 고양과 절대적 세계와의 감응을 가능하게 한다[17]고 믿는다.

3. 절대허무에서 무욕의 자연으로의 고향의식

조병화의 시집『그리운 사람이 있다는 것은』의 후반부 시들은 '편운재에서'라는 부제를 달고 있는 생활 시편이다. 생활 시편이라 해서 일상 생활의 현장에서 일어나는 일상들이 아니라 생활의 내적 곤조를 통해 자연과의 조응을 그린 시들이 대부분이다. 이는 무욕의 정신과 자세를 통한 자연 그대로의 율동과 대상을 다루고 있다. 이는 '편운재片雲齋'라는 당호에서, 물론 이는 자신의 아호에서 따온 것이지만 현실의 구속에서 초탈하려는 존재론적 달관에서 비롯되고 있음을 알 수 있다. 이 편운재는 그의 어머니가 1962년 6월 3일 타계하고 일 년 후인 한식날 어머니 묘막으로 그가 세운 집이었다. 이후 인하대학교 교수 정년을 마치고 '청와헌聽蛙軒'을 증축한다.[18] 존재의 본향으로 인식해 온 그는 '영원한 존재의 거소'인 편운재에서 후기 시의 대부분을 창작했다.

이 편운재에서 그는 어머님 묘막으로 지은 이 집의 현벽에 '살은 죽으면 썩는다'고 새겨 놓았다.[19]

---

17) 위의 책, 211쪽.
18) 조병화,「청와무욕(聽蛙無慾)」,『사랑은 아직도』, 백양출판사, 1988, 137쪽.
19) 어머님의 철학은 불교이고, 그 생활철학은 "살은 죽으면 썩는다" 하는 근면, 절약, 그

편운재 주위에는 논과 밭이 있어 봄이 되면 개구리 소리가 요란하여서 중축한 서재 이름을 '청와헌'으로 이름 붙인 것이다.[20] 그의 후기 시의 출발인 시집『개구리의 명상』수록작품들은 이 청와헌에서 창작되었다.

그의 이 청와헌에서의 창작 일상은 무욕의 생활을 자족 음미하면서 삶을 자연의 순리와 리듬에 조응하려는 시심으로 일관한다. 이전까지 그는 인간의 현실적인 욕심으로 가득 찬 이 '세계'를 비판적으로 인식해 왔다. 세속적이며 이기적인 욕망이 넘치는 현실적인 삶에서 벗어나 순수 무구한 아름다운 꿈, 꿈의 절조, 욕망의 조절을 통한 조화로운 생활의 평화로운 삶을 회구해왔다. 바로 이러한 욕망의 세계를 벗어나 꿈과 평화의 절조를 통해 무욕의 세계를 지향하고자 했던 것이다. 그는 "개구리 소리를 듣고 있노라면 실로 무욕해진다. 어스렁 달밤에 무리지어 울어대는 개구리 소리, 그걸 듣고 있노라면 내 스스로가 자연의 한 부분으로 되돌아가는 느낌을 갖는다"[21]고 했다.

조병화의 존재의 본향으로 귀환하는 고향의식은 '편운재 시편'들에서 무욕의 자연의식으로 그 태도가 변모된다. 절대허무와 죽음의 응시로부터 실존적 존재 전환을 꿈꾸고자할 때, 우리의 관심은 생존의 욕망으로부터 자유로워지기를 원하기 때문일지도 모른다. 이 자유로운 자기 존재의 실현은 자신의 내재적 허무인식으로부터 일탈하는 의식지향일 것이다.

철학이었습니다. 나는 소년시절부터 성장하면서 이 어머님의 생활철학대로 시간을 아껴가면서 매사 부지런하게 살아왔습니다. 그리하여 어머님이 돌아가신 뒤, 어머님의 墓幕으로 어머님 묘소 옆에 세워 드린 집 흰벽에 오석에 이 말씀 "살은 죽으면 썩는다"를 새겨서 붙여드렸던 겁니다. 집은 片雲齋라고 이름 짓고, 벌써 30년이 넘어가고 있습니다. 참으로 片雲, 그 조각구름처럼 떠가는 세월입니다(趙炳華,「시로 쓰는 자서전」14,『시와 시학』통권 제14호, 1994.6월, 39~40쪽).

20) 이 옥호는 일중 김충현이 예술원 회원들이 한 달에 한 번 모이는 수요회에서 '청와무욕'이라고 써 준 휘호에서 비롯되었으며 '청와헌'의 옥호도 일중이 써 주어서 돌로 새겨 문패로 삼았다 한다(위의 글, 137~138쪽 참조).

21) 위의 글, 138쪽.

지나간 뒤의 고요함,
지나간 뒤의 고요함에 남아
고요한 유물留物처럼 있습니다

먼 하늘에
낮달이 세월의 흔적처럼 희미하게
청공에 걸려 있고

나는 지금
버리고 간 자리에 버려진 유물留物처럼
아직은 희미하게 당신에 걸려 있습니다

아주 고요하게

－「나의 여생余生은」 부분(1997.2.19)

이러한 절대적 세계를 각성하는 존재 의식은 「나의 여생은」에서 자신의 존재를 '고요한 유물'로 인식하기에 이른다. 자신의 여생은 모든 것을 버리고 간 자리의 고요함으로 남아 마치 먼 하늘 세월의 흔적으로 희미하게 남아 있는 낮달처럼 고요하게 "당신에게 걸려" 있음을 인식하기에 이른다.

이 절대 고요 속의 존재 인식은 "살아 있기 때문에 숙명적으로 지니고 있는 생명이라는 그 고독, 純粹孤獨을 의미하며, 인간은 이 순수고독을 살아가는 것"22)을 의미한다. 이는 곧 '시란 고독한 영혼의 피의 흔적이며, 그 화석化石'이라는 그의 존재 인식을 담고 있다.

다음의 두 회고의 글에서도 이러한 순수고독과 순수허무를 향한 시적 고투를 읽을 수 있다.

---

22) 趙炳華, 「시로 쓰는 자서전」 15, 『시와 시학』 통권 15호, 1994.9, 40쪽.

순수고독과 순수허무, 이런 말을 수년 전부터 내가 즐겨 사용해 오고 있습니다. '죽음'이라는 순수고독과 순수허무, 바로 그것입니다. 한마디로 줄이면 나의 시의 주제는 바로 이 죽음이 지니고 있는 순수고독과 그 순수허무였습니다.[23]

인간이란 태어나면서부터 죽음을 전제로 사는 유일한 존재, 허무한 존재이거든. 어느 누구도 죽음이라는 숙명을 벗어날 수는 없었거든. 바로 이런 숙명적인 인간의 허무, 그걸 난 순수허무라고 불러 왔어. (……)이런 숙명적인 인간의 고독, 그것을 순수고독이라 이름했지. 나는 이 순수허무와 순수고독을 극복하기 위해 시를 써 왔지.[24]

순수허무와 순수고독을 극복하기 위한 그의 시작 몰입은 다음의 시들에서 더욱 극명하게 추구되었다.

고요를 듣고 있습니다
소리 하나 없는 고요를 듣고 있습니다

(중략)

부끄러움에 숨어서
작게 작게 텅 빈 유물로
고요를 듣고 있습니다.

들리지 않는
보이지 않는
그저 비어 있는.

―「고요한 유물(留物)」 부분(1997.2.20)

---

23) 조병화, 「고독과 허무를 넘어서」, 학원사, 1988, 24쪽.
24) 김삼주, 「순수고독(純粹孤獨), 순수허무(純粹虛無)」, 『조병화의 시 연구』, 우리글, 2000, 157쪽.

지금 내가 이러한 생각으로
너를 이 나라, 이 땅, 이 거리에서
내려다보며 혼자서 중얼거리는 것도
먼 먼 인연이라 하겠다

이제 너는 더 큰 인연으로
다른 곳으로 팔려 가든가, 이곳에서
혼자 견디다가 시들어 가든가, 하겠지만
너나 나나 우주를 도는 나그네로구나

머물 곳 없는.

-「프리지아」 부분(1997.2.27)

위의「고요한 유물」에서 "작게 작게 텅 빈 유물"로 고요를 듣고 있는
시적 화자는 존재의 절대 허무 세계에 몰입되어 있다. "들리지 않고 보
이지 않는" 비어 있는 공허의 세계에서 고요를 듣는 절대 존재의 사유세
계를 꿈꾸고 있다. 이는「프리지아」에서도 "이제 너는 더 큰 인연으로
다른 곳으로 팔려가든가" 해서 우주로 도는 나그네로 인식하기에 이른
다. 이는 프리지아를 보면서 '우주를 도는 나그네'로 자아 동일시하여 절
대허무의 존재론적 인식을 드러낸다.

이들 시에 나타난 절대허무의 세계는 사르트르가 이야기한 '존재와
허무'로서의 인간 이해라는 의미를 담고 있다. 그는 "인간은 세계 안에
존재한다"고 했다. 이 세계는 즉자 존재의 세계로서 사물의 세계인 존재
의 세계이며, 또 다른 하나는 대자 존재의 세계로서 인간 실존의 무의 세
계이다. 존재의 세계는 긍정, 무의미, 영원한 자기 만족, 굳어진 본질의
지평이라면, 무의 세계는 부정, 의미 창조, 끊임없는 자기 초월, 자유에
의한 불안과 고뇌의 지평[25]이라는 인식에 닿아 있다.

한편 편운재에서의 무욕의 일상에 대한 시화는「담쟁이 덩굴」,「따다

남은 열매」, 「뜸부기」, 「산비둘기」 등에 이르러 자연 속의 사물들을 형상화하는 데 집중된다. 이 편운재에서 자연 일상의 시적 대상들은 새, 매, 닭, 참새, 메추리, 꿩, 굴뚝새, 오리, 올빼미 등 이 시집의 절반에 이르는 30여 편에 이르는 자연물들이다. 이 시편들은, 그의 표현대로 "완전 무용한 상태라 할까. 그렇게 편안한 완전 무아의 경지"에서 자신의 일상을 자연의 일상으로 몰입시키고 있다.

> 난실리에 있는 편운재 부속실, 청와헌에서 지내던 밤에 이 시를 썼지. 한밤중 난실리의 고요한 밤하늘에 가득히 피어오르는 개구리 울음소리를 듣고 있으니까 나도 모르게 눈물이 돌아. 세상에 그렇게 천진무구한 울음이 어디 있겠니? 고통도 모르고, 슬픔도 모르고, 죽음도 모르고, 그저 울어대기만 하는 개구리들, 그 울음 소리를 듣고 있자니 눈물이 났어. 그 천진무구한 생명들도 머지않아 또 낙엽처럼 져 버린다는 걸 생각하니 말야. 가엾은 생명이잖니? 내가 너무 감상적일까?26)

> 할아버지의 할아버지가 심으셨다는
> 뒷동산 장재봉 전나무가
> 언제부터선가 비실비실 비실거리더니
> 올해 들어서 바싹 시들어 가고 있습니다
>
> 아, 나무에게도 수명이 있는가
> 항상 우러러보던 장정 같던 전나무가
> 이렇게 시들어 가다니
> 할아버지의 할아버지의 숨이
> 나의 대에서 그 기운을 마치려 한다
>
> 수액이 말라가고 있는 몰골,
> 수액이 말라가다가

---

25) 이규호, 『존재와 허무』, 태극출판사, 1979, 71쪽.
26) 김삼주, 앞의 책, 155쪽.

수액이 아주 마르면, 약한 가지부터
까맣게 죽어가고 있는 나날

지금 내 몸에 물이 줄어들 듯이.

―「枯死木―片雲齋에서」전문(1997.4.5. 식목일)

이 「고사목」에서의 시적 화자는 일상의 풍경 속에서 존재하고 있는
자연과 가족을 노래하고 있다. 뒷동산 장재봉의 "장정 같은 전나무"가
죽어가는 모습을 통하여 할아버지의 죽음을 인식하기에 이른다. 할아버
지, 혹은 그 오래전부터 서 있던 전나무의, 수액이 말라가며 "까맣게 죽
어가"는 모습은 "지금 내 몸에 물이 줄어들 듯이"라고 죽음의 고비를 맞
는 화자와 전나무를 동일시하는 존재의식을 담고 있다. 이는 시인의 주
변 생명들이 점점 떠나가며, '숙명적인 어느 고비'[27]를 넘어가는 조병화
의 절대 허무의 존재의식을 나타낸 것이다.

이상의, '청와헌 시편'들에 나타나는 고향의식은 존재의 허무를 경험
하고, 존재의 근원적인 처소로 돌아가는 무욕의 지연인식으로 가득 차
있다. 이는 바로 고향으로의 귀향을 통한 절대허무와 무욕의 세계를 지
향하는 그의 무욕의 자연으로의 귀향의식을 확인케 한다.

4. 맺음말

지금까지 조병화의 후기 시에 나타난 고향의식의 양상을 탐색하여 보
았다. 그의 고향의식은 삶의 일상적 '가숙'에서 고향 난실리라는 '원숙'의
처소로 귀환하면서 존재의 본향의식을 추구하는 시적 특징을 브여준다.

---

27) 조병화, 『그리운 사람이 있다는 것은』, 머리말.

그의 53권에 이르는 방대한 정신적 지평은 첫 시집『버리고 싶은 유산』 이후 현실의 욕망과 속박으로부터 자유로운 영혼의 삶을 희원하는 의식들로 점철되어 왔다. '편운'이라는 아호처럼 '너는 발이 없구나'(「구름」 전문)와 같이, 그는 현실의 속박이나 현실적 삶의 차원을 넘어서는 자유로운 영혼의 삶을 추구하였다.

그러나 후기 시들에는 운명의 순응의식과 존재의 본향으로서의 어머니라는 모성적 고향의식이 주를 이루었다. 특히 모성적 고향의식은, '어머니'와 절대자를 향한 존재의 궁극적 세계로서의 고향의식이라는 모티브로 전개된다. 그는 이들 시에서 운명의 감응과 '어머니'와 '절대적 고요' 속으로 귀환하려는 의식을 추구하였다. 그의 전기 시들이 대부분 "인생은 나그네라는 의식을 갖고 삶에 대한 미련과 집착을 버리고 삶의 달관의 자세를 통해 버리는 것이 소유하는 것이요, 비어 있는 것이 충만한 것이라는 도가적 역설의 경지"[28]를 담고 있었다면, 이러한 '도가적 역설의 경지'에서 후기 시들에 들어와서는 모성적 고향의식으로 귀환과, 절대허무로부터 무욕과 무심의 자연의식으로의 고향의식으로 존재론적 의식전환을 보여주었다.

삶과의 작별이라는 존재의 절대적 세계로의 귀환이 그의 후기 시를 특징 짓는 중요한 요인이며 이것이 그의 제45시집『그리운 사람이 있다는 것은』에 잘 드러난 것이다. 그는 '난실리'라는 이승과 작별을 고하고, '어머니'와 '절대적 고요' 속에서 존재론적 본향으로서의 고향으로 귀환한 것이다. 그는 운명에 순응하고 자연의 순리에 삶을 응감하면서 영원한 영혼의 세계, '본향'의 세계를 향한 정신적 지평을 꿈꾸었던 것이다.

이러한 그의 정신적 지평은 다음의 제46시집『황혼의 노래』에서 존재의 본향인 '어머니'의 세계로 심화 확장되어 나아간다.

---

28) 마종기 외, 앞의 책: 오세영,「고독과 실존」, 260쪽.

<참고문헌>

1. 기본자료

조병화, 『假宿의 램프』, 민중서관, 1968.

_____, 『그리운 것들이 있다는 것은』, 동문선, 1977.

_____, 『구름이 흘린 것들』, 현대문학사, 1985.

_____, 『고독과 허무를 넘어서』, 학원사, 1988.

_____, 『사랑은 아직도』, 백양출판사, 1988.

_____, 「시로 쓰는 자서전」, 『시와 시학』 통권 15호, 1994.⊃.

_____, 『그리운 사람이 있다는 것은』, 동문선, 1997.

_____, 『먼 약속』, 마을 1998.

_____, 『내게 슬픔과 기쁨이 삶이듯이』, 미래사, 1999.

2. 논문 및 단행본

金炳宇, 『존재와 상황』, 한길사, 1981.

김삼주, 『조병화의 시 연구』, 우리글, 2000.

김윤식, 「외로움을 얽매는 두 개의 형식」, 마종기 외, 『조병화의 문학세계』, 일
　　　지사, 1986.

마종기 외, 『조병화의 문학세계』, 일지사, 1986.

오세영, 「고독과 실존」, 마종기 외, 『조병화 문학세계』, 일지사, 1986.

이건청, 『한국 전원시 연구』, 문학세계사, 1986.

이규호, 『존재와 허무』, 태극출판사, 1979.

이상호, 「조병화 후기 시에 나탄 리듬과 세계인식」, 『한국언어문화』 제45집,
　　　한국언어문화학회, 2011.8.

정호승, 「인생을 노래하는 시인」, 마종기 외, 『조병화의 문학세계』, 일지사,
　　　1986.

모천회귀의 사상 — 조병화 시의 배경과 지향

조병화 제46시집 『황혼의 노래』

박덕규(문학평론가)

1. 난실리로 돌아가다

인간은 대개 죽어가면서 고향에 묻히는 걸 소원한다. 삶의 시간이 저물어갈수록 고개를 들어 떠나온 고향을 바라보는 때가 잦아진다. 어떤 이는 아예 미리 고향으로 가서 스스로의 몸을 묻을 땅을 장만하기도 한다. 1921년 경기도 안성의 난실리에서 태어난 조병화도 일찌감치 고향에 자신이 묻힐 땅을 마련한 사람이다. 그는 1962년 어머니 진종 여사가 작고하자 고향의 동산에 묘를 쓰고, 이듬해 그 옆에 "살은 죽으면 썩는다"는 어머니의 말을 안에 새긴 묘막을 지었다. 그 이름이 '편운재片雲齋'다. 그는 그때껏 살아온 서울 혜화동 자택에서 쓰던 물건들을 그곳으로 하나하나 옮겨다 놓기 시작했다. 그 옆에 스스로 머물 청와헌廳蛙軒을 지은 것은 봉직하던 인하대에서 정년퇴임하고 난 이듬해(1987년)다. 이어 1993년 국가의 지원을 받아 전시실 셋(1층)과 세미나실 하나(2층)를 둔 문학관을 따로 짓게 되었으니, 이후 이곳은 조병화의 문학과 생애 전반을 두루 살필 수 있는 문학공간으로 자리하게 되었다. 50여 권에 달하는 시집을 비롯해 그의 서재를 장식한 책이며 그의 여가를 메워준 그림 작품들, 친구, 선후배, 제자들과 함께 나눈 편지와 사진 들이 먼저 그 공간을 채워 나갔다. 2003년 그는 타계했고, 그 몸을 어머니 곁에 뉘었으며, 49재 되는 날 그의 유언이 받들어져, 청와헌 앞뜰에 '꿈의 귀향'이라는 비문을 새긴 비석이 세워졌다.

> 어머님 심부름으로 이 세상에 나왔다가
> 이제 어머님 심부름 다 마치고
> 어머님께 돌아왔습니다.

이 비문에서처럼 그는 어머니 몸에서 나서 실제 어머니가 묻힌 곳으로 돌아갔다. 그 누구든 예외 없이 어머니가 주신 몸으로 이 세상에 나와 살다 가는 거지만, 조병화처럼 이토록 어머니 몸으로 돌아가야 한다는 생각을 확고한 의지와 실천으로 보여준 사람이 또 있을까. 혹자는 그가 살아 있을 때 자신의 이름을 단 문학관을 만든 것에 대해, 후세가 할 평가를 스스로 당겨 한 일로 치부하며 마뜩찮아 하기도 했다. 문학관을 짓기 전인 1991년부터 적지 않은 상금을 수여하는 편운문학상을 제정해 한 해도 어김없이 시행해온 사실을 엮어 함께 표적으로 삼는 이도 있었다. 그는 5남 2녀 중 막내로 태어나 일찍 아버지를 여의고 홀어머니 슬하에서 살았다. 가난했지만 건장하게 자라면서 장학금을 받으며 공부했고 그 덕분에 잘 성장해서 남들의 부름을 많이 받는 지위에 올라 여유 있게 살게 되었다. 그동안 그는, 혜택 받고 자랐으니 자기가 번 돈을 후배 문인들을 위해 쓰겠다는 취지로 문학상을 만든 것이라 밝혀왔다. 이제 우리는 해마다 5월이면 조병화 시인이 어머니 몸에서 나서 다시 어머니 곁으로 돌아간 곳, 안성 난실리 조병화문학관에서 편운문학상과 만난다. 누가 이 문학관, 문학상을 그 자신을 높이려는 세속적인 의도라 할 수 있겠는가! 죽음을 무릅쓰고, 높은 데서 낮은 데로 흐르는 저 거대한 물줄기를 역류해서 자신의 '태자리'를 찾아가 마지막 알을 뿌리는 연어들처럼, 조병화는 자신이 난 곳에 돌아와 자신의 모든 것을 밭으로 펼치고 씨로 뿌려놓았던 셈이다.

2. '고요한 귀향'을 꿈꾸며

조병화는 1949년 시집 『버리고 싶은 유산』을 시작으로 50여 년 동안 시작 활동을 펼치면서 52권의 시집을 내고, 유고시집 2권 분량을 남기고 있다. 다산多産이라는 면에서 둘째 자리로 놓으면 서러워할 정도인데, 그 반면에 시적 변화나 다양성에서 같은 시기 한국현대사의 격랑이나 현대시의 변동에 적극적으로 대응하지 않았다는 점으로 또한 독보적이라 할 수 있다. 그의 시들은 사랑, 이별, 슬픔, 고독, 그리움 등 감성적인 시어와 고향, 어머니, 낙엽 등의 친근한 소재, "지금 어디메쯤 아침을 몰고오는 어린 분이 계시옵니다"(「의자」), "오고 가는 먼 길가에서 인사 없이 헤어진 지금은 누구인가"(「하루만의 위안」), "자 그럼, 하는 손을 안개가 잡는다"(오산 인터체인지) 등의 평이한 비유로 독자들을 편안한 정서적 감응의 세계로 이끌어 왔다. 그와 비슷한 시기에 시인 활동을 시작한 사람으로, 김춘수는 언어에 개입되는 현실의 억압을 제거하려는 실험으로, 김수영은 삶의 진정성을 억압하는 현실에 저항하는 성찰적 태도로 각각 한국현대시를 개척했다. 그에 비해 조병화는 일상과 현실에 뿌리를 대고 있으되 연민과 동경 등 인간의 보편적 정서나 그 대상으로서의 어머니나 아득한 고향, 먼 우주를 노래하면서, 시대와 시간을 넘어 현대의 인간이라면 누구나 겪는 감정의 아픔을 위무해 왔다. 이러한 특징 덕분에 그는 독자 대중들에게 사랑을 받았고, 그에 힘입어 보편적 문학교육의 장에서 교과서적 시인이 되었으며, 또한 문예 이데올로기적 차원에서 '계관시인'이 되었다고 할 수 있다. 반면에, 인간의 내면과 외적 현실의 복잡한 움직임을 다의적 상징성, 언어의 실험이나 형식의 변형 등에 담아내는 현대문학의 주류적 관습에서 벗어나 있게 되면서 본의 아닌 '문단적 소외'를 오래 겪어오기도 했다.

조병화 시의 세계는 이처럼 초기부터 말년까지 큰 변화나 굴곡이 없이 감성적 울림이 강한 시적 세계를 유지해 왔다고 할 수 있다. 이어, 2권 분량의 유고시를 포함해 그의 전 54권 시집 전체를 보다 깊이 살펴보면 그런 일관된 시적 세계 이면의 변화 과정이 뚜렷하게 이해된다. 즉, 그의 시는 초기에 고독한 내면에 대한 위안을 노래하는 데서 점차 인생론적 고뇌의 깊이를 더해, 생의 자리에서 벗어나는 영원을 향한 갈망이 깊어지고, 나아가 삶에 대한 성찰을 통해 영원한 귀향을 꿈꾸는 자리로 변모해 가는 내적 심화 과정을 겪어 왔다.[1] 이에 따르면, '어머니에게 드리는 선물'이라는 부제가 붙어 있는 제46시집 『황혼의 노래』(1997)는 연치 70대 후반에 이르러 낸 것으로, 바로 '영원한 귀향'을 더욱 의지적으로 보여주는 때의 작품집이라 할 수 있다. 그는 실제로 이 시집의 시들을 쓸 무렵 특별히 자신의 '사생관'에 대해 깊이 성찰하고 있었다고 밝히고 있다.

---

[1] 유성호는 조병화의 제44시집 『아내의 방』을 평한 「휴머니즘을 향한 영원한 사랑의 손길」에서 조병화 시학의 지형을 1) 서간 형식으로 존재론적 소외와 고독, 그리고 그것에 대한 자기 위안의 세계를 노래한 때(1~8시집, 1949~1959년), 2) 청춘의 고뇌와 방황이 인생론적 성찰과 철학으로 수렴되는 내면화 시기(9~17시집, 1969년까지), 3) 삶과 죽음, 존재와 부재에 대한 번민과 탐구를 뚜렷한 인생론적 철학으로 확장한 시기(18~26시집, 1984년까지), 4) 생의 전면에서 물러나 자유와 영원에 대한 갈망을 직접화한 시기(27~41시집, 1994년까지), 5) 고요한 귀향을 꿈꾸며 삶의 세계를 성찰하고 관조하는 시기(42~최후 시집, 2003년 타계 때까지) 등 다섯 시기의 흐름으로 설명하고 있어 주목을 끈다('조병화의 문학세계 2' 발제, 혜화동자치회관, 2012.5.2).

요즘, 몇 년 간 죽음을 옆에서 보며, 나의 사생관을 확인해 보았습니다.

지금까지도 나는 시를 문학으로 써 온 것이 아니라 내 인생철학으로 써 오면서 항상 죽음을 생각해 왔지만, 아내가 암 투병을 하고 있는 것을 직접 목격하면서, 언젠가는 나에게도 돌아올 그 무서운 고통을 절감하게 되었습니다.

언젠가는 나에게도 다가올 그 무서운 그 마지막의 고독에 대비해서 나의 마음의 준비로 이러한 4행시를 써 온 것입니다. 쉽게 생각을 정리할 수 있기 때문에.

시집 후기에 해당하는 「제46숙(宿)에 머물며」에 그는 '아내의 암 투병과 죽음'이라는 실제 사실로부터 스스로의 임종을 마음으로 준비하기 시작했다고 밝혔다. 시집에 1번부터 144번까지 일련번호를 붙인 4행시들은 결국 임종이라는 '그 무서운 그 마지막의 고독에 대한 대비'인 셈이다(시집 본문에는 한 면에 두 편의 시가 게재되어 있다). 한편 이와는 별도로 '서시'라 명명한 시 「귀향」이 따로 시집 본문에 앞서 제시되어 있는데, 전문은 다음과 같다.

오, 죽음이여
허무한 완성이여
공허한 승리여
허망한 회열이여

나는 나를 살았노라

인생이 이것이었는 것을.

시집 제목이 '황혼의 노래'라는 것, 거기에 '어머니에게 드리는 선물'이라는 부제가 붙어 있다는 것, 그리고 '허망한 회열'과 '공허한 승리'로 정리되는 인생이 이제 '허무한 완성'으로 마감될 것을 갈하는「귀향」이라는 서시가 시집 앞머리를 장식한다는 것, 게다가 '아니의 암 투병과 사별 이후 사생관에 대해 성찰하여 마지막을 준비했다'고 고백하고 있다는 것 등 눈에 두드러진 외연적 사실만으로 이 시집의 정체는 분명하기 이를 데 없다. 그는 이 시기에 이르러 무엇보다 더 깊이 죽음을 의식하고 그래서 더욱 자신이 살아온 인생을 편하게 정리하려 대쓰고 있었으며, 그 생의 손쉬운 정리와 죽음에 이르는 길의 행로를 귀향으로, 궁극에는 어머니에게로의 회귀로 실제화하고 있었던 것이다.

3. 어머니라는 절대자

이 시집에는 '어머니'가 실제 시어로 등장하는 시가 총 16편(횟수로는 총 21회) 수록돼 있다.

> 오로지 그 그리움으로 향기로울 죽음이여
> 생전을 오로지 그렇게 다듬어 쌓아 올린 나의 얼굴이여
> 그곳에 이제 내 가벼운 혼을 내려놓으려니
> 아, 어머님 감사하옵니다.(44)
>
> 어머님이 나에게 숨겨주신 비밀은
> 진정 나의 운명이었겠지만
> 이렇게 이곳까지 오면서
> 얼마나 세상을 갈팡질팡했던가.(142)

이들 시에는 대개 현실에서의 삶을 마감하고 그토록 그리워해온 어머니가 계신 곳으로 간다는 뜻이 직접 드러나 있다. 그는, 살면서 때로 "갈

팡질팡하면서 방황 배회하면서도" 그 삶을 버티며 살아올 수 있었던 게 '어머니의 뜻', '어머니의 비밀의 사랑'이었다는 지극한 깨달음을 얻고 있다(141, 143). 그는 살면서 어머니가 준 '그 깊고, 넓고, 무량한 생각을 다는 캐내지 못하고'(38) '한때의 게으름으로 아름다운 화초를 죽이는'(105) 등 스스로 "후회되는 일 더러는 남겼다."(37) 그러나 이제 어머니에게로 돌아간다는 기쁨으로 '죽음으로 넘어가는 고비에서 노비가 되어서도 가볍게 가볍게 통과하고'(39) 있다. 어머니에게로 가는 그의 회귀 지향 의식이 이렇게 거듭 짙어지면서, 그 어머니는 그의 몸을 나게 하고 그에게 삶의 비밀을 일러준 어머니이기를 넘어서는 특별한 존재로 부각되기도 한다.

> 아, 어머님의 하늘은 넓기도 하여라
> 멀기도 하여라
> 아득하기도 하여라
> 이 넓은 우주, 어디에 계실까.(51)

> 어머님은 언제나 그 자리에 계시옵니다
> 변하고 변하고 변화무쌍한 이 우주에서도
> 어머님은 언제나 그 한 자리
> 변하시지 않은 모습으로 내 마음 그 자리에 계시옵니다.(117)

> 어두운 밤에도 하얀 그 모습 그대로 그 자리
> 캄캄한 천지, 한량없는 어둠 속에서도
> 언제나 하얀 그 모습 그 자리
> 어머님은 항상 내 눈에 보이옵는 곳에 계시옵니다.(118)

내 몸을 낳게 한 고향의 어머니, 나 태어난 곳으로 돌아간 어머니는 그의 시에서 자주 공간적 변주를 통해 먼 우주 속의 어머니가 된다. 어머니 곁에 가고 싶은 마음이 커질수록 어머니의 자리는 우주 공간으로 넓어져서 어머니는 아득한 존재가 되고(51), 그의 마음속에 변하지 않는 '불변'의 어머니가 된다(117, 118). 어머니가 그의 몸의 고향이라는 의미를 넘어서는 불변의 존재가 되는 순간 그것은 단순히 어머니가 아니라 '어머니라는 종교'(116)에 이르게 된다. 그렇게 되면 그 어머니 앞에 내 존재란 '운명의 구현'이자 '하나의 제물'(144)에 지나지 않는다.

> 천주교를 믿는 사람은 천주교의 하늘로
> 개신교를 믿는 사람은 개신교의 하늘로
> 불교를 믿는 사람은 불교의 하늘로
> 어머님을 믿는 사람은 어머님의 하늘로.(116)

그는 어머니라는 종교의 철저한 신봉자로 그 누구의 하늘이 아닌 바로 자신의 종교인 어머니의 하늘로 가려 하고 있는 것이다. 그의 시에서 실제 시어로 등장하는 '어머니'는 그 때문에 어머니 아닌 다른 시어로 자주 변주되어 나타난다. 이번 시집에 많은 시에 표현된 '당신'이나 '그분'은 그의 몸을 낳게 하고 그의 귀향의 근원적 지향처가 되는 어머니이기도 하면서 동시에, 그의 삶 전부를 귀의케 하는 절대자의 지위를 지니고 나타나 있다.

> 불가사의한 당신이 보내준 이 세상에서
> 참으로 잘 구경을 하고 잘 놀고 가옵니다
> 슬픈 거, 즐거운 거, 아픈 거, 쓰라린 거
> 아직은 이렇게 당신의 섭리대로 잘 놀고 있습니다.(2)

> 나의 일생은 당신을 찾는 긴 여로였습니다
> 당신은 있다가도 없고
> 없다가도 있는
> 그리움으로 가득한 아지랑이였습니다.(3)

그의 시에서 '어두운 밤 하얀 모습으로 언제나 그 자리에 계시면서 나를 지켜주던 어머니'(117, 118)는 '나를 이 세상에 풀어놓고'(2) 다시금 나에게 찾게 만드는 대상(3)으로 자리해 있다. 그 '당신'은 '불가사의한 섭리로 나를 그 안에서 놀게 하고 나로 하여금 그를 찾게 만드는 절대자이자 구원자'이다. 그의 시에서 '어머니'는 어머니이자 종교적 절대자이자 영원의 구원자라는 의미를 지니는 바, 이 시집에서 '당신', '그분' 등이 어머니와 동질한 의미이자 어머니의 확장된 의미로 나타나는 시어들이다(이 시집에서 '당신'은 총 31편, 총 61회, 그리고 그분은 총 3편 총 8회 사용되고 있다). 그에게 있어 삶과 죽음이란, 어머니—당신—그분의 세상에서 '생명을 얻어' '잘 구경하고 잘 놀고' '수시로 시들고 병들어가며' 결국 어머니—당신—그분의 자리로 돌아가는 일과 같다(2, 23). 이 점에서 그의 시는 단순히 '어머니'를 연모하고 지향하는 시적 세계를 드러낸 이상으로 하나의 사상, 이름하여 '모천회귀의 사상'에 이르렀다 할 수 있다.

4. 사랑하며 슬퍼한 인생을 위로하며

그에게 생명을 베풀고 그 생명이 다하여 마감할 곳을 찾아가는 그곳은 어머니라는 절대자가 만든 하나의 우주다. 절대자는 이 우주에 '새와 나비와 벌레와 물고기와 풀과 꽃 등 이루 헤아릴 수 없는 색깔과 모양새'를 창조한 예술가다(21, 22). 새와 나비와 꽃이 그러하듯, 그 누구든 그것을 낳은 우주의 섭리 안에서밖에 움직일 수 없다.

> 우주 만물이 그 이치대로 그 우주를 돌고 있듯이
> 나의 삶도 그 이치대로 나의 운명을 돌고 있으려니
> 나의 소망이 간절하다 한들 어찌

그 운명의 궤도를 바꿀 수 있으리.(91)

그는 기다리나 기다리지 않으나
불문하고 제 날짜 제 시간 제 시각
어김없이 틀림없이 엄숙히 찾아와서
그가 내준 운명을 그 순서대로 확인 검인을 하리.(126)

태어난 모든 것은 소멸로 가는 것이 '우주 만물의 이치'이며, 여기에는 단 하나 예외도 없다. '그곳엔 오로지 순종과 체념만이 있을 뿐 애착도 애원도 소용도 없는 거'(127)다. '세월은 정직도 하여'(45) '정해진 제 날짜 제 시간 제 시각'에 '운명이 정해놓은 순서대로'(126) 찾아온다. 태어난 숱한 희로애락을 접한 그 역시도 '슬픔도 외로움도 아픔도 고뇌도' 작별을 고하고 떠나야 한다(45, 43). 우주의 섭리와 운명이 순응하는 자신의 심리적 현상을 드러내는 그의 이번 시집에 '우주'(총 12회, 총 11편), '섭리'(총 14회, 총 9편), '운명'(총 16회, 총 11편) 등의 시어가 자주 동원되는 것 또한 당연한 일이다. '이치', '숙명'과 같은 시어에도 같은 유의 의미가 내포된다. 이 시집의 시들이 대부분 '—습니다'치를 택하고 있다거나 '—이옵고' 같은 존칭 어미 표현이 잦은 것도, 어머니—당신—그분이 가꾸는 우주의 섭리와 운명에 순응하는 사람의 내면이 그대로 반영된 때문이며, 또한 어머니—당신—그분을 대상으로 하거나 그 대상을 지향하는 화자의 위치 때문이다.

주어진 운명에 순응하며 인생을 성찰하는 일에 익숙한 이른바 '인생론자'들에게 있어 인생이란 대개 희로애락애오욕喜怒哀樂愛惡欲, 즉 칠정七情 범주에서 설명된다. 인생론적 시란 이 칠정의 감정을 드러내고 그것을 성찰하면서 빛을 발하는 것인 바, 조병화는 그동안 일상의 삶이나 자연의 현상을 구체적으로 제시하면서 그러한 특징을 드러낸 시인이다. 그 과정에서 칠정을 담은 시어들이 별다른 언어적 기교를 통하지 않은 채 시의 전면에 등장하곤 했다. 우주의 섭리에 순응하며 생을 정리하면서 4행시라는 짧은 시 형식을 택한 이번 시집에는 삶의 구체적인 내용이나 자연 변화의 다양한 형태에 대한 묘사나 진술이 생략되고, 이 칠정의 시어들이 직접적인 언술 형태로 드러난 사례가 대부분이다.

> 당신이 주신 생명을 생명대로 살고 있을 뿐이옵니다
> 당신이 주신 몸과 얼을 아낌없이 살고 있을 뿐이옵니다
> 아끼면서 외로움을, 슬픔을, 괴로움을, 기쁨을, 눈물을
> 그저 열심히 당신 섭리대로 살면서 기다리고 있을 뿐이옵니다.(16)

> 살면서 당신에게 사랑이 아니라 눈물이었다면 용서하소서
> 살면서 당신에게 기쁨이 아니라 슬픔이었다면 용서하소서
> 살면서 당신에게 그리움이 아니라 미움이었다면 용서하소서
> 살면서 당신에게 사랑이 아니라 노염이었다면 용서하소서(52)

위 시에서 보듯이 이 시집에는 인생을 살고 있는 사람의 구체적인 형상이 거의 그려져 있지 않고, 다만 삶에 대한 성찰과 영원에 귀의하는 심리적 의지의 표현 과정에서 '칠정'이라 이름할 감정이 두드러지게 제시되어 있다. '천변 만변 변화무쌍한 세월 속에서 욕망과 좌절과 버림과 기쁨과 눈물을 겪으며 살아온' 그는 '버리며 버리며'(41) 온 곳으로 가고 있다. 그렇듯 버리는 것들을 대표하는 것이 칠정이라 할 수 있는 외로움, 슬픔, 괴로움, 기쁨, 사랑, 미움, 노여움 등의 감정이다. 이 시집에서 이런 감정의 시어들이 구체적으로 몇 회나 사용되었는지는 따로 조사가 필요 없을 정도로 두루 나타나고 있다.

이 시집은 좁게는 어머니의 잉태로 몸을 얻어 나온 세상에서 살다가 다시 어머니의 몸으로 돌아가는 여정에, 넓게는 우주의 섭리 안에서 몸을 얻어 이 세상을 유영하다가 다시 무無로 돌아가는 여정에 시적 자아를 두고 있다 하겠다. 어머니로부터 몸을 얻어 다시 어머니 곁으로 가려

는 그에게 그 어머니는 때로 하나의 종교와 같은 절대적인 지위를 얻기도 하고, 나아가 우주를 관장하는 위대한 '당신—그분'이 되기도 했다. 결국 인생은 어머니—당신—그분이 만든 우주 안에서 기뻐하고 슬퍼하고 괴로워하고 그리워하는 사연을 펼치며 사는 것인바, 이제 그 인간의 사연을 성찰하며 그로부터 벗어나고 있는 인간의 뒷모습은 여전히 같은 길을 걷는 이들을 동질의 감정으로 위로하고 위안하는 역할을 담당함으로써 독자들 기억 속에 오래 남게 된다(『황혼의 노래』에 나타난 특징적인 시어의 사용 현황은 표를 참조할 것).

<『황혼의 노래』에 나타난 특징적인 시어의 사용 현황>

시 어	시	편 수	횟 수
어머니 (님)	37, 38, 39, 44, 51, 81(2), 105, 112, 116(2), 117(2), 118, 140(3), 141, 142, 143, 144	15	21
당신	2(2), 3(2), 9, 10, 11(3), 12, 14, 15(2), 16(3), 17(5), 18, 19(2), 20(3), 21(2), 22, 23, 24, 25(3), 26, 27(3), 28, 29, 30(2), 31, 33(2), 50(2), 52(4), 53(2), 54(4), 55(2), 96	31	61
그분	7(4), 13(3), 80	3	8
우주	24, 25, 51, 75, 76, 83, 91(2), 102, 103, 117, 132	12	12
섭리	2, 15(2), 16, 17, 19, 20(4), 33, 75, 76	9	14
이치	73(4), 74,(4) 91(2)	3	10
운명	88, 91(2), 114, 115, 122, 126, 128, 129, 130(4), 142, 144	11	16
숙명	123	1	1

※ 괄호 안은 2회 이상.

조병화 시의 역설적 의미구조

조병화 제47시집 『먼 약속』

오형엽(문학평론가)

1. 조병화 시의 역설과 그 근거

편운片雲 조병화 시인은 1949년에 제1시집 『버리고 싶은 유산』(산호
장)을 출간한 이후 2003년에 작고하기 전까지 총 53권의 시집을 출간할
정도로 왕성한 시작 활동을 펼쳤다. 지금까지 조병화의 시세계에 대해
다양한 관점에서 심층적인 연구가 진행되어 많은 성과가 축적되었다.[1]

---

[1] 조병화 시에 대한 선행 연구 중 중요한 성과에 해당하는 것은 다음과 같다.
김광림, 「평범 속의 진리」, 『현대시학』, 1978.11; 박이도, 정한모 · 김재홍 편, 「시간,
그 우상화의 형상」, 『한국 대표시 평설』, 문학세계사, 1983; 김윤식, 「편지의 형식과
여행의 형식」, 『현대문학』, 1983.8; 오세영, 「조병화론」, 『현대시와 실천비평』, 이우
출판사, 1983; 김재홍, 「낭만주의의 생철학」, 『시와 진실』, 이우출판사, 1984; 마종기
외, 『조병화의 문학세계』, 일지사, 1986; 이승훈, 「고독의 시학」, 『한국시와 구조 분석』,
종로서적, 1987; 원형갑, 「조병화의 자기소모와 스키조 시대의 시인」, 『월간문학』,
1990.10; 이형기, 「고독한 나그네의 꿈」, 시선집 『숨어서 우는 노래』, 미래사, 1991;
유지현, 송하춘 · 이남호 편, 「시적 공간의 변전과 시의식의 심화」, 『1950년대 시인들』,
나남, 1994; 임헌영, 「영혼의 안식을 위한 소요」, 시선집 『조병화』, 문학사상사, 2002.

제1시집에서부터 제53시집에 이르는 그 시세계는 전개 과정에서 복잡다기한 굴곡과 변화를 보여주기도 하지만, 초지일관 변화되지 않고 유지되는 일관성을 동반하기도 한다. 필자는 최근 조병화 시세계의 전 시기를 통해 일관되는 특성을 고찰하면서, 우주적 단독자로서의 견인주의적 운명애와 내성적 자존, 그리고 기억과 망각, 기대와 회의라는 이율배반적 대립 항이 복합적으로 충돌하는 내면적 역설(paradox)의 긴장을 핵심적인 의미구조로서 추출한 바 있다.2) 필자는 조병화 시세계를 지배하는 핵심적인 의미구조로서 '스스로'와 '홀로'라는 단어도 대표되는 '단독자 의식'과, '익잖는 추억'과 '오잖는 기다림'이라는 표현으로 대표되는 독특한 '시간 의식'의 관점에서 해명했다.

이를 정리하면 다음과 같다. 첫째, '단독자 의식'은 대부분의 선행 연구들이 조병화 시의 특성으로 '고독'을 언급하지만, 조병화 시의 '고독'에는 외로움이나 쓸쓸함을 뜻하는 '소외 의식'뿐만 아니라, 시적 자아가 내면적 성찰을 통해 자신을 외부세계와 단절시키며 단련시키는 '자존 의식'을 내포하고 있다는 점을 주목했다. 조병화 시에서 소외 의식과 자존 의식은 상호 대립하기도 하고 공존하기도 하면서 시적 자아의 존재론적 양상을 복합적으로 보여준다. 둘째, 독특한 '시간 의식'은 대부분의 선행 연구들이 조병화 시의 특성으로 '시간 의식'을 언급하지만, 조병화 시의 '시간 의식'은 단순히 추억에 대한 망각, 집착을 버림, 미래에 대한 기대 등과 연결되면서 '과거/현재/미래'라는 시간성과 독립적으로, 혹은 평면적으로 만나는 것이 아니라, '추억'과 '익지 않음', '기다림'과 '오지 않음'이라는 이율배반적 대립 항이 복합적으로 충돌하는 내면적 역설(paradox)의 긴장을 발생시킴을 주목했다. 이러한 고찰은 지금까지 조병화 시세계를 이해하는 중요한 키워드로서 '고독'과 '허무'가 부각되었고,

---

2) 졸고, 「조병화 시의 풍크툼과 의미구조−단독자의 시간의식」, 『꿈』 제13호, 2012년 봄호, 12~17쪽 참고.

그 내포적 의미로서 외로움, 쓸쓸함, 슬픔, 애착 등의 감상적 정서들이 거론되어 왔지만, '스스로'와 '홀로'라는 단어가 함축하는 것은 '고독'과 '허무' 속에 우주적 단독자로서의 견인주의적 운명애와 내성적 자존 및 정신적 의지임을 확인시킨다. 그리고 '과거와 현재', '현재와 미래'라는 이중적 시간성이 중첩되는 복합적 시간성 속에서 '추억'과 '익지 않음', '기다림'과 '오지 않음'이라는 이율배반적인 심리적 벡터가 충돌함으로써 역설의 긴장을 발생시킨다는 사실을 확인시켜 준다.

이러한 해명은 지금까지 출간된 두 권의 시선집[3]을 텍스트로 삼아 시도한 고찰의 결과로서, 일종의 가설적 성격도 가진다고 볼 수 있다. 따라서 이 글은 조병화의 시세계에서 이 가설을 검증하기 위해 제47시집『먼 약속』을 중심으로 조병화 시의 핵심적 의미구조를 규명하기로 한다. 또한 이를 통해 앞서 제시한 가설적 해명을 좀더 구체적으로 규명하고, 그 의미구조의 원인과 근거를 규명함으로써 심층적 해석에 도달하는 것이 이 글의 목적이다.

2. 시간적 교차의 역설, 운명적 만남의 역설

조병화 시의 '시간 의식'은 추억에 대한 망각, 집착을 버림, 미래에 대한 기대 등과 개별적으로 연결되면서 '과거/현재/미래'라는 시간성과 독립적으로, 혹은 그 순차적 시간성과 평면적으로 만나는 것이 아니라, '추억'과 '익지 않음', '기다림'과 '오지 않음'이라는 이율배반적 대립 항이 복합적으로 충돌하는 내면적 역설(paradox)의 긴장을 동반한다. 조병화 시에서 이율배반적 대립 항이 복합적으로 충돌하는 내면적 역설의 긴장

---

3) 조병화, 시선집『숨어서 우는 노래』. 미래사, 1991; 조병화, 시선집『조병화』, 문학사상사, 2002.

은 '시간 의식'을 중심으로 형성되면서 이를 둘러싸고 있는 '고독', '허무', '죽음' 등 거의 대부분의 중요 테마에도 깊이 개입하고 있다. 제47시집 『먼 약속』에서 이러한 특성을 잘 보여주는 작품은 「병실은 태고처럼」이다.

> 숨을 거두어가는 사람과
> 아직 살아 있는 사람 사이
> 서로 말없이 저물어가는 병실의 오후
>
> 죽어가는 사람은 살아 있는 사람의 눈에서
> 스스로 살아온 어제를 보며
> 살아 있는 사람은 죽어가는 사람의 눈에서
> 언젠가는 이렇게 다가올 스스로의 내일을 본다
>
> 서로 이렇게 마주 보면서
> 침묵, 침묵, 침묵, ……, ……, 무거운 긴 시간
>
> 순간, 어디선지 들려오는 소리
> me today you tomorrow
>
> 병실은 태고처럼.
>
> ―「병실은 태고처럼」 전문4)

병실의 오후는 숨을 거두어가는 사람과 살아서 그것을 지켜보는 사람 사이에서 말없이 저물어간다. 이 시를 전체적으로 지배하는 것은 "침묵"이다. 3연에 제시되는 "침묵"은 시적 공간을 지배하는 고요의 이미지이지만, 말줄임표(……)를 통해 연속적으로 반복됨으로써 "무거운 긴 시

---

4) 조병화, 『먼 약속』, 마을, 1998. 이후 조병화 시의 인용은 이 책에 의거한다.

간"이라는 시간적 차원으로 전개된다. "침묵"을 매개로 "병실"이라는 공
간적 차원이 "태고"라는 시간적 차원으로 연결되는 것이다. 공간 속에서
시간을 바라보는 이러한 시적 시선은 2연에서 과거와 미래를 교차시키
는 독특한 시간의식으로 형상화된다. "죽어가는 사람"과 "살아 있는 사
람" 사이에서 이루어지는 시선의 교환은 "살아온 어제"와 "다가올" "내
일"이 상호 교차되는 양상으로 나타난다. 이것은 과거와 미래의 충돌,
혹은 엇갈림이라는 내면적 역설(paradox)의 긴장이 "침묵"을 생성시키
는 원동력임을 보여준다.

　그런데 "죽어가는 사람"과 "살아 있는 사람", "살아온 어제"와 "다가
올" "내일" 사이에서 이루어지는 시선의 교차가 상호 침투와 호응의 관
계라기보다는 단독자의 고독을 전제로 한 자기 응시의 차원이라는 점을
주목할 필요가 있다. "스스로 살아온 어제를 보"고 "다가올 스스로의 내
일"을 보는 두 사람의 시선은 각각 자신의 과거와 미래를 바라보는 내부
적 응시이기 때문이다. 이 점이 바로 조병화 시의 '고독'이 내포하는 '단
독자 의식'이라고 말할 수 있다. 시인은 '나'와 '너'의 상호 관계성을 추구
하면서 완전하고 절대적인 사랑을 갈망하지만, 인간의 존재론적 본질은
그것을 용납하지 않고 좌절시키는 듯이 보인다. 조병화 시인은 이것을
"운명"이라고 말한다. 니체(F. W. Nietzsche)는 자신에게 주어진 운명을
긍정하고 감수할 뿐만 아니라 오히려 이것을 사랑하는 것이 인간의 위
대함을 보여 주는 것이라고 말한 바 있다. 조병화의 시에 나타나는 단독
자의 운명에 대한 이해는 침묵을 통해 허무를 인정하고 받아들이면서
감내한다는 점에서 니체적 의미의 운명애(amor fati)라고 볼 수 있을 것
이다.

　이처럼 시간의 교차적 역설을 감내하고 받아들이는 단독자의 운명에
대한 사랑은 조병화 시의 핵심적 의미구조를 이루는 것으로 보인다. 그
런데 조병화 시에서 운명에 대한 사랑은 현실에 대한 불안, 고뇌, 슬픔,

고통을 동반한다는 점에서 또 다른 역설을 파생시킨다. 다음 시를 읽어
보자.

> 어디에서들 모여들었을까
> 무수한 일로 무수한 이 인간 갈매기들
> 이 인간 갈매기들은 이 언덕에서
> 이렇게 머물러 앉았다가
> 어디로 또 날아들 갈까
> 낯설은 이 무수한 인간 갈매기들에 끼여
> 나도 77세 세월을 이곳에
> 날개를 접고 비좁게 앉는다
>
> 내가 떠돌고, 머물고, 하던
> 덧없던 세월의 꿈과 고뇌와 사랑과 고독이
> 한 봉다리 흰구름이 되어
> 푸른 파리 하늘 저 멀리 떠간다
>
> 아, 인생은 이러하거늘
> 청춘만이 아깝다 한들
>
> 이승과 저승이 교착되어
> 내가 머문다.

—「짧은 유럽여행—3. 몽마르뜨르 인간 갈매기」 전문

시인은 유럽 여행 중에 몽마르뜨르 언덕에서 "무수한 인간"들을 바라
보며 "갈매기"에 비유한다. 그리고 "77세"가 된 자신의 자화상을 "날개
를 접고 비좁게 앉는" 모습으로 묘사한다. 시인은 지금까지 영위해 온
자신의 생애를 "꿈과 고뇌와 사랑과 고독"으로 정의하는데, 이것을 "덧
없던 세월"을 의미하는 "흰구름"과 연결시킴으로써 무상감과 허전함을

표현한다. 여기서 우리의 관심을 끄는 부분은 "이승과 저승이 교착되어/내가 머문다"라는 문장이다. 이때 "교착"은 '이리저리 엇갈려 뒤섞임'을 뜻하는 단어인 '교착交錯'으로 간주된다. 그렇다면 시인은 현재 자신이 살아가는 현실을 "이승"과 "저승"이 엇갈리고 뒤섞이는 시간적 공간으로 사유하는 것이다. 다시 말해 조병화 시인은 '현재는 과거와 미래의 엇갈림의 결과'라는 시간의식을 가지고 있다. 이러한 시간적 교착의 역설은 운명적 만남의 역설로 연결되기도 한다.

> 실로 인생 한 동안이
> 수억 년의 인연 순간의 만남이로다
>
> 수억 년의 인연으로 순간의 만남을
> 서로 섞어오면서
> 매사가 무상(無常)
>
> 근심과 걱정, 불안에 엉겨
> 한시도 자유로울 수 없던 그 운명
> 그 운명이 또한 수억 년의 인연이로다
>
> 순간의 만남, 순간의 이별
> 아, 인생이려니.
>
> ─「억 년의 인연 순간의 만남」 전문

　화자는 "인생 한 동안"을 "수억 년의 인연"으로부터 생겨나는 "순간의 만남"이라고 이해한다. 불교적 인연설과 연관되는 이러한 시간관 및 만남에 대한 사유는 일반적으로 인과관계, 혹은 필연성에 근거하지만, 조병화 시에서 그 근거는 오히려 으연성에 근접하는 듯이 보인다. 그 비밀은 2연의 "서로 섞어오면서"에서 제시된다. 즉 "수억 년의 인연으로 순간의 만남"이 이루어지지만, 그것이 "서로 섞어오"기 때문에 '매사가 무상無常"하게 된다. "서로 섞어오"는 대상은 '나'와 '너'이기도 하지만, 인연과 만남이기도 할 것이다. 시간 및 만남의 교차, 혹은 엇갈림은 우연성에 토대를 둔 무상감을 생성시키는 근거가 되는 것이다. 이로부터 조병화 시의 중요한 모티프 중 하나인 "운명"이 생겨난다. '수억 년의 인연'은 "근심과 걱정, 불안에 엉겨/한시도 자유로울 수 없던" "운경"을 낳기도 하는 것이다. 이러한 운명적 만남의 역설은 필연성과 우연성 사이의 역설이라고 설명될 수 있을 것이다.

3. 꿈과 현실의 이원성, 영혼과 육체의 일원성

앞 장에서 주로 조병화 시의 핵심적 의미구조로서 시간적 교차의 역설과 운명적 만남의 역설에 대해 살펴보았다. 이 장에서는 이 두 가지 역설의 근거로서 꿈과 현실의 이원성, 영혼과 육체의 일원성에 대해 고찰하고자 한다. 조병화 시의 의미구조에서 중요한 두 가지 특성은 꿈과 현실의 이원성, 그리고 영혼과 육체의 일원성인데, 이 두 양상이 엇갈리며 중첩됨으로써 조병화 시의 역설적 의미구조가 발생한다는 것이 전체적인 논지이다. 제47시집 『먼 약속』에서 꿈과 현실의 이원성을 잘 보여주는 작품은 「고향의 하늘」이다.

> 고향의 하늘은 넓다, 깊다
> 편안하다, 자유롭다, 아늑하다
> 한없이 너그럽다
>
> 사람은 나이가 차면
> 고향의 하늘이 되어간다고 했던가

나의, 사람의 나이 고희를 넘어도
회수의 고개를 넘어도
잊을 거 다 잊고 살아도
버릴 거 다 버리고 살아도
잊을 것도 버릴 것도 없이 살아도
가시지 않는 인간사 이 번뇌, 이 불안
아직도 벗어나지 못하는 이 인간의 굴레
이 인간의 업

아, 고향의 하늘은 아직도 이곳이 아니런가
내 고향 하늘은 아직도 먼 곳에 있는가

고향의 하늘은
내 고향의 하늘은.

－「고향의 하늘」 전문

　이 시는 "고향의 하늘"과 "인간의 굴레"라는 양극의 대립을 근간으로
전체적 구도를 형성한다. "넓"고 "깊"고 "편안하"고 "자유"로우며 "아
늑"하고 "한없이 너그"러운 "고향의 하늘"은 조병화 시에서 '어머니'와
동격으로 형상화된다. "어머님 심부름으로 이 세상 나왔다가/이제 어머
님 심부름 다 마치고/어머님께 돌아왔습니다."(「꿈의 귀향－묘비명」)에
서 압축적으로 표현되듯, 조병화 시에서 '어머니'는 세계의 근원이자 원
천이며 궁극적으로 회귀할 고향이다.「꿈의 귀향」이라는 제목과 연관하
여 우리는 다음과 같이 유추해 볼 수 있다. 조병화 시에서 중요한 의미구
조의 한 축을 형성하는 것은 '어머니'와 '고향'으로 대표되는 근원적이고
영원한 세계에 대한 추구이며, 이것은 '꿈'의 지향성을 형성한다.
　한편 인용 시에서 "인간의 굴레"는 이러한 '꿈'의 지향성과 대립되는
'현실'의 양상을 보여준다. 이 세계는 "번뇌"와 "불안"으로 점철된 "인간

사", 즉 "인간의 업"에서 벗어나지 못하는 '현실'의 "굴레"인 것이다. 우리는 이 세계를 '꿈'의 지향성과 대비되는 '불안'의 현실성이라고 명명할 수 있을 것이다. "고향의 하늘은 아직도 이곳이 아니런가"라는 문장은 '꿈'의 지향성이 수직적 상승의 벡터(vector)를 가지는 반면, '불안'의 현실성은 수평적 정지의 특성을 가진다는 점을 알려준다. 제47시집 『먼 약속』에서 꿈과 현실의 이원성은 '바다'와 '인생'의 대립을 통해서도 나타난다.

> 오, 바다여, 너 영원한 청춘이여
> 출렁거리는 무한한 꿈이여
> 넘치는 사랑이여
> 끝도 한도 없는 우주여
>
> 물결치는 너의 언덕에서
> 인생만이 초라하고, 미세하고나
>
> 아무리 거대한 꿈이라 할지라도
> 아무리 치솟는 욕망이라 할지라도
> 아무리 뜨거운 사랑이라 할지라도
>
> 아무리 부강한 금력
> 아무리 충천한 권세
> 아무리 황홀한 출세
> 아무리 크나 큰 영광 명예일지라도
>
> 지옥과 극락, 연옥과 천당, 세월과 네월,
> 인간만이 보잘 것 없구나
>
> 푸르게 푸르게 한없이 푸르게
> 넘실거리는 이 영원

오, 욕망이여, 꿈이여, 사랑이여
덧없는 이 풍운, 바람과 구름
인생이여.

—「바다」전문

1연에서 "바다"는 "영원한 청춘", "무한한 꿈", "넘치는 사랑", "한도 없는 우주"로 정의된다. 그리고 이것은 2연의 "초라"하고 "미세"한 "인생"과 대비된다. 따라서 우리는 이 시에서 '어머니'와 '고향'으로 대표되는 근원적이고 영원한 세계에 다한 추구, 즉 '꿈'의 지향성이 "바다"로 변형되어 형상화되었다고 간주할 수 있다. 한편 이 "바다"가 가진 "무한한 꿈"은 3연에서 보듯, "욕망" 및 "사랑"과 결부되는 "꿈"의 현실적 차원과 대립적으로 형상화된다. 즉 "바다"가 가진 "꿈"은 영원하고 무한한 반면, "인생"이 가진 "꿈"은 초라하고 덧없다. 이런 까닭에 우리는 조병화 시에서 수직적 상승의 벡터를 가진 '꿈'과 현실적 사랑 및 욕망의 벡터를 가진 '꿈'을 구별할 필요가 있을지도 모른다.

지금까지 「고향의 하늘」과 「바다」를 통해 조병화 시에서 꿈과 현실의 이원적 구도를 살펴보았다. '어머니', '고향', '바다' 등으로 대표되는 근원적이고 영원한 세계에 대한 추구, 즉 '꿈'의 지향성은 '인생', '사랑', '욕망' 등으로 대표되는 '불안'의 현실성과 양극의 대립을 견지하면서 조병화 시의 기본적 의미구조를 형성하는 것이다. 그런데 이 양상과 조병화 시의 의미구조에서 중요한 또 한 가지 특성인 영혼과 육체의 일원성이 엇갈리며 중첩됨으로써 조병화 시의 역설적 의미구조가 발생한다. 「지금 나는」을 살펴보자.

지금 나는 영혼에 끌려가는
수치스러운 육체이옵니다

상처 투성이로, 삐걱거리는 육체로
부끄러움으로 힘없이 이끌려가는
영혼의 노예이옵니다

아, 영혼은 어디로 가는지
어디까지 나를 이렇게 처참하게
육체의 누더기로
슬프게, 부끄럽게, 끌고가는지
말이 없습니다

보는 것이 눈물
보이는 것이 눈물
듣는 것이 눈물
들리는 것이 눈물

부끄러운 것은 청춘의 욕망
수치스러운 것은 욕망의 육체

지금 나는 가혹한 영혼에 이끌려가는
슬픈 육체이옵니다

아직도 맥없이 목숨이 붙어 있는.

－「지금 나는」 전문

　이 시는 "영혼에 끌려가는/수치스러운 육체"라는 표현을 통해 "영혼"
과 "육체"의 연결성을 선명히 제시한다. 2연에서 보듯, 조병화 시에서
"육체"는 "영혼의 노예"로 인식된다. 시적 화자는 육체를 "수치스러"움,
"상처", "부끄러움", "처참함", "슬픔" 등으로 인식하는데, 5연에서 이러
한 육체에 대한 부정적 인식의 근거를 "욕망"으로 제시한다. 일반적으로
꿈, 혹은 이상과 현실의 이원성을 견지하는 주체의 사유는 영혼과 육체

의 이원성을 사유하는 양상과 밀접히 결부되지만, 조병화 시에서는 특이하게도 육체가 영혼에 이끌려가는 양상을 통해 연속성, 혹은 일원성으로 사유된다. "가혹한 영혼에 이끌려가는/슬픈 육체"라는 표현으로 압축될 수 있는 이러한 사유는, 꿈과 현실의 이원성과 충돌함으로써 조병화 시의 핵심적 의미구조인 시간적 교차의 역설과 운명적 만남의 역설을 생성시키는 동인動因으로 작용하는 듯이 보인다. 영혼과 육체의 일원성은 다음 작품에서도 함축적인 표현으로 제시되고 있다.

> 어머님, 수시로 몰아 닥치는 격한
> 이 어두운 깊은 인간의 심정을
> 다는 견딜 수가 없습니다
>
> 이것이 인간의 원천적인
> 운명의 예고인지, 그리움인지, 공허인지
> 육체 속에 가득히 숨어서 요동치는
> 영혼의 불안한 진통
>
> 아, '육체는 영혼의 감옥'이라고 했던가
>
> 지금은 그곳으로 돌아가시어 당신 뜻대로
> 원행심보살이 되신 어머님,
> 어머님이 참고 견디신 인간세상도
> 이러 하셨는지요
> 이제 저도 그곳으로 데려가십시오.

-「원행심보살(遠行心菩薩)」 부분

앞서 조병화 시의 의미구조 중 하나로서 '꿈'의 지향성과 대립되는 '불안'의 현실성을 언급했는데, 이 시는 '불안'의 현실성이 가진 속성으로 육체와 정신의 연관성을 제시한다. "육체 속에 가득히 숨어서 요동치는/

영혼의 불안한 진통"은 육체와 대립되는 영혼이 아니라, 육체의 욕망으로 인해 불안한 영혼을 표현함으로써 육체와 영혼의 상호 침투를 사유하는 조병화 시인의 시의식을 잘 보여준다. 이러한 시의식은 "육체는 영혼의 감옥"이라는 문장을 통해 압축적으로 표현된다.「지금 나는」이 육체가 영혼에 이끌려가는 양상을 제시한다면,「원행심보살」은 육체의 감옥에 갇힌 불안한 영혼을 제시한다는 점에서 대비되지만, 양자 모두 육체와 정신의 상관성, 혹은 일원성을 표현한다는 점에서 동일한 사유의 구조를 보여준다.

지금까지 이 글은 제47시집『먼 약속』을 중심으로 조병화 시의 핵심적 의미구조를 규명하면서 '시간적 교차의 역설'과 '운명적 만남의 역설'을 제시하고, 그 원인과 근거를 '꿈과 현실의 이원성'과 '영혼과 육체의 일원성'이 엇갈리며 충돌하는 양상으로 해명했다. 이 논의는 과거 지향과 미래 지향의 역설, 필연성과 우연성의 역설, 낭만주의와 현실주의의 역설이라는 3가지 역설로 요약될 수 있을지도 모른다. 이를 보다 체계적이고 심층적으로 검증하기 위해서는 조병화 시세계 전체를 면밀히 분석하고 해명하는 작업을 수행해야 할 것이다. 이를 차후의 과제로 남겨두기로 한다.

평상심의 큰 바위 얼굴

조병화 제48시집 『기다림은 아련히』

신중신(시인)

　그동안 한국시는 형태 · 표현 · 기법에 있어 개념상의 경직성과 엄숙주의에 지나치게 얽매어져 왔음은 부인할 수 없는 사실이다. 시의 본성 중에 가장 간과할 수 없는 점이 내용 · 형식 어느 면에서나 자유로움의 추구에 있을진대, 앞서의 풍토에 시인 스스로가 절대가치를 두고 거기 구속당하게 되면 기교 만능주의 혹은 근시안적 기교가(technician)로 떨어질 위험이 없지 않다. 이런 경우, 시의 형식에만 국한되지 않고 내용 면에서도 시인의 초연한 안목이나 활달한 발상이 제한을 받게 되든지 독자와의 교류에 난해와 혼란을 초래할 여지가 많을 게다.

　그럼에도 불구하고 우리는 문학을 이해하는 안목이 서구적인 교양에 익숙해 있어서 시가 운명적으로 대중과의 편안한 이해전달을 터부시하고 소수 정예와의 완미한 교환을 추구하는 것이 시의 정도라고 생각해 왔다. 이로 인해 짧은 현대시의 연륜에도 불구하고 우리 시를 어느 수준의 궤도까지 올려놓을 수 있었다는, 다시 말해서 괄목할 만한 진전을 보인 점은 부인할 수 없는 사실이지만 오늘날의 주요 시인들이 어둠과 절망, 현실부정만을 노래한다든가, 또는 의미 전달에 있어서 과중한 은유, 애매모호한 현대적 시 기법에 치우쳐 시적 유희성을 상실해버린다면 소탐대실의 우를 범할 우려를 떨치기 어렵다.

이와 관련해서 『프랑스 시선』을 번역한 최완복의 지적은 경청해 마땅하다. 테오필 고티에(1811~1872)의 시 「랑드의 소나무」를 두고 그는 이렇게 해설을 덧붙이고 있다.

> 메마른 풀숲과 초록색 웅덩이에 솟아나는
> 옆구리에 상처입은 소나무들뿐.
>
> 이는 소나무의 눈물, 송진을 훔치기 위해
>
> (중략)
>
> 나무의 아파하는 몸통에 넓은 홈을 파놓기 때문.
>
> '상처받은 소나무는 여기서 고통 가운데서만 창작할 수 있다고 하는 시인의 상징이 된다. 이러한 생각은 모든 낭만파들이 자랑스럽게 가지고 있던 것으로 "가장 절망적인 노래가 가장 아름다운 노래, 많은 불멸의 시가(詩歌)가 순수한 오열임을 나는 아노라"고 읊은 뮈세와 상통하는 관념이다.'

이 해설문에서 시인이 '고통 가운데서만 창작할 수 있다'와, '가장 절망적인 노래가 가장 아름다운 노래'라고 생각하는 신념은 그 후의 상징파나 예술지상주의자들에게 영향을 끼치기도 했으나 편협한 시각이란 지적과 함께, 인류역사에 대한 문학의 기여를 억눌러 위축시키는 요인이 되기도 한다는 반론을 낳기도 했다.

조병화의 만년의 시를 언급하면서 이런 견해를 강조하는 까닭은 논지를 진전시켜 가는 와중에 절로 밝혀질 줄로 믿는다.

1. 일기를 쓰는 듯한 평이한 자세

시집 권수가 53권에 달하는 미증유의 대량 시편을 남긴 조병화의 문학 여로 가운데 『기다림은 아련히』라 표제한 시집은 제48시집에 해당한다. 여기 수록된 63편의 시작품은 모두 1998년 작이다. 제47시집 『먼 약속』이 이 해 4월 30일에 간행된 걸로 보아, 그는 한 해에 두 권의 시집을 상재한 셈이다. 제48시집은 앞서의 시집 간행을 위해 원고를 넘긴 후인 3월 28일자 「무한여정」이 가장 먼저 쓴 시편이며, 9월 4일로 표기된 「가을 하늘 아래」가 그 중 나중의 소산임을 감안한다면, 5개월여에 걸친 시작을 모아 출판했음을 알 수 있다.

이들 시편은 모두 시인의 생활 가운데서 바라보는 풍경, 일상사의 편린, 그 아니면 문득 솟구친 생각을 평이한 구성과 언어로, 흡사 일기를 쓰듯이 가볍게 노트에 적는 시작 자세를 취하고 있음을 알 수 있다. 작품 말미에 시를 쓴 날짜가 명기되어 있는데, 하루에 두 편을 쓴(이 중엔 이날 완성시킨 시편까지 포함하고 있겠지만) 경우가 다섯 번이며 3월 31일자에는 지구환경을 염려하는 시를 여러 편 쓴 것으로 되어 있다. 이는 말할 나위도 없이 무언가 표현하고자 하는 욕구가 발동하는 대로 머뭇거림 없이 시로 만들어내려 한 시인의 체질을 반영한다.

소재상의 분류로 보자면, 「인생의 가을」, 「내게 당신의 사랑이 그러하듯이」 같은 생의 응시와 명상의 시편, 「여름−1998년」, 「오, 5월이여」라 제한 아내를 사별한 상배喪配의 심사와 「흙으로의 귀화」에 나타나는 만년의 죽음에의 인식, 그리고 생명 존중이나 환경 파괴에 대한 경종에 눈길을 돌린 「내가 지구를 떠나는 날의 인사」, 「기름에 싸인 가마우지」, 「물고기들의 떼죽음」, 「옛날엔」 같은 패턴 등으로 나누어볼 수 있다.

　이러한 시세계의 유영遊泳 가운데서 추출되는 정서는 쓸쓸함, 기다림, 고독한 단독자의 모습 외의 다른 것이 아니다. 시인의 내면세계나 시에의 인식이 그 중 잘 드러나는 작품으로 시집의 표제가 되기도 한 「기다림은 아련히」를 뽑아 본다.

> 긴 생애가 기다리는 세월,
> 기다리면서 기다리던 것을 보내며
> 기다리던 것을 보내면 다시 기다리며
> 다시 기다리던 것을 다시 보내면
> 다시 또다시 기다리며
> 살아가는 것이 인생이어라, 하면서
> 이 인생의 겨울 저녁노을
> 노을이 차가워라
>
> 기다릴 것도 없이 기다려지는 거
> 기다려져도 아련한 이 기다림,
> 노을진 겨울이거늘

　—「기다림은 아련히」 부분

　끝없이 기다리고 그리워하는 마음이 조병화 시의 출발점이다. 그의 이러한 포즈가 철학적 무거움을 띠지 않고 독자의 귀에 가까이 소곤거리듯 읊조리는 점에서 조병화 시의 특성과 본령이 드러난다. 이 시편에서는 '기다리다'라는 타동사를 거듭 반복하면서 운율과 동시에 어떤 보편적 진실이 빚어진다. 어떤 사실이 이루어지거나 사람이 오기를 바라는 마음의 움직임은 정념이라 규정할 수 있는 성질이다. 그의 생애가 기다림의 연속이라는 이 인식은 시인이 오랜 세월 동안 정념에 휩싸여 살아왔음을 은연중에 대변한다. 겨울의 붉게 타오르는 노을을 바라보면서 무언가에 목말라 하는 노경이 십분 살펴진다. 그는 이 기다림의 실체를 '아, 사랑아'라고 실토함으로써 내면을 표백하는 동시에, '맑게─ 가볍게─엷게─ 부담 없이'라는 형용사를 배열시키고 나아가서 '노을이 차가워라'라 하는 심회를 덧붙여 그 사랑이 현실의 반경, 현세적 리비도libido 차원을 벗어나게 한다.

"기다릴 것도 없이 기다려지는 거"라는 시행은 무심코 간과해버려도 무방할 어투에 불과한 것 같지만 실제로는 조병화다운 음색과 톤이 담겨져 있다. 어떻게 보면 책임이 실리지 않는, 그래서 실없게 다가오는 면이 없지 않으나 실은 무욕과 달관의 끝에서 얻어지는 경지가 묻어난다. "인생이 이러한 것이어라"라는 단도직입적 표현도 그러한 틀의 연장선상에서 이해가 된다.

우리 시에서 시어의 반복으로 율동감을 살린 예를 더러 볼 수 있는 바, 김소월의 「왕십리」가 그 대표적 경우겠다. "비가 온다/오누나/오는 비는/올지라도 한 닷새 왔으면 좋지.//여드레 스무 날엔/온다고 하고/초하루 삭망이면/간다고 했지./가도 가도 왕십리 비가 오네." 이 두 연에서만 "온다"라는 동사가 여섯 번 반복되고 그 반대말인 "간다"는 말이 세 번 반복되고 있다. 위의 「기다림은 아련히」 두 연에서 "기다리다"라는 동사("기다림"이란 동사의 명사형까지 포함해서)를 의도적으로 열한 번이나 중복시키고 있는 점 역시 리듬을 살리려는 목적이 우선일 테지만 다른 한편으로 시적 자아의 달관과 초연함을 은연중에 나타내는 것으로 파악된다.

이런 유형의 작품으로 「가을 하늘 아래」를 눈여겨 볼 일이다. 떼를 지어 북녘으로 날아가는 기러기를 바라보며 시인은 "스스로 혼자서 외로움을 날고 있으려니" 하면서 존재의 쓸쓸함과 운명적 고독을 응시한다. 그와 함께 "혼자"라는 일반명사를 "혼자이며 혼자가 아니고"를 위시하여 여덟 번 반복하는 운율 형태를 보여준다. "떼를 지어 기러기들이 하늘 높이/무리를 지어"라 제시한 시행에서 군집과 복수複數를 명백히 한다음에, "혼자"와 "외로움"이라는 개아個我와 단수의 이미지를 전개시킴을 통해(20세기의 사회적 화두였던 '군중 속의 고독'의 한 변주임직하다) 반전의 묘를 얻는 작의가 예사스럽지 않게 다가와 심금을 건드린다. 조병화 어법의 실례가 이 점에서 뚜렷하다.

2. 인생에 대한 순응, 지혜, 명징성

석가모니의 금언을 모아놓았다는 『법구경(法句經)』에 이런 구절이 있다. "마음이 이미 고요해지고 말도 행동도 또한 고요해. 바른 지혜로써 해탈한 사람은 이미 적멸에 돌아간 사람이다(心己休息 言行亦止 從正解脫 寂然歸滅)."—조병화 시인은 종교에 대해 범연한 자세를 취해 온 것으로 알려지나 이 시집에 수록된 작품의 정조情調나 구체적 낱말이 예시하는 것으로는 어느 정도 불교에 기울고 있는 형국이다.

평소의 언행에서도 해탈한 분의 넉넉함, 마음의 고요를 얻은 사람의 대범함이 비쳐지듯 시에서도 순리대로 살아감의 명경지수, 언행일치의 지혜가 번득인다. 이런 경향은 에피그램이 강한 시구에서 잘 드러난다.

　　　　양심은 항시 자기를 응시하는
　　　　자기 마음의 맑은 눈,

　　　　생전 잠들지 않는.

　　　　　　　　　　　　　　　　　　—「양심」 전문

　　　　아, 그렇게
　　　　스스로의 모이를 찾아다니면서

먹어서 되는 모이와
먹어서는 안 되는 모이를 알아차리는
민감한 지혜를 가진 새만이
자유를 살 수 있으려니

지상을 날아다니면서
내릴 자리와 내려서는 안 될 자리,
머물 곳과 머물러서는 안 될 곳,
있을 때와 있어서는 안 될 때를
가려서
떠나야 할 때 떠나는 새만이
자유를 살 수 있으려니

－「자유」 부분

　앞의 시편은 짧은 만큼 에스프리 또한 단순 명징하다. 도스토예프스키가 장편『카라마조프의 형제들』중「대심문관」에서 명석한 무신론자 이반의 입을 빌려 "인간에게 양심의 자유보다 더욱 매혹적인 것은 없지만, 그러나 그것보다 더 괴로운 것도 없다"라고 천명한 구절을 연상시킨다. 시인이 "자기를 응시하는 자기 마음의 맑은 눈"이라고 한 대목은 대문호의 '매혹'과 크게 다르지 않으며, "생전 잠들지 않는."이라는 이미지는 '괴로움'과 상통한다. 두 사례가 다 짧은 문맥 속에 인생의 정곡을 찌르는 에피그램으로 빛을 발한다.

　두 번째 시편은 작시자의 실체와 그 덕목을 유감없이 표출한다. 모티프는 하늘을 자유롭게 나는 새의 모습에서 취하고 있으나 실제에 있어선 사람이 살아가면서 지켜야 할 금도襟度를 강조한 것이다. 아니, 어쩌면 그보다 조병화라는 인격체를 에둘러 암유해 놓은 것이라 해서 무리가 없을 터이다. 이 경우, 시란 궁극적으로 서정적 자아의 표현예술이므로 '새의 자유로움'='인생을 향한 경구'='시인 자신의 초상(은유)'으로 함축된다 해서 큰 잘못은 없으리라.

　조병화 시인은 과연 취해야 할 것과 취하지 말아야 할 것은 구분할 줄
아는 그릇이며, 머무름과 머물러서 안 되는 자리와 때를 지켰던 지성인
이다. 훌륭한 인물이 반드시 훌륭한 작품을 남기는 것은 아니지만 기왕
이면 말과 행동, 인격과 작품이 일치를 이루는 것이 금상첨화인 건 분명
하다. 그의 시편은 이런 시각에서가 아니더라도 평범한 일상사에서 삶
의 예지를 찾아내는, ─편안하게 접근이 되고 쉬 이해되며 정서의 자양
분이 습득된다는 측면에서 그의 위상이 돋보인다.

> 열심히 살아도, 살아가도
> 다는 풀리지 않는 그리움, 그 허전함,
> 그것이 인생이지,
> 외로움은 다는 풀 수 없는 그리움을 사는 사람들의
> 숙명이지, 삶의 생기이지,
> 스스로를 살고 지키는 사람들의
> 흔들리지 않는 꿈이지,
> 그 세월이지,
> 인간은 누구나
>
> 사랑하는 사람과 같이 있어도
> 같이 살아도
>
> 서로 따로 따로.
>
> 　　　　　　　　　─「머물다 사라지는 생각」 부분

　이 시편의 주제음이야말로 조병화 시의 핵심이 아닐 것인가? '그리
움', '허전함', '외로움'을 인간의 숙명이라고 보는 관점은 그의 생래적이
며 인생관에 결부된 것으로 친다 하더라도 "사랑하는 사람과/같이 살아

도//서로 따로 따로"란 인식과 반어적 기법은 조병화 시의 전형이나 다름없는 창안이다. 앞서의 예시「가을 하늘 아래」에서 시도된 바처럼 "떼를 지은 기러기들"을 보며 "혼자이며 혼자가 아니고/무리이며 혼자인 이 존재의 세계"의 그 사념과 다르지 않다. 그의 "따로"란 관념에선 실존주의 문학의 모서리가 설핏 감지된다.

3.『기다림은 아련히』에서 살펴야 할 점

수록 시편 중「여름—1998년」은 작시일 대신에 '3월 13일 아내 사망'이란 추기가 보인다. 노년에 상태를 당한 후의 고적한 심정은 이보다 앞선 작으로 추정이 되는 5월 17일자의「오, 5월이여—1998년」을 거쳐 5월 28일자의「이 초여름에—1998년」에 잘 드러나 있다. 세 편 모두 제목 아래에 1998년이란 연도를 굳이 밝히고 있는 것은 작품 외적인, 사사로이 의미를 부여하고자 하는 뜻이 짚여진다. 다시 말해서, 이 해의 5월이며 초여름·여름은 아내를 떠나보낸 특별한 때, 계절임을 주지시키고 싶은 심사에 말미암음이겠다.

> 옛날에도, 지금도
> 뻐꾸기, 꾀꼬리는 그 소리 그 소리이지만
> 사람이 바뀌고, 산천이 바뀌는 내 고향에
> 나는 늙어 남아서
> 먼저 간 사람의 햇무덤에 새로 솟은 잡초를 고른다
>
> 가슴에 엉긴 슬픔을 고르며
> 세월을 뽑으며.
>
> —「이 초여름에」후반부

이 두 연만으로도 새 무덤을 쓰다듬는 시인의 유정함이 실경으로 눈앞에 그려진다. 오월의 고향엔 붉은 장미가 너울지고 오디가 예년처럼 까맣게 영글어 가지만, 함께 살아온 사람은 간데 온데 없고 그 무덤의 잡초만 싱그러운 생명력으로 움돋는 것을 바라보며 이승의 섭리에 숙엄해지는가 하면, 생의 덧없음과 윤회의 철리를 깨우친다. 그리하여 "이제 머지않아 나는 죽어서/내 고향 난실리로 돌아가 그 흙으로 귀화하리니/사랑이다, 꿈이다, 그리움이다, 한/내 삶을 부끄러워하리//그 외로움도/그 쓸쓸함도."(「흙으로의 귀화」) 하고 노래하기에 이른 것이다. 이런 율조律調는 결코 '가장 절망적인 노래'가 아님은 명약관화하다.

조병화의 제48시집의 의의는 이 점에서 찾아진다. 그는 평생토록 그리움, 외로움, 기다림을 지병처럼 곁하고 살아오면서 사랑, 꿈, 정情을 무한 추구해 왔다. 그 여정 끝에 인생의 황혼기와 맞닥뜨렸으며, 상실 가운데에서도 가장 아린 별리를 겪었다. 이에 시인은 눈시울을 적시거나 앙앙불락하지 않고 다소곳이 정황과 명운을 받아들이는 순응을 보여준다. 그의 스타일은 "고통 가운데서만 창작할 수 있다"는 뮈세의 주장과는 거리가 멀다. 특히 죽음에 상도想到하는 시편들은 그다운 목소리를 여실히 반영하고 있다.

평상심을 잃지 않는 게 누구나, 아무나의 몫일 수는 없다. 고독감을 읊조릴 때도 그러하려니와 죽음을 되작일 때에도 나직나직한 목소리로, 명동이며 혜화동 도심의 꽃가게 앞을 지나칠 적의 그것처럼 고향 난실리 오월의 꽃바람을 감각하면서도 "외롭게, 좀 쓸쓸히 살아가고 있다는 생각에"(「머물다 사라지는 생각」) 잠겨들기도 하는 그를 가리켜 우리는 평상심을 유지한 시인이라고 회상하며, 동시에 우리 시대의 큰 바위 얼굴로 떠올리지 않을 수 없다.

멜랑콜리커로서의 문학
—哀悼 대상을 잃어버린 글들

조병화 제49시집 『따뜻한 슬픔』

박찬일(시인)

소멸과 멜랑콜리는 보편적이다. 공시적으로 보편적이고 통시적으로 보편적이다; 소멸과 멜랑콜리는 감출 수 없다. 공시적으로 감출 수 없고, 통시적으로 감출 수 없다.

일반적 멜랑콜리커의 수순은 '대상상실—애도—애도불가능성—합체— 자아상실—욕망상실'이다.

역사적 멜랑콜리커는 "테베", "만리장성", "필립왕", "젊은 알렉산더", "프리드리히대왕"(브레히트, 「책 읽는 노동자의 의문」, 1939), '30년 전쟁' 을 기억한다. '여기저기'에서 '이름도 없이 빛도 없이' 소멸한 자들을 '일일 이' 불러내어 그들을 소멸의 보편성에 합류시킨다. '봐, 봐, 너희들만 억울 한 것이 아니야, 모두 억울해'라고 속삭여주는 것이다. 소멸을 소멸로서 구제하는 것이다. 여기에는 벤야민 특유의 유물론적 역사관이 있고, 무엇 보다 메시아적 역사관이 있다.

1. 영원한 멜랑콜리커—보들레르

(1) 언어가 존재의 집이다? 조병화시인은 '인간이 인간에게 "존재의 집"이다.'라고 말한다. "벗"이 "나"의 존재의 집이라고 말한다. "나의 일생이 가득히 소장되어 있"기 때문이다. 벗들이 사라지는 것은 그러므로 내가 사라지는 것과 같다. 벗들이 다 사라지면 '나의 존재의 집'이 다 사라지는 것이다. 기억 속에서 사라지는 것이 '완전한 소멸(Zamani)'이다; '나[화자]'도 '벗들의 존재의 집'이므로 벗 하나가 사라지면 내 몸에 유골함 하나를 안치시키는 것이 된다. 사라지는 벗들의 수만큼 내 몸의 유골함의 수도 늘어난다. 죽음 연습을 이렇게 하는 걸까.

> 나의 일생이 가득히 소장되어 있는
> 나의 '존재의 집', 그 벗들
>
> 어디로들 가는 것일까
>
> 신문에 부고가 날 때마다
> 이 생각.

―「사라져가는 '존재의 집'」 부분

<u>'내'가 죽으면 내 '존재의 집'인 벗들은 각각 납골당이다, '나'의 유골함을 품은. 우리는 모두 납골당이다, 타자들의 유골함을 품은.[1]</u>

(2) 보들레르가 "내게는 천 년을 산 것보다 많은 기억이 있다"(「우울」), "내 소중한 기억은 바위보다 무겁다"(「백조」)라고 말한다. '내게는 천 년을 산 것보다 많은 기억이 있다'를 '소멸의 자연사·소멸의 인간사가 천

---

1) '존재의 집' 조병화의 제50시집 『고요한 귀향』에서는 "존재의 숙소"(「벗—고향의 친구 C의 죽음을 들으며」로 변주된다.

년보다 오래되었다'고 바꾸어본다. 천 년을 애도하는 것으로 봐본다. 천 년 동안 이름도 없이 빛도 없이 사라진 '완전소멸자'를 애도하는 것으로 봐본다. 구체적 대상의 소멸을 말한 것이 아니므로 영원한 멜랑콜리를 말한 것으로 봐본다—완전소멸자가 너무 많으므로 잊을 수 없다. 이것도 영원한 멜랑콜리의 이유가 된다—완전소멸자를 자신과 합체(Inkorporation)시킨 것으로 봐본다. 스스로 "공동묘지보다 많은 주검을 담은 엄청난 구덩이"(「우울」)가 된 것으로 봐본다. 스스로 "달빛조차 극도로 꺼리는 교회묘지"(「우울」)가 된 것으로 봐본다. '내 소중한 기억은 바위보다 무겁다'라고 한 것은 몸속이 '공동묘지보다 많은 주검을 담은 엄청난 구덩이', 무거운 몸이기 때문이다. 바디가 무거운데, 공동묘지보다 많은 바디를 담은 몸은 얼마나 무거울 것인가; 몸속에 공동묘지보다 많은 바디를 담은 자는 스스로 바디이다.

공동묘지가 기피 · 혐오의 대상('달빛조차 극도로 꺼리는 교회묘지') 이면 '공동묘지보다 많은 주검을 담은 엄청난 구덩이'는 더욱 더 기피 · 혐오의 대상이다. 몸속에 공동묘지보다 많은 주검을 담은 멜랑콜리커는 기피 · 혐오의 대상이다. 무엇보다 멜랑콜리커 자신이 이 사실을 알기에, 멜랑콜리커는 멜랑콜리커에게 기피 · 혐오의 대상이다. 공동묘지보다 많은 주검이라고 한 것은 잃어버린 대상이 누구인지 모른다고 한 것이다. 잃어버린 대상이 누구인지 모르므로 멜랑콜리는 넘을 수 없는 벽이다. 멜랑콜리커는 영원한 멜랑콜리커가 된다. 신의 죽음이 인간의 죽음을 낳은 것처럼, 인간의 영원한 죽음을 낳은 것처럼.

내게는 천년을 산 것보다 많은 기억이 있다.

계산서들, 싯귀들, 연애편지들, 소송서류들, 로맨스물들, 영수증들에 말린 무거운 머리털들, 가득찬 서랍장들, 육중한 장롱보다 더 많은 비밀들을 감춘 내 슬픈 두뇌. 내 두뇌는 피라미드, 엄청난 구덩이, 공동묘지보다 많은 주검들을 담은 엄청난 구덩이.

> ─나는 달빛조차 극도로 꺼리는 교회묘지, 마치 회한처럼 기다란 구더기
> 떼가 기어다니는 곳, 구더기떼들이 내 최고 사랑이었던 주검들(필자)을 계
> 속, 계속, 갉아먹는 곳. 나는 시든 장미로 가득 찬 낡은 화장실(化粧室) [⋯]
>
> ─「우울(Spleen)」

"피라미드"에는 얼마나 많은 주검이 담기는가. 그들을 '다' 잊을 수 없
다. 영원한 멜랑콜리이다. 영원한 멜랑콜리커이다; <u>화자를 멜랑콜리커</u>
<u>라고 읽을 수 있는 확실한 증거는 "내 최고사랑이었던 주검들"이라고 했</u>
<u>기 때문이다. 이것은 멜랑콜리커의 수순, '(사랑하는) 대상상실─애도─</u>
<u>애도불가능성─합체[몸 속에 유골함 안치]─(자아상실)과 정확하게 일</u>
<u>치한다.</u>

2. 멜랑콜리─멜랑콜리커─조병화

보들레르에게 '공동묘지'가 있다면 조병화에게는 '대합실'이 있다. 대합
실이 '사람들이 모여드는 곳'이면서, 대합실이 '사람들이 떠나는 곳'이다.

> ①
> 먼 길 걸어와서
> 당도한 텅 빈 넓은 대합실,
> 섬뜩하여라
>
> 다들 어디로 이미 떠났을까.
>
> ─「텅 빈 대합실」 전문

②
이 사람은 어디로 가는 나그네일까,
사람들이 모여드는 대합실,
한 코너에서
출입구만 바라보고 있다.

―「출발을 기다리며」 전문

② "사람들이 모여드는 대합실"을 말하려는 것이 아니다. 앞에 이미 복선으로서 "나그네"가 장착되어 있다. 총알이 떠날 준비를 하고 있는 것처럼 나그네도 떠날 준비가 되어 있다. 인류가 나가는 구멍은 다 같다. "한 코너"가 복선으로서 장착되어 있다. <u>인류가 공동으로 나가는 구멍은 소멸의 구멍이다. "출입구"가 소멸의 구멍의 알레고리이다. 시 자체가 소멸의 알레고리이다. 대합실은 '많은 것'의 알레고리이다. 정확히 말하면 '소멸을 기다리는 인류의 알레고리'이다.</u> "출발을 기다리며"라고 한 것은 아이러니이면서 역설이다. 소멸을 출발이라고 아니할 까닭이 없다. 출입구[소멸]만 바라보고 사는 삶은 죽음연습을 하는 삶이다. 중요한 것은 화자의 정조이다. 화자의 정조가 멜랑콜리라는 것이다. 모든 알레고리는 소멸을 만든다. 북두칠성은 국자의 알레고리이지만 국자 또한 사라지게 되어 있다.[2] 알레고리가 소멸이라는 것은 알레고리가 멜랑콜리라는 말과 같다. 소멸을 끼고 사는 자가 멜랑콜리커이다.

①에서 "대합실"은 보들레르가 자신을 "공동묘지보다 많은 주검을 담은 엄청난 구덩이"이라고 한 것을 직접적으로 상기하게 한다. "다들 어디로 이미 떠"나 "텅 빈 넓은 대합실"의 대합'실'은 봉안'실'을 상기하게 한다. 대합실이 봉안실이다. <u>대합실이 봉안실인 것은 '떠난 그들'의 자취가 있기 때문이다.</u> "섬뜩하여라'라고 한 것은 '떠난 그들'의 자취를 보았

---

2) 각주 4) 참조.

기 때문이다. '섬뜩하여라'는 보들레르가 "달빛조차 극도로 꺼리는 교회 묘지"라고 한 것을 상기시킨다. "마치 회한처럼 기다란 구더기떼가 기어 다니는 곳"이라고 한 것을 상기시킨다. 무엇보다도 대합실이 봉안실인 것은 대합실에 화자 혼자 있기 때문이다. 봉안실에 화자 혼자 있기 때문이다. 수많은 주검이 안치된 봉안실 속에 들어간 화자가 그들을 애도하는 것으로 보는 것이다. "다들 어디로 이미 떠났을까"는 애도하는 게스투스이다. ②의「출발을 기다리며」에서 '대합실'을 '많은 것'의 알레고리라고 했다. '소멸을 기다리는 인류의 알레고리'라고 했다. ①「텅 빈 대합실」에서 대합실은 '많은 것'의 알레고리이지만 '소멸을 기다리는 인류'의 알레고리는 아니다, '이미' 소멸한 인류의 알레고리이다. '대합실을 떠난 인류'의 자취를 애도하는 화자는 애도에서 멈추지 못한다. 대합실[봉안실]은 '많은 곳'으로서, 수많은 주검이 안치된 곳으로서, 그들을 일일이 다 애도할 수 없다. 그들을 일일이 다 애도하기 위해서는 봉안실[대합실]을 통째로 옮겨 화자의 몸 안에 안치시켜야 한다, 스스로 멜랑콜리커가 되어야 한다. '다들 어디로 이미 떠났을까'를 애도의 게스투스를 넘어서 멜랑콜리의 게스투스로 보는 것이다.

3. 역사적 멜랑콜리커—조병화

역사적 멜랑콜리커라고 한 것은 조병화의 멜랑콜리가 공시적 멜랑콜리를 넘어 통시적 멜랑콜리이기 때문이다. 통시적 멜랑콜리는 과거를 향한 멜랑콜리와 미래를 향한 멜랑콜리를 포함한다. 먼저 공시적 멜랑콜리커로서의 조병화. 공시적 멜랑콜리커의 으뜸가는 원인으로 '어머니'를 부정할 수 있을까. 어머니가 돌아가셨다. 그가 멜랑콜리커의 반열에 올라선다.

내겐, 어머님의 묘역(墓域)이
고요한 나의 사원(寺院), 정결한 나의 사찰(寺刹)
바람이 사제(司祭)요, 구름이 법사(法師)

이곳에서 나는 말이 없다.(필자)

-「나의 사원(寺院)」 전문

　시집 『따뜻한 슬픔』의 세 번째 시. "어머님"의 유골은 어머님의 "묘
역"에 있다. 유골이 "사찰(寺院)'에 있는 경우도 있고, "사찰(寺刹)"에 있
는 경우도 있다. 봉안실을 경영하는 교회가 많고, 봉안실을 경영하는 사
찰이 많다. 주목되는 것은 "이곳에서 나는 말이 없다"라고 한 것이다.
'말이 없다'는 슈테판 츠바이크의 「죽은 자는 말이 없다」는 단편을 떠올
리게 한다. '이곳에서 나는 말이 없다'는 것을 '이곳에서 나는 죽은 자이
다'라고 한 것으로 보는 것이다. 멜랑콜리커는 죽은 자이다. 멜랑콜리커
는 욕망이 거세된 자이다. 말하기가 싫고, 먹기가 싫고, 왜 자야 하는지
모른다. 멜랑콜리커는 죽은 자이기 때문이다. 조병화가 죽은 자인 것은
어머니의 유골함을 몸속에 품었기 때문이다. 사랑하는 대상의 소멸이
애도를 불러온다. 애도가 애도로 끝나지 않는 경우가 있다. 소멸자를 몸
안에 안치하는 경우이다. 정확히 말하면 소멸자의 유골함을 몸 안에 안
치하는 경우이다. 유골함을 몸 안에 안치한 자는 걸어다니는 봉안실이
다. 몸 안에 주검을 안치시켜 스스로 죽음을 자초하는 자이다. 대상의 상
실이 애도에 부응한다면 자아의 상실이 멜랑콜리에 부응한다. 유골함을
몸 안에 안치한 자는 멜랑콜리커로서 멜랑콜리커 자체가 된다.3) 멜랑콜

---

3)「나의 寺院」은 공시적 애도의 모범적 예이다. 외부상실-애도-애도불가능성-내부
　상실-멜랑콜리(커)의 수순은 일반적 멜랑콜리커의 수순이다. 멜랑콜리커는 예컨대
　상실한 대상이 있고, 그 상실한 대상을 마치 유골함처럼 몸 안에 안치하고, 스스로 유
　골함이 된 개인이다. 상실한 대상을 몸 안에 둘 수 있다면 상실한 대상을 몸 밖으로 꺼
　낼 수도 있다. 이 경우 멜랑콜리는 개인에게 있었던 역사적 사실로만 존재한다. 이러

리커에게 "바람이 사제요, 구름이 法師"이다. 바람과 구름은 삶의 덧없음을 상징한다. 한 번 가면 다시 오지 않는 바람, 다시 올려다보면 이미 그 자리를 떠난 구름. 바람과 구름을 사제이고 법사라고 한 것은 바람과

한 해석은 프로이트의 논문 「애도와 멜랑콜리」(1917[1915])에서 기인한다(GS, X). 우울증의 논의가 단순하지 않은 것은 프로이트는 또한 상실한 대상의 불분명성에 대해 분명히 얘기하기 때문이다. "상실한 것이 무엇인지 분명히 인식할 수 없다. 환자조차도 자신이 상실한 것을 의식화시키기 힘들다고 해야 하리라." 분명한 것은 멜랑콜리가 상실을 전제하고, '애도불가능성'을 전제로 한다는 점이다. 애도대상이 분명하거나 분명하지 않거나, 상실을 전제하고, 애도불가능성을 전제한다는 점이다. 애도대상이 분명하지 않을 때 멜랑콜리커는 '어려운 상황의 멜랑콜리커'가 된다. 상실한 것이 무엇인지 모를 때, 애도 대상이 불분명할 때, 몸 안에 안치시킨 유골함을 꺼내기가 힘들다. 애도대상의 부재 · 애도대상의 불분명은 정체성 혼란 · 정체성 상실을 심화시킨다. '정체성 상실의 구체화로서의 멜랑콜리'를 자기 자신에 대한 애도로 볼 수 있다. 자기 자신의 애도에서 "양면감정병존갈등(Ambivalenzkonflikt)"이 "복잡하게" 나타난다. "사랑대상의 상실은 사랑관계에서의 양면감정병존을 알맞게 드러나게 하는 탁월한 계기가 된다." 애도는 "대상에 대한 상실로 괴로워하는 것"이고(여기에도 양면감정병존이 있다), 멜랑콜리는 "자아에 대한 상실"에서 기인한다. 자아상실의 대가는 혹독하다. "고통스러운 불쾌감", "외부세계에 대한 관심중단", "사랑능력의 상실", "모든 행동의 억제", "자기감정 비하" 등이다. 간단히 말하면 "자아감의 극대적 저하, 엄청난 자아 빈곤"이 자아상실의 표상이다(GS, X, 429-444). 프로이트 식 그대로 말하면 '삶충동'으로서의 '욕망의 부재'이다. 욕망 부재는 유기체적 삶을 유지하기 위한 최소한의 삶의 조건들에 대한 거부와 같다. 이점에서 멜랑콜리는 죽음 충동과 관계있다(「자아와 에스」, 1923). 멜랑콜리를 죽음 충동과 관계시키는 것은 멜랑콜리에 보편적 성격을 부여하는 것이다. 구체적 원인 없는 불안이 앙스트(Angst)라면, 구체적 원인 없는 우울감이 멜랑콜리이다. 앙스트와 멜랑콜리 둘 다 죽음과 관계한다. 앙스트가 죽음으로의 불안이고, 멜랑콜리 역시 죽음으로의 멜랑콜리이다; 대상을 향한 리비도집중이 허약할 경우 자아는 대상을 향한 리비도집중을 철회할 수 있다. "대상을 향한 리비도집중(Objektbesetzung, Liebesbesetzug)"(GS, X, 435-437)을 철회하는 대신 자아는 "대상과의 나르시스적 동일시"를 감행한다. 이른바 나르시시즘으로의 퇴행이다. 프로이트는 대상과의 동일시를 통한 나르시시즘으로의 복귀 또한 멜랑콜리의 주요 특성의 하나로 보려고 한다(436). 대상과의 동일시는 대상상실-자아상실로 이어지는 멜랑콜리의 일반적 궤도를 이탈하는 것. 나르시시즘의 대상과의 동일시는 대상의 상실을 부분적으로 반영하는 것이지만 대상상실이 자아상실로 이어지는 것이 아닌, 자아의 확대로 이어진다는 점에서 멜랑콜리의 기본 메커니즘에서 이탈하는 것. 중요한 것은, 프로이트 정신분석학에서 중요한 '동일시(Identifizierung)' 그 자체이다.

구름으로서 살겠다는 것이다. 아니, 바람과 구름으로서 죽겠다는 것이다. 멜랑콜리커는 소멸과 아주 인근의 관계에 있다. <u>역사적 멜랑콜리의 압권은 「진돗개」이다.</u>

> 진돗개는 눈치가 번개라 한다
> 진돗개는 귀가 하늘이라 한다
>
> 모습으로 사람을 판단하고
> 발자국 소리로 사람을 알아차린다 한다
>
> 병원을 찾아오는 사람이
> 환자이면 돌아갈 때 거리까지 배웅하고
> 환자가 아니면 마구 짖어댄다 한다
>
> 이 말은 진도외과전문의 의원
> 조영남 원장의 말,
>
> 진돗개는 캄캄한 밤에도
> 천리를 보고, 천리를 듣는다 한다.

-「진돗개」 전문

"진돗개"에 대한 정보를 알려고 이 시를 인용한 것은 아니지만 '진돗개'에 대한 정보가 쏠쏠하다. 진돗개가 '벤야민의 천사'와 '뒤러의 천사'를 상기하게 한다. 진돗개는 벤야민과 뒤러의 천사처럼 멜랑콜리커이다. 「역사철학테제」(벤야민)라는 제목으로 더 알려진 「역사의 개념에 대하여」(1942)에서 천사는 "새로운 천사(Angeles Novus)"로서 "잠시 머물고 싶어 할, 죽은 자들을 깨우고 싶어 할, 산산이 부서진 것을 짜맞추고 싶어 할 천사이다."(GS, Ⅰ-2, 697)『독일비애극의 원천』(1928)에서 "멜랑콜리가 앎을 위해 세계를 배반한다.4) 멜랑콜리의 지속적 침전의 목적이 죽은 사물들을 구제하기 위해 죽은 사물들을 정관(靜觀, Kontemp-lation) 속에 두는 것이다."(GS, Ⅰ-1, 334)고 했을 때 벤야민의 천사 역할은 분명해진다. 벤야민의 '천사'는 역사적 멜랑콜리커로서 "사물들의 덧없음을 영원 속으로 구제하는 것"(GS, Ⅰ-1, 397)이다.5) 죽은 사물들을 짜맞추어―이것이 알레고리커로서의 행위이다―덧없음의 알레고리를 만들어, 이 덧없음을 그들 각각에 되돌려주는 것이, 그들을 영원 속으로 구제하는 것이다. 북두칠성 예를 들면, 북두칠성의 배치를 덧없음의 알

---

4) '세계를 배반한다.'는 선형적 · 연속적 역사이해에 대한 배반이다. 벤야민 이해에 있어서 가장 중요한 것으로 전제해야 할 것이 비선형적 · 불연속적 역사이해이다. 통상적 역사주의의 거부로서, 선형적 · 연속적 역사이해에 대한 거부이다. 선형적 · 연속적 역사이해의 거부가 알레고리―알레고리커이다. 알레고리―알레그리커로서 벤야민은 역사적 폐허 구덩이들에서 "파편, 그 파편(Fragment, das Bruchstück)"(GS, Ⅰ-1, 354)들을 꺼내 이들을 재구성해내려고 한다. 그들을 일일이 호명해주고 싶어한다; 벤야민이 「역사의 개념에 대하여」에서 보편적 세계사서술과 유물론적 역사서술을 구분한다. "보편적 세계사라는 것이 공허한 시간을 채우기 위해 사실의 더미들을 모으는데 급급하다. 이에 반해 유물론적 역사서술은 구성원칙(konstruktives Prinzip)에 근거를 둔다." 벤야민이 이해하는 유물론적 역사서술은 벤야민 고유의 것으로서 일반적 변증법적 유물사관과 구분된다. "특정한 시기"의 역사적 사건은 늘 살아있는 "지금시간(Jetztzeit)"이다. 그것은 지금시간에서 구성되고 편집된다. "역사는 구성의 대상이다." "고대 로마는 지금시간에 의해 충전된 과거"이다. "불란서혁명"은 "다시 돌아온 로마"였다. 현재가 과거에 간섭하고, 간섭된 과거에 의해 과거는 다시 현재에 간섭한다. '역사적 사건'은 과거 · 현재 · 미래를 넘나드는 것으로서 늘 진행형이다(멜랑콜리적 역사관을 통해 말하면 '역사적 사건'은 늘 구제의 대상이다). 주목되는 것은 "사고에는 생각의 흐름만이 아니라 생각의 정지도 포함된다."는 말이다. 생각의 정지는 "희미한 메시아적 힘"에 의해 충만된 지금시간이다. "역사적 유물론자는 그가 단자(Monade)로서 마주 대하는 역사적 대상에만 오로지 접근한다. 단자의 구조 손에서 역사적 유물론자는 사건의 메시아적 정지의 표지, 즉 억압된 과거를 위한 투쟁들에 내재한 혁명적 기회의 표지를 인식한다." 벤야민의 고유한 유물론적 역사관은 메시아적 역사관, 단자론적(Monadologisch) 역사관을 포함한다. 단자론적 역사관은 벤야민이 "한 시대 속에 전체 역사의 진행이 보존되고 지양되는 것"이라고 말할 때 뚜렷이 나타난다(GS Ⅰ-2, 694-701).

5) 벤야민의 신학적 세계관, 혹은 메시아적 세계관을 분명하게 보여줄다.

레고리로 보고, 이 덧없음을 7개의 별 각각에게 되돌려주어, 그들을 영원으로 구제하는 것이다.[6)

　'멜랑콜리의 지속적 침전의 목적이 죽은 사물들을 구제하기 위해 죽은 사물들을 정관 속에 두는 것', '사물들의 덧없음을 영원 속으로 구제하는 것', 이것들이 말하는 것은 무엇인가. 간단히, '너희들에게만 소멸이 있었던 것이 아니야.'라고 말해주는 것이 아닌가. 소멸을 소멸 속으로, 들여보내는 것, 소멸의 보편성 속으로 들여보내는 것, 그러므로 소멸자를 소멸자를 통해 구제하는 것—너희들만 소멸한 것이 아니야! 물론 멜랑콜리커의 어조이다.[7)

　벤야민의 천사는 정태적 멜랑콜리커가 아니라, 동태적 멜랑콜리커이다. 뒤러의 천사는 그의 동판화 「멜랑콜리아 Ⅰ」에 등장하는 것으로서 양면감정병존을 갖는다. 애도, 잉여감정에 휩싸인 정태적 멜랑콜리커의 모습, 그리고—이것은 천사 주변의 아이콘들을 고려한 것으로써—사유운동으로서의 동태적 멜랑콜리커로서의 모습을 보여준다. '죽은 사물들'과 '죽은 사물들의 구제'의 관계와 같다. "진돗개"가 표상하는 것은 역사의 천사, 혹은 벤야민 식으로 말하면 '새로운 천사'이다. 다시 한 번 인용하자.

　　　진돗개는 눈치가 번개라 한다

---

6) 북두칠성은 국자의 알레고리이다. 7개의 별의 질량은 각각 현저히 다르고, 7개의 별 간의 거리 또한 현저히 다르다. 별들은 서로에게 극단적이다. 극단적인 것들이 '모여'(?) 국자 알레고리를 만들었다. 극단성과 우연성("의도의 죽음", GS Ⅰ-1, 216)이 벤야민의 알레고리 이해이다. 벤야민의 알레고리는 그리고 멜랑콜리를 特長으로 한다. '알레고리는 멜랑콜리이다.' 알레고리는 소멸에 대한 멜랑콜리로서 인류의 소멸사, 자연의 소멸사를 전제한다. '소멸의 보편성'의 구체화가 멜랑콜리이고, 멜랑콜리의 구체화가 알레고리이다.

7) 소멸을 소멸로 구제하는 변증법적 방식은 낯선 것이 아니다. 니체형이상학에서 이것은 가상을 가상으로 구원하는 것(『비극의 탄생』, 1872)으로 나타나고, 그림자를 그림자로 구원하는 것(『차라투스트라』, 1385)으로 나타난다.

진돗개는 귀가 하늘이라 한다

　　　모습으로 사람을 판단하고
　　　발자국 소리로 사람을 알아차린다 한다

　　　병원을 찾아오는 사람이
　　　환자이면 돌아갈 때 거리까지 배웅하고
　　　환자가 아니면 마구 짖어댄다 한다

　진돗개의 "눈치"가 '죽은 사물들'에 대한, '죽은 사물들의 덧없음'에 대한, 눈치이다. 진돗개의 "귀"도 마찬가지이다. '죽은 사물들'에 대한, '죽은 사물들의 덧없음'에 대한, 귀이다. '진돗개'에게 "번개", "하늘"의 지위를 부여하였다.8) 진돗개의 "판단", "알아차"림들도 모두 '죽은 사물들'에 대한, '죽은 사물들의 덧없음'에 대한, 판단이고, 알아차림이다. 압권은 진돗개의 역사에 대한 불연속적 이해이다. "환자"인 것과 "환자가 아"닌 것의 구분이다. '환자가 아닌 것을 배제시키는 것'은 벤야민의 멜랑콜리커로서의 역사 이해와 정확히 일치한다. 벤야민은 물론 소멸의 보편성을 얘기하고 있지만, 모든 알레고리는 멜랑콜리를 내용으로 하는 것이지만.

　"진돗개는 캄캄한 밤에도/ 천리를 보고, 천리를 듣는다 한다"에서 '캄캄한 밤'이 암시하는 것은 비극적 세계 인식과 관계있다. 멜랑콜리적 세계인식과 관계있다. 무엇보다도 '천리를 보고, 천리를 듣는다 한다'는 역사적 멜랑콜리커를 강조한 것으로 읽을 수밖에 없다. 역사적 멜랑콜리커의 대상은 지나간 역사에만 국한되는 것일까.

　다음 글은 역사적 멜랑콜리커로서의 조병화를 보여준다. 역사적 멜랑

---

8) 멜랑콜리커에게, '진돗개'에게, "번개", "하늘"의 지위를 부여한 것은 멜랑콜리커에게 천재성을 부여한 것이다. 흑담즙질이 표상하는 차가움, 건조함, 느림, 나태를 넘어 멜랑콜리커를 천재의 표상으로 보기 시작한 것은 플라톤, 아리스토텔레스 이후이다.

콜리커로서의 조병화의 진면목을 보여준다.

> 참으로 엄청난 대량 생산과
> 대량 학살의 한 세기, 100년
> 제1차 세계대전쟁,
> 제2차 세계대전쟁,
> 핵무기, 화학무기의 출현
>
> (중략)
>
> 고요히 고개 숙여 하얀 눈이 내리는가
>
> 죽어간 것들을 위하여
> 살아남은 것들을 위하여
> 상처진 것들을 위하여
> 신(神)이 하얀 상복을 입고
> 기도 올리누나
>
> 오, 불쌍한 생존들이여
> 존재의 허망을 다 같이 반성할지어라
>
> 눈이 내리누나
>
> 하얀 눈이 소리 없이 내리누나
> 세기말의 이 고요함
>
> 어디선지 들려오는
> 21세기의 불안한 구두 소리.

-「세기말의 눈-1998년 겨울」 부분

"대량 생산"은 "대량 학살"을 전제한다. 대량 생산이 필요조건이지만 충분조건은 아니다. 대량 생산이 아니더라도 대량 학살은 오게 돼 있다. 대량 학살의 당사자들의 유골함을 가슴에 품은 것은 "神"―神이 우선 멜랑콜리커이다. "神이 하얀 상복을 입고/기도 올리누나"라고 한 것은 화자. 神은 화자의 페르소나, 조병화 역시 대량 학살의 당사자들의 유골함을 가슴에 품은 멜랑콜리커이다. 압권은 "고요히 고개 숙여 하얀 눈이 내리는가"라고 한 부분, "눈이 내리누나//하얀 눈이 소리 없이 내리누나"라고 한 부분, '눈'을 멜랑콜리커에 합세시킨다. '고개 숙여 내리는 눈'과 '소리 없이 내리는 눈'은 멜랑콜리커의 전형적 자세이다. 뒤러의 동판화 「멜랑콜리아 Ⅰ」에 나타난 천사의 자세가 이랬다. "세기말의 이 고요함"은 다음의 "어디선지 들려오는/ 21세기의 불안한 구두 소리"를 예비한 것. '고요'와 '소리'의 변증! 20세기의 '소리 없이 내리는 눈'이 21세기의 '불안한 구두 소리'로 변증되었다. '21세기의 불안한 구두 소리'를 듣는 자는 21세기에도 대량 학살이 계속될 것이라고 간주하는 자이다. 21세기의 대량 학살을 미리 애도하는 자이다. 21세기의 대량 학살의 당사자들의 유골함을 미리 가슴에 품은 자이다. '소멸의 인류사'를 인식한 자의 시―과거의 소멸을 애도하고 그 소멸자들을 가슴에 품은 자의 시, 미래의 소멸을 애도하고 그 소멸자들을 가슴에 품은 자의 시. 역사적 멜랑콜리커의 시! 보들레르의 「우울」에서처럼 조병화도 멜랑콜리커에서 벗어날 수 없다. 20세기의 대량 학살의 당사자들이 너무 많으므로, 너무 많은 유골함을 가슴에 품었으므로, 21세기의 대량 학살의 당사자들이 너무 많을 것이므로, 너무 많은 유골함을 미리 가슴에 품었으므로, 멜랑콜리커에서 벗어날 수 없다. 조병화는 영원한 멜랑콜리커, 미래를 포함시키는 역사적 멜랑콜리커를 자처했다.

4. 멜랑콜리커-변증법적 도약

「세기말의 눈-1998년 겨울」에서 주목되는 것이 더 있다.『따뜻한 슬픔』에는 "神"을 언급한 시가 많다.

> ①
> 음모가 검은 아버지와
> 음모 하나 없는 여 아이가 손을 잡고
> 남탕으로 들어오는 풍경이 있다
>
> 이제 머지않아 저 여 아이가
> 음모가 검은 어머니가 되어
>
> 음모 하나 없는 남 아이의 손을 잡고
> 여탕으로 들어오려니
>
> -「혈연-온천장 풍경 · 2」 부분
>
> ②
> 대지에서 식물은 자란다
> 대지에서 동물은 자란다
> 사람은 대지에서 자란 동식물을 먹고 산다
> 고로 사람은 대지를 먹고 산다
>
> 대지는 지구이다
> 지구는 머지않아 황폐할 것이다
> 따라서 사람은 머지않아 멸망할 것이다.
>
> -「멸망의 삼단논법」 전문

③
골짜기로 골짜기로 찾아든
모레인 호수는 억만 년 원시로 남아 있는
울적한 수면

솟아오른 로키산맥에서 흘러드는
만년설 눈 녹은 물이 고적하더라

어디선지 들려오는 듯
캐나다 원주민들의 슬픈 노래
머리에 감돌며

세월 속에 영원한 것은 없더라
소멸과 변화로 이어가는 인간 세상

오, 자연이여
神은 있는지 없는지 말이 없더라.

—「원시와 현재—모레인 호수에서」 전문

④
神은 이곳에서도
주소불명이어라.

—「록키산맥—Banff 국립공원에서」 부분

⑤
神이 하얀 상복을 입고
기도 올리누나

오, 불쌍한 생존들이여

존재의 허망을 다 같이 반성할지어라

-「세기말의 눈-1998년 겨울」 부분

⑥
어디로 사라졌을까
분명 멸종했으려니, 아 딱도 하여라

이 '길잡이' 딱정벌레만이랴
사진첩을 넘길 때마다
있어야 할 곳에 있어야 할 곤충들이
허 허 허허롭다, 비어 있다, 보이질 않는다

멸종이란 말은
종자가 말살되어서
다시는 이 지구상에 소생할 수 없다는 말
오, 神이여 이건 너무나 잔혹한 처사이옵니다

머지 않아 인종(人類)라는 종자도.

-「멸종 풍경」 부분

② 소멸의 "대지"사, 소멸의 "지구"사, 소멸의 "사람"사에 대해 얘기한다. 소멸의 보편성에 대해 간단히 말한다. 벤야민은 알레고리의 내용을 모두 소멸의 자연사·소멸의 인류사로 이해한다. 벤야민에게 알레고리커는 멜랑콜리커이다. 무엇보다 '소멸의 인간사'의 절정을 보여주는 것의 ① 「혈연-온천장 풍경·2」이다, 진풍경이다. "아버지"와 "어머니"의 소멸, "여 아이"와 "남 아이"의 소멸, '소멸의 보편성'의 절정이다.

③, ④ 멜랑콜리는 그리스의 '시간의 신' 크로노스(Kronos)와 관계있고, 로마의 '농업의 신' 사투르누스(Saturnus)와 관계있다. 멜랑콜리는

'시간의 덧없음'과 가장 밀접한 관계에 있다. "억만 년 원시"의 "모레인 호수", "로키산맥"의 "만년설"에 대한 대응감정이 "울적"감정과 "고적" 감정이다. 화자는 "캐나다 원주민들의 슬픈 노래"를 "머리"로 듣는다. "영원"과 "소멸과 변화"가 서로 대응관계에 있다. 소멸과 변화가 영원을 주조한다. 대표적인 경우가 파르메니데스·플라톤들이다. 플라톤의 이데아철학은 소멸과 변화에 대한 유물론적 변증으로서 영원불멸·영원불변을 말한다. 플라톤은 멜랑콜리커로서 시작한다. 이데아의 끝에 움직여지지 않는 움직임으로서 신이 있다. 화자는 "神은 있는지 없는지 말이 없더라"(③), "神은 이곳에서도/주소불명이어라"(④) 하면서 '신존재론/신부재론'에 합류한다. '신이 존재하지 않는다'는 과학적 가설의 대상이 되지 못한다. 검증될 수 없고, 반박될 수 없기 때문이다. 神을 말하는 것은 어쨌든 동태적 멜랑콜리커와 관계있다.

벤야민은 '멜랑콜리의 지속적 침전의 목적이 죽은 사물들을 구제하기 위해 죽은 사물들을 靜觀 속에 두는 것이다'라고 했다. <u>멜랑콜리커의 중요한 양상 중의 하나가 양면감정병존Ambivalenz이다. 혹은 변증법적 도약이다. ⑤ "하얀 상복을 입"은 "神"이 있으면 "기도 올리"는 神이 있다. 후자는 동태적 멜랑콜리커이고, 전자는 정태적 멜랑콜리커이다.</u> 마찬가지로 "불쌍한 생존들이여"라고 한 것은 정태적 멜랑클리커의 '영탄'이고, "존재의 허망을 다 같이 반성할지어라"는 동태적 멜랑콜리커의 '요청'이다. '존재의 허망을 다 같이 반성할지어라'는 묘묘한 에끄리뛰르이다. 대량 학살을 자행한 자들, 대량 학살의 당사자들, 즉 인류 전체에게 향하는 말인가. 아니면 바로 위 연의 '神'을 고려하는 것으로서, 神에게 향하는 말인가. '다 같이'가 '불쌍한 생존들'에만 걸리지 않은 것으로 보는 것이다. 인류에게 존재의 허망을 반성·성찰하라고 촉구한 것으로 볼 수 있고, '존재의 허망'을 하사(?)한 신에게—바로 그 이유에서—반성·성찰하라고 촉구한 것이라고 볼 수 있다. ⑥ "딱정벌레"가 "딱"하게도 정말 "멸종"했는지 모르겠다. 그러나 '멸종 그 자체'는 분명하다. 멸종하지 않는 것은 없다. "머지 않아 人類라는 종자도" 멸종한다. 사실, 다윈이 전하는 것은 "인류라는 것도 고정되지도 않고 영원하지도 않다"는 것이다. 멸종은 '과거·현재·미래'를 가로지르는 공시적/통시적 사건이다. 멸종을 얘기하는 자는, 소멸을 얘기하는 자와 같다. 멜랑콜리커이다. <u>"오, 神이여 이건 너무나 잔혹한 처사이옵니다"라고 하는 것은 동태적 멜랑콜리커의 어조이다. 최고심급인 신에게 소멸[멸종]을 영원 속으로 구제해줄 것을 요청한다.</u> 멜랑콜리커의 '죽은 자들을 깨워, 죽은 자들을 영원 속으로 구제하려는 시도', 즉 '소멸의 보편성으로 구제하려는 시도', '소멸의 자연사·소멸의 인류사로 구제하려는 시도'에는 '신적 기대감'이 포함된다.

5. 나가며

소멸을 얘기하는 자는 다 멜랑콜리커가 아닌가. 소멸한 자를 몸속에 품은 자가 멜랑콜리커이고, 소멸을 몸속에 품은 자도 멜랑콜리이다. <u>소멸의 자연사·소멸의 인류사이므로, 소멸의 문학예술사를 말할 수 있지 않을까. 모든 문학은 소멸을 품고, 소멸자를 품고, 모든 문학은 그러므로 멜랑콜리를 품고, 모든 문학은 그러므로 스스로 멜랑콜리커가 아닌가.</u> 소멸의 자연사에 동의하고, 소멸의 인류사에 동의하는 것이다. 알레고리는 멜랑콜리이다, 이것도 같은 관점이다. 알레고리[성좌, Konstellation] 주조에 주관성으로서의 멜랑콜리가 개입됐다고 보는 것이다. 설령 그렇지 않더라도, 이것저것을 모아 구성·주조했으나, 이것이 소멸과 관계하고, 저것이 소멸과 관계하고, 이것저것이 합쳐서 소멸을 구성하고, 혹은 소멸의 소멸을 구성하고, 스스로 멜랑콜리가 된 것, 스스로 멜랑콜리커가 된 것, 알레고리커는 멜랑콜리커가 아닌가.9) 북드칠성이 '국자'의 알레고리이지만 국자가 소멸의 그물망을 빠져나가지 못한다. 일곱 개의 별은 가로세로 멀리 떨어져 있고 질량도 다르지만 이들 역시 소멸의 그물망을 빠져나가지 못한다. 북두칠성의 알레고리는 소멸이고, 소멸의 멜랑콜리이다.10) 누구의 생각인가—별 일곱 개가 배치가 북두칠성이라고, 별 일곱 개의 관계가 북두칠성이라고, 별 일곱 개의 배치가 달라질 수 있을 것이라고, 별 일곱 개의 관계가 달라질 수 있을 것이라고, 그러면 북두칠성이라고 할 수 있겠느냐고, 국자가 알레고리인 북두칠성이라고 할 수 있겠느냐고. 『말과 사물』(1966)의 말미에서 푸코는 근대적 인간은 18세기말 지식의 재배치가 이루어낸 최근의 산물이며, 그때같이 다시 지식의 재배치가 이루어지면 근대적 인간은 "해변의 모래사장에 새겨진 얼굴이 파도에 씻기든 이내 지워지게 되리라"라는 유명한 말을 남긴다. 지식의 재배치가 알레고리이고, 알레고리는 소멸을 발판으로 하고, 또한 소멸을 목적으로 한다. 지식의 재배치에 멜랑콜리의 정조가 이미 깔려있다.

---

9) "[알레고리라는] 카테고리의 분석적 유용성이 주로 생산미학의 영역에 있다는 것; 영향미학적 영역에서 보완이 반드시 필요하다."(뷔르거, 『아방가르드의 이론』, 95)
10) 각주 6) 참조.

귀향을 꿈꾸는 시인의 삶, 그 주변에서

조병화 제50시집 『고요한 귀향』

장경렬(문학평론가)

1. 혜화동 로터리에서

추적추적 비가 내리던 지난 3월 23일 오후, 편운 문학상 심사를 위해 아주 오랜만에 조병화 선생님께서 살아 생전 기거하시던 곳을 찾았다. 지금은 선생님의 큰아드님인 조진형 선생님께서 살고 계신 그곳은 혜화동 로터리의 주택가에 있다. 전철역에서 내려 혜화동 로터리까지 대학로를 따라 걸으면서 항상 그러하듯 옛날 대학생 시절에 찾았던 찻집과 술집의 위치를 가늠해 보다 보니, 어느 사이에 혜화동 로터리에 이른다. 우리은행 앞 건널목을 건너 롯데리아 앞을 지난다. 그곳에는 아주 오랫동안 태극당이라는 제과점이 있었지. 그곳을 지나 다시 건널목 앞에 선다. 건널목에서 신호를 기다리다 시계를 보니 약속 시간인 4시까지는 아직 20여 분이나 남았다. 너무 일찍 가는 것도 실례가 되지 않을까 생각하면서 뒤를 돌아보니 혜화동 우체국이 눈에 들어온다. 문득 조병화 선생님의 50번째 시집인 『고요한 귀향』에 나오는 「혜화동 우체국」이라는 시가 머리를 스친다. 몸을 돌려 우산을 접고 우체국에 들어선 것은 그 시를 읽는 동안 떠올렸던 선생님의 모습 때문이었다.

아주 오래 전부터 항상 그 앞을 지나치기만 할 뿐 한 번도 들어가 본적이 없는 혜화동 우체국에 들어서자 실내는 꽤 붐빈다. 할 일도 없이 우체국에 들어서니 공연히 눈치가 보인다. 무언가를 찾는 척 주위를 둘러보니 출입구 바로 옆에 우체국의 저축 상품을 소개하는 갖가지 전단이 꽂혀 있는 진열대가 눈에 띈다. 바로 그 전단을 찾기라도 한 양 다가간다음 한 장 집어들어 눈길을 주는 척 하다가, 조병화 선생님의 시에 등장하는 "젊"고 "예쁘"고 "명랑"한 "우체국 아가씨들"(「혜화동 우체국」)을 바라본다. 그리고 그들 가운데 누군가와 말을 나누고 있을 법한 선생님의 모습을 상상해 본다. 그 순간 아주 오래 전에 뵙던 선생님의 모습이 눈에 선연하게 떠오른다. 입에 문 파이프를 손에 쥔 채 웃음 띤 모습으로 "우체국 아가씨"와 이야기를 나누는 선생님의 모습을 상상하다가, 언뜻 나에게 삶과 문학에 대해 낮고 둥글둥글한 목소리로 말씀해 주시던 선생님의 모습을 떠올려 보기도 한다. 마치 아직도 살아 계신 것 같다는 느낌에 나는 한 동안 멍한 채 서 있었다.

다시 거리로 나와 비에 젖은 주변의 가게들과 거리를 둘러보면서 선생님의 흔적을 더듬어본다. 사실『고요한 귀향』에는 선생님의 일상생활을 엿보게 하는 작품이 적지 않고, 그 시집의 작품들을 하나하나 꼼꼼히 읽고 난 다음이어서 그런지 몰라도 혜화동 로터리 어느 곳에서도 선생님의 마음과 눈길과 발자취가 느껴진다. 지금도 여전히 거리를 지나가는 선생님의 모습이 눈에 띌 것만 같다. 심지어 선생님 댁을 찾으면서 이 거리를 거닐다가 지금쯤 집에 가 계실 선생님을 뵐 것 같은 착각에 빠져들기도 한다. 아니, "비가 오나 눈이 오나 이 골목 저 골목/들락날락 부지런히 오늘도/정확히" 찾아온 우체부에게 "몇 푼의 용돈"을 건네는 선생님의 모습을 집 문 앞에서 뵐 것 같기도 하다.

혜화동 우체국
내 구역 우체부 아저씨는
가는 몸에 무거운 우편물 보따리,
보기에도 민망하다

이 골목, 저 골목, 이 집, 저 집, 찾아다니며
우편물을 부지런히 배달하는 모습,
보기에도 안쓰럽다

어쩌다가 길에서 마주치면
선생님 우편물이 제일로 많아요, 하며
씽긋 웃는다

만날 때마다 "이것 점심" 하고 가볍게
몇 푼의 용돈을 나누면
"됐습니다" 하고 사양한다

억지로 호주머니에 넣어주면
꾸벅, 하고 사라진다

비가 오나 눈이 오나 이 골목 저 골목
들락날락 부지런히 오늘도
정확히

혜화동 우체국, 우체부 아저씨는
아마도 회갑은 넘었으리.

―「혜화동 우체국 우체부」 전문

이 시를 읽으면서 영화 『일 포스티노』의 파블로 네루다의 모습을 떠
올린 사람은 비단 나뿐만이 아닐 것이다. 하지만 "우체부"가 "가는 몸

에" 메고 있는 "무거운 우편물 보따리"가 "보기에도 민망하다" 말하고 "우편물을 부지런히 배달하는 모습"이 "보기에도 안쓰럽다" 말하는 시인의 마음에서는 영화 속 네루다의 것보다는 더 적극적이고 따뜻한 인간애가 느껴진다. 영화 속에서 네루다가 청년 우체부 마리오와 가까워지게 된 것은 마리오의 호기심에서 비롯된 것이지 네루다의 입장에서 우체부가 보기에 민망하거나 안쓰러워서가 아니라는 점에서 그러하다. 물론 "아마도 환갑은 넘었으리"라 여겨지는 우체부와 시인 조병화 사이의 관계에서는 마리오와 네루다 사이의 관계에서 확인되는 극적인 사연은 없었을 것이다. 하지만 그렇기에 "혜화동 우체국 우체부"와 시인 사이의 관계는 영화나 소설이 아닌 현실의 이야기로서 더욱 무게를 지닐 뿐만 아니라 친숙하고 가깝게 느껴진다. 그런 까닭에 「혜화동 우체국 우체부」에 담긴 이야기는 그만큼 더 우리의 마음에 쉽고 편하게 와 닿는다.

우체국에서 나와 건널목을 건너며, 다시 생각에 잠긴다. 선생님께서 살아 계실 때 댁을 마지막으로 찾아뵈었던 것이 언제인가. 아주 오래 전 선생님께서 나의 결혼식 주례를 서 주신 다음 며칠 후였다. 얼마 후 나는 유학을 떠났다가 돌아온 다음 선생님 댁을 다시 찾아뵙고자 했다. 하지만 아내와 아이들을 데리고 가 인사를 올릴 계획을 여러 번 세웠음에도 불구하고, 무슨 이유에서인지 그렇게 오랜 세월이 흐르는 동안 그 뜻을 이루지 못했다. 아, 선생님의 임종 소식을 외국에 나가 있는 동안 듣고 얼마나 마음이 아프고 죄스러웠던지! 굳이 변명을 하자면, 선생님께서 영원히 젊고 힘찬 모습으로 살아 계실 것이라고 생각했기 때문에 아내와 아이들을 데리고 댁을 찾아뵙는 일을 차일피일 미루었던 것이리라. 하지만 산수傘壽의 나이에 선생님께서 펴내신 『고요한 귀향』을 때맞춰 읽었더라면! 선생님께서 세상과 작별하신 다음에야 뒤늦게 읽은 『고요한 귀향』을 좀 더 빨리 살펴보았더라면! "고요한 귀향"이 선생님의 고향인 안성 난실리를 찾는 것만을 말씀하시는 것이 아니었음을 때맞춰 알

았더라면, 나는 그리도 무심하게 선생님을 뵐 날을 차일피일 미루지 않았으리라.

하지만 어찌 하랴. 이제는 댁으로 찾아뵙고 싶어도 더 이상 찾아뵐 수 없게 된 것을. 이제 사적인 기억 속의 조병화 선생님의 모습을 애써 지우기로 하자. 그리고 평론가의 위치에 서서 시인 조병화의 50번째 시집 『고요한 귀향』에 대한 작품 읽기를 시도하기로 하자.

2. "고요한 귀향"을 꿈꾸는 시인의 마음을 따라

시인은 『고요한 귀향』의 서시에 해당하는 동일 제목의 시 「고요한 귀향」에서 "이곳까지 오는 길 험했으나/고향에 접어드니 마냥 고요"함을, "지나 온 주막들 아련히/고향은 마냥 고요"함을 노래한다. 이때의 "고향"은 시인의 고향인 "안성군 양성면 난실리"(「자술서」)를 뜻하는 것일 수도 있지만, 생의 출발점 또는 정신적 고향을 뜻하는 것일 수도 있다. 바로 이 시의 마지막 부분에서 시인이 "아, 어머님 안녕하셨습니까"라고 말함은 이 같은 고향이 곧 "어머니"임을 암시하기 위한 것일 수도 있으리라. 실제로 시인은 돌아가신 어머니를 그의 고향 난실리에 모셨고, 그렇기에 그에게는 현실 속의 고향이 곧 정신적 고향일 수 있다. 하지만 난실리에 모신 어머니의 영혼이 머물러 계신 곳은 어디인가.

> 이제, 드디어 긴 세월을 걸어서
> 어머님이 약속하신
> 그 나루터 근처까지 왔다
>
> 건너야 할 피안(彼岸)은 아득히
> 짙은 안개로 뿌옇게 하늘만 열려 있고

인기척 하나 없어라.

－「나루터 근처에서」 전문

그곳은 바로 "어머님이 약속하신/그 나루터" 너머에 있는 "건너야 할 피안"이 아닐까. 그리고 그곳이야말로 시인이 돌아가고자 하는 궁극의 고향—말하자면, 존재의 근원이자 귀착점으로서의 고향—이 아닐까. 어찌 보면, 이 시를 통해 우리가 감지할 수 있는 것은 언젠가 다가올 고요한 죽음의 순간을 통해 어머니의 영혼이 계신 곳에 이르고자 하는 시인의 모습이다. 그런 의미에서 "마냥 고요"한 "고향"은 현실 속의 정경일 수도 있지만 시인이 마음속으로 그리는 "피안"의 정경일 수도 있다.

"고요한 귀향"을 꿈꾸는 시인의 마음에는 이러저러한 일로 인해 항상 작은 파문이 인다. 마치 고요한 연못에 한두 방울씩 빗돌이 떨어지듯. 『고요한 귀향』에는 이 같은 시인의 내면 풍경을 보여 주는 작품이 여러 편 있는데, 이를 이루는 기본 정조는 '외로움'이다. 제자인 조태일 시인의 죽음을 접한 시인은 이렇게 노래한다. "늙으면 누구나 외로워지는 것이지만/내게 태일의 죽음처럼/외로운 것이 또 있으랴"(「조태일의 죽음」). 하지만 어찌 가까운 사람의 죽음이 일깨우는 것이 깊고 깊은 외로움뿐이겠는가. 시인 자신의 표현을 빌리자면, 이는 또한 시인을 '허허로움'에 휩싸이게 하기도 한다. 시인이 말하는 '허허로움'의 정조를 선명하게 드러내는 작품이 「벗—고향의 친구 C의 죽음을 들으며」다.

네 죽음을 들으며
갑자기 유년 시절이 잘려 나가는 생각,
세월의 뿌리가 잘리는 허허로움

벗은 존재의 숙소,
너는 그 숙소의 마지막 등불이 아니었던가

귀향을 꿈꾸는 시인의 숲, 그 주변에서 297

아, 이제 어린 시절은 바람에서 찾아볼 것인가,
구름에게나 물어볼 것인가,

세월은 뿌리 없이 떠서
마냥 무량하여라.

—「벗—고향의 친구 C의 죽음을 들으며」 전문

벗이 세상을 떠났다는 소식을 들으며 시인은 "갑자기 유년 시절이 잘려 나가는" 것 같은 아픔을 느끼기도 하고 "세월의 뿌리가 잘리는" 것 같은 "허허로움"을 느끼기도 한다. 이처럼 깊은 상실감에 젖어 있는 시인의 표현에 따르면, "벗"은 "존재의 숙소"일 뿐만 아니라 "등불"과도 같은 존재다. 그런데 이제 "마지막 등불"마저 꺼진 것이다. 아마도 하나 남은 어린 시절의 벗마저 세상을 떠난 것이리라. 이제 "어린 시절"의 벗과 만나 그 시절의 아련한 기억을 함께 떠올리거나 그때의 무구한 마음으로 되돌아가는 일이 불가능해진 것이다. 어찌 보면, 벗의 사라짐은 "어린 시절" 그 자체가 사라진 것과 다름없다. "세월의 뿌리"를 잃은 듯한 허전함과 아픔의 느낌이 어찌 깊지 않을 수 있겠는가. 상심한 시인은 "이제 어린 시절은 바람에서 찾아볼 것인가,/구름에게나 물어볼 것인가"라는 수사적 물음을 던지고 있는데, 홀로 남게 된 시인이 느끼는 깊은 외로움과 허전함을 드러내는 데 이보다 더 곡진曲盡한 표현이 있을 수 있겠는가. 이를 통해 우리는 "바람"과 "구름"만이 있는 허공을 향해 멍하니 눈길을 준 채 망연자실해 있는 시인의 모습을 선명하게 그릴 수도 있겠다. 한편, 이 시의 마지막을 장식하는 "세월은 뿌리 없이 떠서/마냥 무량하여라"라는 구절은 현실적 시간의 흐름 밖으로 내몰린 시인의 외로움과 허전함이 얼마나 "무량"한가를 말해 주는 것일 수도 있지만, 이와 동시에 세월을 따라 흘러간 현세적인 삶이 "뿌리 없이 떠" 있는 무한히 허망한 것임을 문득 깨닫는 시인의 마음을 암시하는 것일 수도 있다.

현세적 삶이란 "뿌리 없이 떠" 있는 허망한 것이라는 깨달음은 어느 문화권에나 존재하는 것일 수도 있지만, 이는 특히 불교적 세계관이 지배하는 문화권에서 강하게 감지된다. 삶이란 한 조각 구름과도 같은 허망한 것이고, 인생이란 빈손으로 왔다가 빈손으로 가는 것이라는 깨달음을 굳이 불교적인 것 안에 옥죄어 가둘 필요는 없겠지만, 불교의 다비식茶毘式을 연상케 하는 다음의 시편이 담고 있는 것은 바로 이 같은 깨달음에서 암시되는 삶과 죽음에 대한 태도다.

> 이제 머지않아 65세 퇴직이 되면
> 퇴직금을 일시에 받아서
> 쓰고 쓰고 하다가 쓰고 나머지로
> 목선木船을 한 척 살 겁니다
> 장작 한 더미를 살 겁니다
> 기름 한 통을 살 겁니다
> 술 한 병을 살 겁니다
>
> 이렇게 해서
> 어느 날 나의 철학으로 견디던 끝날
> 썰물에 배를 밀고 바다 한가운데로
> 술을 마시며 나갈 겁니다
>
> 그리고 술에 취해서 정신이 몽롱할 때
> 기름 뿌린 장작더미에 불을 지를 겁니다.
>
> 그리고 배와 더불어 하늘로 하늘로
> 활 활 불이 되어 날아오를 겁니다.

－「철학교수 강姜박사의 죽음」 전문

　　이는 물론 시인 자신의 이야기가 아니다. 필경 "머지않아 65세 퇴직"

에 이르는 "철학 교수 강 박사"가 시인 앞에서 털어놓은 소회所懷를 시화
詩化한 것이리라. 아마도 시인은 그의 소회에 담긴 시나리오의 처연하고
도 극적인 아름다움에 이끌려 이를 시화한 것이리라. 짐작컨대, 시를 통
해 소개된 "강 박사"의 시나리오에 매혹되었거나 매혹될 사람은 시인말
고도 적지 않을 것이다. 하지만 이 시가 전하는 것은 한 인간의 소회에
담긴 한 편의 극적인 가상의 시나리오일 뿐이다. 정신이 나간 사람이 아
니라면 연극 속의 선량한 인간이 악당의 속임수에 넘어가는 것을 안타
깝게 여겨 무대에 뛰어올라가 '당신은 지금 속임수에 넘어가고 있소'라
고 말할 관객이 세상 어디에도 없는 것처럼, 이 가상의 시나리오가 매혹
적인 것이라 해서 "나"를 따라 그런 죽음의 의식을 치를 사람은 없을 것
이다. 다시 말하지만, 우리의 삶을 어떻게 마감하고 어떤 죽음의 의식을
치러야 하는가에 대한 비현실적인 것임에도 처연한 아름다움을 지닌 극
적인 가상의 시나리오 그 자체에 매혹되지 않을 사람이 어디 있겠는가.
정녕코 삶이란 자신의 "철학으로" 견딜 만큼 견디다가 마침내 세계라는
"바다 한가운데"서 스스로 자신을 불태움으로써 마감할 수도 있는 그 무
엇이라는 메시지는 간결하면서도 얼마나 아름다운가! 또한 그럼으로써
영혼은 한 가닥 불이 되고 한 줄기 연기가 되어 "하늘로 하늘로" 날아오
르고 육신은 한 줌의 재가 되고 흙이 되어 세계라는 "바다 한가운데"서
흔적 없이 녹아 없어지는 것, 이 얼마나 매혹적인 "귀향"의 의식儀式인가!

이 시의 "강 박사"는 강월도 씨로, 아마도 그가 시인에게 자신의 소회
를 털어놓을 때 실제로 그런 의식을 행동으로 옮길 것이라고는 시인은
물론 아무도 예상치 못했으리라. 하지만 그는 2002년 부산에서 제주로
가는 여객선 위에서 바다로 뛰어들어 생을 마감했다. 이 소식을 접한 시
인이 느꼈을 법한 충격을 어찌 말로 표현할 수 있으랴. 아무튼, 비록 "강
박사"의 그러한 죽음을 예상치는 못했었어도 "강 박사"와 같은 이들의
삶과 죽음이 예사롭지는 않을 것임을 예감했기에 그가 전한 소회를 한

편의 시로 남겼는지도 모르겠다. 『고요한 귀향』에서 시인은 "한평생이 한 조각 구름이요, 바람"이고 "간단없는 불안"(「두절된 전화」)이라 진단하고 있고, 또한 "물소리 물결소리 옛 그대로인데/그 사람은 떠나고 빈자리/낙엽이 이리 저리/바람이 차다//아, 이 무상(無常),/어찌 탓하랴"(「다시 굿샤로호를 지나며」)라 노래하고 있거니와, 우리는 그가 "강 박사"뿐만 아니라 자신을 포함한 모든 이들의 삶과 죽음에 대한 깊은 사색의 끈을 놓지 않았음을 확인할 수 있다.

"한 조각 구름"과 "바람"과 같이 살다가 한 가닥 불과 한 줄기 연기가 되는 동시에 한 줌의 재나 흙이 되어 "빈자리"만을 남기는 것이 우리의 삶과 죽음임을 우리 가운데 누가 감히 부정할 수 있으랴. 하지만 "빈자리"에 남아 있는 것은 "이리 저리/바람"에 찬 "낙엽"만이 아닐 수도 있다. 시인 조병화의 경우, 마치 선승이 다비식을 통해 연기로 사라지고 재로 바뀌는 동시에 사리를 남기듯, 우리에게 모두 53권의 주옥같은 시집을 남기지 않았는가. 『고요한 귀향』의 앞부분을 장식하고 있는 세 편의 연작 「유서」에서 시인은 "나의 창작 시집 50권"은 "타그 나온 내 운명을 내 꿈대로/교정해 오면서 살아 온 내 생애의/한 권의 시집"(「유서·2」)이라 밝힌 바 있는데, 정녕코 『고요한 귀향』 이후에 남긴 세 권의 시집과 유작 시집 1권을 합쳐 모두 54권의 시집은 54부로 이루어진 "한 권"의 자전적 기록이라 하지 않을 수 없다. 아니, 고된 수행 또는 "교정"의 결정체라 할 수 있는 무수한 사리들로 가득 찬 사리함이라 할 수도 있다. 정녕코 시인이 남긴 "내 생애의/한 권의 시집"은 진주조개가 상처의 아픔을 견디며 만들어낸 무수한 진주가 담긴 보석함이 아닐 수 없다.

3. 다시 혜화동 로터리에서 시인의 눈길을 따라

이제 다시 시인이 일상의 삶을 이어갔던 현장이라 할 수 있는 혜화동 로터리와 그 주변으로 되돌아가기로 하자. 시인은 언제나 따뜻하고 섬세한 마음과 맑고 깊은 눈길로 일상의 주변을 살피면서 삶을 살아갔으며, 앞서 「혜화동 우체국 우체부」에서 확인했듯 『고요한 귀향』은 이를 확인케 하는 소중한 시집 가운데 하나다. 이 시집은 특히 "고요한 귀향"을 꿈꾸는 시인이 산수傘壽의 나이에 가까이 다가가 있을 무렵 이어나갔던 삶의 기록으로서 그 의미가 각별한데, 여기에 수록된 작품 가운데 무엇보다도 우리의 눈길을 끄는 것은 「업보」다.

> 내가 옛날,
> 철모르고 사냥을 갔다가
> 풀숲에서 한 쌍의 꿩을 발견,
> 오손도손 함께 있던 암놈을 쏘아 잡은 기억,
> 세월이 가도 오래오래 기억되더니
>
> 오늘,
> 혜화동 로터리 광장 한 구석에서
> 아침마다 그 시간 그 자리,
> 모이를 쪼고 있는 비둘기 수놈 한 마리
> 홀로,
>
> 혹시나 저놈이 그때 살아남은 그 수놈이
> 비둘기 수놈으로 변신하여
> 내 앞에 늘 어른거리며
> 내 가슴을 아프게 쪼고 있는 것이나 아닐는지,
>
> 생각되면서

나도 혼자 되어 이렇게 매일 아침을
아직도 혜화동 로터리를 홀로 어른거리는 것을
어찌하랴

오, 대비대자하신 부처님,
이것이 나의 업보이라면,

나무아미타불, 관세음보살.

―「업보」 전문

　어느 날 시인은 "혜화동 로터리 광장 한 구석에서,/아침마다 그 시간 그 자리,/모이를 쪼고 있는 비둘기 수놈 한 마리"에게 눈길을 준다. 이를 바라보면서 시인은 "옛날,/철모르고 사냥을 갔다가 / 풀숲에서 한 쌍의 꿩을 발견,/오손도손 함께 있던 암놈을 쏘아 잡은 기억"을 떠올리고는 상념에 잠긴다. "혹시나 저놈이 그때 살아남은 그 수놈이/비둘기 수놈으로 변신하여/내 앞에 늘 어른거리며/내 가슴을 아프게 쪼고 있는 것이나 아닐는지." 그리고 그 옛날 철모르고 한 일이 "업보"가 되어 자신이 "혼자 되어 이렇게 매일 아침을/아직도 혜화동 로터리를 홀로 어른거리는 것"인지도 모른다는 생각에 잠기기도 한다. 삶의 반려자를 먼저 떠나 보내고 혼자 혜화동 로터리 주변을 거닐며 "비둘기 수놈'에게 눈길을 주는 시인의 모습이 우리 마음의 눈에 생생하게 그려지지 않는가! "꿩"과 "비둘기"와 시인이 하나의 이미지로 연결되어 서로가 서로의 외롭고 쓸쓸한 모습을 강화시키고 있는 이 작품이야말로 시인이 우리에게 남긴 수많은 절창의 시편 가운데서도 특히 아름다운 것이 아닐까 하는 것은 비단 나만의 의견이 아니리라.
　그 옛날에 철모르고 한 일을 이처럼 잊지 않고 아픈 기억으로, 그것도 더할 수 없이 생생하게 떠올릴 수 있는 능력은 아무에게나 주어지는 것이 아니다. 이는 살아 있는 모든 생명에게 따뜻하고 정감 어린 시선을 던지는 동시에 배려의 마음을 잃지 않는 시인에게만 허락된 특별한 능력인지도 모른다. 시인의 따뜻하고 정감 어린 마음을 생생하게 감지할 수 있게 하는 일상의 시 가운데 「혜화동 우체국 우체부」만큼이나 우리의 마음을 끄는 것이 「송이」라는 아주 간결한 작품이다.

> 막내딸이 추석이라고 송이를 보내왔다
> 바빠서 못 온다고
>
> 아, 내겐 송이 냄새보다는
> 사람의 냄새가 그리운 것을
>
> 그러나 이것만이라도 고맙지.
>
> ―「송이」 전문

　"송이 냄새보다는/사람의 냄사가" 그립지만 "이것만이라도 고맙지"라고 말하기란 쉬워 보이지만 결코 쉬운 일이 아니다. 이는 마음에서 온갖 욕심을 버렸을 때, 그리고 타인에 대한 사랑과 애정으로 그 마음을 가득 채울 때 비로소 할 수 있는 말이기 때문이다. 아쉽지만 아쉬움에도 불구하고 고마움을 느끼는 마음, 이 어찌 아름다운 마음이 아니랴. 시인의 따뜻한 마음은 단지 사람을 향한 것만이 아니다. 때로는 "작은 강아지 한 마리"를 측은해하기도 하고 때로는 "장미 한 송이"를 애처로워하기도 하는 마음, 어느 하나 아름답지 않은 것이 있으랴.

> 밤새 얼마나 사람이 그리웠을까,
> 집 밖에서 저 작은 것이,
> 하는 생각이 들면서 더욱 측은스럽다
> 먹을 것을 몇 번 사다 주었다고,

자기를 알아본다고,
저렇게 나의 냄새를 알아보다니,
아, 저 미물이, 하는 생각에
눈물이 핑 돈다.

하기야 이 세상 눈물 아닌 게 어디 있으랴

-「강아지」 부분

연회宴會가 끝나면서
연회가 시작되고
가슴에 꽂아준 장미 한 송이
연회가 끝나자 소용없이 되면서
버리기가 애처로워
집으로 가지고 와서
작은 유리컵에 꽂는다

작은 유리컵에 꽂은 꽃을
애처롭게 며칠 보다간
아주 시들기 전에 꽃잎을 하나 하나 따서
두툼한 책갈피 사이에 눕힌다

이제 며칠이면 물기 하나 없는
납짝한 미이라로 되어 있으려니
이 고요한 꽃잎의 미이라는
언젠가는 하나 하나
미지의 독자들에게 편지 답장에 끼어
먼 곳으로 가려니
마음이 따뜻해진다

아, 이 꽃송이 한 송이
애처로움이

어찌 대자대비하신 부처님의 눈물이 아니랴.

−「연회(宴會)가 끝나면서」 전문

　시인의 따뜻하고 정감 어린 마음을 확인하는 우리의 논의는 끊임없이 이어질 수도 있으리라. 사실 여느 시집에서와 마찬가지로 『고요한 귀향』에서도 우리는 외로워하고 고독해하면서도 일상의 삶을 살아가는 과정에 만나는 세상의 모든 것을 향해 사랑이 가득한 시선을 보내는 시인의 마음을 엿보게 하는 시편들−그것도 편안하고 담백한 어조를 통해 누구에게든 쉽게 다가갈 것을 허락하는 시편들−을 수도 없이 확인할 수 있다. 이와 만나고 즐기는 일은 평론가만의 몫이 아니라 시를 사랑하는 모든 사람의 몫이리라.

　이제 시인의 시 세계를 시를 사랑하는 모든 사람의 몫으로 남기고자 하는 마음에도 불구하고, 한 편 더 주목하고 싶은 작품이 있다. 이는 그 뜻을 헤아리기가 쉽지 않은 「혜화동 로터리」라는 제목의 시다.

혜화동 로터리,
울창한 플라타너스 나무 그늘을
잠든 아가를 태운 하얀 유모차를 밀고
앳된 예쁜 엄마가 지나간다

심한 장마가 지나간 오후
쨍쨍 쪼이는 햇살

눈부신 빨래처럼 따갑고
오가는 사람 한가로운 서늘한 그늘
지나는 수녀 한 쌍

신호등 건너 빨간 우체통

마냥 그 자리
오도카니 서 있고,

―「혜화동 로터리」 전문

이 시에는 "잠든 아가를 태운 하얀 유모차를 밀고" 있는 "앳된 예쁜 엄마"와 "수녀 한 쌍"이 등장한다. 그들은 모두 "혜화동 로터리,/울창한 플라타너스 나무 그늘"을 지나가고 있다. 이들 통해 한가롭게 "오가는 사람"들이 담긴 일종의 동영상이, 그것도 다양한 환한 색 채로 이루어진 풍경화를 연상케 하는 생생한 동영상이 살아나고 있지 않은가. 그런데 "마냥 그 자리/오도카니 서" 있는 "신호등 건너 빨간 우체통"이라니? 색채감이 돋보이는 "빨간 우체통"은 시의 결구에 등장하기 때문에 그만큼 더욱 도드라져 보이기도 하고 또 더욱 깊은 의미를 지닌 것처럼 보이기도 한다. 과연 시인이 "우체통"에 대한 묘사로 이 시를 끝낸 이유는 무엇일까. 한 편의 동영상 또는 한 폭의 풍경화를 연상케 하는 이 시에서 "우체통"이 지니는 의미를 가늠해 보기란 쉽지 않다. 그럼에도 불구하고, 무언가 의미를 부여하려는 유혹에 굴복하는 발언일 수도 있겠지만, 언뜻 "우체통"의 모습에서 신호등 건너편에 서서 오가는 사람들을 바라보고 있을 법한 시인의 모습이 읽히지 않는가. "앳된 예쁜 엄마"와 "수녀 한 쌍"을 포함해 오가는 모든 사람들은 누군가에게 소식을 전하거나 누군가에게서 소식을 받고자 할 때 우체통을 찾는다. 시인의 시란 곧 시인이 세상에 전하는 따뜻한 사연들로 가득한 우편물, 우체통을 가득 채우기도 하는 우편물일 수도 있지 않을까. 추측컨대, 시인은 이 시를 통해 시인이란 시라는 이름으로 불리는 소식을 하나 가득 담고 있는 우체통, 온 세상에 전하기 위한 시적 메시지를 하나 가득 보듬어 안고 있는 우체통과도 같은 존재일 수 있음을 암시하고자 했던 것은 아닐까.

혹시 나의 이 같은 시 읽기가 지나친 것은 아닌지? 언뜻 사적인 기억

속의 조병화 선생님의 모습이 다시 눈앞에 어른거린다. 따뜻하고 너그
러운 미소를 입가에 띤 채 조병화 선생님께서 나를 향해 고개를 끄덕이
는 듯도 하다. 이제 정말로 주제넘은 나의 시 읽기를 이쯤에서 마감해야
할 때가 된 것 같다.

고독의 미학과 용광필조의 시학

조병화 제51시집 『세월의 이삭』

최동호(시인)

1. 인간적 고독의 출발점

1921년 5월 경기도 안성에서 출생한 조병화는 1949년 7월 시집 『버리고 싶은 유산』을 출간하여 문단에 등단했다. 그는 6 · 25 직전 긴박한 사회적 분위기 속에서도 독특한 서정을 바탕으로 인간 고독의 문제에 대한 집중적인 탐구를 보여주었다. 조병화에게 고독은 생래적인 것일 수도 있다. 그는 유복한 가정에서 출생했지만 8살에 부친을 여의고 어머니의 훈도와 사랑 속에서 성장했다. 그러나 상급학교 진학을 위해 유년 시절 고향을 떠나 서울과 동경 등지에서 생활하면서 항상 어머니와 고향을 그리워하며 성장기 학창 시절을 보냈다. 이러한 성장 배경이 그의 시적 성향을 형성하는 바탕이 되었을 것이다.

조병화 선생의 시를 1960년대 중반부터 읽었다. 페이소스가 넘치는 그의 고독 시편은 나름대로 필자에게 따뜻한 위안이 되었다. 그의 시집 중에 지금도 소중하게 간직하고 있는 것은 1956년 정음사에서 간행한

『조병화 시집』이다. 이미 간행한 네 권의 시집 『버리고 싶은 유산』, 『하루만의 위안』, 『패각의 침실』, 『인간의 고도』를 합본한 것이 이 시집이다. 아마 조병화의 시가 지닌 대중적 인기로 인해 출판사의 권유가 작용한 시집이었을 것이다. 이 시집의 후기를 읽어 보면 조병화 자신은 이 시집의 출간에 그리 흔쾌하게 동의한 것 같지는 않다. 자신의 초기 시집을 모두 한 데 모아 놓고 이를 돌아보는 일이 그렇게 유쾌한 일은 아니었을 것이다. 아직 그럴 단계가 아니라고 생각했으리라 짐작된다. 그러나 현재의 시점에서 이 시집과 후기를 다시 읽어 보면 조병화 시가 지닌 지향점은 물론 그의 시적 출발점이 어디에 있는가를 알려 주는 좋은 자료가 된다.

原稿를 整理하는 중 나는 내 舊詩의 그 未熟과 不完全함과 安定치 못한 그 자세에 대하여 不快함과 부끄러움을 금할 수 없다. 그럴 때마다 나는 이 詩을 몇 번이고 抛棄할러 했던 것이다. 그러나 내 작은 詩脈을 이어간다고 하는 自慰와 같은 意味에서 그 重量을 옮기어 이와 같은 내 詩脈이 세상에 다시 나오게 된 것이다.

第1詩集 <버리고 싶은 遺産>의 自我否定을 위주로 한 소라의 世界에서 脫皮하려는 나는 <하루만의 慰安>에서 隣人을 발견한 것이다. 隣人과 더불어 사는 생의 價値로서 流動하는 自我를 肯定하려 애썼던 것이다. 나는 나 아닌 내 隣人들도 역시 나와 같은 孤獨한 사람들이라는 것을 알게 되었다. 이것은 내 휴머니즘의 싹이었다.

-『조병화 시집』(1956, 정음사), 「후기」에서

이 후기에서 눈여겨보아야 할 것은 고독에 대한 조병화의 인식 변화이다. 그는 처음 고독은 자신만의 것이라 생각했다. 그러나 알고 보니 고독은 가까운 주변 사람 모두의 것이라는 사실이다. 그것은 고독의 발견이자 인간의 발견이며 그것이 그의 시적 바탕이 되는 휴머니즘의 싹이 되었다는 것이다. 인간의 고독이 혼자만의 것이 아니라 인간 모두의 것이라는 사실을 인식하게 되었을 때 개별적 고독은 보편적 고독으로 발전하게 된다. 조병화가 자신의 초기시를 정리하면서 1950년대 후반에 한 이 발언은 이후 그가 반세기가 넘게 지속적으로 탐구한 시적 주제가 되었다. 이는 그의 시 세계를 미시적으로 그리고 거시적으로 이해하는 단서가 되었다는 점에서 문학적 의미를 갖는다. 그의 시에서 휴머니즘이 중요한 자리를 차지했다는 것도 주목할 필요가 있다. 실상 휴머니즘에 근거를 두지 않는다면 인간 존재의 문제로서 고독 그 자체가 그에게 그렇게 중요한 관심사가 될 수 없을 것이다.

2. 팔순의 나이에 쓴 고독의 시편들

조병화가 첫 시집을 간행한 후 반세기를 넘어선 2001년에 간행된 시집 『세월의 이삭』은 팔순의 나이에 쓴 시편들로서 모두 2000년과 2001년 사이 거의 일 년 동안에 이루어진 소작들이다. 아직도 왕성한 작품 활동을 계속한다는 것이 놀랍고 그 집중력 또한 예사롭지 않다. 물론 그 시적 소재들은 일상적 삶에서 우러나온 것들이라고 하겠는데 범상하게 지나칠 일들도 그는 거의 남김없이 그 기미를 놓치지 않고 시로 표현해 놓았다. '51숙'이라고 명명되기도 한 이 시집에서 우리는 무기교의 기교라 할 만큼 소소한 일상사 모두가 시로 변용되는 순간들을 접할 수 있다. 그것은 죽음을 목전에 둔 시인이 일상에서 포착한 생사의 경계이기도 하다.

> 여보, 라일락꽃이 한창이요
> 이 향기 혼자 맡고 있노라니

왈칵, 당신이 그리워지오

당신은 늘 그렇게 멀리 있소
그리워한들 당신이 알 리 없겠지만
그리운 사람 있는 것만으로도
나는 족하오

어차피 인생은 서로 서로 떨어져 있는 거
떨어져 있게 마련
그리운 또한 그러한 것이려니

오, 그리운 사람은 항상
멀리 떨어져 있는 것이런가

여보, 지금 이곳은
라일락꽃으로 숨이 차오

- 「라일락」 전문(2001.4.18)

만개한 라일락 향기를 느끼며 먼저 이승을 떠난 아내를 그리워하고 있는 시이다. 그리워 한다는 것은 고독을 아는 자의 최초의 덕목이다. 그리움이 없다면 고독도 발생하지 않는다. 여기서 그리움은 일반적인 그리움과는 차원이 다르다. 생의 저 편에 있는 아내를 그리워하는 것이다. 화자 또한 그 곳으로 갈 날이 얼마 남지 않았다고 느끼며 이승에서 홀로 라일락 향기를 맡으며 저승의 아내를 그리워하고 있는 것이다. 이 시에서 그리운 사람이 있는 것으로 족하다는 화자의 발언은 과장이 아니다. 물론 그들이 생시에 그렇게 다정했으리라고 생각할 수는 없다. 화자는 인간이란 존재 자체가 서로 떨어져야 상대를 그리워하며 사는 고독한 존재라는 인식을 전제하고 있다. 그것은 생의 유한함 때문이기도 하다. 홀로 고독하게 살다가 언젠가는 필연적으로 죽음을 맞이하게 되는 존재

가 인간이다. 멀리 있는 것은 아내만이 아니다. 그 자신도 영원한 것을
꿈꾸지만 영혼과 육신이 분리되어 살고 있다.

> 지금, 나의 영혼은 내 고향 난실리에
> 나의 육체는 서울 혜화동에,
> 별거를 하고 있다
>
> 해마다 햇빛 좋은 5월 하순이면
> 영혼이 사는 난실리 뒷산, 장재봉(長才峯)에선
> 온 종일 노랗게 꾀꼬리 울며
> 육체가 머무는 서울 혜화동에선
> 골목마다 라일락이 진다
>
> 영혼이 홀로 꾀꼬리 우는 난실리로
> 육신이 붙어 있는 혜화동으로 오가며
> 삐걱거리는 팔순의 세월 고개
>
> 아 언제면
> 육체의 주소 아주 버리고
> 영혼의 주소 하나로 되어
> 만고일월(萬古日月)에 "나"여기 있소."
> 불변의 주소로 있을는지
>
> 오 꾀꼬리 소리, 이 나무 저 가지
> 노랗게 번쩍번쩍
> 라 랄라리오 라 랄라리오

−「현주소」 전문(2001.5.20)

　화자가 가장 소망하는 것은 육체와 영혼이 하나 되는 불변의 주소를
갖는 것이다. 육신이 삐걱거리는 팔순의 고개를 넘으면서 그는 지금은

난실리와 혜화동을 오고가며 살고 있다. 만고불변의 주소에서 영혼과 육신이 하나가 되는 꾀꼬리 우는 세상에서 살고 싶은 것이 화자의 소망이다. 5월 하순의 눈부신 햇빛 속에서 꾀꼬리 우는 소리를 듣는다는 것은 생의 환희를 느낀다는 것이다. 그 순간 화자는 육체와 영혼은 하나가 되어 영육일체의 순간을 경험한다.

어쩌면 육체와 영혼의 분리라는 인간 존재의 근원적인 문제로 인해 조병화의 고독이 비롯된 것이라 해도 과언이 아닐 것이다. 인간 존재의 문제를 해결한다는 것은 궁극적으로 육신을 벗어버리는 일일 터이며 그것은 다른 한편에서 다가오는 죽음을 맞이하는 것이기도 하다. 그러나 죽음 앞에 서있다고 하더라도 인간에게 주어진 생의 한 순간을 감지한다는 것은 육신을 가진 인간 존재가 갖는 기쁨이라는 사실을 간과해서는 안 된다.

어제만해도 기색이 없더니
오늘 아침에야 와서 담장 아래
하얗게 옥잠화가 피어났구나
순간, 왜 그 사람이 불현듯이 생각나는가

좀 멀리 보이는 것이 더욱 간결하여라
그 새하얀 고개 숙인 모습
어찌 그 사람이 아니랴

옥잠화는 그 사람이 심은 꽃
해마다 이맘때면 피어나지만
지금은 그 사람이 떠난 자리
꽃만 혼자 피어 가슴 아파라

사람이 가고 없는 것이
이러한 것이런가

여보, 참으로 미안했소

한 번도 사랑으로 지내지 못한 이 후회
당신이 떠난 자리 더욱 향기로워라.

－「혜화동 옥잠화」 전문(2001.8.12)

앞에서 인용한 라이락과 같은 분위기를 전하는 시이다. 하얗게 피어난 옥잠화를 보면서 문득 이 옥잠화를 심고 간 아내를 생각한다. 젊은 날의 아내의 고운 모습을 떠올리면서 그 당시 아내에게 소홀했던 것에 대한 미안함과 그리움이 짙게 묻어 있다. 가고 없는 사람에 대한 그리움은 생사의 거리감으로부터 발생하는 것이지만 여기서 그것은 새로 피어난 생명력의 자각으로부터 비롯된 것이다. 이 시의 마지막 연에서 '한 번도 사랑으로 지내지 못한 이 후회'라 표현한 것은 그 또한 이 생명의 고독을 찾아 방황하던 젊은 날이 있었기 때문일 것이다. 그러므로 옥잠화를 바라보며 '당신이 떠난 자리 더욱 향기로워라.' 하고 말할 수 있을 것이다. 옥잠화는 아내가 떠나고 없는 그 자리에 하얗게 피어 고개 숙인 그 모습 그대로 젊은 날의 아내의 모습을 떠올려 주면서 동시에 아내가 남기고 간 향기를 느끼게 해 주는 것이다. 그러나 좀 더 생각해 보면 이 향기를 느끼는 것도 사실은 평소 거추장스럽다고 여기는 육신이 있기 때문에 가능한 것은 아닐까. 아내는 없고 꽃만 피어 향기로운 그 자리에 아내의 모습만이 아니라 화자 자신의 모습도 겹쳐진다고 할 수 있다. 그도 세상을 떠나면 아내와 같은 존재가 될 것이기 때문에 화자가 아내 없는 그 자리가 가슴 아프게 느껴진 것이리라.

이렇게 본다면 조병화의 고독은 나를 찾는 과정이며 그의 시편들은 그 고독을 찾아가는 과정에서 얻어진 산물이라고 할 수 있다. 그가 반세기 넘게 지속적으로 시를 쓴 것도 자신에게서 고독의 그림자를 끝내 떨쳐버릴 수 없었기 때문일 것이다.

> 인생은 자기 얼굴을 깎는
> 긴 작업이라 하던가
> 80여 년의 긴 세월을 천인일념(千忍一念)으로 깎아온
> 나의 생애, 나의 얼굴
> 때로 거울을 보면
> 아직 사람의 냄새나는 나의 얼굴
> 사람의 냄새, 그것은 무엇일까
>
> 아직 깎아낼 사람의 그리움이 있는가
> 아직 깎아낼 사람의 꿈이 있는가
> 아직 깎아낼 사람의 사랑이 있는가
> 아, 아직 깎아낼 사람의 외로움이 있는가
>
> 아직은 좀 남은 인생
> 어딜 더 깎아야 하는지
> 작업을 멈추고 거울을 다시 본다
> 거기 아직은 남은 사람의 냄새.

—「나의 얼굴을 찾아서」 전문(2001.8.30)

　이 시는 거울에서 나이든 자신의 얼굴을 보고 쓴 독백이다. 아마 면도를 하면서 거울을 보고 느낀 일상의 반성에서 비롯된 것이었는지도 모르겠다. 얼굴을 아무리 깎아도 지워지지 않는 모습 거기에서 그는 사람의 냄새를 느낀다. 사람의 냄새를 느낀다는 것은 아직도 그의 얼굴에서 고독의 냄새가 난다는 것이다. 사람이란 그리움, 꿈, 사랑, 외로움을 가진 존재이다. 그 모두를 완전히 떨쳐버릴 수 있겠는가. 아니다. 아무리 깎아도 누구나 사람의 냄새를 모두를 지울 수는 없다.

　80년을 천인일념으로 살아도 지울 수 없는 것이 인간의 얼굴이요 사

람의 냄새이다. 역설적으로 말하자면 사람의 냄새가 살아 있다면 그것은 아직 생의 여분이 남아 있다는 뜻일 것이다. 남은 시간을 정리하기 위해 그는 묵은 편지를 추리고 일부는 버리기도 하면서 자신이 살아온 인생을 되돌아본다.

묵은 편지들을 버리며, 추리며,
이리저리 뒤적거리는
먼지 쌓인 편지 봉다리들
한 50년, 나의 문단생활

깊은 먼지에 묻혀서
용케도 그곳에 있었구나, 하는 생각
이제 머지않아 이것들하고도
작별하겠지

"너 아직도 시를 쓰니,
읽는 사람도 없는데…"
이런 편지를 보낸
그 친구는 지금 어디에 있을까

먼지를 닦으며 읽어내리는 그 편지,
그 얼굴, 그 비웃음, 그 작별,

까마득히 아롱거리며
지금 나의 나이 80,
나의 80이 부끄러운 그 시였구나,
하는 생각들며
내가 시로 찾은 것은 무엇일까,
나를 돌아다보며, 그것이 나지, 하고
매듭지는 내 마음

아, 어디선지 내가 사라지는 소리,
들리며.

- 「묵은 편지를 버리며」 전문(2000.8.24)

화자는 어느 날 먼지 쌓인 편지들을 들추어 보고 그것들을 정리한다. 문단 생활 50여 년 그 세월의 흔적들이 그 편지 묶음 속에 들어 있다. 읽히지도 않는 시를 아직도 쓰느냐는 친구의 조롱 섞인 편지부터 시작하여 여러 사연이 담긴 편지들을 분류하면서 화자는 일종의 자괴감에 빠져들기도 한다. 시를 쓰는 시인에게 아직도 시를 쓰느냐고 묻는다는 것은 굉장한 모독이자 깊은 애정의 표현이기도 하다. 문단의 다른 어느 누구보다 열심히 시를 쓰던 그도 '돌이켜 보면 나의 80이 부끄러운 그 시였구나.'라는 자기비판을 하게 된다.

동시에 그는 자신이 평생 동안 시로 찾은 것은 무엇일까 생각해 본다. 그리고 "나를 돌아다보며, 그것이 나지, 하고/매듭지는 내 마음" 하며 자신의 마음을 다독거린다. 나는 누구인가. 나는 어디로부터 왔는가. 나의 시는 어떤 의미를 지니는가. 이 모든 의문을 던지며 나를 돌아보는 내가 있다. 그것은 허전한 마음을 달래려는 화자가 갖는 자기 위안의 답변이기도 할 것이다. 그러나 여기서 간과할 수 없는 것은 여든의 나이가 되기까지 그리고 50년이 넘는 시작을 지속해온 노대가의 깊은 반성적 성찰이 담겨 있다는 점이다. 다음 시에서 이 반성적 성찰을 구체적으로 확인한 필자는 통념적으로 알려진 것과 다른 조병화 시인의 새로운 세계를 발견하고 놀라움을 금할 수 없었다.

이 말은 맹자(孟子)의 말이라고 했던가
까마득한 그 옛날에
어떻게 이러한 좋은 생각이 들었을까
실로 경탄스러운 일이라

그러나 인간의 지혜가 극도로 발달된 오늘날,
물질문명이 급속히 만연해가면서
인간정신이 어지러워가는 이 현실,
어찌 이 두꺼운 현실의 벽을 뚫고
인간의 빛이 새어나갈 수 있으리

보이는 것이 약육강식의 생사 풍경이요
오가는 것이 돈의 거래요
듣는 것이 생존경쟁의 비명이어라

오, 돈에 가려서 꺼져가는 사랑의 빛이요
돈에 잡혀 허덕이는 생존이여

용광필조(容光必照)라 했던가
빛은 아무리 약할지라도
반드시 비쳐 나간다고 했던가
오, 사랑이여
빛이여.

-「용광필조(容光必照)」 전문(2001.6.7)

 물질문명의 가속화로 정신문명이 어지러운 현실에서 이 엄청난 현실
의 벽을 어떻게 뚫고 살 것인가. 화자는 이에 대한 해답을 맹자의 명구에
서 찾고 있다. 원래 이 말은 맹자의 '관수유술 필관기란 일월유명 용광필
조언(觀水有術 必觀其瀾 日月有明 容光必照焉)'에서 온 것으로 그 뜻은
"물을 보는 데에는 방법이 있으니 반드시 그 물결을 보라/해와 달은 밝
으니 빛을 받아들이면 반드시 비춘다."라고 풀이 된다. 위의 시에서 인
용된 문맥에서 보자면 그것은 생존경쟁으로 인해 생명의 빛이 꺼져가고
아무리 생존에 허덕거리며 살고 있다고 할지라도 '빛은 아무리 약할지
라도/반드시 비쳐 나간다고 했던가'로 표현된다. 그것은 치열한 생존 경

쟁으로 인해 생명의 빛이 꺼져간다고 할지라도 인간이 지닌 사랑과 빛으로 그 난관을 헤치고 나가야 한다는 낙관적 의지를 의미한다.

이 시가 작품으로서 잘 다듬어진 것이라 말하기는 어렵다. 그러나 여기서 우리가 발견한 사랑의 빛은 시인의 평생 가슴에 지닌 휴머니즘의 빛이다. 그것은 또한 사랑을 지닌 인간의 빛이기도 하다는 점에 의미를 갖는다. 조병화 시인이 맹자의 이 명구에 감탄한 것은 인간이 아무리 약한 존재라고 하더라도 일월의 빛처럼 이 난관을 헤쳐나 갈 힘을 가진 존재라고 파악했기 때문일 것이다.

현실의 어려움이 가중될수록 그것을 극복해가는 인간의 힘도 강화될 것이라는 확신을 맹자의 명구에서 발견하고 이에 응답한 것이 위의 시이다. 이 시를 근거로 하여 조병화의 시를 전체적으로 투시하자면 우리는 그의 시를 용광필조의 시학이라고 명명할 수 있을 것이다. 인간의 고난을 사랑의 빛을 매개로 시의 빛으로 바꾼 것이 바로 조병화의 시라는 것이다. 이 지점이 아마도 고독의 극점에서 조병화가 발견한 시의 궁극적인 도달점이다. 시의 빛은 시인의 눈길이 스쳐간 자잘한 일상사이기도 하다. 시인의 눈길이 스쳐간 순간 자잘한 일상사는 이미 자잘한 일상이 아니다. 신문지를 걷어가는 노인이나 버려진 꽃을 바라보는 시인의 시선을 예사롭게 보지 않아야 하는 것도 일상으로서 일상을 바라보지 않기 때문이다.

3. 인간의 서정에서 고독의 극점으로

시집 『세월의 이삭』은 죽음의 문턱에 다가선 노시인의 고독한 심정이 사실적으로 토로된 솔직담백한 시편들이 중심을 이루고 있다. 소년에게 전하는 유언을 담은 「어느 노인의 유언」이나 혼자서 생의 종말을 직감한 외로운 화자의 독백을 기술한 「노년단상」 등은 특히 고독한 노년의 심정이 짙게 배어 있다. 그런 연유로 가볍게 읽으면 이 시집은 80 노시인의 자잘한 일상사를 담은 평범한 시집으로 지나쳐 가기 쉽다. 그러나 좀 더 정밀하게 읽는다면 이 시집은 만년의 조병화 시인이 도달한 용광필조의 시학을 보여주는 대표적인 작품집으로 평가할 수 있을 것이다. 여기서 용광필조란 일상사 모두에 시의 빛이 투사되지 않는 것이 없다는 뜻이다.

조병화의 초기시가 자아 부정의 세계에서 탈피하여 타인의 고독을 발견하고 여기서 인간 존재는 모두 고독한 존재라는 사실을 깨닫는 지점에서 시작되었다면 조병화의 후기시는 인간과 더불어 사는 세계를 긍정하고 그것을 평생의 시적 주제 삼아 일관되게 밀고 나간 휴머니즘적 고독에 의미를 부여할 수 있다. 그리고 50년 넘는 세월이 지나 80세에 이른 시점에서 비로소 체득한 용광필조의 시학에 이르러 고독의 극점에 이른 시세계를 보여 주었다. 이런 시각에서 본다면 조병화의 후기시는 결코 가볍게 취급될 수 없는 중량감을 갖는다. 그의 시학은 한 가지로 집약할 수 없는 다면적인 모습을 지니고 있기는 하지만 그가 지향한 시적 신념은 자기 얼굴을 깎는 천인일념의 시학에 집중된 것이라 말할 수 있다. 천인일념의 시학은 그가 초기부터 후기에 이르기까지 마음 속 깊이 지닌 시적 탐구의 핵이라고 할 수 있다. 노년에 이른 자신의 얼굴에서 사람의 냄새를 느낀 그는 자책에 빠지기도 한다. 아마도 이룬 것이 아무 것도 없다고 느꼈기 때문일 것이다. 그러나 사람의 냄새야 말로 유일하게 자신을 표현할 수 있었던 시를 쓰게 만든 원동력이었다는 점에서 결코 부정할 수 없는 인간의 체취일 것이다.

초기 시집 『낙엽끼리 산다』, 『하루만의 위안』 등의 시편들이 고독한 인간의 정취가 짙게 배어 있다면 생의 마지막 고비에 도달한 시집 『세월의 이삭』의 시편들은 고독 그 자체에서 우러나오고 있다는 점에서 변별

된다. 생의 후반에 이르러 그의 시는 한결 원숙해 진 것이다. 그것은 생사의 경계를 넘어서는 그리움과 사랑을 노래하고 있으며 노년에 이르러 고독의 한 극점에 도달했다고 할 수 있을 것이다. 거기에는 영혼과 육체가 하나가 된 만고불변의 주소를 찾는 시인에 의해 인간의 생명을 사랑의 빛으로 승화시킨 고독한 그리고 지고한 숨결이 담겨 있는 것이다.

죽음을 목전에 두고 이처럼 고독의 극점에 도달한 조병화의 시적 숨결이 라일락이 지고 꾀꼬리가 으는 오월의 환한 햇빛 속에서 만고일월의 영원한 생명력을 갖기를 기원한다.

시간과 유현의 환승

조병화 제52시집 『남은 세월의 이삭』

조강석(문학평론가)

1.

조병화 시인의 시집 『남은 세월의 이삭』은 시간에 더해, 그리고 시간과의 관련 속에서의 삶에 대해 생각해보게 하는 시집이다. 우리는 원인과 결과를 해명하는 자부심으로 한 생을 채우지만 기실 우리네 삶이란 한 구체적 개인의 삶의 전사前事와 후사後事를 모두 포괄하는 시간의 말패놀이에 지나지 않을지도 모른다. 그러니 미리 결론을 이야기하자면, 어쩌면 예술과 시란 시간이 삶에 베푸는 아량을 시간에 대한 무기로 전화시키기 위해 인간이 가까스로 벼려낸 말패ㅡ무기일지도 모른다. 노년의 시인은 한 편으로는 쉽게 눈시울을 붉히는 말패였지만 또 한 편으로는 시간에 쉽게 풍화되지 않기 위해 마지막까지 무기를 움켜쥐는 도전자이기도 했다. 그러나 동시에 그것이 전부만은 아니었다.

2.

> 그때 그 시절,
> 통행 금지 시간이 풀린 그 밤, 그 시간까지
> 아슬아슬하게
> 서울 한복판 명동 거리를 이 골목 저 골목
> 싸구려 술집을 돌며
> 떠들썩하게 동동주를 정신 없이 마셨지
>
> 김광주, 이해랑, 한노단, 이인범, 이봉구,
> 이진섭, 박인환, 유한철, 유호, …
> 어지러운 세월 어질어질
> 캄캄한 내일, 그 어둠을 마셨지
>
> 지금 이 저녁
> 텅 빈 탁상에서 홀로 마시는 헤네시 꼬냑 한 잔,
> 꼬냑 한 잔에 핑 도는 팔십 고개
> 세상은 비어 가며 세월만 멀어라
>
> 아, 다들 갔고나
> 어디선지 고요한 밤, 거룩한 밤, …
> 쩔렁쩔렁.

−「성탄절」전문

   문학의 오래된 모티프 중에 '함께 했던 이들은 다들 어디로 갔지?(Ubi Sunt)'라는 것이 있다. 고난을 함께 했던 이들과의 한 때를 상실의 비감과 함께 떠올릴 때 쓰는 표현인데 이후에 종종 좋았던 꽃 시절을 회상할 때의 상념에도 적용되곤 하는 모티프이다. 시간의 양태 중에 대표적인 것이 바로 삶의 속도를 상대화하는 것이다. 과거는 지혜의 편에서 보고

寶庫이지만 속도의 측면에서는 비감의 양조장이다. 인용된 시에도 그 양상은 뚜렷하다. 소위 문청시절만큼 문학을 하는 이들이게 양가적 상념을 떠올리게 하는 것은 없다. 기대와 열기로 가득한 꽃 시절인 동시에 그 시절을 회상하는 이에게는 항상 가버린 미래가 되기 때문이다.

많은 이들의 회상에 의존할 때 해방 후 우리 현대문학의 문청시절은 아마도 1950년대의 명동시절이 아닌가 싶다. 인용된 시에 등장하는 이들이 바로 우리 현대문학의 문청시절을 기대와 초과열정으로 수놓은 이들일 것이다. 아마도 편운선생이 'Ubi Sunt'의 대상으로 그 시절을 떠올리는 것은 바로 그 때문이며 또한 이는 무엇보다도 그 시절이 진정성의 시절이었기 때문일 것이다. 그리고 이는 아마도 모던이니 참여니 전통이니 혁신이니 등등 쟁론의 입장은 달랐어도 가난 속에서 문학하는 이들이 함께 어울리며 또 다른 삶의 가능성을 꿈꾸던 시절이 그 시절이었기 때문일 것이다.

이를 잘 보여주는 일화가 있다. 잘 알려져 있지 않은 일화이지만, 대표적인 민족시인으로 알려진 신동엽은 편운을 두고 "조녕화씨, 당신은 참 선량하신 시민이었습니다. 싸움에 지친 우리들께 간혹 좋은 서정을 가르쳐 줬으니까"라고 말한 바 있다. 문학사라는 것이 지닌 함정이 그런 것이겠거니와 문학의 흐름은 후일 개념과 유파로 일별되지만 당대에 형성되는 문학 고유의 공통감성은 상호배제적 역사 기술에서 배제되곤 한다. 기실 시를 이념으로 삼는 시인들에게 민족주의와 순수서정이 불과 물이 아님은 신동엽의 조병화에 대한 발언에도 잘 드러나 있다. 시는 투사와 선사를 낳지 않고 투쟁하는 로맨티스트와 낭만적인 투사를 동시에 품는다. '다들 어디로 갔지' 하고 묻는 이의 심회에 순수와 참여의 대립은 월세로도 깃들지 않는다. 지나간 미래에 이념은 없다. 다만, 희망을 함께 나눈 이들의 녹슨 솥단지만 있을 뿐이다.

3.

그러니, '다들 어디로 갔지?' 하고 묻는 이에게 시간은 상실감과 불안을 안겨준다.

> 이럴 땐 어찌하면
> 좋소
>
> 여보, 이럴 땐
> 어찌하면 좋겠소
>
> 돌연히 닥쳐온 불안한 예감
> 인간이 긴 세월 살아가는 데
> 좋은 일만 있으리요만
>
> 생각지도 않은 이 불안,
> 이 불안이 한 치라도 당신에게 온다면
> 나는 어찌하리요
>
> 오, 하느님!
> 첨으로 불러 봅니다.

－「숙연한 시간」 전문

시간의 엄습에 대처하는 민방위 훈련은 없다. 왜냐하면 또한 엄습의 양상이 훈련에서와는 매번 달라서 모든 훈련이 무용지물이기 때문이다. 그러나, 어쩌면 시간의 갑작스러운 육박이 낳는 불안이야말로 모든 사태의 시작이다. 그렇기 때문에 회상하는 이의 상념보다 더 근원적인 것이 바로 시간의 엄습에 따른 불안감이다. 기시감(deja vu)과 미시감(jamais vu)이 동시에 엄습하는 모순 앞에서 때로 우리는 감각의 길을 잃는다. 누구든 엄마 잃은 아이로 만드는 이 순간의 밀도 앞에서 처음으로 "오, 하느님!"하고 손을 더듬거리게 되는 것은 너무나 자연스럽다. 그런데, 시인의 일은 엄마를 찾아보는 것으로는 만족되기 어려운 법이다. 홀연 어리둥절해지게 되는 감각의 처녀지에서 의존할 것이라고는 엄마가 아니라면 바로 모국어가 아닐 수 없다. 그러니, 시인이 시간의 엄습에 대처하는 방법은 역시 시에 호소하는 것이 아닐 수 없다. 홀연 시간이 엄습한다. 모든 감각이 길을 잃는다. 손을 잡아줄 엄마가 없다. 대신에 모국어가 있을 뿐이다. 그렇다. '방향은 시'다.

> 우물도 세월 따라 늙는지
> 늘 물이 고여서 넘쳐
> 푸른 하늘을 가득히 담고 출렁거리더니
> 세월 갈수록 수맥도 줄어들어
> 우물 안의 하늘이 좁아든다
>
> 우물의 세월, 아직은 남아
> 작게 좁아든 하늘
> 그곳에 내가 있나니
>
> 오, 뮤즈여.

―「늙은 우물」 전문

　　뮤즈, 곧 시의 어머니가 세월에 대한 사유 한 가운데서 등장하는 까닭이 바로 그것이다. 세월과 뮤즈는 언뜻 어울리지 않는 것처럼 보이지만, 지금까지 우리가 읽어온 맥락에서라면 편운에게 그것은 너무나 자연스러운 동행이다. 그리고 그 동행의 결과는 이처럼 아름답다.

이 시를 두 번 읽어 보자. 우선 인용된 시의 마지막 행을 괄호에 넣고 읽어보라. 여기 우물이 있다. 늘 물이 넘쳐 하늘을 가득 고이게 만들던 우물이 이제는 노년을 맞는다. 우물이 좁아진다는 범상한 표현이었다면 변화에 대한 실감은 현저히 줄어들었을 터, "우물 안의 하늘이 좁아든다"는 진술에 힘입어 이 시는 감각과 지성을 통합시키는 현대시 본연의 위의를 획득한다. 그것은 우물의 일만도 하늘의 일만도 또 오랜 세월 모두를 지켜본 '나'의 일만도 아니다. 세 겹의 폐색이 결코 절망으로 귀결되지 않는 까닭도 폐색의 동행을 발견해내는 시적 지성 때문이다. 본래 지성이 하는 일은 연관성이 적은 이질적인 것들 사이의 유사를 발견해내는 일이라고 할 때, 세 겹의 폐색 즉, 연못과 거기 담긴 하늘과 그렇게 좁아든 하늘 안에서 자연스럽게 위축을 감내하는 '나'를 발견해내고야 마는 것이 바로 시적 지성의 일이다.

그러니, 이제 마지막 행을 포함해서 시를 다시 한 번 읽어 보자. 눈치 챘겠지만, 시간의 이 강력한 압박 앞에서 입술의 좁은 틈으로 발화되는 저 '뮤즈'는 앞에 인용된 시에서의 '하느님'에 비견된다. 시간의 엄습에 대한 불안 앞에서 처음으로 '하느님'을 부르듯, 시간의 압박 속에서 감각의 길을 잃은 구체적 개인은 '뮤즈'를 발음한다. 그러니, 이때 시는 시간의 말패가 아니라 시간과 겨누는 무기가 된다.

4.

세월은 유구한데
아프고 병들고 늙어 가는 인간들의 목숨
가련하여라

아, 가련하다 한들

그것도 얼마나 가리.

－「산협(山峽)의 온천－일본 동북 지방에서」부분

 뮤즈를 불러 시간에 맞설 무기를 벼리는 심장을 모르는 이는 이 짧은 구절에 담긴 역습을 헤아리지 못할 것이다. 보라, 앞의 연은 시간 안에 폐색된 이들의 고통과 그에 대한 연민을 담고 있다. 고통은 시간의 산물이고 연민은 시간의 산물에 대한 정서적 대응일 뿐이다. 그런데, 역습의 현장은 두 번째 연에 있다. 시간은 모든 살아있는 것들을 무르게 만들며 모든 생물을 풍화시킨다. 그런데, 시를 가진 사람이 이에 대응하는 방법은 풍화에 맞서는 것이 아니라 유한성으로부터 비롯된 연민마저 저 풍화작용에 내어주는 것이다. 서구의 근대철학자들 역시 인간의 고통을 무한한 시간 속의 티끌로 간주하는 방식으로 위안을 삼았지만 이들의 전제는 개체의 삶을 넘어 신이 통괄하는 역사가 있다는 것이었다. 그런데 인용된 짧은 구절에는 그런 위안에도 기대지 않는 결기가 있다. 바로 이런 방식으로, 개체의 물리적 삶뿐만이 아니라 고통과 연민마저 풍화되는 것임을 사유하는 시인에게 시간은 이제, 개체의 두에서 '윙' 소리를 내며 엄습하는 날개를 단 마차(Andrew Marvell)처럼 위압적인 존재자에 비견되는 대신 슬픔마저 포함하는 유현幽玄의 처소가 된다. 그러니, 다음 시들의 중심에는 이제 시간이 아니라 유현이 놓여 있다고 할 수 있다.

(1)
한 노인이
호심 깊이 낚시를 던지고
온종일 물가에 홀로 앉아 있다

물속의 구름인지 바람인지
이따금 낚시찌만 흔들릴 뿐

호심 깊이 흰 구름 소리 없이 흐르고
천지사방이 귀를 찌르는 적막이다

우주 무한
오늘도 그 자리.

－「무거운 세월」 전문

(2)
바닷가에서 행상을 하는 한 느파가
과자 부스러기를 연상
공중을 향해 날린다
흰 갈매기들이 끼 끼 날아들어
날쌔게 채 간다

순간, 노파는 허공을 흔든다
절을 한다
무슨 사연이라도 있는 것인가
멀리 한 객인(客人)이 그걸 보고 서 있다

봄이 오는 해운대 아침.

－「노파(老婆)와 흰 갈매기」 전문

　　인용 (1)과 인용 (2)의 시는 부분과 전체의 관계를 갖는다. 보다 구체적
으로 말하자면 인용 (2)는 인용 (1)의 부분집합 혹은 원소이다. 무슨 말인
가? 우선 인용 (1)을 보자. 세월을 낚는다는 표현이 있음을 우리는 알고
있다. 상투적인 표현이 되어서 우리는 그 말의 묘미를 거의 잊고 살지만
본고의 맥락에서 그것을 시간에 대한 통쾌한 역습으로 간주하고 다시
생각해보면 이처럼 절묘한 말도 없다. 시간이 사람을 풍화시키는 것이
아니라 오히려 사람이 시간을 길들인다는 것은 9회말 투아웃의 역전 홈

런과도 같은 발상이 아닐 수 없다. 그 역시 범속한 사유가 가닿을 수 없는 경지임은 틀림없다. 그런데, 인용 (1)에서는 엎치락뒤치락 하는 싸움마저 번거롭게 보이게 하는 경지가 눈앞에 펼쳐진다. 시간과 인간이 선공과 후공을 하는 현장마저도 나 몰라라 하는 태연한 시적 사유가 이 시에는 놓여 있다. 시간과 인간대신 적막과 무한을 시의 중심에 둠으로써 발생하는 사태란 인간과 시간을 모두 개방하는 것이다. 시간의 엄습을 침공으로 그리고 세월낚시를 반격으로 간주하는 사유보다 윗길에 있는 것이 유현幽玄의 사유이다. 유현이란 다른 말로 하자면 그윽함인데, 이 시의 마지막 연이 하는 일은 시를 통해 시간을 유현에 접속시키는 일이다. 고통과 연민은 시간에 대한 인간적 이해관계로부터 비롯된다. 세월낚시는 재치를 통한 자기 위안의 성격을 띤다. 그러나, 시간을 그윽함에 인계하는 것은 인간적 이해도 자기 위안도 아닌 인간과 시간의 교유에 비견될 수 있다. 그렇게 되면 굳이 한가로운 풍경 속에서가 아니라도 범속한 모든 시간들과 더불어 시인은 놀 수 있다. 인용 (2)가 그렇다.

인용 (2)가 인용 (1)의 부분집합이자 원소인 까닭은 이 범속한 이 풍경마저 유현의 한 자락이 되기 때문이다. 바닷가에서 행상을 하는 노파, 그 노파가 던진 과자 부스러기. 그 부스러기를 채 가는 갈매기야말로 예사로운 풍경을 구성한다. 그런데, 이 풍경을 유현에 잇대어 주는 것은 전적으로 시인의 일이다. 멀리 서 있는 한 객인의 붓이 이 풍경을 그윽함과 맞닿을 수 있도록 하는 것이다. 바로 그렇게 시인은 시간의 무력과 일상의 범속함을 유현과 환승시키는 존재자이다. 시인은 시간과 유현의 노선이 환승되는 곳을 발견하고 발명하는 역장이다.

5.

> 고승이 절간에서 도를 닦는 일이나
> 시인이 속세에서 시를 닦는 일이나
> 끝내는 죽음을 가볍게 통과하려는
> 그 마음을 닦는 일이러니
>
> 죽음을 가볍게 통과하여
> 허허로운 저 세상에서
> 허허로운 부재(不在)가 되려 함이러니
>
> 아, 허허로운 부재(不在)가 되어
> 무한한 소멸로 소멸함이러니

―「고승과 시인」 전문

　그러니, 이제야 우리는 이 시를 선입견 없이 읽을 수 있다. 시인이 고승에 비견되는 이유는 그 둘이 개체에게 주어진 유한한 시간을 부재/소멸과 환승시키기 때문이다. 이것이 단순한 탈속脫俗을 의미하는 것이 아님은 아래에 인용된 시와 더불어 생각해볼 때 자명해진다.

> 자연은 인간 생명의 고향이며
> 에로스는 인간 영혼의 고향이어라
>
> 인간은 이 두 고향에서
> 제한된 생명을 살아야 하는
> 그 위안으로서
> 끊임없이 예술 행위를 계속하는 것이다.

―「예술의 뿌리」 부분

대단히 깊고 흥미로운 사유가 아닐 수 없다. 또한 어쩌면 이 시는 지금까지의 독해의 전모를 보여주는 것일지도 모른다. 우선, 자연과 에로스가 대비된다. 이것은 통상적인 대비가 아니다. 오히려 에로스 역시 자연의 일부라는 것이 통상의 인식일 것이다. 그러니 이때 에로스는 구체적 맥락을 지닌 것이 아닐 수 없는데 자연과 대비되는 바로서, 생명의 고향과 대비되는 영혼의 고향으로서의 에로스는 일종의 정신적 에너지에 비견된다. 고향이라는 말의 본뜻이 그러하듯, 자연이 인간의 생명을 낳았다면 인간의 영혼을 낳고 추동한 것은 에로스라는 말이기 때문이다. 흥미로운 것은 제한된 시간만이 허락된 구체적 개체인 인간이 이 두 고향을 동시에 지니고 있으며 또한 그 제한성에 대한 위안으로 존재하는 것이 끊임없는 예술행위라는 인식이다. 여기서 중요한 것은 "끊임없이"라는 시어이다. 인간은 생물학적 생존에 몰두하는 존재자로 전락하거나 정신의 에로스적 충동을 통해 삶을 형이상학적 위안에 내어주는 태도로 증발할 두 방향의 위험의 사이에 놓여 있는 존재자이다. "끊임없이"라는 시어가 중요한 이유는 이 때문이다. 어떤 부단한 운동이 없이 인간은 생물학적 단위로 추락하거나 형이상학적 변설로 기화하고 말기 때문이다. 예술은 바로 그 추락과 기화를 지연시키고 인간의 삶을 하강과 상승 사이에서 균형잡는 행위이다. 일 초 간의 예술행위의 부재는 일 초 간의 추락이나 증발이다. 예술은 인간이 추락하거나 증발하는 것을 매순간 지연시키는 운동이다. 예술의 위의에 대한 이보다 더 장엄한 발설이 있을까?

오, 황홀한 순간이여
약동하는 생명이여, 그 순결이여

어찌 이렇게도 활짝 벗고
염염(艶艶)한 살결로 빛 속에 뛰어들어
어진 화가에게

신비한 유혹으로 있는가

아, 아름다운 것은 슬픔이런가
소유할 수 없는 희열이런가

무욕한 자만이 해후(邂逅)하는
뜨거운 사랑이어라

　　　　　–「꽃–김일해(金一海) 화백(畵伯)의 그림을 보며」 전문

　예술이 인간의 추락과 증발을 매순간 지연시키는 운동인 까닭은 미적
인 것이 슬픔과 희열이 함께 사는 사랑의 집이기 때문이다. 사태가 복잡
하고 슬퍼지는 데까지 보는 눈(토마스 만)만이 우선은 슬픔을 알고 그리
고 다음은 희열을 아는 법이다. 그는 여기까지 보고 있었다. 그렇기 때문
에 다음과 같은 시는 구체적 개체로서의 시인의 발화가 아니라 미적인
것이 인간의 육성을 빌어 내는 전언에 가깝다. 시간과 유현이 환승하는
현장에 군말을 덧붙이는 대신 시를 인용함으로써 환승역의 기찻삯을 대
신할까 한다.

　　　　허공에 아무런 흔적이 없듯
　　　　바람이 지나도
　　　　구름이 지나도
　　　　새가 지나도
　　　　낙엽이 펄펄 날리다 사라져도
　　　　허공은 그대로 하나 흔적도 없듯
　　　　만고의 허공으로 그저 비어 있듯

　　　　태풍이 지나도
　　　　폭풍우가 지나도
　　　　번개 천둥이 지나도

허공은 그대로 하나 흔적도 없듯
만고의 허공으로 그저 비어 있듯

팔십의 세월
인생 희비애락이 지나간 나의 생애
빈 허공으로
그저 아무런 흔적 하나 없이 허공으로 있길

애착도, 욕망도, 미련도, 애욕도, 미움도,
후회도, 아쉬움도,
하나 흔적 없는 빈 허공으로 있길

만고에.

—「나의 마지막 꿈은」 전문

순수 고독, 순수 허무의 시학

조병화 제53시집 『넘을 수 없는 세월』

이재복(문학평론가)

1. 시간의 한계 혹은 생명의 한계

조병화의 시에 대한 태도는 한결같다. 그의 시는 복잡하고 애매모호한 세계와는 거리가 멀다. 이것은 그의 시가 문자보다는 말의 운용체계를 드러내고 있다는 사실과 무관하지 않다. 그의 말하듯이 쓰는[1] 시작 태도는 시인의 몸과 일상의 현실로부터 기인하기 때문에 문자의 관념성이나 복잡 미묘한 이미지와 상징보다는 쉽고 질박한 진술을 지향한다. 그의 시의 이러한 시작 태도는 양가성을 드러낸다. 하나는 삶의 실존과 밀착된 형식과 내용을 포괄하고 있다는 것이고 또 다른 하나는 그것이 삶을 긍정하고 안위를 긍정하는 과정에서 고통의 내면화와 갈등이 없다는 것[2]이다. 흔히 삶의 실존과 밀착된 경우에는 고통의 내면화와 갈등이 뒤따를 수 있지만 그의 시에서는 그것이 나타나지 않는다. 그렇다면

---

1) 유종호, 「조병화의 시세계」, 『조병화 전집』 10권, 학원사, 1985, 193쪽.
2) 권영민, 『한국현대문학사 II』, 민음사, 2002, 127~128쪽.

고통의 내면화와 갈등 없이 어떻게 삶의 실존과 밀착될 수 있는가?

이 물음에 대한 답은 삶의 태도에 있다. 시인이 삶을 긍정하느냐 부정하느냐에 따라 고통과 갈등의 유무는 결정될 수 있다. 그의 시에 고통의 내면화와 갈등이 없는 이유는 그가 삶을 긍정하고 있기 때문이다. 고통이 없는 인간의 삶이란 존재하지 않는다. 이런 점에서 고통은 그의 삶의 한 부분이지만 그는 그것을 전경화하거나 내면화하지 않고 자연스럽게 넘어서는 여유 있는 태도를 보인다. 자신의 의지로 삶의 흐름을 거스르지 않고 여기에 대해 강한 자의식을 보이지 않음으로써 그의 시에는 삶의 과정 속에서 체험한 다양한 현실 혹은 현실의 소재들이 하나의 질료로 들어와 있다. 이 질료는 시 자체의 내적 질서를 드러낸다기보다는 그것과 분리된 시인의 인격적인 여러 상태를 드러낸다고 볼 수 있다. 여기에는 시인의 삶의 과정에서 발생하는 정서는 물론 그 체험의 양태가 쉽고 질박한 진술을 통해 그대로 표현되어 있다.

이처럼 시인의 쉽고 질박한 진술 속에는 자신의 정서에 대한 솔직함과 삶에 대한 긍정과 여유가 담겨 있다. 이것은 분명 그의 시 전체를 관통하는 보편적인 속성이기는 하다. 하지만 우리가 여기에서 간과하지 말아야 할 것은 이 보편적인 속성이 그의 시의 흐름 속에서 일정하게 변주되어 나타난다는 사실이다. 첫 시집인 『버리고 싶은 유산』(산호장, 1949)에서 유고 시집(제53번째 시집)인 『넘을 수 없는 세월』(동문선, 2005)에 이르기까지 그의 시 세계는 시인과 분리되지 않은 채[3] 자신의 정서와 그 의미를 추구하는 하나의 흐름을 견지해 왔지만 그 흐름의 이면에는 다양한 변주의 세목들이 내재해 있다. 시인과 시가 분리되지 않은 채 그 흐름을 유지해 왔다는 것은 곧 시의 세계가 삶의 흐름을 반영하고 있다는 것을 의미한다. 시인의 삶 혹은 인간의 삶이란 시간의 흐름에 다름 아니다. 시간이란 시인의 주관에 의해서 얼마든지 그 의미가 바뀔

---

3) 김윤식, 「조병화 시학의 구성원리」, 『한국현대시사연구』, 일지사, 1987, 635~645 참조.

수 있지만 그럼에도 불구하고 변하지 않는 것은 '탄생─성장─소멸'이라는 거역할 수 없는 흐름이다. 탄생에서 성장으로 다시 성장에서 소멸로 이어지는 시간의 흐름 속에서 시인의 의식이란, 더욱이 삶을 자신의 시에 적극적으로 수용하고 있는 경우에는 그 흐름의 궤적을 따르지 않을 수 없을 것이다.

자신의 삶을 긍정하고 그것을 여유 있게 받아들이는 시인에게 이렇게 이어지는 시간의 흐름은 어떤 의미로 받아들여질까 하는 문제는 단순한 호기심을 넘어 선다. 그것은 삶의 존재성의 문제와 맞물려 있다는 점에서 시인의 주제 의식을 강하게 환기한다고 볼 수 있다. 시인의 시에서 관심을 두는 주제는 '시간과 죽음'으로 요약된다. 그의 시에서의 죽음은 '시간의 한계' 혹은 '생명의 한계'[4] 속에서 운용된다. 시인의 시간과 죽음에 대한 민감한 자의식은 제51시집 『세월의 이삭』(월간에세이, 2001), 제52시집 『남은 세월의 이삭』(동문선, 2002), 제53시집 『넘을 수 없는 세월』(동문선, 2005) 등에서 '세월'이라는 이름으로 전경화되기에 이른다. 비록 시인의 '넘을 수 없는 세월'이라는 명명은 시간과 죽음의 문제와 관련하여 의미심장함을 환기한다. 이 명명은 '세월의 이삭'(『세월의 이삭』)이나 '남은 세월의 이삭'(『남은 세월의 이삭』)에서 알 수 있듯이 이미 타계하기 전 시인이 민감하게 의식한 '세월'이라는 시간의 의미 속에서 탄생한 것이라고 할 수 있다.

넘을 수 없는 세월은 시간의 한계 혹은 생명의 한계를 의미한다. 시인이 말년에 세월이 지니고 있는 의미를 민감하게 자각한 데에는 그것이 곧 시간의 한계이면서 생명의 한계 속에서 운용되고 있다는 사실을 깨달았기 때문이다. 이런 맥락에서 보면 그의 세월 혹은 시간에 대한 자각은 한계 의식 속에서 이루어지며, 이 한계 의식 속에서의 삶은 이미 그 삶 속에 죽음이 내재해 있다는 것을 말해준다. 그에게 삶과 죽음, 생성과

---

4) 이승훈, 『한국현대시론사』, 고려원, 1993, 219~225쪽.

소멸, 변화와 영원 등의 문제는 단순히 하나의 사물이나 도구 그리고 현실의 차원의 의미로 이해되지 않는다.5) 그에게 이러한 문제는 과거, 현재, 미래가 통합된 상태에서 이루어지는 자신의 기투 및 피투의 행위이다. 그의 삶과 죽음, 생성과 소멸, 변화와 영원 등을 포합하는 시간에 대한 의식은 그것이 어떤 본질 보다는 실존을 함의하고 있는 것으로 볼 수 있다. 실존이 본질에 선행하는 의식 속에서 이루어지는 시간 혹은 세월에 대한 흐름은 어떤 실존으로부터 벗어나 본질을 겨냥하는 것과는 거리가 멀다. 그가 세월을 넘을 수 없다고 한 데에는 그 세월이 시간과 생명의 실존 상황 속에서 이루어지는 하나의 현상이기 때문이다. 세월이 본질적으로 규정되어 있는 것이 아니라 과거, 현재, 미래가 통합된 현상의 장 속에서 이루어지는 것이라는 점에서 '넘을 수 없는 세월'이라는 시인의 말은 어떤 가식도 또 숨김의 의도가 내재해 있지 않은 그야말로 현상의 소리를 의미한다고 볼 수 있다.

2. 고독과 허무의 견고함과 순수의 의미

삶과 죽음이 '시간의 한계' 혹은 '생명의 한계' 속에서 운용된다는 것을 자각한 시인에게 세월이란 어떤 의미일까? 삶과 죽음이 본질이 아닌 실존의 상황 속에서 현상의 장을 통해 드러난다는 사실은 어떻게 보면 보편적인 시간의 의미를 내재하고 있다. 하지만 이 보편의 시간 속에서 살아간다고 해서 모두가 동일한 존재성을 드러내고 있는 것은 아니다. 존재 각각이 처한 상황에 따라 얼마든지 그 모습이 달라질 수 있을 뿐만 아니라 그 의미 또한 달라질 수 있다. 누군가가 세계를 하나의 현상으로

5) 이승훈, 위의 책, 219~225쪽.

지각한다는 것은 곧 그 존재가 은폐하고 있는 각기 다른 위치나 모습을 자연스럽게 탈은폐한다는 것을 말해준다. 조병화 시인의 경우에는 시와 시인이 분리되지 않은 관계로 시간이라는 현장의 장으로 기투하고 피투하는 주체가 시인의 기질과 밀접하게 연결되어 있다. 시인의 기질에 따라 현상은 그 모습을 달리하며, 그의 기질은 그대로 시에 투영되어 있다고 할 수 있다. 흔히 그를 보헤미안 시인이라고 부른다. 이때 보헤미안이란 세상의 구속과 억압으로부터 벗어나 끊임없이 방랑하는 자유로운 영혼의 소유자를 의미한다.

이러한 보헤미안 시인이라는 명명은 세상의 억압과 구속으로부터 개인의 자유를 함의하고 있다는 점에서 독특한 존재론적인 상황을 드러낸다. 그렇다면 여기에서 이야기하는 자유란 어떤 것을 말하는 것인가? 이 물음은 곧 왜 시인이 세상의 구속과 억압으로부터 벗어나 끊임없이 방랑하는가? 하는 문제와 다르지 않다. 시인이 자유로운 영혼의 소유자라면 그의 방랑은 개인의 문제와 밀접한 관계가 있다. 그의 방랑은 방황일수도 있지만 보다 궁극적인 것은 그것을 넘어 자신의 가치나 구원 그리고 존재성에 대한 탐색에 있다고 할 수 있다. 하지만 그의 방랑이 궁극적으로 겨냥하고 있는 것이 여기에 있다고 하더라도 여기에서 우리가 간과하지 말아야 할 것은 그 중심에 '나' 혹은 '나라는 존재'가 있다는 사실이다. 이런 점에서 그의 방랑의 궁극은 나의 존재성에 대한 탐색에 있다고 볼 수 있다. 이와 관련하여 시인은

　　　나는 나를 찾아서
　　　너무나 먼 곳을 헛되게 헤매돌았지
　　　바로 눈앞에 나를 두고

　　　나는 나를 찾아서
　　　너무나 먼 길을 헛되게 헤매돌았어

바로 눈앞에 피고 지는 꽃이
바로 나인 것을 모르고

실로 나는 나를 찾아서
너무나 먼 길, 먼 곳을 헛되게 헤매돌았어라
바로 눈앞에 야들야들 작게 피고 지는 꽃이
바로 나의 "있음"인지도 모르고

나에게 배당된 세월 다 끝나는 지금
나를 찾아서
먼 곳, 먼 길, 먼 세월 덧없이 헤매돈 것이
바로 "헤매인 그것"이
다름 아닌 바로 나의 그 "있음"이었어

아, 그걸 지금 알았어.

— 「나의 "있음"」 전문6)

라고 말하고 있다. 시인은 '자신의 헤매돎' 자체를 '나의 있음'으로 간주
한다. 시인의 이러한 자각은 그에게 '배당된 세월이 다 끝나는 시점'에서
이루어진다. 죽음이 시간의 한계 혹은 생명의 한계 속에서 운용된다면
시인의 헤매돎은 무의미한 것이 아니라 그 자체로 중요한 의미를 지닌
다. 시인의 헤매돎이 의미의 집적체라는 것은 그것이 시간과 생명의 현
상으로 드러난다는 것을 말해준다. 이 현상의 세계 내에서는 추상화되
고 개념화된 분리의 의미가 통용되지 않는다. 현상의 세계에서는 모든
존재들이 서로 관계를 통해 총체적으로 드러나며, 시간과 생명이란 이
런 총체적인 관계성의 표상으로 볼 수 있다. 시인이 놓여 있는 세계가 하
나의 현상으로 존재한다는 것은 지극히 당연하고 자연스러운 것이다.

---

6) 조병화, 『넘을 수 없는 세월』, 동문선, 2005, 33쪽.

하지만 이 당연하고 자연스러운 세계를 개념화하고 추상화하면서 그것의 현상성은 소멸하고 만 것이다. 시인의 헤매돎은 개념화하거나 추상화가 불가능한 하나의 통합된 현상 그 자체이다. 하지만 이러한 헤매돎이 통합된 의미의 집적체임에도 불구하고 많은 사람들이 그것을 자각하지 못한다. 그 이유는 '주의(attention)'7)를 기울이지 않기 때문이다. 어떤 현상에 대해 주의를 기울이지 않으면 그것의 존재를 발견할 수 없다.

이 주의는 일종의 존재론적인 자각이라고 할 수 있다. 「나의 "있음"」에서 시인이 보여주고 있는 세계가 바로 그것이다. 나의 있음을 발견 혹은 자각하기 위해 시인은 "너무나 먼 길, 먼 곳을 헛되게 헤매돌았"던 것이다. 시인의 이 헤매돎 전체가 나의 있음이지만 시인은 그것을 미처 발견하지 못한 것이다. 그런데 시인은 '바로 눈앞에 야들야들 작게 피고 지는 꽃이 바로 나의 "있음"인지도 모른다'고 말한다. 이것은 꽃과 나를 동일시한 것으로 볼 수 있다. 꽃의 피고 지는 현상이 곧 나의 있음이라는 시인의 말은 어떻게 이해해야 할까? 우리가 이것을 하나의 동일시한 표현으로만 인식해서는 이 현상을 이해할 수 없다. 현상의 차원으로 보면 세계는 분리되어 있는 것이 아니라 통합되어 있다. 꽃과 나는 현상의 장 속에 있으며, 이 속에서는 모든 사물이나 존재가 평면이 아닌 입체적으로 복잡하게 얽혀 있다. 꽃과 나의 관계성은 일방적인 것이 아니라 상호작용성의 차원에서 긴밀하게 얽혀 있는 것이다. 이런 점에서 볼 때 나의 헤매임의 과정 속에는 꽃의 피고 짐이 내재해 있다.

꽃 속에 내가 있고 내 속에 꽃이 있다는 사실 혹은 먼 길 먼 곳의 헤매돎이 곧 나의 있음이라는 사실에 대한 발견은 단순한 것이 아니라 하나의 존재론적인 사건이라고 할 수 있다. 시인의 경우 이러한 존재론적인 사건은 "나에게 배당된 세월이 다 끝나는 지금"에 와서 발생한다. 시인이 말하는 "나에게 배당된 세월"이란 시간의 한계 혹은 생명의 한계를

---

7) 메를로 퐁티, 류의근 옮김, 『지각의 현상학』, 문학과지성사, 2004, 70~103쪽 참조.

내포하고 있다는 점에서 그것은 '죽음'과 연결된다. 나에게 배당된 세월이 다 끝나는 지금이야말로 그동안 세계 속에 은폐되어 있던 죽음이 그 모습을 나타내는 시기이며, 이것은 곧 그만큼 죽음이 발견(자각)될 가능성이 크다는 것을 의미한다. 은폐된 죽음이 탈은폐되는 순간 그동안 자신의 잠재의식 속에 있던 죽음의 실체가 그 모습을 선명하게 드러냄으로써 진정한 나에 대한 자각이 이루어지게 되는 것이다. 흔히 죽음의 순간을 맞이하면 인간은 그동안의 일들이 파노라마처럼 흘러간다고 말하는데 이러한 상황은 시간과 생명으로 표상되는 나의 존재성을 의미하는 것이라고 할 수 있다.

나의 존재성을 이렇게 자각하는 경우 보헤미안적인 기질을 지닌 시인에게 그 세월은 어떤 질료로 어떻게 의미화되어 나타나는 것일까? 파노라마처럼 흘러온 시간과 생명의 세월에 대해 시인은 그것을 '헛되고', '덧없다'고 말한다. 자신이 살아온 세월을 헛되고 덧없다고 느끼고 또 그렇게 말하는 것은 특별한 것은 아니다. 하지만 그것이 왜 헛되고 덧없는 것인지에 대해서 자각하느냐 하지 못하느냐의 문제는 특별한 것이다. 시인이 자신이 살아온 세월을 헛되고 덧없다고 느끼고 또 말하는 데에는 자각이 전제된 것으로 볼 수 있다. 그리고 이 자각이 시간과 생명의 한계 속에서 운용되는 죽음을 전제하고 있다는 점에서 시인이 느끼고 말하는 헛됨과 덧없음은 진정성을 지닌다. 시인이 세월을 넘을 수 없는 것으로 명명한 데에는 시간과 생명의 한계 속에서 자신의 생의 헛됨과 덧없음을 표현하려고 한 의도가 내재해 있다고 할 수 있다. 시인은 자신의 생의 헛됨과 덧없음을

할아버지가 살아온 것은 바람이었어
바람에 밀려가는 한 조각 구름이었어
조각 구름에 실려가는 한 알의 작은 물방울이었어
우주를 안고 흘러가는 작은 물방울이었어

너도 내 나이가 되면 알 거야
네가 살아온 너를

그것이 바람이었는지
비였는지.

—「한 인간의 생애」 전문8)

라는 형식을 통해 표현하고 있다. 이 시에서 한 인간의 생애를 표현하기
위해 사용된 질료인 "바람", "구름", "물방울" 등은 시간과 생명으로 표
상되는 현상의 세계를 들추어내는데 적절하다고 할 수 있다. 바람, 구름,
물방울 등은 모두 전체 현상의 장 속에서 서로 관계성을 드러내면서 생
성과 소멸을 거듭하는 변화의 질료들이다. 바람이다가 구름이 되기도
하고, 구름이다가 물방울이 되기도 하는 이 현상은 변하지 않는 것은 없
다는 점에서 생의 헛됨과 덧없음을 표상한다고 볼 수 있다. 한 인간의 생
애가 끊임없이 생성과 소멸의 변화 과정 속에 있다는 것은 어떤 집착이
나 구속, 속박에 얽매이지 않는 자유로움을 의미하지만 그 자유로움이
란 '너무나 먼 길, 먼 곳을 헛되게 헤매돌았다'는 시인의 진술에서 알 수
있듯이 여기에는 방랑자로서의 고독과 허무가 강하게 투영되어 있다.

　바람, 구름, 물방울이라는 질료가 그동안 표상해온 각각의 의미의 영
역이 고독과 허무와 밀접하게 관계되어 있을 뿐만 아니라 그것들이 결
합된 의미의 영역이 또한 그러한 세계를 드러내고 있다는 점에서 「한 인
간의 생애」는 시인의 시세계를 겨냥하고 있는 시편이라고 해도 무방하
다. 특히 "할아버지가 살아온 것은 바람이었어/바람에 밀려가는 한 조각
구름이었어/조각 구름에 실려가는 한 알의 작은 물방울이었어"에서의
'조각 구름'은 바람과 물방울을 매개하면서 고독과 허무의 독특한 속성

8) 조병화, 앞의 책, 31쪽.

을 잘 응축하고 있는 그런 질료라고 할 수 있다. 시인이 자신의 호를 '편운片雲' 곧 조각구름이라고 한데에서도 이 질료가 지니고 있는 의미를 잘 알 수 있다. 뭉게구름도 먹구름도 아닌 조각구름에서의 '조각'은 고독과 허무의 의미를 더욱 강하게 전경화하고 있는 말이다. 전체에서 떨어져 나왔다는 사실과 소멸에 좀 더 가까워지고 있다는 사실에서 조각구름의 고독과 허무가 더욱 강하게 전경화되고 있는 것이다. 하지만 이 고독과 허무의 전경화는 곧 조각구름에 의해 매개되고 있는 바람과 한 알의 작은 물방울의 속성에 다름 아니다. 바람의 고독과 한 알의 작은 물방울의 허무 혹은 바람의 허무와 한 알의 작은 물방울의 고독을 조각구름은 그 안에 응축하고 있는 것이다.

이렇게 바람, 조각구름, 한 알의 작은 물방울의 고독과 허무는 긴밀한 관계성으로 연결되어 있으며, 이것이 주목할 만한 점이다. 만일 이 각각의 질료들이 긴밀한 관계성이 아닌 분리 독립적으로 고독과 허무의 의미를 드러낸다면 그 효과는 반감되고 말 것이다. 이 질료들의 긴밀한 관계성 속에서 생성과 소멸을 통한 끊임없는 변화가 전제된 상태에서의 고독과 허무는 시인의 궁극을 표상하는데 더없이 적절한 방식이라고 할 수 있다. 바람, 조각구름, 한 알의 작은 물방울이 시간과 생명의 흐름 속에서 서로 관계하면서 드러내고 있는 것이 고독과 허무라면 그것을 강렬하게 표상하고 있는 형식은 이 질료들이 융합되어 하나의 형태로 구현되는 상황을 담고 있어야 할 것이다. 바람, 조각구름, 한 알의 작은 물방울이 제 각각의 형태로 존재할 때가 아닌 이 모든 질료들이 하나로 이어지면서 시간과 생명이라는 현상의 장을 흐를 때 이 상황은 성립된다. 시인은 생의 고독과 허무가 현상의 장에서 하나로 흐르는 순간을 죽음과의 관계 속에서 발견한다. 죽음이 시간과 생명의 한계 속에서 운용되기 때문에 아무래도 그 한계에 대한 절감이 죽음과의 관계 속에서 더욱 강렬하게 발생할 수밖에 없다. 시간과 생명의 한계를 강하게 절감하면

절감할수록 그만큼 고독과 허무 역시 커질 가능성이 있다. 시간과 생명의 한계 속에서 운용되는 죽음이 전제된 고독(허무)에 대해 시인은 그것이 마치 '콘크리트 같은 寂寞 속에 전율처럼 머물러 있는 것'(「現狀報告」)이라고 하여 그것이 얼마나 견고한 것인지에 대해 말하고 있다.

시인이 말하고 있는 이 견고함은 딱딱하게 굳어 있는 상태의 견고함이라기보다는 시간과 생명의 끊임없는 흐름의 견고함이라고 할 수 있다. 죽음이 시간과 생명의 한계 속에서 운용된다는 것 자체가 이미 그 견고함을 전제한 것이라고 볼 수 있다. 이런 점에서 죽음은 결코 시인이 넘을 수 없는 견고한 존재성을 지닌 그 무엇이 된다. 바람, 조각구름, 한 알의 작은 물방울 등의 질료들을 통해 구현되고 있는 시인의 고독과 허무의 견고함은 급기야 한 줄기의 흐름으로 표출되기에 이른다.

> 비석이 쭈르르 비를 맞고 있다
> 순수 고독, 순수 허무(純粹 孤獨, 純粹 虛無).

—「비석(碑石)」 전문9)

단 두 줄로 되어 있지만 이 시가 환기하는 이미지는 강렬하다. '쭈르르 비를 맞고 있는 비석'의 이미지는 죽음(비석)이 헤어나기 어려운 시간의 견고한 흐름(비) 속에 놓여 있다는 것을 의미한다. 여기에서의 비석은 조각구름에서의 조각처럼 세상으로부터 분리된 고독과 허무를 예각화하는 존재성을 드러낸다. 비석이 쭈르르 내리는 비로부터 벗어날 수 없는 운명을 지니고 있다면 그것은 외부로부터의 잡스러운 것이 끼어들 수 없는 상태를 말한다. 시인은 비석이 처해 있는 이러한 상태를 '순수 고독', '순수 허무'라고 명명한다. 시인이 자신의 시속에 '비석'이라는 질료를 끌고 들어온 의도는 시간과 생명의 한계 속에서 운용되는 죽음을

---

9) 조병화, 위의 책, 107쪽.

전경화하여 그것의 순수성을 극대화하기 위해서라고 할 수 있다. 죽음과 관련한 많은 시적 질료들 중에 비석만큼 시간 혹은 시간성에 대한 인간의 자의식을 드러내고 있는 것도 없기 때문이다.

　시인은 자신의 생 혹은 세월이 순수 고독과 순수 허무를 겨냥한 것이었음을 비석이라는 질료를 통해 강렬하게 제시하려고 한 것으로 볼 수 있다. 비석이란 죽은 자의 흔적을 기록한 상징적인 실체 아닌가. 시인은 이 비석에다 자신이 살아온 세월의 흔적과 자신이 추구해온 생의 의미를 새기고 싶었던 것이다. 이런 점에서 볼 때 '순수 고독, 순수 허무純粹 孤獨, 純粹 虛無'는 시인 자신의 묘비명이라고 할 수 있다. 순수 고독, 순수 허무를 시인 자신의 생의 흔적이자 의미라면 쭈르르 내리는 비를 고스란히 맞고 있는 비석은 시인의 육체 혹은 육체성이라고 해도 무방할 것이다. 「비석(碑石)」이 한낱 언어로 된 개념화된 형식을 넘어 시인의 육체 혹은 육체성이 깃든 하나의 실존적인 현상으로 지각되는 데에는 바로 이러한 이유 때문이라고 할 수 있다. 시인의 정신인 '순수 고독, 순수 허무純粹 孤獨, 純粹 虛無'와 시인의 육체인 '비석'이 결합되어 하나의 몸으로서의 시인의 존재성을 체험하는 것은 그것이 단순한 개념이나 관념이 아닌 '살'을 통한 현상의 장 속에서 부피감으로 소통된다는 것을 의미한다.

3. 눈물의 일체성과 텅 빈 실존

　순수 고독과 순수 허무라는 시인의 생의 자각이 넘을 수 없는 세월로부터 비롯된 것이라면 이때 여기에서 말하는 '순수'는 시간과 생명의 감각을 함의한다. 이것은 순수가 추상적이고 관념적인 형식을 넘어 살아 있는 현상의 장을 표상하고 있다는 것을 말해준다. 현상의 장에서는 일상의 시간과 공간이 중요한 의미를 가진다. 일상의 시간과 공간, 다시 말하면 일상의 현상의 장에서는 시인의 감각 작용 하나 하나가 그대로 의미가 된다. 일상에서 체험하는 시인의 희노애락喜怒哀樂과 애오욕愛惡慾 같은 감정은 개념화할 수도 또 추상화할 수도 없는 생의 감각 작용 그 자체라고 할 수 있다. 이런 맥락에서 보면 순수 고독, 순수 허무라고 하는 명명 역시 그 이면에는 이러한 감각 작용이 전제된 것이다. 순수 고독, 순수 허무라는 말보다 '쭈르르 비를 맞고 있다'는 표현이 더 감각적인 이유가 바로 여기에 있다.

　시인의 시세계가 일상의 감각을 토대로 이루어진다고 할 때 순수 고독과 순수 허무는 그의 평범한 일상 속에서 들추어낸 자연스러운 감각 작용의 산물이라고 할 수 있다. 시인에게 순수 고독과 순수 허무는 일상 혹은 현실과는 단절된 시공 속에서 참선의 과정을 통해 어렵게(고통스럽게) 탈은폐된 것이 아니라 일상이나 현실과의 자연스러운 체험의 과정 속에서 생겨난 것으로 볼 수 있다. 시인 역시 자신의 순수 고독과 순수 허무가 무슨 '도'나 '선'의 세계에서의 수행 과정을 통해 얻어지는 그런 것이 아닌 세속의 과정 속에서 발생한 것이라고 말하고 있다. 일상생활의 세계 속에서 발생한 것이기에 시인은 그것을 도나 선의 세계에서의 심오하고 고상한 용어가 아닌 일상에서 사용하는 용어를 그대로 가져다 쓴다. 시인은 속세의 일상 속에서 자신이 깨달은 바를 '눈물'로 규정하고 있다.

　　　　면벽참선하신 달마 스님은
　　　　한 10년 면벽하시면서 무엇을 깨달으셨을까
　　　　그것이 무엇이었을까
　　　　또 그것은 무엇 무엇이었을까

　　　　일체 무상
　　　　일체 시공
　　　　일체 허상

그것을 깨달으셨을까
그것을 깨달으시기가 그렇게도 어려웠을까

일체는 눈물인 것을!

허허 세월 80여 년,
내 속세의 깨달음이어라.

– 「면벽 10년」 전문[10]

시인은 달마의 탈속한 깨달음인 "일체 무상, 일체 시공, 일체 허상"과 자신의 속세의 깨달음인 "일체는 눈물"을 대비하고 있다. 시인은 달마의 탈속한 깨달음에 대해 일정한 거리를 두고 있다. '그것을 깨달으셨을까'나 '그것을 깨달으시기가 그렇게도 어려웠을까'에 드러난 시인의 어조가 그것을 잘 말해준다. 시인은 달마의 그 깊고 높은 탈속의 경지를 선망하지도 또 그것을 폄하하지도 않는다. 이 시에서 시인이 말하고 있는 것은 '80여 년 속세에서 깨달은 일체는 눈물'이라는 사실이다. 시인이 볼 때 이것은 그 어느 깨달음과 비교의 대상이 될 수 없는 그 자신만의 오리지널리티인 것이다. 일체 눈물, 다시 말하면 모든 것은 눈물이라는 시인의 속세에서의 깨달음은 다른 무엇보다도 그것이 일상 속에서 얻어진 것이라는 점에서 주목에 값한다. 흔히 생활세계라고 하는 일상의 장 속에서 깨달은 일체가 곧 눈물이라는 사실은 시인이 몸으로 지각한 생의 의미라는 점에서 의미가 크다.

시인이 말하고 있는 일체 눈물은 가설적으로 꾸며낸 것도 또 개념화한 것도 아니다. 그것은 그야말로 순수한 것이다. 시인이 순수의 의미를 "쭈르르 비를 맞고" 있는 비석을 통해 감각적으로 제시했듯이 일체 눈물에서의 눈물 역시 이와 다르지 않다. 쭈르르 내리는 비의 하염없음과 눈

---

10) 조병화, 위의 책, 53쪽.

물의 하염없음이 다른 것이 아니며, 여기에는 다른 어떤 잡음이 끼어들 틈이 없다. 일체 눈물에서의 일체一切는 모든 만물을 뜻하는 것이지만 그것이 마음(一切唯心造)이아니라 눈물이라고 한 것은 심신心身 혹은 정신과 육체의 아우름을 강하게 환기하는 것으로 보아도 무방하리라고 본다. 유심이냐 유물이냐하는 사실이 중요한 것이 아니라 시인의 80여 년 세월을 관통하는 자연스러운 일상의 흐름으로부터 눈물이 비롯된 것이라는 사실이 무엇보다도 중요하다고 할 수 있다. 이런 점에서 이 눈물 속에는 시인의 삶의 일체가 은폐되어 있다고 볼 수 있다. 시인에게 눈물은 그 자신의 과거이면서 현재이고 현재이면서 미래인 것이다. 시인에게는 과거의 세월이 눈물이었듯이 현재와 미래 또한 눈물일 수밖에 없는 것이 바로 시인의 운명인 것이다.

일생 동안 시인이 흘린 눈물 일체 혹은 일체의 눈물은 시인의 삶의 무게라고 할 수 있다. 일체가 눈물이라면 그 눈물의 무게는 얼마나 될까? 이 물음에 대한 답을 시간의 차원에서 헤아려 보면 어떤 답이 나올까? 하지만 시간에 대한 인식을 어떻게 하느냐에 따라 결과는 다를 수 있다. 만일 시간이 과거에서 현재, 현재에서 미래로 일직선적으로 흐른다면 그 눈물을 시간이 지날수록 커지겠지만 그것이 순환론적으로 흐른다면, 곧 바람이 구름이 되고 구름이 물이 되고, 물이 다시 바람이 된다면 눈물의 무게는 현상하는 시간에 따라 각기 다르게 나타날 수 있다. 시인의 삶의 무게 혹은 눈물의 무게에 대한 물음은 헛되고 덧없는 것이 된다. 시인이 일체가 곧 눈물이라고 한 것은 그 일체를 가득 차 있으면서도 비어 있는 것으로 인식하고 있다는 것을 의미한다. 일체에서의 '일'이란 하나이면서 여럿이고 여럿이면서 하나인 삶 혹은 우주의 현상을 담고 있는 말이다.

이러한 논리 하에서라면 채움은 곧 비움이 되고 비움은 곧 채움이 되는 실존의 세계가 탄생하게 된다. 우리가 미처 이와 같은 생의 원리를 깨닫지 못하면 비움보다는 채움을 더욱 욕망하게 된다. 어제보다는 오늘 그리고 오늘보다는 내일로 갈수록 점점 많은 것들을 채우려는 욕망을 드러낸다. 하지만 일체에 깃든 생의 원리를 깨닫게 되면 이러한 욕망으로부터 벗어날 수 있다. 죽음이 시간과 생명의 한계 내에서 운용된다는 사실을 깨달은 시인에게 세월의 흐름은 곧 비우는 것이 채우는 것이라는 사실을 더욱 공고히 하는 일련의 과정으로 이해되기어 이른다. 시인은 늙는다는 것에 대해 그것을 첫째 "버리며 사는 것", 둘째 "나누며 사는 것", 셋째 "물러나며 사는 것", 넷째 "물려주며 사는 것', 다섯째 "포기하며 사는 것", 여덟째 "초월하며 사는 것", 아홉째 "비어주며 사는 것"(「늙는다는 것은」)이라고 말한다. 시인의 이 말 속에는 그가 늙는다는 것을 채움보다는 비움, 다시 말하면 비움이 곧 채움이라는 의미로 이해하고 있다는 것을 알 수 있다.

그런데 우리가 여기에서 한 가지 간과하지 말아야 할 것은 늙는다고 해서 사람들이 모두 자신을 비우려고 하는 것은 아니다는 사실이다. 시인처럼 비움이 곧 채움이라는 사실을 깨닫기 위해서는 자기 스스로에 대한 수양이 전제되어야 한다. 수양이 적은 사람은 늙는다고 해서 이러한 자각이 이루어지지 않는다. 이와는 달리 수양이 많은 사람은 늙을수록 자신을 비우고 그 비움이 일정한 경지에 이르게 되면 존재의 무게를 지니게 된다. 시인은

> 사람의 무게는
> 스스로 스스로를 닦아 온 그 세월
> 그 세월의 빛의 무게이러니
> 스스로 스스로를 닦아 온 그 세월, 그 삶의
> 그 총량의 빛의 무게이러니
>
> 아, 그것은 무게가 없는 무게이러니

무게가 아닌 무게이러니.

─「사람의 무게」 전문11)

라고 고백한다. 시인은 '사람의 무게'를 '스스로를 닦아 온 세월'로 규정하고 그것을 "세월의 빛의 무게"라고 명명한다. "스스로 스스로를 닦아 온 그 세월"이란 시인이 자신의 삶의 자각을 통해 탈은폐된 세계를 말한다. 이것이야말로 진정한 '삶의 '총량' 혹은 '삶의 총량의 빛'인 것이다. 그렇다면 이 삶의 총량의 빛의 무게는 얼마나 될까? 시인 스스로 스스로를 닦아온 세월의 빛의 무게는 과연 측정이 가능한 것일까? 이 물음에 대해 시인은 "그것은 무게가 없는 무게" 혹은 "무게가 아닌 무게"라고 답한다. 시인의 이 답은 무게의 존재성을 '없음을 전제로 한 없음'이 아니라 '있음을 전제로 한 없음'으로 이해하고 있다는 것을 의미한다. 이것은 있음(有)의 존재성만을 인정하는 'nothing'의 개념을 넘어 없음(無)의 존재성을 인정하는 '無'의 개념으로까지 그 해석의 영역을 확장한 것이라고 볼 수 있다.12)

무게가 없는 무게나 무게가 아닌 무게의 존재성은 무게의 의미를 우리의 이성이나 지식의 영역, 다시 말하면 로고스의 영역에 확정하지 않고 그것을 '무'라는 동양적인 존재의 영역으로까지 확장함으로써 현상의 장에서 발생하는 시인의 삶의 총량을 가늠해본 것이라고 할 수 있다. 무게가 없는 무게나 무게가 아닌 무게의 삶을 살아낸 사람 혹은 시인의 경우 그 무게는 마치 무의 세계처럼 크기나 형태를 알 수 없을 정도로 크고 또 텅 비어 있을 뿐만 아니라 끊임없는 생성과 소멸을 통한 변화와 관계성 속에서 독특하고 역동적인 실존 상황을 드러낸다. 무게가 없는 무게나 무게가 아닌 무게의 존재성은 순수 고독과 순수 허무의 존재성의

---

11) 조병화, 위의 책, 83쪽.
12) 이재복, 「동양적 존재의 숲−윤대녕론」, 『소설과 사상』, 1996년 겨울호, 208쪽.

논리와 다르지 않다. 시인이 말하는 순수 속에는 '없다'와 '아니다'의 의미가 내재해 있다. 사람의 무게, 곧 시인의 무게가 이런 상황에 놓인다면 그것은 시인이 '텅 빈 실존의 상황'에 놓인다는 것에 다름 아니다. 텅 비어 있지만 기실 그것이 없음을 전제로 한 없음(nothing)이 아니라 있음을 전제로 한 없음(無)이기 때문에 시인이 놓인 실존 상황은 가득 찬 상태를 말한다고 할 수 있다. 텅 비어 있기 때문에 움직이고, 텅 비어 있기 때문에 가득 채울 수 있다는 자신의 실존적인 상황에 대한 자각은 시인의 삶의 무게를 '총량의 빛의 무게'로 만들어놓은 것이라고 할 수 있다.

시간의 한계와 생명의 한계 속에서 자신의 죽음을 발견하고 또 그것에 대해 자각한 시인에게 자신의 삶을 구속하거나 억압하고 또 끊임없이 욕망하게 하는 여러 요인들은 더 이상 갈등과 대립의 대상으로 존재하지 않는다. 시인의 삶이 갈등과 대립으로 점철된다면 그것은 텅 빈 실존의 상태를 가질 수 없다. 삶의 갈등과 대립을 넘어서고 단순한 있음과 없음에 대한 뚜렷한 경계가 없어지면 존재 자체는 무언가가 빠져나가거나 묵묵히 말이 없는 상태를 나타내게 된다. 그래서 시인은 자신을

> 청동으로 구워 버려진 두상을 보고 있노라니
> 80여 년 세월이 이곳에 굳어 있음에
> 표정이 있는 것인지
> 표정이 없는 것인지
> 생각이 있는 것인지
> 생각이 없는 것인지
>
> 자못 심각하여라
> 텅 비어 있어라
>
> 그 많던 방황, 고뇌, 번뇌들이
> 쑥 빠져나간 허상
> 그곳에 내가 있음이어라,

하고
두상은 묵묵 말이 없어라.

-「두상(頭像)-백문기(白文基) 씨 작품」 전문[13]

라고 노래하고 있는 것이다. 시인이 자신의 존재에 대해 "표정이 있는지 없는지", "생각이 있는지 없는지"라고 말하고 있는 데에는 로고스적인 판단의 차원보다는 그것을 넘어선 무의 존재론적인 차원이 작용했기 때문이다. 시인이 "청동으로 구워 버려진 두상"을 보고 그것을 "그 많던 방황, 고뇌, 번뇌들이 쑥 빠져나간 허상"으로 이해한다는 것은 시인의 80여 년 세월 동안의 생에 대한 자각에서 비롯된 것으로 볼 수 있다. 자신의 표정과 생각이 텅 비어 있고, 묵묵히 말이 없으며, 많은 것들이 쑥 빠져나간 허상에 불과하다는 자각은 곧 시인의 텅 빈 실존에 대한 자각이라고 할 수 있다. 허상이 곧 '나의 있음'이라는 시인의 말은 「나의 "있음"」에서 '나에게 배당된 세월 다 끝나는 지금/나를 찾아서/먼 곳, 먼 길, 먼 세월 덧없이 헤매돈 것이/바로 "헤매인 그것"이/다름 아닌 바로 나의 그 "있음"이었어'라는 자각만큼이나 실존적인 울림을 강하게 환기한다.

　허상 속에 내가 있고 헤매인 그것이 바로 나의 있음이라는 시인의 발견과 자각은 생의 무게를 무화시켜버린다. 시인이 자신이 살아온 세월 혹은 삶의 총량을 "빛의 무게"라고 한 것도 이런 맥락에서 이해할 수 있을 것이다. 빛의 무게는 무게가 없는 무게이면서 동시에 무게가 아닌 무게인 것이다. 빛으로 충만한 시인의 삶의 실존은 역설적으로 텅 빈 세계(허상, 헤매임)가 있어 가능한 것이다. 총량의 빛은 그 이면에 어둠을 은폐하고 있기 때문에 빛의 무게는 눈에 보이는 세계는 물론 눈에 보이지 않는 세계까지를 포함한 것이라고 할 수 있다. 시인의 80여 년 세월은 그가 말하고 있듯이 그것은 텅 빈 실존의 세월이다. 어쩌면 시인은 80여

---

13) 조병화, 앞의 책, 51쪽.

년 세월을 자신을 비우기 위해 살아왔는지도 모른다. 이 비움의 과정은 "스스로를 닦아 온 그 세월"이며, 그 닦음이 바로 '빛'인 것이다. 시인의 무게 없는 무게, 무게 아닌 무게로서의 빛은 스스로를 긁고 비우는 과정 속에서 생겨난 나의 있음을 표상하는 존재의 징표라고 할 수 있다.

4. 세월의 안과 밖

시인은 세월을 넘을 수 없다고 했다. 이것은 시인의 죽음에 대한 해석이다. 시인에게 죽음은 시간과 생명의 한계 속에서 운용되는 그 무엇이다. 죽음, 다시 말하면 세월의 한계 상황에 대한 시인의 인식은 오히려 죽음의 실존적인 구체성을 강화하기에 이른다. 시인에게 죽음은 끝이 아니라 단지 넘을 수 없는 세월일 뿐이다. 세월 내에서 시간과 생명의 한계를 절감하지 못한 상황에서는 감지하지 못한 세계가 시인의 존재 안으로 들어오면서 새로운 현상의 장이 펼쳐지게 된다. 그 중의 하나가 바로 무게 없는 무게 혹은 무게 아닌 무게를 지닌 존재의 출현이다. 이 존재의 출현은 현상의 장을 단번에 부피감으로 지닌 세계로 바꾸어 놓는다. 시인이 말하는 무게 없는 무게 혹은 무게 아닌 무게를 지닌 대표적인 존재는 빛이고, 이것의 가시성에다 역동성까지 지닌 존재는 '나비'와 '새'이다.

시인은 나비에 대해 '너는 무게가 없으면서 이곳저곳 떠다니며 하늘의 수태복음을 전달하는 천사'(「나비」)라고 명명한다. 무게 없는 나비의 팔랑거림으로 인해 하늘이 하나의 부피감을 가지게 된다. 나비와 하늘이 동일한 차원에 놓이면서 부피감이 생겨나는 것이다. 나비와 더불어 세계의 부피감을 형성하는 존재는 '새'이다. 시인은 이 새를 "보이지 않게 이곳저곳에서 하늘을 말짱히 닦아내는 존재"(「종달새」)로 보고 있다.

하늘이 평면이 아니라 부피감을 지닌 입체적인 존재라는 사실을 가능하게 해주는 것이 바로 종달새인 것이다. 어쩌면 시인은 시간과 생명의 한계 상황에 직면해 그것에 승순承順하면서 그것이 주는 억압과 구속으로부터 벗어나 무게가 없는 무게 혹은 무게가 아닌 무게로서의 존재(빛, 나비, 종달새)를 꿈꾸었던 것이다. 이것은 시인이 세월을 초월해 세월과 다른 차원에 있으려고 한 것이 아니라 세월과 동일한 차원에서 이 세계를 지각하려고 한 의도가 강하게 투영되어 있다는 것을 의미한다.

시인은 세월을 넘을 수 없다고 고백하였으며, 이 고백으로 인해 세월은 하나의 세계로 존재하게 된다. 이 세계는 시인에 의해 구축된 것이다. 넘을 수 없는 세월이 하나의 세계가 되면서 그 세계 내에서의 모든 존재와 행위는 그대로 의미가 된다. 이 세계가 그대로 의미가 된 데에는 무엇보다도 시인의 헤매임과 비움이 크게 작용했기 때문이라고 할 수 있다. 시인의 헤매임과 비움은 곧 나의 있음으로 연결되고, 이 나의 있음에 대한 발견과 자각은 시인이 세월 속에 은폐된 의미를 탈은폐하는 데에 결정적인 계기를 제공한다. 세월 속에 은폐된 의미가 시인에 의해 어떤 개념이나 도구적인 연관성 없이 일상 혹은 일상세계의 꾸미지 않고 가공되지 않은 감각이나 언어에 의해 탈은폐되기에 이른다. 조병화 시의 특장이 여기에 있음은 누구나 다 아는 사실이지만 그것이 죽음과의 강한 연관성 속에서 비롯된 것이라는 점은 우리가 새롭게 보아야 할 그의 시의 덕목이라고 할 수 있다. 그의 시에 나타난 죽음이 시간과 생명의 한계 속에서 운용된 것이라는 점을 전경화한다면 그의 헤매임과 비움을 통해 드러난 텅 빈 실존의 세계는 그 자체로 익숙하면서도 낯선 삶의 미학을 환기한다고 볼 수 있다.

<참고문헌>

권영민, 『한국현대문학사 II』, 민음사, 2002.

김윤식, 「조병화 시학의 구성원리」, 『한국현대시사연구』, 일지사, 1987.

메를로 퐁티, 류의근 옮김, 『지각의 현상학』, 문학과지성사, 2004.

유종호, 「조병화의 시세계」, 『조병화 전집』 10권, 학원사, 1985.

이승훈, 『한국현대시론사』, 고려원, 1993.

이재복, 「동양적 존재의 숲—윤대녕론」, 『소설과 사상』, 1996년 겨울호.

_____, 『한국 현대시의 미와 숭고』, 소명, 2012.

조병화, 『조병화 전집』 10권, 학원사, 1985.

_____, 『넘을 수 없는 세월』, 동문선, 2005.

조광제, 『몸의 세계, 세계의 몸—메를로 퐁티의 '지각의 현상학'에 대한 강해』, 이학사, 2007.

Merleau-Ponty, M., *The structure of Behavior*, trans. by Alder L. Fisher, Boston: Beacon Press, 1967.

_____, *Phenomenology of Perception*, trans. by Colin Smith, London: Routledge & Kegan Paul, 1978.

_____, *The Visible and the Invisible*, ed. Claude Lefort and trans.

Alphonso Lingis, Evanston: Northwestern University Press, 1968.

조병화의 문학세계 II

초판 1쇄 인쇄일	2013년 3월 1일
초판 1쇄 발행일	2013년 3월 8일

지은이	김종회 외
펴낸이	정구형
출판이사	김성달
편집이사	박지연
책임편집	이하나
편집/디자인	정유진 이원숙 신수빈 윤지영
마케팅	정찬용 권준기
영업관리	한미애 천수정 심소영 김소연
인쇄처	월드문화사
펴낸곳	**국학자료원**

등록일 2006 11 02 제2007-12호
서울시 강동구 성내동 447-11 현영빌딩 2층
Tel 442-4623 Fax 442-4625
www.kookhak.co.kr
kookhak2001@hanmail.net

ISBN	978-89-279-0220-1 *93800
가격	26,000원